이 저서는 2008년도 정부(교육과학기술부)의 재원으로 한국학중앙연구원(한국학진흥사업단)의 지원을 받아 수행된 연구임(AKS-2008-AIA-3101)

증편 한국구비문학대계

4-7

충청남도 금산군

발간사

　민간의 이야기와 백성들의 노래는 민족의 문화적 자산이다. 삶의 현장에서 이러한 이야기와 노래를 창작하고 음미해 온 것은, 어떠한 권력이나 제도도, 넉넉한 금전적 자원도, 확실한 유통 체계도 가지지 못한 평범한 사람들이었다. 이야기와 노래들은 각각의 삶의 현장에서 공동체의 경험에 부합하였으며, 사람들의 정신과 기억 속에 각인되었다. 문자라는 기록 매체를 사용하지 못하였지만, 그 이야기와 노래가 이처럼 면면히 전승될 수 있었던 것은 그것이 바로 우리 민족의 유전형질의 일부분이 되었기 때문이며, 결국 이러한 이야기와 노래가 우리 민족을 하나의 공동체로 묶어 주고 있는 것이다.

　사회와 매체 환경의 급격한 변화 가운데서 이러한 민족 공동체의 DNA는 날로 희석되어 가고 있다. 사랑방의 이야기들은 대중매체의 내러티브로 대체되어 버렸고, 생활의 현장에서 구가되던 민요들은 기계화에 밀려 버리고 말았다. 기억에만 의존하여 구전되던 이야기와 노래는 점차 잊히고 있다. 한국학중앙연구원이 1970년대 말에 개원함과 동시에, 시급하고도 중요한 연구사업으로 한국구비문학대계의 편찬 사업을 채택한 것은 바로 이러한 시대적 상황에 대한 우려와 잊혀 가는 민족적 자산에 대한 안타까움 때문이었다.

　당시 전국의 거의 모든 구비문학 연구자들이 참여하였는데, 어려운 조사 환경에서도 80여 권의 자료집과 3권의 분류집을 출판한 것은 그들의 헌신적 활동에 기인한다. 당초 10년을 계획하고 추진하였으나 여러 사정으로 5년간만 추진되었으며, 결과적으로 한반도 남쪽의 삼분의 일에 해당

하는 부분만 조사하게 되었다. 그럼에도 불구하고 한국구비문학대계는 주관기관인 한국학중앙연구원의 대표 사업으로 각광 받았을 뿐 아니라, 해방 이후 한국의 국가적 문화 사업의 하나로 꼽히게 되었다.

21세기에 들어서면서 한국학중앙연구원에서는 미완성인 채로 남아 있는 구비문학대계의 마무리를 더 이상 미룰 수 없다는 생각으로 이를 증보하고 개정할 계획을 세웠다. 20년 전의 첫 조사 때보다 환경이 더 나빠졌고, 이야기와 노래를 기억하고 있는 제보자들이 점점 줄어들고 있었던 것이다. 때마침 한국학 진흥에 대한 한국 정부의 의지와 맞물려 구비문학대계의 개정·증보사업이 출범하게 되었다.

이번 조사사업에서도 전국의 구비문학 연구자들이 거의 다 참여하여 충분하지 않은 재정적 여건에서도 충실히 조사연구에 임해 주었다. 전국 각지의 제보자들은 우리의 취지에 동의하여 최선으로 조사에 응해 주었다. 그 결과로 조사사업의 결과물은 '구비누리'라는 이름의 데이터베이스에 탑재가 되었고, 또 조사자료의 텍스트와 음성 및 동영상까지 탑재 즉시 온라인으로 접근할 수 있는 시스템을 갖추었다. 특히 조사 단계부터 모든 과정을 디지털화함으로써 외국의 관련 학자와 기관의 선망의 대상이 되고 있다.

이제 조사사업의 결과물을 이처럼 책으로도 출판하게 된다. 당연히 1980년대의 일차 조사사업을 이어받음으로써 한편으로는 선배 연구자들의 업적을 계승하고, 한편으로는 민족문화사적으로 지고 있던 빚을 갚게 된 것이다. 이 사업의 연구책임자로서 현장조사단의 수고와 제보자의 고귀한 뜻에 감사를 표하지 않을 수 없다. 아울러 출판 기획과 편집을 담당한 한국학중앙연구원의 디지털편찬팀과 출판을 기꺼이 맡아준 역락출판사에 감사를 드린다.

2013년 10월 4일

한국구비문학대계 개정·증보사업 연구책임자 김병선

책머리에

구비문학조사는 늦었다고 생각하는 지금이 가장 빠른 때이다. 왜냐하면 자료의 전승 환경이 나날이 달라지고 있기 때문이다. 전승 환경이 훨씬 좋은 시기에 구비문학 자료를 진작 조사하지 못한 것이 안타깝게 여겨질수록, 지금 바로 현지조사에 착수하는 것이 최상의 대안이자 최선의 실천이다. 실제로 30여 년 전 제1차 한국구비문학대계 사업을 하면서 더 이른 시기에 조사를 했더라면 하는 아쉬움이 컸는데, 이번에 개정·증보를 위한 2차 현장조사를 다시 시작하면서 아직도 늦지 않았다는 사실을 실감했다.

구비문학 자료는 구비문학 연구와 함께 간다. 자료의 양과 질이 연구의 수준을 결정하고 연구수준에 따라 자료조사의 과학성이 결정되기 때문이다. 실제로 1차 조사사업 결과로 구비문학 연구가 눈에 띠게 성장했고, 그에 따라 조사방법도 크게 발전되었다. 그러나 연구의 수명과 유용성은 서로 반비례 관계를 이룬다. 구비문학 연구의 수명은 짧고 갈수록 빛이 바래지만, 자료의 수명은 매우 길 뿐 아니라 갈수록 그 가치는 더 빛난다. 그러므로 연구활동 못지않게 자료를 수집하고 보고하는 일이 긴요하다.

교육부에서 구비문학조사 2차 사업을 새로 시작한 것은 구비문학이 문학작품이자 전승지식으로서 귀중한 문화유산일 뿐 아니라, 미래의 문화산업 자원이라는 사실을 실감한 까닭이다. 따라서 학계뿐만 아니라 문화계의 폭넓은 구비문학 자료 활용을 위하여 조사와 보고 방법도 인터넷 체제와 디지털 방식에 맞게 전환하였다. 조사환경은 많이 나빠졌지만 조사보고는 더 바람직하게 체계화함으로써 누구든지 쉽게 접속하여 이용할 수 있는 데이터베이스를 구축했다. 그러느라 조사결과를 보고서로 간행하는 일은 상대적으로 늦어지게 되었다.

2차 조사는 1차 사업에서 조사되지 않은 시군지역과 교포들이 거주하는 외국지역까지 포함하는 중장기 계획(2008~2018년)으로 진행되고 있다. 한국학중앙연구원 어문생활연구소와 안동대학교 민속학연구소가 공동으로 조사사업을 추진하되, 현장조사 및 보고 작업은 민속학연구소에서 담당하고 데이터베이스 구축 작업은 한국학중앙연구원에서 담당한다. 가장 중요한 일은 현장에서 발품 팔며 땀내 나는 조사활동을 벌인 조사자들의 몫이다. 마을에서 주민들과 날밤을 새우면서 자료를 조사하고 채록하여 보고서를 작성한 조사위원들과 조사원 여러분들의 수고를 기리지 않을 수 없다. 조사의 중요성을 알아차리고 적극 협력해 준 이야기꾼과 소리꾼 여러분께도 고마운 말씀을 올린다.

구비문학 조사를 전국적으로 실시하여 체계적으로 갈무리하고 방대한 분량으로 보고서를 간행한 업적은 아시아에서 유일하며 세계적으로도 그 보기를 찾기 힘든 일이다. 특히 2차 사업결과는 '구비누리'로 채록한 자료와 함께 원음도 청취할 수 있는 데이터베이스를 구축해서 세계에서 처음으로 인터넷과 스마트폰으로 이용할 수 있는 디지털 체계를 마련했다. '구슬이 서 말이라도 꿰어야 보배'인 것처럼, 아무리 귀한 자료를 모아두어도 이용하지 않으면 소용이 없다. 그러므로 이 보고서가 새로운 상상력과 문화적 창조력을 발휘하는 문화자산으로 널리 활용되기를 바란다. 한류의 신바람을 부추기는 노래방이자, 문화창조의 발상을 제공하는 이야기 주머니가 바로 한국구비문학대계이다.

2013년 10월 4일

한국구비문학대계 개정·증보사업 현장조사단장 임재해

한국구비문학대계 개정·증보사업 참여자 (참여자 명단은 가나다 순)

연구책임자

김병선

공동연구원

강등학 강진옥 김익두 김헌선 나경수 박경수 박경신 송진한 신동흔
이건식 이인경 이창식 임재해 임철호 임치균 조현설 천혜숙 허남춘
황인덕 황루시

전임연구원

장노현 최원오

박사급연구원

강정식 권은영 김구한 김기옥 김월덕 노영근 서정매 서해숙 유명희
이균옥 이영식 이윤선 조정현 최명환 최자운

연구보조원

강소전 구미진 김보라 김성식 김영선 김옥숙 김유경 김은희 김자현
문세미나 박동철 박은영 박현숙 박혜영 백계현 백은철 변남섭 서은경
송기태 송정희 시지은 신정아 오세란 오정아 유태웅 이선호 이옥희
이원영 이진영 이홍우 이화영 임 주 장호순 정아용 정혜란 편성철
편해문 한유진 허정주 홍현성 황진현

주관 연구기관 : 한국학중앙연구원 어문생활사연구소
공동 연구기관 : 안동대학교 민속학연구소

일러두기

■ 『증편 한국구비문학대계』는 한국학중앙연구원과 안동대학교에서 3단계 10개년 계획으로 진행하는 "한국구비문학대계 개정·증보사업"의 조사 보고서이다.

■ 『증편 한국구비문학대계』는 시군별 조사자료를 각각 별권으로 간행하는 것을 원칙으로 한다. 서울 및 경기는 1-, 강원은 2-, 충북은 3-, 충남은 4-, 전북은 5-, 전남은 6-, 경북은 7-, 경남은 8-, 제주는 9-으로 고유번호를 정하고, -선 다음에는 1980년대 출판된 『한국구비문학대계』의 지역 번호를 이어서 일련번호를 붙인다. 이에 따라 『증편 한국구비문학대계』는 서울 및 경기는 1-10, 강원은 2-10, 충북은 3-5, 충남은 4-6, 전북은 5-8, 전남은 6-13, 경북은 7-19, 경남은 8-15, 제주는 9-4권부터 시작한다.

■ 각 권 서두에는 시군 개관을 수록해서, 해당 시·군의 역사적 유래, 사회·문화적 상황, 민속 및 구비 문학상의 특징 등을 제시한다.

■ 조사마을에 대한 설명은 읍면동 별로 모아서 가나다 순으로 수록한다. 행정상의 위치, 조사일시, 조사자 등을 밝힌 후, 마을의 역사적 유래, 사회·문화적 상황, 민속 및 구비문학상의 특징 등을 중심으로 설명하고, 마을 전경 사진을 첨부한다.

■ 제보자에 관한 설명은 읍면동 단위로 모아서 가나다 순으로 수록한다. 각 제보자의 성별, 태어난 해, 주소지, 제보일시, 조사자 등을 밝힌 후, 생애와 직업, 성격, 태도 등을 중심으로 서술하고, 제공 자료 목록과 사진을 함께 제시한다.

- 조사자료는 읍면동 단위로 모은 후 설화(FOT), 현대 구전설화(MPN), 민요(FOS), 근현대 구전민요(MFS), 무가(SRS), 기타(ETC) 순으로 수록한다. 각 조사자료는 제목, 자료코드, 조사장소, 조사일시, 조사자, 제보자, 구연상황, 줄거리(설화일 경우) 등을 먼저 밝히고, 본문을 제시한다. 자료코드는 대지역 번호, 소지역 번호, 자료 종류, 조사 연월일, 조사자 영문 이니셜, 제보자 영문 이니셜, 일련번호 등을 '_'로 구분하여 순서대로 나열한다.

- 자료 본문은 방언을 그대로 표기하되, 어려운 어휘나 구절은 ( ) 안에 풀이말을 넣고 복잡한 설명이 필요할 경우는 각주로 처리한다. 한자 병기나 조사자와 청중의 말 등도 ( ) 안에 기록한다.

- 구연이 시작된 다음에 일어난 상황 변화, 제보자의 동작과 태도, 억양 변화, 웃음 등은 [ ] 안에 기록한다.

- 잘 알아들을 수 없는 내용이 있을 경우, 청취 불능 음절수만큼 '○○○'와 같이 표시한다. 제보자의 이름 일부를 밝힐 수 없는 경우도 '홍길○'과 같이 표시한다.

- 『증편 한국구비문학대계』에 수록된 모든 자료는 웹(gubi.aks.ac.kr/web)과 모바일(mgubi.aks.ac.kr)에서 텍스트와 동기화된 실제 구연 음성파일을 들을 수 있다.

차례

● 현대 구전설화

● 민요

금산군 개관

    금산군은 백제 웅진 도읍기에 진잉을군(進仍乙郡)이라 했고 사비시대에는 진내군(進乃郡)으로 개칭하였다. 신라 태종무열왕 때는 지금의 부리면인 두시이현(豆尸伊縣)을 폐합하여 이성현(伊城縣)이라 개칭하여 군주(軍主)를 두어 덕안도독부에 소속시켰다. 다시 경덕왕(757) 때는 진례군(進禮郡)으로 개칭하고 완산주 도독부에 승격시켰다. 그리고 고려 태조(940) 때에는 무풍현(茂豊縣과 진동현(珍同縣)을 진례군으로 흡수하였다.

    얼마 뒤 성종(983) 때는 다시 진례현으로 강등되었고 이에 따라 지방관도 군수에서 현령관으로 강등되었다. 그 뒤 오래지 않아 현종(1012) 때에 다시 금계군(錦溪郡)으로 승격 개칭하고 지군사를 두었으며, 명종(1172) 때는 다시 금계군을 나누어 무풍현과 부리현을 따로 설치했다. 그러다가 충렬왕 때인 1305년 부리현, 진동현, 청거현, 주계현, 단천현을 합쳐 금주군으로 개칭하였다. 조선조에 들어와서는 태종때인 1413년 금주군을 금산군으로 고쳤고, 1646년에는 반적(反敵) 유탁(柳濯)의 고향이 금산이라 하여 일시 금산현으로 강등되기도 했으나 1655년에 다시 군으로 회복되었다.

    한편 지금의 진산면은 백제시대에는 진동현이었고, 신라가 삼국을 통일하고서 황산군의 속현으로 하였다. 고려초에 옥계부로 고쳤다가 1305년(충렬왕 31년)에 금주군에 소속시켰다. 그 후 1390년에 다시 고산현의 속현으로 삼았던 것을 조선초 1393년(태조2년)에 만인산(태봉산)에 태조의 태(胎)를 모신 것을 계기로 진주군(珍州郡)으로 승격되고 지진주사를 두었으며, 1413년(태종 13년)에 예에 따라 진산군으로 개칭하였다.

1896년에는 전국 13도제의 실시에 따라 충청남도 공주부의 금산군과 진산군을 전라북도로 편입하였으며, 1914년에 부제 폐합으로 진산군을 합쳐 전 지역을 10면으로 개편하였다. 1940년에 금산면이 읍으로 승격하여 1읍 9면으로 개편되었고 이때의 체제가 지금까지 계속되고 있다. 한편 1963년에 금산군은 종래 전라북도에서 충청남도로 편입되었다.

이상에서 보듯 금산군은 북쪽으로는 충남, 동북쪽으로는 충북과 접경을 이루고 있으면서도 전체적으로는 전라북도의 최북단에 위치하여 오랫동안 전라도의 지역정체성을 유지해온 곳이라 할 수 있다. 그러나 충남지역으로 편입된 지 50여 년을 지나면서 이제 그러한 정체성이 빠르게 희석되어가고 있는 곳이 또한 금산군이기도 하다. 또한, 금산은 지리적으로 대전에 가까운 조건으로 하여 60년대 이후 교통 경제 문화 정치적으로 갈수록 대전시의 영향을 많이 받는 추세를 보여왔으며, 이러한 추세는 앞으로도 더욱 가속화될 것으로 보인다.

금산군은 금산읍을 중심으로 금성면, 군북면, 남이면, 남일면, 복수면, 부리면, 제원면, 진산면, 추부면의 9개 면으로 구성되었다. 2007년 현재 금산군의 인구는 58,583명으로 이는 2001년에 비하여 4,762명이 줄어든 것이다. 근래 금산의 인구가 계속 감소해온 것은 농촌 인구의 지속적인 감소가 큰 원인임은 우리나라 다른 지역의 사정과 다르지 않다고 할 수 있다.

금산군에서 남이면은 면적이 가장 넓음에도 인구는 가장 적은 데 비하여(2347명) 추부면은 면적은 그 반에 불과하면서도 인구는 세배가 넘고 있음은 농촌 인구의 이러한 불균형 현상을 잘 보여주고 있다. 다른 한편, 근래 대전에서 금산간 국도가 고속도로 수준으로 확포장됨으로써 종래 태봉재와 태봉산맥으로 인한 교통 불편이 크게 해소된 점도 인근 대도시

로의 인구 유출을 자극한 요인의 하나로 들 수 있다. 추부면처럼 농공단지의 유치로 인구 증가가 이루어지고 있는 특수한 경우가 아닌 한, 이러한 인구 감소는 앞으로도 현재와 별 차이가 없을 것으로 보인다. 한편으로 최근 미미한 정도지만 인구가 늘어나고 있는 현상도 보이는데, 이는 외국인 학생과 노동자의 증가 및 다문화 가정이 늘어나고 있음이 주된 요인이라 할 수 있다.

금산군은 산이 많은 분지로 알려져 왔다. 충남의 평균 고도가 100m 정도임에 비하여 금산은 250m에 달하고 있음에서 그 정도를 알 수 있다. 금산군의 중앙에 위치한 금산읍은 남서쪽으로 진악산(737m)이 감싸고 있다. 진악산 남쪽에서 올라온 금남정맥이 그 뿌리이다. 전북 장수에서 시작된 금남정맥이 진안군 주천면을 거쳐 진악산 뒤에까지 이어지다가 주맥은 대둔산으로 건너가 계룡산으로 이어지며, 공주와 부여까지 연결된다. 그리고 다른 한 맥은 진악산 뒤에서 금성면으로 뻗어 추부면 만인산에서 다시 두 갈래로 갈라져 한 맥은 대전 보문산으로 이어지고 다른 한 맥은 계속 북쪽으로 달려 식장산과 계족산을 지나 신탄진까지 연결되고 있다. 대전쪽으로 뻗은 주맥이 시작되는 지점에서 분기하여 금산읍 서남방에 우뚝 솟은 진악산은 금산을 산지로 만든 주축이 될 뿐 아니라 금산읍 서남방에 병풍처럼 우뚝 솟아 금산을 상징하는 위치에 있다.

진악산을 주봉으로 한 크고 작은 여러 산들이 금산의 서남방을 산지로 구성하고 있다면 이에 짝하여 동북쪽에는 옥천산맥이 솟아 또 다른 산지를 이루고 있다. 옥천에서 제원면 천내리까지 뻗어내린 이 산맥은 자연스럽게 동쪽으로 옥천과 영동과의 경계선이 되어주면서 그 서쪽으로 서대산과 국사봉까지를 포함하여 또 다른 높고 넓은 산지를 이루고 있다. 그리고 이들 산지 곳곳에 솔티재 지삼티재 배티재 태봉재 마달령재 옥천재 당재 지내재 국사봉재 등 수많은 재들이 타지역과의 접경을 이루고 있다.

금산은 서남쪽과 동북쪽으로 넓은 산지를 이루고 있는 만큼, 하천도

이들 산지를 중심으로 하여 발원되고 있다. 동쪽 산지에서 발원한 하천으로 북쪽으로는 상곡천이 흐르며, 신안천과 조정천은 남쪽으로 흘러 금강과 만난다. 또한 서남부 쪽에서는 인대산에서 유등천, 금성산에서 서화천이 발원하여 대전과 옥천 쪽으로 흐르며, 진악산 뒤쪽을 경계로 하여 서쪽으로는 건천이 논산으로 흐르고, 동쪽으로는 봉황천이 진악산 남동쪽을 감싸 흘러 역시 금강에 닿고 있다. 이 가운데 특히 봉황천은 길이로나 유역면적으로나 금산의 중심천을 이루고 있어 금산의 젖줄이라 할 만하다.

금산의 농토 또한 바로 이들 하천을 중심으로 펼쳐져 있으며 크게 보면 북쪽으로는 서화천 유역, 남쪽으로는 봉황천 유역이 들의 중심을 이루고 있다. 이들 지역이 중심이 된 금산의 농경지는 논밭이 대략 비슷한 비율을 이루고 있는데, 금산의 전통적인 기반농업은 물론 경종농업이지만 인삼농사가 발달해온 점에서 인접한 다른 지역에 비하여 특별한 점이 있다. 금산에서의 인삼농사는 대략 육이오 이후부터 집중적으로 경작해왔으며 7~80년대 금산에서의 인삼 경작은 전국의 70%를 점할 정도였다. 그러나 인삼은 연작이 어렵기 때문에 현재는 경작지가 거의 전국적으로 확대되고 있어 금산 지역에서의 경작 면적은 이전에 비하여 약간 줄어들었다.

그러나 인삼 유통지로서의 금산의 지리적 중요성은 갈수록 높아지고 있으며, 최근 들어 국제 교역량의 비중이 커지면서 금산이 지니는 인삼 생산과 교역 중심지로서의 중요성은 더욱 증대되는 추세에 있다. 2001년 3,773억 원이던 인삼매출액이 2006년에는 7,366억 원으로 늘어난 데에서 이를 알 수 있다. 1995년에 10175호이던 농가수가 2007년에는 8592호로 줄어들었음에도 인삼경작 면적은 계속 늘고 있음은 금산 농업의 인삼 의존도가 높다는 사실을 잘 말해주고 있다.

인삼과 함께 최근 금산에서는 약초의 재배와 유통에도 관심을 기울이고 있으며 2007년 기준으로 약초의 총 매출액이 483억 원에 달하고 있다. 그런가 하면 더욱 최근에는 추부면을 중심으로 하여 깻잎 생산을 또 다른 재배작목으로 삼아 지역 특화를 위하여 노력하고 있고 몇 년 사이에 비약적인 성장을 보이고 있다.

근래 금산의 역사와 자연 및 민속의 특징을 중시하여 향토성과 전통성 및 역사성을 살리기 위한 의례나 축제행사가 몇 가지 행해지고 있는데 그 주목할 만한 것에 칠백의총 제사, 금산 인삼제, 평촌 물페기 놀이, 보곡산 산꽃 축제 등이 있다. 칠백의총 제사는 70년대에 칠백의총이 성역화되면서 매년 나라에서 제사를 지냄으로써 조헌선생 이하 임진왜란 때 순국한 선열들을 추모하는 행사이다. 금산은 백제 멸망기 신라가 백제를 침공했던 통로였고, 선산 전투에서 패한 신검이 왕건군에게 쫓겨 황산으로 후퇴하던 길이기도 하여 군사적 요충이 되는 곳이다. 그런가 하면 칠백의총의 역사가 말해주듯 임진왜란 때의 아픈 흔적을 가장 생생하게 간직한 곳이기도 하다. 이 때문에 금산의 곳곳에는 아직도 조헌장군을 중심인물로 하는 임진왜란 이야기가 대표적인 지역전설로 널리 전승되고 있어 현지조사 과정에서 주목할 필요가 있다.

30여 년의 역사를 지속해오면서 금산인삼제는 현재 전국적으로 가장 특색 있고 생산적인 지역 축제로 평가받고 있다. 그런데 이 축제는 경제적, 문화적 가치와 더불어, 이제 인삼상업의 한 축을 지탱해온 여성들의 사회사 혹은 여성경제사라는 각도에서도 그 의미가 확장되어 지역사와 지역문화의 정체성을 갖춘 행사로서 그 위상과 의의가 확대되어 이해될 필요가 있다. 그리고 이를 위해서는 그것을 담당해온 주체들의 다양한 체험의 정리가 체계적으로 이루어질 필요가 있고 그러기 위해서는 구술자료의 중요성에 대한 인식이 뒷받침될 필요가 있다. 구비문학을 통한 일정한 관심이 필요한 대상이 바로 이 분야이기도 하다.

보곡산 산꽃축제가 열리는 지역은 서대산 남쪽 골짝 일대이다. 이곳 일대는 우물처럼 사방이 산으로 감싸인 곳이다. 이 축제는 바로 이곳이 지닌 산골로서의 특징을 주목하여 특성화한 것인데, 이러한 지역적 특징은

곧 구비문학 분야를 통해서도 주목해볼 만하다고 여겨진다.

한편, 물페기 놀이가 행해지는 곳은 부리면 평촌리와 어재리 일원이다. 물페기 놀이는 들노래이고 그와 함께 행해지는 농바우 끄시기는 전통 기우제로서, 둘 모두 이곳의 오랜 논농사 체험에서 발생된 것임을 공통으로 하고 있다. 부리면은 전체적으로 평이한 농촌을 이루고 있고 위 민속들은 이러한 농촌의 오랜 생활전통 속에서 자연스럽게 우러나온 것이라 할 만 하다. 또한 이곳은 바로 이러한 민속을 낳은 농촌으로서의 특징을 주목하여 하나의 지역 단위로 삼아 구비문학 조사 대상지로 주목해볼 만한 의의가 있다.

이번 금산군 구비문학 조사 대상지역은 바로 위와 같은 지역 특징을 고려하여 두 곳을 대표적으로 선정하였다. 산골지역으로서는 서대산 남쪽 지역 일대를 택하고, 농촌 지역으로서의 특징을 주목하여 부리면 일대를 선정한 것이 그것이다. 각각의 지역 특징을 고려하여 조사를 실시하되, 되도록 금산군 전 지역에서 두루 나타나는 일반성 있는 자료를 함께 주목하여 듣는 일에도 유의했다.

1. 군북면

충청남도 금산군 군북면 보광리

조사일시 : 2009.2.4, 2009.2.5
조 사 자 : 황인덕, 김기옥, 오세란, 서은경

　　보광리는 서대산 아래 동남쪽에 자리한 마을로 보광사가 있어 마을 이름이 붙여졌다고 한다. 그러나 절은 폐사된 지 이미 오래되었다. 보광리는 전주이씨 집성촌이고 안보광리는 오씨가 많이 산다. 마을이 번창할 때는 보광리와 안보광리를 합쳐 200여 호가 넘는 큰 마을이었으나 지금은 거의 반으로 줄었다. 산이 높고 골짝이 깊어 논은 적고 밭이 많은 편이다. 서대산 자락 쪽에 넓게 펼쳐진 밭에서는 전에 보리를 많이 심어 사기점과 함께 보리 매상을 많이 하는 마을로 알려졌었다고 한다. 2009년 2월 4일에 안보광리, 2월 5일에 보광리를 각각 조사했다. 두 마을 모두 조사단의 방문에 우호적이기는 했으나 거의 중심 되는 대표 화자들의 역할이 크게 지배하는 경향을 보여주었다. 안보광리에서는 박영찬 어른, 보광리에서는 이강서 어른이 그분들이다. 특히 이강서 어른 같은 경우는 이야기를 많이 알고 있고 구변도 좋은 분인데 구연을 제한적으로만 하려는 성품을 지니고 있어, 여유를 갖고 많은 자료를 듣지 못한 것이 아쉽다.

충청남도 금산군 군북면 산안리 1구 사기점

조사일시 : 2009.2.3, 2009.2.4
조 사 자 : 황인덕, 김기옥, 오세란, 서은경

사기점은 산안리의 중심 마을이다. 마을 아래쪽 자진뱅이 입구 부근에 사기를 굽던 곳이 있어 사기점이라고 했다고 하는데 지금은 흔적도 찾기

어렵다고 한다. 작은 산을 뒤로 한 남향 마을이라 따뜻하고 포근하다. 앞으로는 높은 산이 있고 그 산 발치가 산안리 쪽으로 넓게 펼쳐져 있어 이곳이 사기점 마을의 주된 농토를 이루고 있다. 작은 개울에 길게 면한 마을이어서 오래 전부터 갯버들이 하천변에 심어져 있었는데 왜정 때 있었던 큰 홍수로 거의 다 쓸려 내려갔다고 한다. 논보다 밭이 많은 사기점은 전부터 보리농사를 많이 했고, 해마다 보리 매상을 많이 한 마을로 알려졌다고 한다. 사기점은 한 때 50여 호의 큰 마을이었으나 지금은 많이 줄어 20여 호에 불과하고 그나마 빈 집이 더 많은 편이다. 논보다 밭이 많아 대부분의 농가가 인삼농사를 짓고 있다. 그 외 다른 특용 작물은 거의 없으나 근래 딸기묘 재배를 소득 작목으로 삼고 있는 젊은 농부도 두어 집 있다. 사기점은 전에 비하여 인구가 많이 줄었지만 이와는 반대로 군북으로 나가는 고개 쪽에는 최근 전원주택지가 조성되고 있어 외지인의 관심을 끌고 있다. 산 동쪽 국사봉 자락에는 이미 집이 대여섯 채 들어섰고 그 맞은편 보광리 쪽에도 새로운 택지조성이 진행 중이다. 사기점 구비문학 조사는 2009년 2월 3일 마을회관 여성 방에서 이루어졌다. 그리고 한한국 어른 댁을 따로 방문하여 추가로 조사를 했다. 2월 4일에는 산안2리 자진뱅이 마을을 방문하여 조사를 했다.

충청남도 금산군 군북면 상곡리 1구 배나뭇들

조사일시 : 2009.2.2, 2009.2.5
조 사 자 : 황인덕, 김기옥, 오세란, 서은경

상곡리의 중심에 자리하고 있으며 상곡초등학교가 있는 마을이다. 마을 앞들에 배나무가 서 있다 해서 이목동 또는 배나뭇들이라고 부른다. 30여 호의 작은 마을이고 전형적인 산촌형 농촌으로 별다른 특이점을 찾기 어려운 마을이다. 상곡초등학교는 한 때 학생이 700명에 이르고 한 학년에

두 학급씩 편성되었으나, 몇 년 전에 전교생이 6명에 불과한 정도로 작아져 마침내 폐교 직전에 이르렀던 것을 주민들이 적극 반대하여 폐교를 겨우 막았다고 한다. 그러다가 아토피 학생들을 받아들여 교육하는 특성화를 꾀함으로써 나름대로 명맥을 유지하고 있다. 아토피가 심한 학생을 위한 집이 마을에 10여 채 지어져 있고, 날마다 좀 먼 곳에서 등하교 하는 학생도 있다. 그런가 하면 10여 명에 달하는 다문화 가정 학생도 함께 공부하고 있다. 상곡리 마을 구비문학 조사는 2009년 2월 2일 오후에 마을 회관에서 주로 여성을 대상으로 이루어졌다. 좌중의 호응도는 높은 편이었고, 이야기와 노래를 함께 들었다. 그러나 두드러진 제보자는 보이지 않았다. 2월 5일에는 상곡2리 골내미 경로당에서 주로 노래를 들었고, 안골내미 마을 박복현 어른 댁을 방문하여 이야기를 들었다. 이어 인근 복거리 마을을 방문하였으나 제보자 탐색이 여의치 않아 실제 조사는 이루어지지 못했다.

박금옥, 여, 1939년생

주 소 지 : 충청남도 금산군 군북면 상곡1리 경로당
제보일시 : 2009.2.9
조 사 자 : 황인덕, 김기옥, 오세란, 서은경

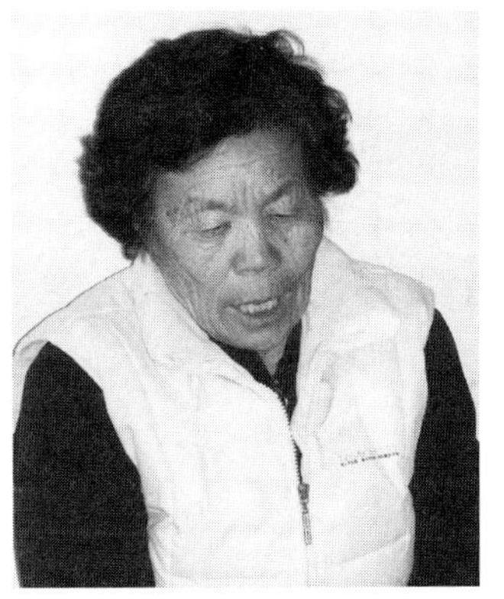

 6·25 전쟁이 나자 이원면으로 피난을 갔다. 이원면에서 살다가 22세에 결혼하면서 상곡리로 왔다. 인천 동명학교에서 4학년까지 다니다가 그만두었다. 초등학교 3, 4학년 때 사회생활 책에 나오는 노래를 불러줄 정도로 기억력이 뛰어나다. 결혼하여 가정 일에 매이다 보니 노래 가사를 많이 잊어버렸다고 한다. 교훈성이 있는 이야기를 들려주려는 경향이 있다.

제공 자료 목록
08_02_FOT_20090209_HID_PKO_0001 명당 차지한 착한 맹인
08_02_FOT_20090209_HID_PKO_0002 구렁덩덩 신선비
08_02_FOT_20090209_HID_PKO_0003 소금 장수와 부정한 제삿밥
08_02_FOT_20090209_HID_PKO_0004 개로 환생한 어머니
08_02_FOS_20090209_HID_PKO_0001 방아 방아 물방아야

박복현, 남, 1938년생

주 소 지 : 충청남도 금산군 군북면 상곡2리 안골내미길 35번지
제보일시 : 2009.2.5
조 사 자 : 황인덕, 김기옥, 오세란, 서은경

현지 출신으로, 지금까지 농사일을 주로
하였다. 이원 국민학교 34회 졸업생이다. 중
학교에 진학은 못 하고 서당에서 한문을 한
2년 간 배운 적이 있다. 전쟁 후 배를 곯다
가 삼농사를 시작하였다. 젊어서부터 일을
하면서 땅을 조금씩 사두었다. 지금은 먹고
사는 데에는 문제가 없다고 한다. 젊어서
고생을 많이 해서 몸이 불편한 상태이며,

지금은 혼자 일을 할 수가 없어 작은아들이 도와주고 있다. 10년 전 쯤에
효자상을 탄 적도 있다. 부인 이춘자(여, 71세)와의 사이에 3남 4녀를 두
었다. 자신이 열심히 살아온 것에 대하여 나름대로의 자부심이 있으며,
자식들이 장성해서 제 역할을 잘 하고 있어 뿌듯하다고 한다.

몸이 불편해서인지 발음이 정확하지 못한 조건이었으며, 약간의 취기를
계속 유지한 상태에서 이야기를 하다 보니, 발음이 늘어지는 경향이 있다.
집안에서도 늘 일정한 양의 술을 마신다고 한다. 조사자들과의 첫대면에
서와는 달리 시간이 흐를수록 이야기 구연을 즐기는 듯하였다.

제공 자료 목록
08_02_FOT_20090205_HID_PBH_0001 중국 장수가 끊은 용맥
08_02_FOT_20090205_HID_PBH_0002 신안의 아기장수 전설
08_02_FOT_20090205_HID_PBH_0003 호랑이가 춤춘 바위
08_02_FOT_20090205_HID_PBH_0004 아이 잡아 먹은 호랑이
08_02_FOT_20090205_HID_PBH_0005 나팔 소리 들리는 데까지 내 땅
08_02_FOT_20090205_HID_PBH_0006 엄나무 가시에 뒹굴어 집문서 지킨 사람
08_02_FOT_20090205_HID_PBH_0007 호랑이와 곶감
08_02_FOT_20090205_HID_PBH_0008 고양이와 개
08_02_MPN_20090205_HID_PBH_0001 나오다 안 나오다 하는 샘
08_02_MPN_20090205_HID_PBH_0002 도깨비에 홀린 사람
08_02_MPN_20090205_HID_PBH_0003 방앗공이에 붙은 도깨비

박수월, 여, 1930년생

주 소 지 : 충청남도 금산군 군북면 상곡2리 경로당
제보일시 : 2009.2.2
조 사 자 : 황인덕, 김기옥, 오세란, 서은경

　　제원면 길곡리가 친정이다. 16세에 시집을 왔다. 아들이 사준 음악기기를 이용해서 지금도 집에서 노래를 자주 부른다고 한다. 한번 노래를 시작하면 청하기도 전에 연이어 다양한 노래를 부른다. 젊어서는 시집살이 한다고 노래를 못 불렀고, 40세가 넘어서 노래를 부르기 시작했다고 한다. 성격이 활달하고 다른 사람 앞에서 노래하고 이야기하는 것을 즐기는 듯하다. 5편 정도의 이야기를 구연하였고, 20여 편의 노래를 연이어 불렀다. 노래에 대한 타고난 신명이 있는 듯하다. 발음을 정확하게 하려는 노력이 엿보인다.

제공 자료 목록

08_02_FOT_20090202_HID_PSW_0001 호랑이 춤춘 바위
08_02_FOT_20090202_HID_PSW_0002 낫으로 찍자 피가 난 둥구나무
08_02_FOT_20090202_HID_PSW_0003 자기 복에 먹고 사는 딸
08_02_FOT_20090202_HID_PSW_0004 해와 달이 된 오누이
08_02_FOT_20090202_HID_PSW_0005 며느리 방귀 도둑 방귀
08_02_FOS_20090202_HID_PSW_0001 사랑 타령
08_02_FOS_20090202_HID_PSW_0002 연분홍 치마 봄바람에
08_02_FOS_20090202_HID_PSW_0003 산이 높아 못 오는가
08_02_FOS_20090202_HID_PSW_0004 이방 저방 건너야
08_02_FOS_20090202_HID_PSW_0005 모심기 노래
08_02_FOS_20090202_HID_PSW_0006 디딜방아 노래
08_02_FOS_20090202_HID_PSW_0007 시집살이 노래
08_02_FOS_20090202_HID_PSW_0008 호박 넝쿨 박 넝쿨

08_02_MFS_20090202_HID_PSW_0001 징병 갔다 오는 노래
08_02_MFS_20090202_HID_PSW_0002 창부 타령
08_02_MFS_20090202_HID_PSW_0003 제주도 한라산에
08_02_MFS_20090202_HID_PSW_0004 베틀가
08_02_MFS_20090202_HID_PSW_0005 일본 대판 가신 낭군
08_02_MFS_20090202_HID_PSW_0006 산천 초목에 타는 불은
08_02_MFS_20090202_HID_PSW_0007 석탄 백탄 타는 데는
08_02_MFS_20090202_HID_PSW_0008 어떤 사람은 팔자가 좋아
08_02_MFS_20090202_HID_PSW_0009 노랫가락

박영찬, 남, 1938년생

주 소 지 : 충청남도 금산군 군북면 보광리 안보광길 노인회관
제보일시 : 2009.2.4
조 사 자 : 황인덕, 김기옥, 오세란, 서은경

　　안보광길 경로당에 들어서니 5~6명이 모여 앉아 화투판을 벌이고 있었다. 조사자들이 찾아온 목적을 이야기하자, 선뜻 소개를 받은 인물이 박영찬 화자이다. 화자의 집에 찾아가니, 한 눈에 들어오는 넓은 마당에 사나운 개들이 정신없이 짖어대고 있었다. 주인 없는 집 대문을 만져볼 수도 없는 지경이었다. 길가에서 한참을 기다린 후 화자를 만나 경로당으로 이동하여 자리를 마련하였다.

　　부리면에서 나고 자랐다. 키가 큰 편이다. 자신이 살아온 이력에 대해 긴 시간 동안 이야기를 들려주었다. 가까운 지인에게 지나온 시절을 이야기하듯 편안한 마음으로 구연했다. 재혼한 부인이 뭉돈을 가지고 외국으로 도망을 가버려 지금은 혼자 지내고 있다. 젊었을 때에는 사업도 해 보고 체 장사를 하러 돌아다니기도 하였다. 개를 좋아해서, 현재 마당에서

키우고 있는 개만도 5~6마리가 된다. 개는 사람과 달리 배신을 하지 않는다는 말도 하였다. 한학을 조금 하였으며 현재 묏자리를 봐 주러 다니기도 한다.

제공 자료 목록
08_02_FOT_20090204_HID_PYC_0001 머리 검은 짐승은 구하지 마라
08_02_FOT_20090204_HID_PYC_0002 삼천갑자 동방삭
08_02_FOT_20090204_HID_PYC_0003 추한무일와
08_02_FOT_20090204_HID_PYC_0004 농담 잘하는 임금님
08_02_FOT_20090204_HID_PYC_0005 신립 장군을 죽인 원혼
08_02_FOT_20090204_HID_PYC_0006 여자 원귀 때문에 죽은 조중봉
08_02_FOT_20090204_HID_PYC_0007 새도 착각한 솔거의 그림
08_02_FOT_20090204_HID_PYC_0008 병풍에서 똥이 나오는 그림을 그린 중
08_02_FOT_20090204_HID_PYC_0009 집에 손님 안 오게 해달라는 며느리
08_02_FOT_20090204_HID_PYC_0010 율곡과 제자와의 지혜 겨루기
08_02_FOT_20090204_HID_PYC_0011 무학대사보다 나은 소금장수
08_02_FOT_20090204_HID_PYC_0012 3할 정도만 맞는 토정비결
08_02_FOT_20090204_HID_PYC_0013 시체를 굴려서 잡은 명당
08_02_FOT_20090204_HID_PYC_0014 임금님이 방문할 것을 안 사람
08_02_FOT_20090204_HID_PYC_0015 세 지관 덕에 부자된 총각
08_02_FOT_20090204_HID_PYC_0016 맥을 끊어 놓은 이여송
08_02_FOT_20090204_HID_PYC_0017 백정이 잡은 명당
08_02_MPN_20090204_HID_PYC_0001 저승에 갔다 온 친구

배순애, 여, 1936년생
주 소 지 : 충청남도 금산군 군북면 상곡2리 경로당
제보일시 : 2009.2.2
조 사 자 : 황인덕, 김기옥, 오세란, 서은경

금산군 제원면에서 18세에 이곳으로 시집을 왔다. 이야기를 해 본 경험이 많지 않

은 화자이다. 이야기의 내용을 알고는 있으나, 이야기 전개가 매끄럽지 않은 편이다. 중간 중간 다른 청자의 질문과 추임새가 적절히 들어가야 이야기가 진행되는 정도이다.

제공 자료 목록
08_02_FOT_20090202_HID_BSE_0001 방귀 잘 뀌는 며느리
08_02_FOT_20090202_HID_BSE_0002 떡국새의 유래

신귀이, 여, 1928년생

주 소 지 : 충청남도 금산군 군북면 상곡2리 경로당
제보일시 : 2009.2.2
조 사 자 : 황인덕, 김기옥, 오세란, 서은경

금산군 추부면에서 살다가 일제 강점기 처녀 공출이 있던 시기에 이곳으로 시집을 왔다. 얼마 전 넘어져서 양 볼이 빨갛게 부어 있었다. 이야기가 한참 진행 중일 때, 방 안으로 들어왔다. 연이어 4편의 이야기를 구연하였다. 느릿느릿한 어조로 차분히 이야기를 하였다. 시간적인 여유가 있다면 더 많은 이야기 구연이 가능한 화자이다.

제공 자료 목록
08_02_FOT_20090202_HID_SKE_0001 남근을 매달아 놓은 스님
08_02_FOT_20090202_HID_SKE_0002 내 복에 산다
08_02_FOT_20090202_HID_SKE_0003 게으른 아들과 새끼 세 발
08_02_FOT_20090202_HID_SKE_0004 도깨비에 홀려 죽은 사람

신대순, 여, 1936년생

주 소 지 : 충청남도 금산군 군북면 상곡2리 경로당
제보일시 : 2009.2.2
조 사 자 : 황인덕, 김기옥, 오세란, 서은경

　추부면 서대리에서 살다가 19살에 이곳으로 시집을 왔다. 웃는 얼굴이 선해 보이는 인상이다. 이야기를 즐겨 하지는 않으나, 조사자들이 찾아온 목적을 위해 다른 사람들의 이야기를 유도해 내려고 노력했다. 먹을거리를 챙겨주는 등 조사자들을 배려하는 모습을 보였다.

제공 자료 목록
08_02_MPN_20090202_HID_SDS_0001 채알 귀신
08_02_FOS_20090202_HID_SDS_0001 과부 노래

오순이, 여, 1935년생

주 소 지 : 충청남도 금산군 군북면 산안리 사기점 121
제보일시 : 2009.2.9
조 사 자 : 황인덕, 김기옥, 오세란, 서은경

　강원도 춘천에서 21세에 군북면으로 이사를 왔다. 조사자들이 남편인 한한국(남, 78세)의 이야기를 듣는 동안 점심 준비를 하고 있었다. 조사자가 옛날 이야기를 청하자, 경험담 성격을 띠는 2편의 이야기를 들려주었다. 정확한 발음에 이야기 전개가 매

끄러워 더 많은 이야기를 기대했으나, 남편이 이런 종류의 이야기를 대수
롭지 않게 여기는 반응을 보이자, 더 이상 구연이 진행되지 못하였다. 더
많은 이야기를 기대해도 좋을 화자이다.

제공 자료 목록
08_02_MPN_20090209_HID_OSE_0001 본인이 운전해서 가는 저승

이강서, 남, 1927년생

주 소 지 : 충청남도 금산군 군북면 보광리 경로당
제보일시 : 2009.2.5
조 사 자 : 황인덕, 김기옥, 오세란, 서은경

항상 경로당에 나와 마을 일에 동참을 하
는 편이라고 한다. 남녀를 불문하고 사람들
과의 친밀도가 높으며, 상대를 배려하려는
마음이 엿보인다. 이야기 하는 것을 즐기는
성격이다. 이가 많이 빠진 상태이어서 발음
이 정확하지 않은 점이 아쉽다.

제공 자료 목록
08_02_FOT_20090205_HID_YKS_0001 쌀 서 말로 석 달 나기 시험

이상순, 여, 1932년생

주 소 지 : 충청남도 금산군 군북면 보광리 경로당
제보일시 : 2009.2.5
조 사 자 : 황인덕, 김기옥, 오세란, 서은경

체구가 큰 편이며, 목소리도 우렁차다. 보광리 경로당에는 10명 안팎의
어른들이 청중으로 앉아 있었다. 이강서(남, 83세) 화자와 서로 경쟁이라

도 하듯이 번갈아 가며 이야기를 이어나갔
다. 이강서 화자가 이야기를 마치자, 기다렸
다는 듯이 다른 이야기를 시작하였다.

　이야기를 하려는 의욕이 돋보인다. 처음
에는 이야기판이 다소 낯설어서인지, 내용
을 자주 번복하는 등 이야기 흐름이 매끄럽
지 않았으나, 시간이 흐를수록 차분하게 안
정되었다. 이야기를 하는 도중 한번씩 소리
내어, "하하하" 웃는 습관이 있다. 구연의 기회가 자주 부여된다면 훨씬
매끄러운 구연이 가능한 화자이다.

제공 자료 목록
08_02_FOT_20090205_HID_ESS_0001 명 이은 외아들
08_02_FOT_20090205_HID_ESS_0002 도깨비와 살고서 부자된 여자
08_02_FOT_20090205_HID_ESS_0003 은혜 갚은 까치
08_02_FOT_20090205_HID_ESS_0004 구렁덩덩 신선비
08_02_MPN_20090205_HID_ESS_0001 도깨비에 홀리다
08_02_MPN_20090205_HID_ESS_0002 도깨비 체험담

최분례, 여, 1925년생

주 소 지 : 충청남도 금산군 군북면 두두2리 413번지
제보일시 : 2009.2.5, 2009.2.12
조 사 자 : 황인덕, 김기옥, 오세란, 서은경

　두두리 메덕이에서 자라서 19세 때 조정리로 시집을 갔다. 당시는 일제
강점기로 처녀 공출이 있는 시기라 공출을 가느니 시집을 가는 것이 낫다
고 해서, 한 동네에서 6명의 처녀가 한꺼번에 시집을 갔다고 한다.
　자그마한 체구에 마른 체형을 가진 최분례 화자는, 조사자가 다음 이야기를 기다리기도 전에 "내 또 하나 하까?"
라고 하면서, 구연에 적극적인 자세를 보였
다. 이야기이면 이야기, 노래면 노래에 대한
신명이 남다른 것을 알 수 있다. 이야기를
하다가 노랫가락이 자연스럽게 섞이는 경우
가 허다하다. 흥이 나면 자리에서 벌떡 일
어나서 덩실덩실 춤을 추기도 하고, 구연
상황에서 동작이 필요한 경우 절을 넙죽 하
는 등 온몸으로 구연하였다.

　치아가 많이 빠져 있음에도 불구하고 상당히 정확한 발음을 구사한다.
20대 즈음에 들었던 장편의 노래 가사를 거의 기억해서 부르는 것을 보
면, 뛰어난 기억력을 지녔음을 알 수 있다. 한편의 이야기가 지니는 서사
성이나 완결성의 정도를 볼 때, 이야기에 대한 인식이 나름대로 설정되어
있음을 알 수 있다.

　2번의 방문으로, 40여 편의 이야기를 들을 수 있었다. 길고 짧은 노래
또한 20여 마디를 불렀다. 더 많은 이야기를 얻을 수 있는, 여러 번의 방
문이 필요한 화자이다.

제공 자료 목록
08_02_FOT_20090209_HID_CBR_0001 현명한 며느리
08_02_FOT_20090209_HID_CBR_0002 소 팔아 딸 집에 가서 죽은 친정아버지
08_02_FOT_20090209_HID_CBR_0003 장인 얼굴에 오줌 눈 사위
08_02_FOT_20090209_HID_CBR_0004 첫날 밤에 아이를 낳은 신부
08_02_FOT_20090209_HID_CBR_0005 기가 센 신부 길들인 신랑
08_02_FOT_20090212_HID_CBR_0001 욕심 부리다 죽은 세 사람
08_02_FOT_20090212_HID_CBR_0002 딸보다 나은 양아들
08_02_FOT_20090212_HID_CBR_0003 소 팔아 딸 집에 가서 죽은 친정아버지
08_02_FOT_20090212_HID_CBR_0004 문둥병자와의 혼인

08_02_FOT_20090212_HID_CBR_0005 여우 잡은 소금장수

08_02_FOT_20090212_HID_CBR_0006 쥐좆도 모르는 여자

08_02_FOT_20090212_HID_CBR_0007 지네 며느리 퇴치한 중

08_02_FOT_20090212_HID_CBR_0008 구렁덩덩 신선비

08_02_FOT_20090212_HID_CBR_0009 시주한 며느리만 구한 도승

08_02_FOT_20090212_HID_CBR_0010 둔갑한 여우

08_02_FOT_20090212_HID_CBR_0011 죽어서 두더지가 된 서모

08_02_FOT_20090212_HID_CBR_0012 소도둑과 점쟁이

08_02_FOT_20090212_HID_CBR_0013 금덩어리로 부자된 엿장수

08_02_FOT_20090212_HID_CBR_0014 문둥이에게 시집간 셋째 딸

08_02_FOT_20090212_HID_CBR_0015 구렁이 물리친 큰 마누라

08_02_FOT_20090212_HID_CBR_0016 내 복에 산다

08_02_FOT_20090212_HID_CBR_0017 문둥이에게 시집간 셋째 딸

08_02_FOT_20090212_HID_CBR_0018 작은마누라 심술

08_02_FOT_20090212_HID_CBR_0019 아이를 살린 개

08_02_FOT_20090212_HID_CBR_0020 현명한 며느리

08_02_FOT_20090212_HID_CBR_0021 금덩어리로 부자 된 엿장수

08_02_FOT_20090212_HID_CBR_0022 떡국 방망이

08_02_FOT_20090212_HID_CBR_0023 이순신 장군 태몽

08_02_FOT_20090212_HID_CBR_0024 자식 많이 낳을 팔자

08_02_FOT_20090212_HID_CBR_0025 떡 훔치러 갔다가 부자된 사람

08_02_FOT_20090212_HID_CBR_0026 서모 구박 받고도 잘된 아들

08_02_FOT_20090212_HID_CBR_0027 서모 구박에 죽어서 새가 된 딸

08_02_FOT_20090212_HID_CBR_0028 은혜 갚은 꿩

08_02_FOT_20090212_HID_CBR_0029 뒷동산의 할미꽃

08_02_FOT_20090212_HID_CBR_0030 첩보다 본처

08_02_MPN_20090212_HID_CBR_0001 죽었다가 살아난 사람

08_02_MPN_20090212_HID_CBR_0002 약이 되는 명산의 돌

08_02_MPN_20090212_HID_CBR_0003 수저를 감춘 시어머니

08_02_MPN_20090212_HID_CBR_0004 동생 병 고쳐 준 사람

08_02_MPN_20090212_HID_CBR_0005 장닭 먹여 소아마비 고친 사람

08_02_MPN_20090212_HID_CBR_0006 6년 만에 찾아 나선 남편

08_02_MPN_20090212_HID_CBR_0007 성명 운세를 꿰뚫어 아는 사람

08_02_MPN_20090212_HID_CBR_0008 죽을 시간을 미리 알고 죽은 남편

08_02_MPN_20090212_HID_CBR_0009 폐병 걸린 아버지 낫게 한 딸

08_02_MPN_20090212_HID_CBR_0010 백마산 장수

08_02_MPN_20090212_HID_CBR_0011 가로 글자 시대가 오면 여자 세상이 온다

08_02_MPN_20090212_HID_CBR_0012 꿩알 삶아 먹으려다 받은 앙화

08_02_FOS_20090209_HID_CBR_0001 내일 죽을지 모레 죽을지

08_02_FOS_20090209_HID_CBR_0002 댕기 노래

08_02_FOS_20090209_HID_CBR_0003 비야 비야 오지 마라

08_02_FOS_20090209_HID_CBR_0004 남편을 원망하는 노래

08_02_FOS_20090209_HID_CBR_0005 시어머니 죽으면 좋다더니

08_02_FOS_20090209_HID_CBR_0006 장가 가기 싫어 부르는 노래

08_02_FOS_20090209_HID_CBR_0007 진주 낭군가

08_02_FOS_20090209_HID_CBR_0008 팔라당 팔라당 홍갑사 댕기

08_02_FOS_20090209_HID_CBR_0009 시집살이 노래

08_02_FOS_20090209_HID_CBR_0010 디딜방아 노래

08_02_FOS_20090209_HID_CBR_0011 영감아 땡감아

08_02_FOS_20090209_HID_CBR_0012 석탄 백탄 타는 데는

08_02_FOS_20090209_HID_CBR_0013 나는 당신을 알기를

08_02_FOS_20090209_HID_CBR_0014 참새는 작아도 알을 낳고

08_02_FOS_20090212_HID_CBR_0001 뱃노래

08_02_FOS_20090212_HID_CBR_0002 시집살이 노래

08_02_MFS_20090212_HID_CBR_0001 지원병 보내는 노래

08_02_MFS_20090212_HID_CBR_0002 시집살이 노래

한정임, 여, 1928년생

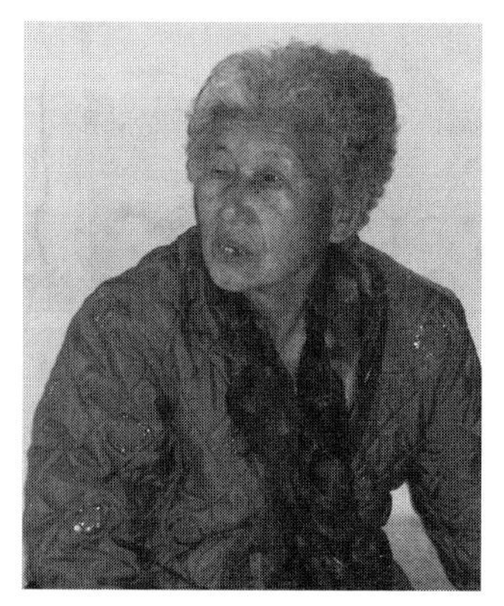

주 소 지 : 충청남도 금산군 군북면 상곡1리 경로당
제보일시 : 2009.2.9
조 사 자 : 황인덕, 김기옥, 오세란, 서은경

　마을 사람들이 한정임 화자를 '똥그랑땡 할머니'라고 불렀다. 예전에 이 노래를 잘 불렀다고 한다. 대전에서 태어나서 인천에서 자랐다. 16세에 금산에 왔으며, 17세에

결혼을 하였다. 지금은 몸이 불편하여 기억력도 많이 나빠졌다고 한다. 오래 앉아 있는 것이 힘들어 보였다. 입이 자꾸 마른다고 하면서, 노래를 몇 마디 하고는 자꾸 방바닥에 누우려고 하였다.

제공 자료 목록
08_02_FOS_20090209_HID_HJY_0001 똥그랑땡 노래

한한국, 남, 1932년생

주 소 지 : 충청남도 금산군 군북면 산안리 사기점 121
제보일시 : 2009.2.9
조 사 자 : 황인덕, 김기옥, 오세란, 서은경

머칠 전 잠시 들러 다시 찾아뵙겠다는 약 속을 한 뒤, 2월 9일 오전 제보자의 집을 다시 찾았다. 조사자들을 기다리고 있었다. 오래 전 정미소 일을 하다가 사고를 당해 왼쪽 팔을 잃은 상태이다.

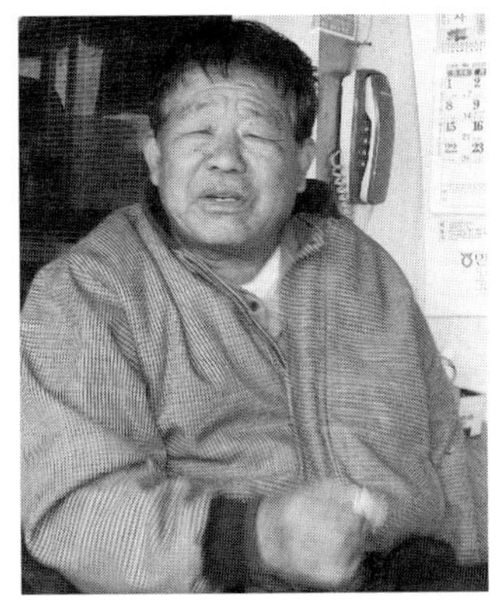

조사자들이 듣고 싶어하는 설화 관련 이 야기에 대해서는 의미를 두지 않는 반면 자 신이 살아온 경험담을 이야기하는 데에는 열의를 보였다. 영농 자금 30만원을 얻어 꼬리 잘린 소를 사서 키우기 시 작하면서, 가난에서 조금씩 벗어나기 시작하였다. 가난이 한이 되어 열심 히 일을 하니까 되더라는 이야기를 여러 번 하였다. 무학이지만, 근면하 게 살아온 자신의 이력에 대한 자부심이 강하다.

조사자에 대한 태도가 우호적이었으며, 적극적으로 이야기를 이끌어 가 는 자세를 보인다. 이야기를 전개할 때, 나이나 연대를 기억해 내는 데에 상당한 시간을 할애하는 것으로 보아, 정확한 구술을 하려는 의지가 엿보

인다. 완결성을 지닌 형식의 이야기를 들려주는 데에는 취약하다.

제공 자료 목록

08_02_FOT_20090209_HID_HHK_0001 썩은 고목에서 나는 서기
08_02_FOT_20090209_HID_HHK_0002 도깨비에 홀려 죽은 두 사돈
08_02_MPN_20090209_HID_HHK_0001 도깨비에 홀려 힘이 세진 사람

황전수, 남, 1938년생

주 소 지 : 충청남도 금산군 군북면 보광리 안보광길 43
제보일시 : 2009.2.4
조 사 자 : 황인덕, 김기옥, 오세란, 서은경

　　보광리 안보광 경로당에 들어서니, 5~6
명의 어르신들이 화투 놀이를 하고 있었다.
조사자들이 찾아온 목적을 이야기 하자, 그
런 이야기라면 박영찬이라는 사람이 잘한다
고 소개하면서 직접 전화까지 걸어주었다.
박영찬 화자를 만나기 위해 댁 근처에서 서
성이다가 이웃집에 사는 황전수 화자를 만
나게 되었다. 길가에 서서 마을 현황과 내력
에 대한 이야기를 들려주었다.

　　조용한 성격의 소유자이며, 자신은 이야기를 잘 하지 못한다는 말을 거
듭 하면서도, 알고 있는 것을 최대한 많이 알려주려는 열의를 보였다. 도
중에 박영찬 화자가 나타나자, 이야기를 마무리지었다.

제공 자료 목록

08_02_FOT_20090204_HID_HJS_0001 형제 바위

명당 차지한 착한 맹인

자료코드 : 08_02_FOT_20090209_HID_PKO_0001
조사장소 : 충청남도 금산군 군북면 상곡1리 경로당
조사일시 : 2009.2.9
조 사 자 : 황인덕, 김기옥, 오세란, 서은경
제 보 자 : 박금옥, 여, 71세
구연상황 : 앞의 이야기와 같은 상황에서 구연하였다.
줄 거 리 : 가난하게 살던 맹인이 나무하러 갔다가 죽었다. 아들들이 시체를 메고 돌아오
려는데 시체가 같은 자리에 세 번 떨어졌다. 그래서 그 자리에 묘를 썼는데,
그곳이 명당자리였다. 이후 자식들도 잘 살았다.

저 맹인이 맘씨가 좋은 양반이요, 박복하게 가난한 사람이 돌아가셨대
요. 저 일하다가. 인저 돌아가셨디야, 저 일 하, 일 하러 나무 깎으러 가
가지구. 둥굴어서 죽었대. 죽었는디 인제 아들네들이 가서 인제 아버님께,
아버지닝깨 이케 데려올라고 이케 시체를 미구서 오는디요, 거가 뚝 떨어
지드래요, 또. 시 번째 떨어지드래요.

(청중 : 그 자리에?)

잉. 그래서 그 자리 썼는디, 거기가 명당자리라. 그렇게 잘, 아들네들
되고.

구렁덩덩 신선비

자료코드 : 08_02_FOT_20090209_HID_PKO_0002
조사장소 : 충청남도 금산군 군북면 상곡1리 경로당
조사일시 : 2009.2.9

조 사 자 : 황인덕, 김기옥, 오세란, 서은경
제 보 자 : 박금옥, 여, 71세
구연상황 : 노래를 한 마디 하고, 이어서 구연하였다. 남자가 아닌 여자가 구렁이로 등장
하고 있다. 구렁이가 여자로 변하는 등 이야기의 흐름에 무리가 있다. 기억력
에 의한 혼란이 있는 듯하다.
줄 거 리 : 혼인을 약속한 여자 집에서 구렁이를 낳았다. 아들을 낳은 집에서 아들을 피
신시켰다. 구렁이는 여자의 모습으로 변하여 결혼하기로 한 남자를 찾으러 떠
났다. 갖은 고생을 한 뒤에 남자를 만나 결혼하여 잘 살았다.

(청중 : 구렁덩덩 선선비라구 했어.)

구렁, 구렁이를, 구렁이를 아랫집, 아래 웃집이 사는데요, 옛날에. 아래
웃집이 사는데. 밑이 집 여자 임신을 하구, 아랫, 저, 저, 웃집 여자도 임
신을 했는디 인저, 서로 딸 낳고 아들 나믄 약속을 했대요. 혼인하자구.
배, 뱃속에부텀. 약속을 했는디.

한 여자는, 한 여자는 저기 저, 딸을 낳는디요, 아니 참, 한 여자는 아
들을 낳는디, 밑이 집 남자는, 밑이 집 여자는 아들을 낳는디, 웃집 여자
는 가보니께 구렁이를 시 마리나 낳아 놨드래. 이런, 이런, 구랭이를 나났
드래요. 그래서루 그 남자가, 그 밑이 집 있는 여자가, 아이구, 사둔한다
구 약속했는데 구랭이를 낳아서 어트케 하느냐고 걱정을 하니께요,

저의, 밑이 집이 여자가 인제 그르카구 걱정을 했는디, 구랭이가 날름
날름 날름 날름 하드래요. 그 여자를 보고. 그래서루 인자, 아이, 나는 인
자 죽어두 사둔은 안 한다구. 그라문서루 밑이 집, 남, 엄마가 가서 아들
을 키워 가지구, 저 어디루 피난을 보냈대유.

피난을 보냈는디, 집이, 집이, 구렁이는 여자가 인저, 저기 어트캐서 둔
갑을 해 가지구, 사람이루 인제 이렇게 여자루 둔갑이 됐는디요, 둔갑이
됐는디, 이 약속을 한 남자가 인제 인연인디, 그 남자한티를 찾아가야 하
는데, 찾아가서루 보닝깨루, 거그를 영 못 찾겄드래요. 남자 있는 데를.

그래 한 여자가 빨래를 이케 빠는디 빨래를 막 비벼, 여, 그 동네 마을

여자가. 거기 찾아가는데 빨래를 이룋기 비비는디, 이룋게 가가지구서 그 빨래 빠는 여자한티 서서 물어보기를요, 여기 구렁, 저기 구렁덩덩 아가 씨가 왔는디, 무슨 선비가 어디 가서 사느냐구 물었대요. 무슨 선빈가는 몰르는디, 그전이 선비라구 그랬어요. 그래, 그라니께 그라더래요.

흰 빨래를 희게, 흰 빨래는 검게 빨고, 검은 빨래는 희게 빨고, 이 빨래 한 퍼네기를 다 빨아주믄 알켜 준다고 그랬대요. 그래서루 그 빨래를 그 여자가 구렁이가 둔갑한 여자가 다 빨았대요. 빨으닝깨 방맹이를 탁 쌔리 믄서 일루 자꾸 따라가라 그라드래요. 떠닐쿠면서. 글루 떠내려가는 데루 이케 내려가니께, 내려가니께 기냥, 밭, 저 물이 짝 벌어지드래요. 그래서 글루 기냥 풍덩 들어갔디야, 그 여자가. 들어가서, 그 인저 들어가구 나닝 께 거기두 동네가 있드래요.

그래서 동네가 있어서 거기 들어가 가지구서는 하는 말이 그랬대요. 그 구렁덩이를 못 찾아 가지고. 막 그 집을 찾아댕기는디, 그 여자가 찾아댕 기니께, 여기 무슨 선비가 여기 어디 사느냐구, 거기 가서두 그룷게 물었 대요. 한 집이 들어가서. 그라닝께 그라드래요. 저기 저 집이 응, 저녁이 불을 써 놓는디, 저기 오두막집이 저기서 그 사람이 산다고 누가 가르켜 주더래요.

게서(그래서) 거기를 갔는디, 그 남자를 대화를 못 하고, 대화를 못 하 구서는 하는 말이 그라드래요. 저기, 가만히 창문 곁이서, 그 선비는 방에 들어앉아서 공부를 하고 익구, 이룋게 문 곁이서 이르카구 이르카구 지대 구 앉았으닝깨 하는 말이, 남자가 탁 공부를 해 놓구 이르카더니 하는 말 이 그라더래요.

"구렁덩덩 선비는 여기서 공부를 하는데, 저기 저기 저 달 속엔 본 남 편, 본 여자를 보련만은."

그르카더래요. 그래서 또 배깥이 있는 여자가 하는 말이,

"구렁덩덩 선비, 저기 본, 본 남편을 보건만은 저기 저기 저 달은 본 남

편을 보건만은.”

　또 그릏게 인자, 서루 주고받고 했댜. 창문 이릏기 문 사이서. 그르카구서 있는디, 구렁덩이가 인저, 구렁덩이라고 인자, 그 인제 구렁덩이가 문을 열며, 인저 신랑 선비, 무슨 선비라구 하는디 그걸 잊어버렸어. 그래 이릏게 문을 열면서 구렁덩덩, 구렁덩덩 아가씨가 왔느냐구. 인저 구렁덩이 여사, 여자여. 그 여자는. 구렁덩이여, 그게. 그래,

　“구렁덩이는 여기를 왔습니다.”

하구, 본 여자, 본 남편 거기서 결혼해 가지구 잘 살았대. 얘기는 언제든지 그렇대요.

소금 장수와 부정한 제삿밥

자료코드 : 08_02_FOT_20090209_HID_PKO_0003
조사장소 : 충청남도 금산군 군북면 상곡1리 경로당
조사일시 : 2009.2.9
조 사 자 : 황인덕, 김기옥, 오세란, 서은경
제 보 자 : 박금옥, 여, 71세
구연상황 : 앞의 이야기와 같은 상황에서 구연하였다.
줄 거 리 : 소금 장수가 나무 밑에 있다가 귀신들이 주고 받는 소리를 들었다. 제삿밥을
　　　　　먹으러 갔는데 내외간이 싸우는 것을 보고 아이를 구석에 던지고 왔다고 하
　　　　　였다. 그리고는 소금에다 아기를 싸매야 낫는다는 말을 하였다. 소금장수는
　　　　　그 집을 찾아가 아이를 낫게 하고 이후 잘 살았다.

　그런 거 알잖아, 형님. 몰라?

　(청중 : 잊어먹었지.)

　소금장수를 소금을 떠 가지구, 소금짐을 지구 댕기는디, 지사를 지낼라구 하는디 내우간이 싸우드래요. 싸워서루, 인자, 죽은 귀신이 인저 얻어먹으러 그전 혼이래두 갔는디, 상을 차려 놨는디, 그 밥을 안 먹구 차 내

빌구 저기 애기만 갔다 구석이다 홱 던지구 왔다구. 소금장사가 둥구나무 밑이서 자는디 우선두선 그릏게 귀신들이 애기를 하드래요.

그래서루 그 소리 듣구서루 저기, 소금짐을 지구선 내려오니께루, 그냥 애기가 뎄다구 그냥 난리들이더래요, 그 집이서. 그래서루 소금장사가, 아이, 그라믄서 귀신이 하는 말이,

"소금이다가 응, 애기를 싸매먼은 애기가 낫는디, 응, 저기 소금이다 안 싸매믄 안 낫는디, 큰일났다."

그래서 그 소금 짐을 지구서,

"맞차, 앗차, 내가 소금두 팔기 겸해 가서 약을 알켜줘야지."

그 집이를 찾아가서 소금이루 애기를 싸매주구서, 저기 이, 소금두 팔고, 또 응 거시기, 저 인저 그런 애기를 했대요. 소금장사가.

엊저녁이 지키구 들었는디 그 부부간이 이릏게 싸웠느냐구 물으니께, 했다구 그라드래요. 그르믄 싸우는 게 아니다. 그래서 그릏게 할아버지가 애기를 떼대 밀었응깨, 소금이다 싸서 하라구 알켜주더라. 내가 둥구나무 밑이서 자는디 들었다. 이릏기 애기를 해서루 애기두 낙구구 또 잘 살다 죽었대요. [웃음]

　(청중 : 잘 하네.)

개로 환생한 어머니

자료코드 : 08_02_FOT_20090209_HID_PKO_0004
조사장소 : 충청남도 금산군 군북면 상곡1리 경로당
조사일시 : 2009.2.9
조 사 자 : 황인덕, 김기옥, 오세란, 서은경
제 보 자 : 박금옥, 여, 71세
구연상황 : 앞의 이야기와 같은 상황에서 구연하였다.
줄 거 리 : 자모리에서 있었던 일이다. 살림만 하던 할머니가 죽어서 저승에 갔다. 저승

사자가 무슨 구경을 했느냐고 묻기에 살림만 하고 왔다고 말하였다. 그랬더니 당신 집이나 지키라고 하면서 개로 환생시켰다. 아들집에 있다가 서러워서 집을 나와 딸집으로 가 사정을 이야기하였다. 이후 자식들이 개로 환생한 어머니를 업고 팔도를 구경시켜 주었다. 개는 진모래라는 곳에 이르자 내려달라고 하더니 그곳에서 죽었다.

저기 저, 옛날에 옛날에, 이거는 이 얘기는요, 옛날에, 저, 거시기, 여기 저 세천, 그 세천인가 어딘가서 우리 외가집이 사는데요, 자모리라구 있어요.

(조사자 : 자모리.)

예, 여기 세천. 자모리. 자모리서 이기 나는 일인디요. 인자 아들 하나, 아들 형제, 딸 하나, 삼남매를 키우고 살림을 노인네가 잘 했대요. 살림을 잘 했는디, 응, 구경을 세상 몰르고, 살림만 하고 아들만 키우구, 우리들 마냥 그렇게 살았어요. 살았는디, 그 할머니가 개도 믹이고 손자 키우고 인자 이렇게 가정을 잘 일궈서 재믹게 사는디 돌아가셨어요. 할머니가. 할머니가 돌아가시는디, 저승이를 들어갈라고 하니께,

"당신은 무슨 구경을 했느냐?"

항깨,

"나는 구경두 안 하고 살림만 하다가 이렇게 왔다."

고 그카니께, 본질대루 이 인제 죽은 귀신이 얘기를 했능가 봐요. 그랬는디, 응, 그 얘기 소리 득구서는 그럼 당신은 당신네 집이나 지키고, 개한티 인도환생을 줬대요. 그 혼을 개한티 줬대요. 그 집 개한테요. 자기네 집 개한테.

인제 개가 그 질로는 사람 행실을 할라고 하더래요. 밥을 인자 개 밥 주듯 한다고 안 해요? 개밥 쪼끔 주믄은 배가 고픈게, 두 몫을 먹어야 하는디. 배가 고프니께. 어트칼 수가 없응깨 며느리가 해 논 밥을 인제 해 놓구선, 인제 일하러 가믄 개가 문 열구 그걸 인제 먹구. 개가요. 먹구. 들

어가서. 그 자모리서 그랬대요. 그래서 개가 먹구. 또 메느리가 일하구 오믄은,

"아이구, 저놈의 개가 우리 저녁밥 먹을 걸, 해 농 걸 다 먹었다구."

옛날에는 가난하니께 인저 쌀들이 많들 안 항께, 이게 인제 저기 하잖아요? 그란께, 저 놈의 개, 잡아 먹던지, 팔아 먹던지 한다고 항깨 그 소리를 들응 거예요.

근디 등 넘어 저 넘어 세 등 넘어에다가 저기 어디랴 거가, 그른디 거기다가 딸을요, 시집을 보내서 사는데요, 개, 그 개가 인제 딸네 집이루 강 거예요. 인저. 사람 인도 환상해서 개가 혼이 붙었응깨 딸이지, 그게. 딸네 집이루 강깨, "힉!" 친정 개가 온다구 그 딸이 반가워 가지구, 친정 오빠가 오는가, 어짠 일잉가. 우리 개, 친정 개가 왔느냐구 대접을 잘 해 드래요.

그랬는디 친정 오빠도 안 오고 그래서루 개를 저기 낳은 오빠네 집이 데려다 줘야겄단께, 개가요, 그냥 눈물을 철철 흘리드래요. 그라더니 개가 방이루 들어오드래요.

"아유, 이눔의 개가 왜 들어오느냐!"구 얼른 나가라고
항깨. 그때선 입을 떠서 말을 하드래요.

"내가, 내가 느 엄마다."
그라믄서 그런 사실 얘기를 딸한티, 인저 지낸 얘기를 지다 했대요. 개가. 그래서,

"나는 저승이두 목 가구 개한티 이렇게 붙었, 이렇게 있다. 내가 응, 개 인도환생을 했다."

이렇게서 그 딸이 그 소리를 득고서는 기가 맥히니께 오빠들 다 불를 거 아녀요? 불러서루 인자 땅 팔구, 그때는 땅 팔구 그래서 명지 떠서 바랑 해서 짊어지구 개 눈만 요렇게 내놓구요, 그라구선 인제 아들 형제, 나서서루 인제 조선팔도 걸어다닐 땡게, 옛날이니까요.

우리 친정 어마니두 몰랐대요. 그 들었댜, 거기서. 뭐시네가 그르켔대. 그랑께 인제 요룽게 바랑 해서 눈만 요렇게 나와서 짊어지구 개 집어 넣어서 짊어지구서는 형제간에 그냥 돈 효자해 가지구, 그냥 서울루, 그냥 부산으로 막 양 조선팔도 다 돌아댕기며 개를 구경을 시켰대요. 구경을 시켜서 진모래라는 디가 저기 보은 진모래가 있대요. 모렝이루 이룽게 돌아오는디, 개가 그라드래요. 나 여기 내려 달라구 그라드랴. 그럼, 내려 주걸랑은,

"나 죽걸랑 여기다 끌어 묻으라 그라드래요."

그래서 진모래가 그래 진모래래요. 그게 전설에 나와 가지구 진모래가 됐대요. 저 보은 진모래가 있어요. 그래서루 거기서 넬쿼 노니께 개가 스르르르 죽더래요.

그래 인자 손으로 막 형제간에 파도 잘 파지더래요. 거기다 인제 그 바랑할래 전부 끌어 늫구선 집이를 왔는디, 집안두 잘 되구 농사두 터지게 졌대유. 일 년만잉가 들어오는디. 터지게 잘 지구 거기서 잘 살다 죽더래요. 그래서 구경 안 해도 못쓰다구 친정 어머니가. 아이, 나 얘기 많았는디. 전설로도 나갔어, 나갔대요.

(조사자 : 그 얘기는 어디서 들으셨어요?)

있었던 얘기에요. 친정어머니가요 어렸을 때, 저기 자모리가 여 옥천 여기 자모리라고 있어요. 거 자모리에서 친정어머니가 컸는디, 그 동네서 강씨네, 우리 친정어머니가 강씬디요, 친정어머니가 어렸을 때 들은 얘기를 나한테 해주드라구요. 구경을 너무 안 하믄 못 쓰다, 못 쓰다. 그라믄서요, 우리 친정어머니가 구경을 더 다니드라구. 다니시드라구요. 그게 전설에도 나와서, 그래서 저 진모래가 진, 여기 옥천 안내(안내면) 가는 디 진모래가 있어요. 동네도 있어요. 진모래 동네라고. 거기서 전설이 나온 거여요.

들은 얘기여. 어머니두, 어머니두 어렸을 때 그 동네 그릏게 났다는 걸

응, 듣구서, 인제 우리한테 애기해준 거예요. 그래서 구경을 너무 안 해둔 사람이요, 구경을 너무 안 하구 살림만 알뜰하게 해두 못 쓰다구 그라시 드라구요. 그라믄서 구경할 거 있으믄 하라구. 나 시집왔는디두 구경 간 다구 하믄 우리 친정엄마가 그릏게 좋아하드라구요.

중국 장수가 끊은 용맥

자료코드 : 08_02_FOT_20090205_HID_PBH_0001
조사장소 : 충청남도 금산군 군북면 상곡2리 안골내미길 35번지
조사일시 : 2009.2.5
조 사 자 : 황인덕, 김기옥, 오세란, 서은경
제 보 자 : 박복현, 남, 72세
구연상황 : 화자의 집을 방문하자, 처음에는 이야기를 하려는 의지가 없는 사람처럼 보였
　　　　　다. 창가에 놓인 소파에 앉아 조사자들을 가만히 쳐다보더니, 한참 뒤 천천히
　　　　　이야기를 이어나갔다. 조사자가 마을에 대한 이런저런 질문을 던지자 구연을
　　　　　시작하였다.
줄 거 리 : 오래 전에 중국에서 우리나라를 도와주려고 군인들이 왔다. 와서 보니 나라의
　　　　　산세가 좋아 인재가 많이 난다고 생각하고, 마을 앞산의 용혈자리를 끊어 놓
　　　　　았다. 당시에는 장비가 없어 손으로 산의 맥을 끊어 놓았다.

　여기 저는 잘 몰르는데, 옛날 어른들이 말씀하시기를, 중국서 우리나라를 돌보아 준다고 와서 군인들이 전부, 게서 가만히 보니까, 그 장군이 우리나라가 산세가 너무 좋아서 인재가 많이 난다고, 머리 존 사람이 많이 난다고 해서, 여기 고개 끊은 디 있잖아? 이게 용혈이니께, 이 여기를 끊었어. 그래서 용혈인디 요기가. 그래 요기가 끊은 디여. 고개 넘어 댕기는 디.
　인력이루 인제, 옛날에는 뭐 장비가 있어, 뭐가 있어? 그냥 손이루 해서는 인제 막 끊은 거지 뭐. 아니 옛날 노인들이 전해 내려온 말이지, 우리는 몰르지요 그걸.

신안의 아기장수 전설

자료코드 : 08_02_FOT_20090205_HID_PBH_0002
조사장소 : 충청남도 금산군 군북면 상곡2리 안골내미길 35번지
조사일시 : 2009.2.5
조 사 자 : 황인덕, 김기옥, 오세란, 서은경
제 보 자 : 박복현, 남, 72세
구연상황 : 앞의 이야기와 같은 상황에서 이어서 구연하였다.
줄 거 리 : 신안이라는 곳에서 한 아이가 태어났는데, 천장에 올라가서 붙고 여기저기 날
아 다녔다. 그 아이를 죽였더니, 그 근방에 있던 굴에서 말이 나와 죽었다. 그
아이가 큰 장군이었던 것 같다.

저 신안이라는 디는 장수, 신안이라고 저기 장선이, 신안사 있는 디, 거기서는 옛날에 그런 말이 들리더라고.

거기 한 아이를 났는데, 그 아이가 죽었댜. 쥑였능가벼, 누가. 저기해서. 뭐 천장에 딱 들어 북고, 여기 저기 날라 댕기구 하는 아이가 났는데. 그래두 그 아이를 하두 인제 의심쩍어서 쥑였는개벼. 그랬는디, 거기 워디 굴이 있다는디, 굴이서 말이 나와 가지구, 그냥 죽더랴.

(조사자 : 말이 죽더래요?)

그래, 말이. 그 근방에 어디 굴이 있능개벼. 게 저, 큰 장군이었던 모냥이여. 그 죽은 아이가.

(조사자 : 누가 죽였대요?)

그건 몰르겄어. 위에서 넘어와서 천장에 붙었다 어떻다 그런 전설의 말이 있어.

호랑이가 춤춘 바위

자료코드 : 08_02_FOT_20090205_HID_PBH_0003
조사장소 : 충청남도 금산군 군북면 상곡2리 안골내미길 35번지

조사일시 : 2009.2.5
조 사 자 : 황인덕, 김기옥, 오세란, 서은경
제 보 자 : 박복현, 남, 72세
구연상황 : 박복현 화자는 낮에도 집에서 술을 즐기는 듯하였다. 서너 편의 이야기 구연
　　　　　을 마치고는, "잠깐만" 하고는 주방 쪽으로 가서 술을 한 잔 하고는 조사자들
　　　　　이 있는 쪽으로 다시 왔다. 주방 쪽에 있던 화자의 부인이 안주류 음식을 한
　　　　　접시 가져 왔다. 박 화자는 약간의 취기가 있는 상태에서 구연하였다.
줄 거 리 : 서대산에 가면 호랑이가 춤을 춘 바위가 있다. 호랑이가 사람을 잡아가서 그
　　　　　곳에 세워놓고는 춤을 추었다고 한다.

　근디 호랑이가 사람을 물어 갔어. 사람을 하나 물어 가서 서대산이루
물구 갔어. 근디 서대산이 춤춘 바우라고 있어. 근디 바위가 이 집채 덩어
리만 햐. 우리 집만 햐. 근디 그 위에서 물어다가 사람을 세워 놓고 춤을
췄어. 호랑이가. 물어다가.

　그래서 춤춘 바우라고, 거기 서대산 춤춘 바우라고 있어. 서대산에. 옛
날 전설에 말이니까. 우리는 몰라두. 호랑이는 원래 큰 놈은 사람, 거뜬히
막 물어가능 거여.

　(조사자 : 근데 왜 춤을 추었을까요?)

　좋다고 인제. 지가 잡아먹을라구. 사람을 세워놓고. 사람이 안 죽었으닝
깨, 춤춘 바위 위에서 세워노닝깨, 섰던 모양이지, 사람이? 그렁깨 지가
잡아 먹을라고 춤을 춘 거여. 호랭이가. 그래 춤춘 바우라고.

　(조사자 : 그 사람은 죽었대요?)

　어어, 호랭이가 잡아 먹었지. 아니, 잡아 먹은 중은 몰라두, 전설이 그
려. [웃음]

아이 잡아 먹은 호랑이

자료코드 : 08_02_FOT_20090205_HID_PBH_0004

조사장소 : 충청남도 금산군 군북면 상곡2리 안골내미길 35번지
조사일시 : 2009.2.5
조 사 자 : 황인덕, 김기옥, 오세란, 서은경
제 보 자 : 박복현, 남, 72세
구연상황 : 앞의 이야기와 같은 상황에서 이어서 구연하였다.
줄 거 리 : 한 사람이 호랑이 새끼를 데려다 키웠다. 그 집에는 어린 아이가 하나 있었는
         데 호랑이가 하루는 아이를 잡아 먹어버렸다. 아이의 부모가 호랑이의 다리
         하나를 잘라버리자, 호랑이가 도망을 갔다. 이후 호랑이는 다리를 절룩거리면
         서 사람을 잡아먹고 다니다가 끝내 죽었다.

여기서 호랑이, 호랑이 새끼를 한 마리 낳어. 옛날 전설에 말여. 호랑이 새끼를 한 마리 낳았는디, 인제 아이를 하나 길렀어.

그래서 호랑이 새끼를 갖다가 길릉 거여, 사람이. 사람이 그 호랑이 새끼를 길렀는디 인제 아이를 인제 사람이 하나 나서루 방바닥에 뉩혁거든? 그래서 그 부모네가 자장자장 하고 인제 이렇게 해주니까 호랑이두 어지간히 커서 사람겉이 자장자장 하다 보닝깨 발톱이, 발톱이 이렇게 긁혔어. 애기. 그래서 피가 낭 거여. 애기한티. 이 전설의 말이여, 그냥.

그래서 그 피를 호랭이가 빨아먹다 보닝깨 맛있거든? 게서 오다 보닝깨루 즈 아들을 잡아먹었어. 호랭이가. 그래서루 에이, 요놈으거 안 된다구. 함서 호랭이를 발을 하나 팍 끊어버렸어. 발을 하나 끊었어. 즈 아들을 잡아먹었으니까.

그래 인제 호랑이가 도망을 강 거여. 그 이 지방이여. 여기 충북하고 여기하고. 그래서 인제 삼발이가 쩔룩쩔룩 댕기는 거여. 근디 그 호랑이가 그 아들을 잡아 먹구서 계속 사람만 잡아먹능 거여. 원래 커서. 그 소만하니까. 큰 송아지보다 더 크니까. 그래서 이 호랑이가 자꾸 잡아 먹으니까 무서워서, 그래 삼발이는 쩔룩쩔룩 하믄서 사람만 보면은 잡아먹는 거여, 무조건.

(조사자 : 맛을 아니까 인제.)

그래서 저 호랑이를 옛날이는 총두 별루 욱구 해서, 쏴 죽이지 못하고, 그랬는디. 이 호랑이가 다음이는 죽었어. 죽웅 게 워디에 죽었능고 하니, 충청북도 금, 금강 이원면, 그 금강 건너가다가 시엄 쳐서 건너가다 호랑이가 죽웅 거여. 그래 죽었디야. 그게 전설의 말여. [웃음]

나팔 소리 들리는 데까지가 내 땅

자료코드 : 08_02_FOT_20090205_HID_PBH_0005
조사장소 : 충청남도 금산군 군북면 상곡2리 안골내미길 35번지
조사일시 : 2009.2.5
조 사 자 : 황인덕, 김기옥, 오세란, 서은경
제 보 자 : 박복현, 남, 72세
구연상황 : 앞의 이야기와 같은 상황에서 이어서 구연하였다.
줄 거 리 : 한 군수가 자신의 아버지 묘를 만들어 놓고는, 나팔을 불어서 그 소리가 들리는 곳은 다 자기 땅이라고 우겼다. 이후 서울 사람에게 그 땅을 팔아먹었다. 그 당시는 나라 일 보는 사람이 그렇게 우기던 세상이었다.

이 금산 군수. 금산 군수가 인제 옛날에는 원이라구 항 거지 군수더러. 게서 그 군수, 군수 아버지를 요 뒷동산이다 썼어. 군수 아버질.

그라면 옛날에는 군수라믄 말 한마디면 전부 제 땅여. 그래서 이 군수 아버지, 뫼를 쓰는데, 나팔을 불었어. 나발! 음, 나발을 불면은 나발 소리가 멀리 득기잖어? 군인들 가봤지? 군인 뭐 기상 나팔, 뭐 겁나게 듣기 싫지? 그래서 그 군수 아버지를 뫼를 씀서, 요, 요 산여, 요 뒤에. 나발을 막 불었는디, 나발 소리 들리는 디는 전부 내 땅이라능 거여.

전부 내 땅으루 해서, 전부 그 군수가 차지항 거여. 이 근방을 전부. 그래서 인제 전부, 음, 일본시대 저기해서 전부 빽길 때 빽기그덩. 나발 부는디, 즈 땅은 여기, 여기 있어. 지금, 산 위 즈 땅이라는 거. 그래 팔아먹었어. 서울 사람헌티.

그래서 옛날에는, 이기 전설의 얘기 아녀. 재밌잖아? 나라 일 보는 눔이 나발 소리 들리는 덴 전부 제 땅여. 게, 저 학교 있는 디두 양, 양지 들리는 디는 제 땅이구, 그 음달은 안 들리는 디는 인제 아니구. 그래가 억지로 뺏응 거여, 이렁 거. 그래 옛날에는 양반 상놈들이 귀족이 익구 저기해 가지구, 어거지 없는 사람은 전부 뺵기구 노예가, 노예는 종이구. [웃음] 그렇게 살은 옛날여.

엄나무 가시에 뒹굴어 집문서 지킨 사람

자료코드 : 08_02_FOT_20090205_HID_PBH_0006
조사장소 : 충청남도 금산군 군북면 상곡2리 안골내미길 35번지
조사일시 : 2009.2.5
조 사 자 : 황인덕, 김기옥, 오세란, 서은경
제 보 자 : 박복현, 남, 72세
구연상황 : 앞의 이야기와 같은 상황에서 이어서 구연하였다.
줄 거 리 : 한 양반이 다른 사람의 땅을 빼앗으려 하였다. 오래된 문서처럼 보이게 하려고 담뱃물을 들인 종이에 땅 문서를 만들어 자신의 땅이라고 주장하였다. 원래 땅 주인은 자신의 땅이라고 주장하다가, 땅을 빼앗기지 않으려고 양반이 시키는 대로 엄나무 가시를 깔아 놓은 멍석에 뒹굴었다. 이것을 본 양반은 겁이 나서 도망을 갔다.

옛날에는 양반이라구 있었잖아? 양반이면은 언제구 그 귀족들에 왕에 무슨 족속이나 높은 사람의 그 밑으 아들네 아녀?

근디 요 너머 동네에서, 인제 일본, 일본놈들이 요기 점령하기 전인가 그때, 요 너머 살았었어. 근디, 어, 귀족, 양반이라고 하면은 즈 부모네가 높이, 높이 있능 게 양반이라 그랬지?

그랬는디 여기서 한 사람이 살았었어. 월매 안 된디야, 이 사람은. 그래서루 인제 저는 땅두 욱구 아무 것도 없는디, 땅 부치는 사람을 땅을 뺏

을라구 드는 거여. 근디 암 빽길라구 들구. 그래서 어거지로 뺏을라구 하니까, 인제 양반이라구 하는 사람은 즈 땅두 없구 한디, 어거지루 땅을 뺏을라구 드능 거여.

그래서 어트기 됭고 하니, 암 빽길라고 한 거여. 그래서 땅문서를 양반이라는 사람이 썼어. 썼는디, 담배, 담뱃물을 울커서 하믄은 옛날 종이걸이 이룽기 된다능 거여. 이 종이다 묻히믄.

(조사자 : 담뱃물을, 물을요?)

음. 그라면 옛날 네 부모네가 이것을 땅을 팔아서 내꺼다 하고 이룷게 씅 거여. 그래서 이런 순 귀족들이, 양반이라고 하는 사람이, 땅을 어거지로 뺏을라구 했는디, 억울해서 삑겨? 그래서 땅문서를 이룷게 적었는디,

"이기, 우리가 샀다."

했는디, 땅 빽, 안 빽길라고, 그건 절대 없다 해서, 담뱃물을 저기 해서리,

"옛날 문서가 아니냐!"

그래서 요룷게 보였는디, 안 된다, 안 된다능 거여.

이것은 오래된 말이 아녀. 진짜 저기 저 노인들으 얘기여. 그래서 이 양반이라는 사람이 엄나무를, 엄나무를 멍석이다 인제 엄나무 까시가 이망씩 하잖아? 엄나무 알어?

(조사자 : 예.)

까시 겁나게 큰 거. 엄나무. 그걸 멍석이다 척 깔었어. 척 깔구서루.

"너! 진짜 이게 아니냐?"

해서, 아니라고 했는디, 그람 여기 엄나무에서 뒹굴라는 거여. 홀딱 벡겨가지구. 게서 이 사람이 원래 독하워서(독해서) 홀딱 벡겼는디, 엄나무 방석이 떼굴떼굴 둥궁 거여. 떼굴떼굴, 원래 독한 사람이지, 이 사람두? 그러니께 피가 난도질하고 엄나무 그냥 까시가 이망씩 허지? 그래서 요 너머 살았었는디 이 사람 무서워서 그, 양반이라는 사람이 내빼버렸어. 여기서 그랬댜.

(조사자 : 어디요, 여기에 살았대요?)

요 너머. 요 너머 집터두 있어. [웃음] 무섭지요?

(조사자 : 예. 그러네요.)

원래 독하니까루 엄나무 방석이 그냥 떼굴떼굴 뒹굴어도 뭐, 죽거니 말
거니 막 둥궁 거여. 땅 안 뺑길라구. [웃음]

뒷동네여, 바루. 집터두 ○○○ 하구 노인이 와서 얘기를 해줘.

호랑이와 곶감

자료코드 : 08_02_FOT_20090205_HID_PBH_0007
조사장소 : 충청남도 금산군 군북면 상곡2리 안골내미길 35번지
조사일시 : 2009.2.5
조 사 자 : 황인덕, 김기옥, 오세란, 서은경
제 보 자 : 박복현, 남, 72세
구연상황 : 이야기하는 분위기가 무르익자, 박 화자가 연이어 구연하였다.
줄 거 리 : 우는 아이를 달래기 위해 곶감을 주자, 아이가 울지 않는 것이었다. 이것을
　　　　　가만히 지켜보던 호랑이가 자신을 '곶감쥐'로 생각하였다.

그래서루 옛날에는 아이가 계속 울었어. 아이가. 그래서루 워트기, 그
아이가 울먼은 꼭감을 줬어. 그러믄 깨구, 깨구. 그런디, 참,

"곶감쥐 온다. 곶감쥐 온다."

그라믄 호랑이가 가만히 이키 바라보구서,

"꼭감쥐 온다. 꼭감쥐 온다."

한다구 해서 지가 곶감쥔 줄 알았어 호랑이가. 그랬는디 꼭감 준다구 막
우는 아가, 꼭감 주깨미 잠을, 아니 울음을 안 우는 거여. 근디 호랑이가
가만히 들으니까. 그래서 호랑이가 지가 꼭감쥔 줄 알았더니 꼭감 준다구
해서… [웃음] 아이가 좀 울음을 그치능 거여. 꼭감을 자꾸 주니까. 그래,
호랑이는 쥐가 곶감쥔 줄 알았어.

고양이와 개

자료코드 : 08_02_FOT_20090205_HID_PBH_0008

조사장소 : 충청남도 금산군 군북면 상곡2리 안골내미길 35번지

조사일시 : 2009.2.5

조 사 자 : 황인덕, 김기옥, 오세란, 서은경

제 보 자 : 박복현, 남, 72세

구연상황 : 조사자가 다른 이야기를 또 해 달라고 하자, 아이들이 듣기에는 이런 이야기
도 괜찮을 것이라고 하면서 들려주었다. 처음보다 한결 이야기판의 분위기가
부드러워진 상태에서 들려준 이야기이다.

줄 거 리 : 강을 건너다가 주인이 물에 빠졌다. 주인을 구하러 가던 개는 똥 덩어리를 보
고 먹느라고 주인을 구하지 못하였다. 그러나 고양이는 주인을 구하였다. 이
후 고양이는 예쁘다고 방안에서 키우고 개는 밖에서 키우게 되었다.

　강을 막 건너가는디, 인저 물이 빠진 거여, 사람이. 그래서 그 주인을
구핼라구 개하고 고양이허고 막 간 거여. 그랬는디 개는 그 물을 건느다
보닝깨 똥 덩어리가 있어, 먹을 게. 콱 콱 줏었어. 그랬는디 목 가구. 고양
이는 셈(헤엄)을 쳐서루 원 주인을 구했어. 그래 고양이는 이쁘닝깨 방에
다 멕이구, 개는 미워서 밖이다 멕이는 거여.

　아들 듣기두 그, 그냥 거짓말이어두 괜찮지?

　(조사자 : 예.)

호랑이 춤춘 바위

자료코드 : 08_02_FOT_20090202_HID_PSW_0001

조사장소 : 충청남도 금산군 군북면 상곡2리 경로당

조사일시 : 2009.2.2

조 사 자 : 황인덕, 김기옥, 오세란, 서은경

제 보 자 : 박수월, 여, 80세

구연상황 : 상곡2리 경로당에서는 이야기판이 벌어지기 전에 노래판이 먼저 벌어졌다.

박수월 화자의 노래가 한참 이어지고 난 뒤, 이야기가 시작되었다. 다른 화자
들의 이야기 사이 사이에 구연하였다.

줄 거 리 : 서대산에 가면 호랑이가 춤을 춘 바위가 있다. 호랑이가 사람을 잡아가서 먹
기 전에 좋아서 바위 위에서 춤을 추었다고 한다. 호랑이가 던져 버린 사람의
목을 가져다가 묻은 묘가 새뜸이라는 곳에 지금도 있다.

옛날에 여기 저, 저 새뜸이라고 하는 디가 있어. 그런디, 거기서 인제
애기를 배고 저 서대산 가는 디루 저쪽이루, 이쪽이 동네가 있는디,

그 호랭이가, 이룋게 아들 둔눕히구 영감은 저 앞이 문앞이 자는디. 여
름이라 문을 열어놓고, 자는디. 이건 신, 여기 뫼 있댜. 진실루. 그래서 이
룧게 여기서루 영감이 여기 저 신랑이 여기 자구 아들은 안에다 눕혔는
디, 호랭이가 다 내비두구 이 안에 들어와서, 아들 사람을 여기 떤지면 저
거시기 저, 이 담, 떨어지기 전에 지가 받는댜. 여기서 떤져 놓고 가도 호
랭이가. 옛날부텀 그려.

그랬는디, 저 서대산 그 춤 춘 바우가 시방 있어. 그 바우가. 우리가 올
라가고 그랬어. 거기만 가면, 서대산만 가면 호랭이 춤 춘 바우루 우리 고
사릴 꺾으러 가고 나물을 뜯으러 가잖아?

호랭이 춤 춘 바우 있는 디 만나자고 하고 그라거덩? 그래 거가 있어,
시방 거가. 그래 인자 거기를 물어다가 그 독작 우가 번번하더라고 가봉
깨, 춤 춘 바우.

그르캐 꺼꾸루 갖다가 사람을, 아기 밴 사람을 꺼꾸루 대가리루 채워
놓구서 호랭이가 춤을 추더라, 좋다구. 잡어먹을랑깨 좋지. 게서 춤을 췄
는디, 그래 춤을 췄는디, 그 바우서루 여기서루 인제 신랑하구 모두 이 서
대산에 그 춤 춘 바우를 가닝깨, 모가지를 그 자리에 묻으야 한댜. 그, 영
일네 아부지가 그랴. 그 자리 묻으야, 춤 춘 바우 밑이다 묻으야 하는디,
대가리를 뚝 끊어 각고 호랭이가 훅 던지더라.

여기서 간 사람, 신랑한티루. 게서 그 눔을 갖다 여기, 새뜸 여기다가

뫼를 썼댜. 시방 그 뫼가 여깄댜. 그래, 그러 했는디, 그 호랭이 춤 춘 바
우가 시방도 거기 버젓하니 있어.

낫으로 찍자 피가 난 둥구나무

자료코드 : 08_02_FOT_20090202_HID_PSW_0002
조사장소 : 충청남도 금산군 군북면 상곡2리 경로당
조사일시 : 2009.2.2
조 사 자 : 황인덕, 김기옥, 오세란, 서은경
제 보 자 : 박수월, 여, 80세
구연상황 : 마을에서 있었던 일에 대한 이야기가 오가고 난 뒤, 다음의 이야기를 구연하
　　　　　였다.
줄 거 리 : 큰 둥구나무가 있었는데, 어떤 사람이 나무하러 갔다 오다가 그 나무를 낫으
　　　　　로 찍었다. 이후 그 남자는 죽었다. 오래 된 나무는 함부로 건드리면 안 된다.

　둥구나무가 겁나게 커요. 그 둥구나무가, 우리가 그 둥구나무 안집에
살았거던? 그랬는데 대산 사람 알지요? 대산 사람이 나무 하러, 옛날 죄
다 나무 아녀? 나무 하러 오다가, 그 둥구나무를 팍 낫이루 찍었는디 그
둥지를, 이 힘줄을 끊었나, 피가 쫄 나서, 그 사람 가서 죽었잖아요.
　(조사자 : 아, 둥구나무를 낫으루 찍어서요?)
　예. 이릏게 찍응깨 피가 쫙 흘리더랴. 그냥 그담이루 동티가 나서 그
사람 죽었어요.
　(청중 : 긍깨 저 여럿 해 묵은 나무는,)
　그거 겁나게 묵었쥬. (청중 : 잘 안 건드능 겨.)
　이제 까부느라 그랬지.

자기 복에 먹고 사는 딸

자료코드 : 08_02_FOT_20090202_HID_PSW_0003
조사장소 : 충청남도 금산군 군북면 상곡2리 경로당
조사일시 : 2009.2.2
조 사 자 : 황인덕, 김기옥, 오세란, 서은경
제 보 자 : 박수월, 여, 80세
구연상황 : 앞의 이야기와 같은 상황에서 이어서 구연하였다.
줄 거 리 : 옛날에 세 명의 딸을 가진 사람이, 하루는 딸들을 불러 누구 덕으로 먹고 사
　　　　　는지를 물었다. 첫째 딸과 둘째 딸은 아버지 덕으로 먹고 산다고 하였으나,
　　　　　셋째 딸은 '내 복에 산다'고 하였다. 이후 셋째 딸은 구렁이와 혼인을 하였다.
　　　　　첫날 밤 셋째 딸은 자신의 살을 베어 구렁이에게 먹이자, 구렁이는 잘 생긴
　　　　　총각으로 변하였다. 이후 잘 살았다.

　　옛날에 딸을 삼 형제를 뒀었대요. 그래서 저기 즈 아버지가 그 딸을 하
나, 첫 딸을 들어오라더니,

　　"너는 누구 복이루 먹구 사냐?"

그라닝깨 나는 아부지 복이루 먹구 산다고. 그라구 두채 딸을 또 불러 가
지구,

　　"너는 누 덕이루 먹구 사냐?"

하닝깨 아부지 덕이루 먹구 산다 그라더랴. 아, 막내딸은 들어와서,

　　"너 누 덕이루 먹구 사냐?"

　　"내 덕이루 먹구 살지, 누 덕이루 먹구 사냐?"

구 그라더랴. 그래서 구렁덩덩 시선부가 왜 됐냐 하믄, 구렝이한티루 보
냈어. 그 사람을. 내 복, 내 복이루 먹는다구 해서. 응. 그래 구렝이 된 사
람을 보냈는디, 그리 가지 말라고 항깨, 간다구 하더랴. 내 복이루 먹고
상깨 나는 간다고.

　　(청중 : 아이구.)

　　그래 갔는디 구렝이하구 예를 갖췄댜. 예를 갖춰 가지고 저기, 살라구

예를 갖췄는디, 워트카다 보닝깨루 즈 아부지하구 인제 모두 그릏게서 인
제 미워할 거 아녀? 구랭이한티 시집을 갔는데 어떤 놈이 좋다 그랴.

    (청중 : 저런 놈의 가시나 어딨냐 그러지.)

    그럼 댐박 그라지. 그래 가지구 시집을 보냈는디, 그 사람하구 첫날 저
녁이 그랬다능가, 제 살을 슥 점을 여기를 깎어서 멕였댜. 첫날 저녁이.
(청중 : 구랭이를?) 구랭이를 멕였댜. 각시가.

    (청중 : 그러니까 제대로 예기를 햐.)

    제대로 하능 거지! [웃음]

    (청중 : 아니 어째 그래 또 제 살을 깎어 그래.)

    아이 인제 그 막 크게 될랑깨 그렁 거여. 그래, 그라니깨 그냥 그놈 슥
점을 먹더니 부우연 저, 총객이 되더라잖아. 그래 그 구렁덩덩 신선비가
베슬했잖아, 그 사람이.

    (청중 : 참, 별, 원 나 그런 얘기 처음 듣네.) [웃음]

    그래 가지구 그냥 즈 아버지두 다 꼼짝 못했댜. 구랭이가 돼 가지구 저
시선부가 돼서루 베슬을 하고 오는디 누가 뭐라고 힐 거여. 그래 각구 부
자루 잘 살다 죽었댜. [웃음]

해와 달이 된 오누이

자료코드 : 08_02_FOT_20090202_HID_PSW_0004
조사장소 : 충청남도 금산군 군북면 상곡2리 경로당
조사일시 : 2009.2.2
조 사 자 : 황인덕, 김기옥, 오세란, 서은경
제 보 자 : 박수월, 여, 80세
구연상황 : 앞의 이야기와 같은 상황에서 이어서 구연하였다.
줄 거 리 : 한 사람이 돈을 벌려고 베를 짜러 다녔다. 늦은 시간에 집으로 돌아오다가 호
          랑이에게 잡아먹혔다. 그 사람이 사는 집에 호랑이가 찾아가서 남매를 잡아먹

으려고 하자, 남매는 샘으로 뛰어 들어갔다. 이후 오빠는 달이 되고 여동생은 해가 되었다.

옛날 사람이 저, 읇이 살아서 이 잘뚝을 넘어서루 베를 짜루 갔댜. 돈 벌라고. 밥두 새참 먹고. 그래서루 베를 짜고 오닝깨 저물 거 아녀? 호랭이가 나오더니 그 사람을 잡아 먹었댜.

(청중 : 잡아 먹는다구? 뭐 달라더랴.)

잡아먹었, 다 중깨 난중이는 다 줬댜. 그래서루 죽었댜. 죽었는데 애덜이 남매나 되덩개벼. 인제 즈 어메 오도록 기다릴 거 아녀?

(청중 : 아이고, 그람.)

기달리고 있으닝깨, 호랭이가 한닷 소리가, 즈 어메같이 소리를 함성, "문 좀 열어다", 갸들 잡아 먹을라고,

"문 좀 열어다라, 문 좀 열어 다라."

하닝깨, 애덜이 소리가 달르닝깨,

"손 좀 보자."

구 그러더랴. 저 문구녁이로. 그래 손을 비킹깨, 이릏게 걸어 부치구 어트개서 비킹깨, 사람 손이 아니잖아? 아닝깨루 문을 안 열어줬댜.

(청중 : 우리 엄니 아니라고 해야지.)

응. 아니라고. 저 호랑인지 알지, 갸들도. 그래 가지고 가들 남매가 하나는 저, 이 삼(샘)이로 이릏게 뛰어 들어갔댜. 먹는 삼이로. 긍깨 즈 먹는 삼잉개벼. 옹당샘 깊응깨. 펄떡 둘이 다 뛰어들어갔는디, 이릏게 호랭이가 너머다 보고 그냐앙 '나오라'고 '나오라'고 막 그라더랴.

그래 인제 야덜이, 미서워서 못 나오고, 오빨랑은 미선탐 안 항깨, 밤이 가서 해가 되, 저 달이 되고, 날랑은 해가 된다고. 그래 그 해, 달이 됐댜. 밤질을 가라구 인제 오빠가.

(청중 : 왜 그, 끄트머리 건질라고 할 때 그랬다대. '조~리로 건지까, 함

박이(함지박)로 건지까’ 그랬다대.)

근데 아무튼 아덜이 해 되고 달 됐댜.

며느리 방귀 도둑 방귀

자료코드 : 08_02_FOT_20090202_HID_PSW_0005
조사장소 : 충청남도 금산군 군북면 상곡2리 경로당
조사일시 : 2009.2.2
조 사 자 : 황인덕, 김기옥, 오세란, 서은경
제 보 자 : 박수월, 여, 80세
구연상황 : 앞의 이야기와 같은 상황에서 이어서 구연하였다.
줄 거 리 : 한 시어머니가 말하기를, 며느리가 방귀를 뀌니 ‘도둑 방귀’라고 하고, 딸이
        방귀를 뀌니 ‘연기 방귀’라고 하였다. 며느리는 밥을 많이 먹어서 도둑 방귀
        라고 한다.

앉아서 메느리가 뽕~ 항깨 시어매가 한닷 소리가,

“도적 방귀 나온다.” [웃음]

그래 또 딸이, 딸이 방구를 뽕~ 하고 뀡깨,

“연지 방구 나온다.”

그라더랴. 이쁘다구 자기 딸은, 메느리는 도둑이닝깨 도둑 방구구.

(청중 : 도둑은 밥 많이 먹어서 뀐닷 소리네.)

(조사자 : 아, 그렇구면요.)

머리 검은 짐승은 구하지 마라

자료코드 : 08_02_FOT_20090204_HID_PYC_0001
조사장소 : 충청남도 금산군 군북면 보광리 안보광길 노인회관
조사일시 : 2009.2.4

조 사 자 : 황인덕, 김기옥, 오세란, 서은경
제 보 자 : 박영찬, 남, 72세
구연상황 : 집 앞에서 한참을 기다린 뒤 박영찬 화자를 만날 수 있었다. 경로당으로 자리
　　　　　를 옮겨 이야기를 들었다. 화투판이 벌어지고 있는 건넌방은 시끄러울 것 같
　　　　　아서 다른 방에서 자리를 잡았다. 조용한 분위기에서 이야기가 이어졌다.
줄 거 리 : 형제가 살았는데, 하루는 장마가 졌다. 개미와 쥐와 벌이 떠내려가는 것을 보
　　　　　고 형이 구해 주었다. 한편 마귀가 공주를 납치해 갔다. 이를 구하기 위해 동
　　　　　생과 형이 나섰다. 형이 위기에 처하게 되자 개미와 쥐와 벌이 나타나 형을
　　　　　도와주었다. 그래서 형은 공주와 결혼하여 잘 살았다.

형제간이 살았다잖아요. 그라는디 즈 형이 바보 비슷해 갖고 물이 막
장마가 져서 가는데 개미가 지내가서, 개미가.

"어이구, 너도 생명잉깨 살어라고."

건져 줬고, 응, 벌이 가는 거 건져 줬고, 쥐가 떠내려가 건져주고 그랬
는디,

그 마귀가 임금의 딸을 물어 각구 굴 속으로 잡아가 버렸어. 그래 각구
같이 잽혀 들어가 각구 거기 있다가 그 임금의 딸을 구했는디, 동생이 임
금의 딸을 구핼려구 할 적에 그냥 굴을 묻드라구, 지가 그랬다구. 그놈을
인제 끌어내는데 남자가 먼저 나왔으면 되는데, 임금의 딸 먼지 끌어내니
까 굴을 매꾸라 그랬어. ○○○ 들어간 줄 알구.

그런디 거이 용을 갖다 그 굴 속이 들어가야 되는디 못이 백혀, 마귀한
테 못이 백혀 있어서 마귀 목을 끊는디 용이 가르쳐 줬어. 목을 끊구서
또 붙구 또 붙구 허니까. 매운 재를 목이다 발르라구 해서 매운 재를 발
렀더니 목이 못 붙어 갖구 용이 끌어내서 나왔는데, 임자가 둘 아냐, 여자
는 하나구.

그렁깨, 생기기는 동생이 더 잘 생겼으니 임금님두 그리 마음을 뒀는
데, 니가 그릏게 잘 하면은 내가 시키는 대로 감옥에다 가둬 놓고 좁쌀을
한 사발, 콩하고 섞어놓고, 니가 이걸 오늘 저녁에 골라노먼, 그런 재주가

있대면 니가 보냈을 거다, 하니까,

"아이구, 죽으면 그만이네."

내가 그라니깨루 개미떼가 산으루, 그냥 콩만 물어내는 거여. 그라믄 좁쌀이라믄서 딱 골라 농깨,

"재주는 있구나."

또 한 번은 뭐라 그러는고 하니, 니가 왕콩하고 그게 뭐여 주녀리콩 하구 섞여 놓고 이제 고르라고 하닝깨, 쥐새끼들이 와서 다 참 골라준 거여.

그라니까 그것도 안될상 싶으니까 혼자 마술부리는 줄 알고, 여기 똑같은 잉금의 딸을 보재기를 씌워서 지나갈 테니까, 니가 골라내서 붙잡으면 니가 진짜고, 아니면 아니라고 인제 그, 동생이 잘 생기니깨, 사우 잘 생긴 사우느라구 그라니까, 워트가까 하고 앉았더니 벌 한 마리가 쏙 날더니, 그 사람 머리를 돌아. 돌더니 졸졸 따라오더니 다 지내가더니 거기 공주 머리 위에서 도는 거여.

"이게 내 사랑 아니냐?"

고 딱 그라니까 모두 사람들이 다 봤으니까 거기서 결혼을 시키니까, 사람이 동물만 못하다, 인정이 없다.

이 이 얘기는 한 번 읽어본 것 같애요. 재밌더라고요, 읽어보니까.

삼천갑자 동방삭

자료코드 : 08_02_FOT_20090204_HID_PYC_0002
조사장소 : 충청남도 금산군 군북면 보광리 안보광길 노인회관
조사일시 : 2009.2.4
조 사 자 : 황인덕, 김기옥, 오세란, 서은경
제 보 자 : 박영찬, 남, 72세
구연상황 : 조사자들이 준비해 간 음료수와 막걸리 등을 내어 놓았다. 이를 천천히 마시면서 이야기가 진행되었다.

줄 거 리 : 동방삭이 삼십 갑자를 살고 염라대왕 앞에 가게 되었다. 동방삭이 자신의 수
명을 늘이려고 십(十)자에다 점을 하나 찍어 천(千)자로 만들어 놓았다. 이것
을 본 염라대왕이 아직 죽을 때가 아니라고 해서 다시 살아 나왔다. 이후 숯
을 갈고 있는 사람의 함정에 걸려들어 동방삭이 저승사자에게 잡혀 가게 되
었다.

삼천갑자 동방삭은 일 갑자가 육십 년 아녜요? 육십 일년이 일 갑자라
구 그러는데. 예, 삼천갑자믄 삼육십팔 만팔천 년인데, 그 옛날에 자기를
잡아갔드랴. 삼천갑자를.

삼십 갑자닝깨 그것두 많이 산 거지. 삼육십팔 천팔백 년 산 놈을, 하
두 안 죽어서. 그것두 안 잡아 갈 건데, 이놈을 가서 보니까 삼십 갑자루
이케, 삼십 아녜요? 요놈을 저, 저거 죽게 됐거든? 그래서 가서 요롷게 요
기다 붓어서 점을 찍었대. 그래 삼천이 되잖야?

그랑깨 염라대왕이,

"야 이눔의 새끼, 니가 왜 왔냐?"

그라더랴. 보구. 그두 다 그짓말이었지, 웃기는 소리지. 그랑깨.

"왜요?"

그랑깨,

"야, 이놈아, 삼십, 삼천갑자가 왜 삼십갑자에 왔느냐, 나가라구."

그래, 이놈이 나와서 사니깨, 만팔천 동안 사니까, 만팔천, 만팔천 년을
사니까, 이제 곡절을 몰라 못 잡아가. 잡아가기는 잡아가야 하는디. 그라
니까 그놈이 얼매 살았나 그거 알아보라고 염라대왕이 보낸 거여. 그라닝
깨, 아 이놈이 가만 들어서 봉깨 그게 못 캐보겍거든?

"저놈은 알기다. 산 놈은. 얼마나 산 지."

게 고놈 지내가는 데서 옛날에는 숫돌이라고 있지요? 칼 가는 거. 거기
다 숯이라구 새카만 거 있지요? 그놈을 탁 갈고 있는 거여. 그라더니 야,
가만히 이놈이 삼천갑사 동방삭이가 가다 봉깨 기가 막히거던? 막 숯을

갈아봤자 자꾸 닳아만 붙는디,

 “너 걸 왜 가냐?”

항깨,

 “숯을 이릏게 오래 갈면 하얀해질 거 아니냐?”

 그거여. 역수를 쓴 거지. 그라니깨,

 “내가 삼천갑자를 살도록껀까지 야 이놈아, 숯 갈아서 희어진다는 거
너뻒이 못 봤다!”

그라니까, 염라대왕 그 사신이,

 “네 놈이 삼천갑자 살았구나. 이놈아!”

그라구 그날부터 죽었댜. 그러닝깨 저기 유도 진술에 죽은 거지요. 옛날
소설 얘기도 아니고 지내간 얘기겠지요, 뭐.

 (조사자 : 걸려들었네요.)

 네. 그래서 잡아갔대요. 그렇게 다 말을 만등 거여. 아 심청이가 죽어서
왔겠어요? 효자하믄, 저 효도하믄은 죽어서도 온다능 걸 작가가 그게 쓴
거지. 죽었음 고만이지, 워디서 여 죽은 사람이 와요?

추한무일와(秋恨無一蛙)

자료코드 : 08_02_FOT_20090204_HID_PYC_0003
조사장소 : 충청남도 금산군 군북면 보광리 안보광길 노인회관
조사일시 : 2009.2.4
조 사 자 : 황인덕, 김기옥, 오세란, 서은경
제 보 자 : 박영찬, 남, 72세
구연상황 : 앞의 이야기와 같은 상황에서 이어서 구연하였다.
줄 거 리 : 공부를 잘 하는 한 선비가 과거 시험을 보면, 매번 시험에 떨어지는 것이었
          다. 한번은 시험지에 ‘추한무일와’라는 글귀를 써놓고 돌아왔다. 이를 해석할
          사람이 없자, 임금이 자신의 딸에게 그 의미를 물어 보았다. 딸이 그 의미를

말하였다. 이에 그 선비를 불러 벼슬을 주어 정치를 잘 하였다.

거 옛날에 왜 '추한무일와'라구 읽어보셨어요? 가을 '추'자, 없을 '무'자, 저, 찰 '한'자, 찰 한, 한 '일'자, 저, 개구리 '와'자. 추한무일와. 찬 바람에 개구리 한 마리 없능 게 한이로다. 그 얘기를 내가,

(조사자 : 추한무일와.)

무일와. 개구리 와자 이렇게 쓰는 거. 들어 보셨어요?

(조사자 : 아니요, 못 들어봤어요.)

한 마디 마지막으로 해 드리까? 그래, 게, 그게 워트게 되있냐면, 옛날에 인제 급제를 하러 가는데 한 선비가 어머니는 솔방울이라구 있죠?

그걸 불을 밝히고 공부를 잘 했덩가 봐요. 가면 떨어져. 그래 과거를 보러 가는데, 비단이다, 옛날 비단이 비쌌잖아요? 비단이니, 뭐 꿀이니 인삼이니 수레다 막 실쿠 가능 거여.

그럼 시험 보나마나거든 또. 지금도 뭐 그런 일이 많잖아요? 그래 가니까, '추한무일와'라 하구 딱 써서, 다른 말 쓰지두 안쿠 그 이제 글을 지을 제는 무슨 마디 촌이면 마디 촌, 대 죽이면 대 죽, 이렇게 운자를 내주거던요. 네 개면 네 개 내줘야 되는디, 내주거나 말거나 자기가 쓩 거여. 필력은 좋으니께 잘 썪겄지요?

그래 임금님이 만조백관을 데려다 봐두 아는 사람 하나두 없어. 추한무일와라, 추한무일와라, 가을에 개구리 한 마리 없능 게 한이로다, 목 푸는데,

자기 딸이 있는데, 딸을 데려다가 풀어보라구 그랬어. 그러니까,

"만조백관이 목 푸는 걸 지가 풀을까요, 아버님?"

하더니 가 보더니, 내가 이건 들었다고 그라더랴. 그 백관들이 꼼짝 못하고 듣고 있는 거지. 따님한티.

옛날에 한 고을에 부엉이, 이 저, 까마귀 하고 꾀꼬리 허고, 까마, 저,

거 뭐지, 꾀꼬리하고 가마귀하고 뻐꾸기하고 세 마리가 살았대요. 한 고을에.

게 짐승두 영역 다짐을 허고 산 거예요. 지금두 그렇지만. 이 골을 이 많은 골을 한, 우리가, 한 사람만 차지하는데 내기를 해서 하자,

모냐 하면, 노래 자랑을 하는데, 심판은 올빼미가 보고, 제일 노래 잘 하는 사람이 이 고을을 차지하고 다 떠나자. 그랬대요.

그러니깨, 까마구가 생각을 해보니 지께 목소리가 제일 나쁘거든? 그래 올빼미가 제일 좋아하능 게 개구리여요. 그래 이 개구리를 한 마리 잡아 각구 먹을 걸 올빼미를 갖다 주구,

"부탁합니다. 날 저, 콩쿨 대회가 생겼는데, 내가 이 골을 오래 살으야 올빼미 양반을 그 개구리두 잡아다 주구 하지, 저놈들은 안 잡아다 줄 팅 게 저를 일등을 해주세요. 이 고을을 떠나기 싫습니다."

그랬단 말이여. 그러니까, 거시기가, 올빼미가 승락을 허고 인제 노래 자랑이 벌어졌는데, 꾀꼬리가 노래를 좀 잘 해요? 꾀꼬리가 그라니깨,

"이, 너는 노래를 이제 청승맞다."

그라더니, 뻐꾸기가 뻐꾹 뻐꾹 허니깨,

"하이고, 너는 노래를 하는 게 슬프다."

가, 깨구리가, 저 까마구가 노래를 하니깨, 참, 너는 웅장허구 골을 지 킬만 허다구, 먹었으닝께 시켜줌 거여. 그러니까 꾀고리하고 뭐여, 뻐꾸기 가 가면서 가을에 참바람, 가을 찬바람에 개구리 한 마리 읎능 것이 원이 로다.

그래서 글을 지져 각구 했다고 해서 그 얘기를 들으니깨,

"그러믄 시금두 녹을 먹고 베슬을 시키느냐?"

이 얘기를 했거든. 그래 각고 그때 조사를 하니깨, 전부 녹 먹고 했지, 그 양반이 학잔데.

게 임금님이 직접 찾아가 보니까 오막살이 집서 어머니를 솔방굴을 켜

주구 앉았는데 글씨를 참 명필루 잘 썼드래요. 그래 데려다 나가, 정치를 잘 했다구, 인재, 사람을 골랐다, 인재를 골랐다는 그런 얘기두 익구 더러 있지요, 왜.

거 옛날 책 읽어보먼. 게 규격이 맞잖아요? 추한무일와라. 가을에, 가을 찬 바람에 개구리 한 마리 읊능 것이 한이로다. 한을 못 풀었잖아? 그런 닝깨 벼슬을 못 했지. 그런 고담두 더러 읽어보구 그랬지요.

농담 잘하는 임금님

자료코드 : 08_02_FOT_20090204_HID_PYC_0004
조사장소 : 충청남도 금산군 군북면 보광리 안보광길 노인회관
조사일시 : 2009.2.4
조 사 자 : 황인덕, 김기옥, 오세란, 서은경
제 보 자 : 박영찬, 남, 72세
구연상황 : 앞의 이야기와 같은 상황에서 이어서 구연하였다.
줄 거 리 : 농담을 잘하는 임금이 있었다. 임금이 말하기를 자신의 농담을 이기는 사람이 있으면 사위로 삼겠다고 하였다. 여러 사람이 찾아갔으나, 임금을 이기지 못하고 돌아왔다. 이에 한 사람이 임금을 찾아가서 말을 잘 해서 임금의 사위가 되었다.

또 함 마디는, 임금님이 농담 잘 하는 임금님 얘기 들으셨지요?

(조사자 : 아니, 그건 못 들었어요.)

농담을 하도 잘해 각고 내 농담을 이기는 사람은 사우를 삼는다고, 딸을 걸어놓고 농담을 했어요. 그래, 누구던지 가믄 다 매만 막고 오능 기여, 못 하구. 게 친구가 인제, 선생들 두 분이 갔는데,

"너 워트게 선생이 얘기 허더냐,"

그라니깨,

저, 임금님이 얘기하더라니깨, 아니 내가, 황간데,

"뉘 집 자손이요?"

그랑깨, 황문씨, 인제 황가니가 존경하니라구,

"황문 씨의 자손이요."

그라니깨,

"야, 임마, 황문이먼, 항문이먼 똥구멍이루 나온 놈의 새끼가 뭘 나한티루 와."

그래서 한 마디두 못 하구 왔다구 참 잘 하드라구 그라드래요. 그라니까, 이 거시기가, 그릏게 문자를 쓰능 건지 내가 간다구. 그래 그 사람이 갔더래요. 또 가서 보니까, 임금님이 말을 하기를, 말씀을 뭐라고 하니,

"야, 너는 그릏게 생깅 게 돼지겉이 생겼냐?"

그러더래. 그랑개,

"예",

그라더니,

"임금님은 부처님겉이 생겼네요."

그라거든? 그랑개 임금님이 말씀하시기를,

"나는 너를 돼지라는디, 너는 왜 이케 나를 임금님, 저 부처님 겉다고 하냐?"

그라니깨, 이 선비가 한닷 소리가,

"돼지는 돼지 보구 반갑거든요?"

그런 거 아녀? 임금님이 돼지로 그릏기, 돼지, 저는 돼지 보믄 반갑거든요? 선비는 부처님이 반갑거든요. 그러니깨, 가만히 봉깨 자기는 돼지구, 선비는 배겪거든? 햐, 사우재목이 된다고 그릏기 해각고 저, 사우로 삼더래요.

신립 장군을 죽인 원혼

자료코드 : 08_02_FOT_20090204_HID_PYC_0005
조사장소 : 충청남도 금산군 군북면 보광리 안보광길 노인회관
조사일시 : 2009.2.4
조 사 자 : 황인덕, 김기옥, 오세란, 서은경
제 보 자 : 박영찬, 남, 72세

구연상황 : 이 지역과 관련하여 아는 인물이 없느냐는 조사자의 질문에 다음의 이야기를
구연하였다. 다른 인물에 대한 이야기를 하던 중, 여자에게 잘못 하는 바람에
죽은 사람도 있다는 이야기가 나왔다.
줄 거 리 : 신립이 병법을 잘못 쓰는 바람에 전쟁에서 패하였다. 원한을 가진 여자 귀신
때문에 신립이 자다가 죽는 변을 당하였다.

[여자 때문에 죽은 인물들도 있다는 이야기가 나오고 난 뒤 이야기를
시작하였다.]

신립 장군도 그랬잖아? 거기. 진 치고 있을 적이.

(조사자 : 그 얘기두 좀 해주세요.)

거시기에서 죽었잖아요? 거 청중가 원. 거그서 왜적을 방어하고 있을
적이, 신립이 그때 병법을 잘 못 썼지. 앞으루 가믄 죽구, 뒤루 가믄, 앞으
루 가믄 죽으니, 강물로 목 가게 허고, 진을 쳐서 죽었을 적에,

그저 왜적이 못 왔지, 그, 그런 작전을 썼어요. 저 강감찬이 마냥. 흑
(흙)을 뿌리구 있는디, 원한 맺힌 여자가, 그건 귀신여, 귀신. 건너와 버
렸어.

(조사자 : 그건 귀신이예요?)

예, 그라니께, 죽었잖아? 따라 붙는다고. 신립이 목을 쳐서 죽였는디,
귀신이 소복을 입고 건너오니깨 왜적이 들어와서 신립은 자다가 죽었잖
아? 제대로 싸우도 못 하고 병사들이. 그래 그거 다 비슷하게 작가가 쓴
거지요.

여자 원귀 때문에 죽은 조중봉

자료코드 : 08_02_FOT_20090204_HID_PYC_0006
조사장소 : 충청남도 금산군 군북면 보광리 안보광길 노인회관
조사일시 : 2009.2.4
조 사 자 : 황인덕, 김기옥, 오세란, 서은경
제 보 자 : 박영찬, 남, 72세
구연상황 : 역사적인 인물이나 마을에서 자주 입에 오르내리는 인물은 없느냐는 조사자
의 질문에 다음의 이야기를 들려 주었다.
줄 거 리 : 조중봉이 한 백정에게 꼼짝을 못하였다. 하루는 백정이 조중봉에게 묻기를 여
자에게 원한을 산 적이 없느냐고 하면서, 당신은 여자 때문에 죽을 것이라고
하였다. 왜적이 쳐들어 왔다. 깊이를 알 수 없는 흙탕물을 있어 왜적이 함부
로 건너오지를 못하고 있었다. 한 여자가 건너오는 것을 보고, 깊지 않은 강
물인 줄 알고 왜적이 따라 건너오는 바람에 조중봉이 싸움에서 패하였다.

오래돼서 그거는 그, 백정놈헌티 꼼짝을 못했대요. 바둑을 둬두 뒤구, 조중봉이는 양반이구, 백정은 상놈 아니었었어요?

(조사자 : 그렇죠.)

그 조중봉이, 그놈을 그게 얕봤다가두 그눔이 조중봉이를 찾아오믄 기가 죽더래. 수염이 잘 나고 인품이 있덩개벼. 그래 조중봉일 보구, 내내 저기 그 신립장군 비슷한 얘기예요. 그이도.

게 왜냐하면 그 와서, 난리는 쳐들어오는데 원한 맺힌 여자가 있지 않으냐 이릏게 물었대요. 신립두 비슷한 거여. 그 얘기가 그 얘기니. 그 작가가 썼는가 모르지만. 그라닝깨,

"원한 맺힌 여잔 하나 없고, 내가 사랑하던 여자 배신항 거 있다."

그라닝깨 그, 거시기가 오더니, 그 백정놈이,

"여자 말에 요뉴월 서릿발이 다 떨어진다고, 너는 그 여자에 죽는다."

거, 그 얘기를 하드랑깨.

"아이, 미친 놈아, 내가 여자 하나 땜이 장군이 죽냐고?"

그라닝깨, 아니지, 장군두 죽을 수 있겠지. 그라구서 그렇게 안 만냈으면

때려 죽이구 싶구, 상놈인데, 만내 보면 기가 죽능 건 인품이 워낙 잘 생겨 각구.

그라더니 그 이튿날 인제 왜적이 쳐들어올 적이 여기 또 강이 있잖아? 저, 그, 새말서 네러가믄 또랑이 쿵 게 있어. 고그서 위에서 철철, 저, 물을 물이 흘러갈 적에 흙탕물을 저, 퍼부었댜. 그라니깨, 흙물이 내려가니깨 깊이를 몰라 각고 왜적이 뭣 몰르구 못 쳐들어온 거여. 그래 메칠 동안 쉬어라. 이제 군인, 저, 군인이지 옛날 말루 하면. 역부로 쉬라구 했는디.

그 여자가 오더랴. 그 여자의 거시기를 한을 풀어 주라구. 안 풀어주닝깨 여자가 걷어 부치고 건너옹 거여. 그래 조중봉이는 자고 있었어. 그 왜적이 가만히 봉깨 큰 물인줄 알고 못 건너갔는디, 여자가 걷어 부치고 건너가닝깨, 흙탕물이지만 왜적이 침, 침입을 해서 힘을 못 쓰구 졌다는, 그런 얘기가 있어요. 조중봉 애긴디.

새도 착각한 솔거의 그림

자료코드 : 08_02_FOT_20090204_HID_PYC_0007
조사장소 : 충청남도 금산군 군북면 보광리 안보광길 노인회관
조사일시 : 2009.2.4
조 사 자 : 황인덕, 김기옥, 오세란, 서은경
제 보 자 : 박영찬, 남, 72세
구연상황 : 앞의 이야기와 같은 상황에서 이어서 구연하였다.
줄 거 리 : 솔거가 소나무를 그렸는데, 진짜인 줄 알고 새가 날아와 떨어지고는 하였다. 나중에 어떤 절에 그림을 보관하였다. 중이 그림에 개칠을 하자, 새가 찾아오는 일이 없어졌다.

절이서 그림을 배워 각구 그리니까, 소나무를 그리는데 나문 주 알구 떨어지더라잖아? 그래서 나중이 무슨 절이다 됐는데, 중이 낡아서 개칠을 하니까, 다시 인제 우에다 칠했더니 한 마리 안 오드래요. 그 솔거지, 솔거.

병풍에서 똥이 나오는 그림을 그린 중

자료코드 : 08_02_FOT_20090204_HID_PYC_0008
조사장소 : 충청남도 금산군 군북면 보광리 안보광길 노인회관
조사일시 : 2009.2.4
조 사 자 : 황인덕, 김기옥, 오세란, 서은경
제 보 자 : 박영찬, 남, 72세
구연상황 : 조사자가 알고 있는 유사한 내용의 이야기를 건네자, "그르칸 게 아니구요.
　　　　　 "라고 하면서, 다음의 이야기를 구연하였다.
줄 거 리 : 한 부자가 병풍을 구한 뒤, 거기에 그림을 그리게 했다. 자신이 원하는 대로
　　　　　 그림을 그려주면 돈을 주고 그렇지 않으면 사람을 때려서 내쫓았다. 한 중이
　　　　　 그림을 그리기 시작하였다. 부자는 중과의 약속을 지키지 않고 그림을 미리
　　　　　 보았다. 그리고는 마음에 들지 않는다고 하면서 중을 때리고 내쫓아내어 버렸
　　　　　 다. 나중에 그 그림이 굉장한 그림이라는 것을 알고는, 부자는 중을 다시 불
　　　　　 렀다. 중은 건드리면 똥이 나오는 그림을 그려 놓고 가버렸다.

　그르칸 게 아니구요, 뭐라는고 하니, 한 부자가 평풍을 원했드래요. 자
기 소원대로 평풍을 그리면은 수만 냥을 주고, 이제 목 그린 사람은 막
뚜드려 패서 보냉 거여. 밥을 멕이고. 그런디 어디 허수루한 남, 평풍을
그리는데 백일을 그립니다.

　근디 이 평풍을 절대 디다(들여다) 보지 말라, 내 그리능 걸. 만약에 디
다 본대면 평풍을 안 그린다. 그 대신 정성을 허고, 숨두부를 매일해서 백
일 동안 올려라.

　(조사자 : 두부요?)

　그 응, 숨두부라구 이제 눌르지 않은 두부 있잖아요? 그 얼마나 순해요.
그런데 이놈이 고집이 서갖고, 막 그냥, 하자고 메느리를 시키는 거여. 그
래 그림을 가만히 구십구일 날 디다 보니까, 꺼먹꺼먹헌 거 ○○○ 좋은
디다 칠해 놓구, 막 뿌리구 익구, 몇 폭을 덜 그렸어요. 사계절을 그리는
디. 그래 부애가 나서 이제 그저 주인이 막 뚜드러팽 거여. 그냥. 내 쫓아
버링 거여. 돈은 이제 만 냥은 주지 앙쿠.

그래 갔어요. 중은 가구. 갔는데, 저녁에 하두 궁금해서 평풍을 펴보니까, 이 테레비겉이 나오는 거여. 평풍이 아니라. 그게 ○○○ 공작 평풍인데, 초목이 나오더니, 풀이 펴서 움직이고 풀이 좀 좋을 때여? 지금 겉지 않어서, 옛날에는? 꽃이 피구, 새가 울구 막, 점 찍은 게 변하는 거여. 근데 네 폭을 덜 그렸어요. 인제 사 계절을 다 헌게, 마지막 그릴 거시기가 했거든.

하이고, 참 좋아 죽겄지. 그래서 그걸 종을 불러서 내가 이만 냥을 줄 테니 다시 와 그려 달라구 방을 붙인 거야, 인제. 말을 타고 막 방을 붙이니, 그 중은 미리 알았어.

'요놈 보자.'

그래 인제 왔어. 와각고 평풍을 그리기루 해서 이만 냥을 받고 바리바리 쓰구 가믄서 뭘 그렸는고 하니, 이 선생님한테 그, 툭 건들면 똥을 막 퍼붓구 그냥 물이다 다 떠내려가게 이제 그려놓고 간 거여.

그래 가는디, 가만히 인제 마지막 이제 평풍을 펴보니까, 참 잘 나와서 동네사람 다 보는 거여, 인제. 그 테레비 첫 번이 사와 서 보디끼. 그라더니 웬 놈으 똥통이 터져 갖고 막 똥이 나오더니 그냥 뇌성벽력 하구서 물이 네려와서 그냥 다 떠네러가서 다 죽은 거여.

그래서 중이 가면서 그라더래. 이만 냥을 쓰구 가면서,

"이놈아, 뚜들지나 말던지 그냥 보낼라믄. 왜 죽게 그려 농 것도 아까운데 뚜드렸냐고?"

그런 전설이 선생님 말씀대로 그렁 기 있었어요.

집에 손님 안 오게 해달라는 며느리

자료코드 : 08_02_FOT_20090204_HID_PYC_0009

조사장소 : 충청남도 금산군 군북면 보광리 안보광길 노인회관
조사일시 : 2009.2.4
조 사 자 : 황인덕, 김기옥, 오세란, 서은경
제 보 자 : 박영찬, 남, 72세
구연상황 : 앞의 이야기와 같은 상황에서 이어서 구연하였다.
줄 거 리 : 한 부잣집에 손님이 끊임없이 찾아오자 부잣집 며느리의 손에 물이 마를 날
　　　　　이 없었다. 그 며느리는 스님에게 찾아오는 손님이 없게 해 달라고 부탁하였
　　　　　다. 스님이 시키는 대로 하였더니 집안이 서서히 망하더니 찾아오는 손님도
　　　　　없어졌다. 집안에 있던 두꺼비 업을 죽여 버렸던 것이다.

　삼만 석 도지를 받으닝깨, 그냥 그 하녀라구 그러지요, 옛날에. 하녀
들 데리꾸 하도 자기가 쉴려도 손이 물 마를 날이 없거든. 그라닝깨, 워
트게 워트게 해서 스님이 와서 스님 보고 부탁하기를, 여그 한 상을 잘
차리믄서,

　"우리 집이 손님이 너무 많이 들어와서 도저히 살아갈 수 없으니, 스님
워트게 손님 좀 끊어지게 해 주시오."

　이 얘기를 했더래요. 그러니깨 이 스님이 한다는 소리가,

　"참 쉽지요."

　그래 각구 오늘 밤 자정에, 옛날에 명 잣는 가락이라구 그러지. 뾰족한
창 겉응 기 있어요. 저 집 그 방이 그걸 빼어다가 싸립문 한 가운데다 팍
꼽아 노믄은 손님이 떨어질 거라구. 그, 그눔을 메느리가 밤 참 자는 디
가서 팍 꽂았어요. 그라구서는 손님이 끊어지능 거야, 서서히. 감투도 떨
어지구.

　그래 그걸 파보닝까 뚜꺼비가 있더래요. 두꺼비가 사람 밟으믄 뿔끈 인
나지, 쓩 나서. 그래 자꾸 번창하고 하는 걸 두꺼비 업을 갖다 죽여버링
거여. 그랑깨, 스스로 다 망해버린 거여. 그래서 중이 망해 주, 소원대로
해준 기지, 그 사람 소원대로 이제 비렁 거지가 됭개 찾아오는 손님도 없
고 그러니 그, 고담이 있어요.

율곡과 제자와의 지혜 겨루기

자료코드 : 08_02_FOT_20090204_HID_PYC_0010
조사장소 : 충청남도 금산군 군북면 보광리 안보광길 노인회관
조사일시 : 2009.2.4
조 사 자 : 황인덕, 김기옥, 오세란, 서은경
제 보 자 : 박영찬, 남, 72세
구연상황 : 역사적인 인물에 대한 이야기가 이어졌다. 율곡하고 제자 이야기 들어보았느
　　　　　냐고 묻고는, 다음의 이야기를 구연하였다.
줄 거 리 : 스승과 제자가 길을 가다가 내기를 하였다. 어느 소가 먼저 일어나느냐의 내
　　　　　기에서 제자가 이겼다. 또한 어느 집에 들어가서 밥을 먹게 되었는데, 무엇이
　　　　　나올지를 맞추는 내기에서도 제자가 이겼다. 이후 외나무 다리를 건너가다가
　　　　　제자가 딴 마음을 먹었다. 스승이 그 마음을 알아차리자 다리가 끊어져 버렸
　　　　　다. 스승도 알긴 아는 사람이었다.

　　꺼먼 소하고 빨간 소가 두 마리가 앉았더래요. 그래 제자가 묵기를, 선
생이 묵기를,

　　“어느 소가 먼저 일을 하나, 우리 내기하자.”

그라닝깨, 제자가 한다는 말이,

　　“선생님은 어느 소가 먼저 일어나겠어요?”

허니깨,

　　“남쪽이 있는 놈은 남방은 화니까, 빨간 소가 먼저 일어날 거 아니냐?”

그라닝깨 제자가, “틀렸어요.” 그라더랴.

　　꺼먹 소가 먼저 일어난다구 반대로 얘기를 하는 거야. 그라니까, 그 선
생이, 그래 기달리구 앉았능 거지. 앉었으니까, 꺼먹 소가 벌떡 일어나는
거야. 그래 선생이 져서 자존심 상한 거 아녀?

　　“야, 이놈아 어트게 꺼먹 소가 먼저 인나는 줄 알았냐?”

그라니까, 선생, 저 제자가 한다는 말이,

　　“선생님, 왜 빨간 소가 먼저 인난다고 말씀하셨어요?”

그라니까,

"남방 화니까 빨간 놈이 먼저 일어나지 않느냐, 불 아니냐?"

그라닝깨,

"옳게 맞췄네요. 불은요, 꺼먼 연기 먼저 나고 불이 붙는 거거든요."

그라거든. [웃음]

그래 졌어. 그래서 뿔이 이릏게 나갖군 어느 가정집이루 들어가서, 혼자 사는 집을 들어가 가지구, 오늘은 진사일이다. 인제 이 이치는 있잖아요?

"야, 오늘 반찬 뭘루 먹을까?"

그라니깨,

"선생님은요?"

그라니까,

"갈치 굿고 반찬 맛있게 해 주겄다."

그랙거든. 그렁깨 제자가,

"갈치를 굿는 게 아니라, 국수를 주겄네요."

게 그, 여인네가 가만히 생각해 봉깨 별안간 와서 반찬두 읎구, 국수를 삶아서 가져왔거든? 요릏게 휘휘 둘러서. 게 선생이 기가 막히게 또 진단 말이여? 그래,

"너 워트게 국순 지 알았냐?"

헝깨,

"선생님은 워트게 해서 갈친 줄 알았어요?"

그라니까,

"오늘 진사일 아니냐? 진사하믄 뱀이니께 뱀, 기대란 거 아니냐?"

그라닝깨,

"참 옳게 맞추셨습니다. 뱀이요 해 넘으믄 따바리 틀고 익거든요."

[웃음]

또 그러거든. 그릉깨 국수가 이릏게 틀어 논께 비얌 겉잖아? 응. 그라닝

깨 참 기분 나쁘거든? 두 번이나 져서. 에, 그, 그 아, 아침에 일어나서 가면서 외나무 다리를 건넜어요. 건느다가 선생이, 한티, 그 제자가 이랬어. 제 아무리 선생에게 잘한들 칼 하나만 들었대면 여기서 꼼짝 못하구, 진퇴양난 아니냐, 딱 그 얘기를 하는데, 선생도 알았어. 그게 월영도라는 책에 나와 익거던요. 넘의 맘을 꿰 읽능 거.

"월영도를 풀어 놓아라. 야, 몸에 칼 들어와서 못 가겠다."
하더니, 다리가 딱 끊어지더래요. 너는 너대루, 나는 나대루.

그러닝깨 그 선생두 알기는 무척 잘 아는 선생인데, 맘 먹응 걸 알응 거여. 그, 상상적으로 마음을 먹는데. 아무리 선생이 유명하다 하더래도 여기서 칼 들이대면 죽능 거 아니냐 했더니, 몸에 칼을 댈라고 탁 하더니 돌아스니까 다리가 딱 끊기더래.

무학대사보다 나은 소금장수

자료코드 : 08_02_FOT_20090204_HID_PYC_0011
조사장소 : 충청남도 금산군 군북면 보광리 안보광길 노인회관
조사일시 : 2009.2.4
조 사 자 : 황인덕, 김기옥, 오세란, 서은경
제 보 자 : 박영찬, 남, 72세
구연상황 : 앞의 이야기와 같은 상황에서 이어서 구연하였다.
줄 거 리 : 무학대사와 소금장수가 산에 올라가고 있었다. 소금장수는 어느 정도 올라가더니 작대기를 세워놓고 짊어지고 가던 소금 지게를 내려 놓는 것이었다. 천지개벽을 한다고 물이 차오르는데도 더 올라가지 않는 것을 보고 무학대사가 비웃었다. 나중에 보니 소금장수가 세워 놓은 작대기 밑에까지만 물이 차오르는 것이었다. 무학대사가 사람을 몰라봤다고 절을 하자 소금장수는 새가 되어 날아가 버렸다.

(조사자 : 또 언뜻 듣기에 왜 이토정 선생님이 하두 잘 알아서 어느 날 천

지가 물바다가 되는 때가 오니까 피하라고, 그래, 그 이야기 좀 해 주세요.)

그 사람 이름은 모르겠는데, 무학대사랑 둘이 올라갔다고 하는데. 한 소금 장사라고 하는데 내가 이름은 잘 모르걱구요,

날뜸으로 가야 살겠는데 천지개벽을 하니. 물이 들어오니까. 그 소금장 사는 탁, 가서 지게를 이릏게 짊어지구 딱, 한 가마니 짊어지구 세워 놓구 있더래요. 그래 무학대산가 어느 대사가,

"야, 이눔아, 천지개벽을 한다 올라가거라."

헌게,

"심(힘) 좋은 당신이나 올라가지 나는 목 가요."

그라더랴. 근디 물이 들어오는디 작대기 밑이만 쏵 들어왔드래요. 그래,

"아이구, 선생님을 몰라 뵈었습니다."

그라구 절을 했드니, 새가 돼서 싹 날라가드래요. 너 아는 체 하지 말라 이거야. 너보다 더 아는 사람도 그냥 간다 이거지. 그래서 그 무학대사라 고 하는 대사가 그때부터 아는 소리를 못 했다능 거여. 저보다 훌륭한 사 람이 있었으닝께. 정확허니까. 그 양반은 날뜸으루 정신없이 올라갔는데 고기 앉았더니 물이 고까지만 탁 차더래요.

그러니까, 사람을, 사람이 항상 있는 걸 두렵게 생각하고 살아라 이거 지. 검방(건방) 떨지 말라고 한다고. 예, 그런 사람, 그런 얘기도 있었어요.

3할 정도만 맞는 토정비결

자료코드 : 08_02_FOT_20090204_HID_PYC_0012
조사장소 : 충청남도 금산군 군북면 보광리 안보광길 노인회관
조사일시 : 2009.2.4
조 사 자 : 황인덕, 김기옥, 오세란, 서은경
제 보 자 : 박영찬, 남, 72세

구연상황 : 앞의 이야기와 같은 상황에서 이어서 구연하였다.
줄 거 리 : 토정비결이 너무도 잘 맞으니 사람들이 일을 하지도 않고 운세가 안 좋으면
　　　　　죽으려고 하는 사람들이 많이 생겼다. 이를 본 토정이 비결을 불태워 버렸다.
　　　　　제자가 이를 안타깝게 여겨 생각나는 대로 비결을 받아 적어 놓았다. 그래서
　　　　　토정비결이 3할 정도만 맞게 되었다.

하도 정확하게 맞어서 사람들이 일을 안 했대요. 일 년 거시기허믄 그
냥 죽는다고 하닝깨 안 하구 그랬는데. 안 돼서 불을 싸질러 버렸어요.

(조사자 : 아 토, 토정비결이요.)

토정 선생이 비결을 싸부지, 싸 불을 질렀는데, 예, 하두 맞으닝깨, 그
랑깨, 토정 선생이 인제 화장실에 갔는데 제자가 하도 아까워서,

"선생님, 그 좋응 걸 버리믄 어떡합니까?"

그러닝깨 생각나는 대로 해서 오작서가 돼두 그래 십분의 삼할은 맞어요.
삼할은 맞는데, 오작서는 되지만 아주 무시할 수는 없어요. 그래 이제, 생
각나는 대로 받아적게 해준 거지요. 워녕(워낙) 정확하게 맞으니까. 그때
를 얼마 정도 맞았능고 하니, 음력의 달과 같이 정확하게 맞추는 거예요.
보름이믄 달이 둥글디끼 인생을 팍 봤대, 봤다. 그래 그, 그런 말이 있어
요. 그런디.

(조사자 : 너무 그게 잘 맞으니까 사람들이 일을 안 하고…)

일을 안 하고 다 죽는 사람이 많고. 안, 안 하고 먹고 살라고 하니까.
그래서 그래 불을 질러버렸어요. 안 되겠다. 내거 너무 이걸 잘해놖구나.
그랬는데 제자가 아깝다구 해각구 이저, 그게 뭐여, 오작서를 만등 거여.
선생이 부르시고 지가 받아쓴다고. 그래서 십분의 삼할이나빾이 안 맞는
대요.

(조사자 : 그니까 이제 그 토정 선생이 삼할만 제대로 알려주구…)

그렇지. 조심할 땐 조심하구. 그렁깨 모두 그 책을 보믄, 조심하고 살면
은 괜찮으리라. 조심하구 살아라. 노력하믄 된다. 불행할 때는 참아라. 그

르캐 해놨지요.

　(조사자 : 그게 또 뜻이 깊은 얘기 같으네요.)

　그릏지요. 하두 정확하니까. 달과 같이 정확하믄 안 되잖아요? 그랬더래요.

시체를 굴려서 잡은 명당

자료코드 : 08_02_FOT_20090204_HID_PYC_0013
조사장소 : 충청남도 금산군 군북면 보광리 안보광길 노인회관
조사일시 : 2009.2.4
조 사 자 : 황인덕, 김기옥, 오세란, 서은경
제 보 자 : 박영찬, 남, 72세
구연상황 : 앞의 이야기와 같은 상황에서 이어서 구연하였다.
줄 거 리 : 가난한 집에 어머니와 아들이 살았다. 어머니가 병이 들어 죽게 되었다. 아들은 약을 써 보지도 않았고, 지관을 찾아가서 묏자리를 정하지도 않았다. 어머니가 돌아가시자, 아들은 죽은 어머니의 시신을 새끼줄로 꽁꽁 묶어 둥글게 만들어 산 위에서 아래로 굴렸다. 시신이 멈추어 서는 곳에 묘를 만들었다. 나중에 알고 보니 그곳이 명당이었다.

　그런 것도 있지만 또 한 가지 또 우스운 게 있지요. 그릏깨 사람이 복이 있으믄 저절로 돌아오는 수두 있어요.

　즈 어머니가, 여 모자간이 사는데. 하도 못 살거던. 한께, 저,

　“멍청한 놈아, 즈 엄니가 죽게 됐는디, 가 약방 가 약이래두 져 오지. 저렇게 멍청한 놈이 어딨냐고?”

　동네 사람 말이 많거던. 그래서 약을 지러 가 보니께 그눔이 건을 쓰고 있어.

　“그 왜 건을 쓰고 있어?”

허니깨, 어머니가 돌아가셨다고 그라거던? 그렁깨 이놈이 영리혀. 그냥 왔

어. 그래 왜 그냥 왔냥께,

"아, 즈 어머니 죽는디두 못 낫구는 놈이 우리 엄니 낫궈 주었냐구."

그거, 기, 맞는 얘기 아니에요? 그래 나 돈 아까워서 안, 안해 왔다구. 그런디 저, 즈 어머니가 죽었어. 그 즈그 어머니가 죽어서,

"아이구, 그리두 지관을 찾어서 묘를 쓰야지, 그냥 쓰믄 되겠냐고."

가 봤어. 가 보닝깨, 못 살거던? 그라닝깨 그냥 왔어. 왜 왔냐닝깨,

"지가 잘 되지, 잘될 거 겉으믄 지가 부자 되지. 저두 그지겉이 사는 눔이 나 부자 되겠냐구. 다 소용없는 일이라구."

그래 가만히 생각형깨 어머니는 묻기는 묻어야 겠는디 그냥 있을 수두 없구. 나 배운 대로 하자구, 매끼를 막 꽁 거여. 새끼라구두 하구, 경기도는 매끼라 그라지요. 그러나 밤새도록 울매불매 꿰도록이 이만치를 꿔놨지 뭐여. 그래 즈 엄마를 꽁꽁 다리서부터 막 묶으니께 뚱그마케 그냥 공겉이 됐어. 이놈을 짊어지고 가는 거여. 짊어지고 가서 산 위에서,

"나는 약방도 못 믹고, 지관도 못 믹고 어머니가, 저 어머니가 잡으셔."

하구 그냥 발루 그냥 차서 뒹굴려버링 거여. 그란게 막 뚱글른게 저절로 궁굴러 갈 거 아녜요? 응, 막 궁굴러 가더니만 바위 밑에 "뚝!" 떨어지더니, 바우 밑 뚝 떨어지더니, 요롷게 서 있는 거여. 그라닝깨 이놈을 갖다 세워서 그냥 놔 두구서 고렇게 파서 그대로 묻었어.

근디 그냥 워트게 읎던 놈이 그냥 부잣집서 그냥 청혼이 들어와서 잘 살어. 그라더니 아들을 술술 낳고 막 그래 갖고 공부도 잘 하고, 옛날에는 한문 공부니까. 뛰어나게 잘 한 것보다, 가만 이게 어트게 된 건가 하구 거서 드러눠서 이제 봄날에 꽃은 필려고 하는디 드러눠서 앉았으니까, 일류 지관이, 상제가 데꼬 오는디, 상제가,

"햐! 참 저 묏자리 좋으네요. 누가 쓰기는 썼네요."

그라니께,

"아이고, 자릴 버렸다."

일류 지관이. 가만히 득구 있으닌게,

"왜 버렸을까요?"

그라닝깨, 여기는 벌통이라 하지, 벌. 벌통혈이라 저기서부터 궁구려서 소문을 내각구, 빡 궁굴려 와서 거따 세워서 허른 되어. 벌통 넘어지면 인제 그 벌이 죽잖아요? 세워야 되잖아요. 그 세워서 묻어야 되는데, 누가 와서 그랬겠느냐. 자리만 버리지. 뉩혀 묻었으믄 다 인제 그 누리가, 누리라고 벌거지가 생겨요. 죽었을 때는 세워만 묻음사 삼정승이 나고 세상을 들썩하고 부화가 많고 잘 살고 부자가 될 텐디. 좋은 자리 버렸다구 그라더랴. 그래서 그눔이 뿔끈 인나면서,

"대사님, 제가 지관이라 세워 묻었소."

그렁깨, 어트게 그랬냐구. 사실을 얘기헌 거를, 얘기하니까 그러더래.

"참, 명당도 될 놈이 되지, 아무나 안 된다고."

그게 무식해두 되는 수가 있어요.

임금님이 방문할 것을 안 사람

자료코드 : 08_02_FOT_20090204_HID_PYC_0014
조사장소 : 충청남도 금산군 군북면 보광리 안보광길 노인회관
조사일시 : 2009.2.4
조 사 자 : 황인덕, 김기옥, 오세란, 서은경
제 보 자 : 박영찬, 남, 72세
구연상황 : 이야기하는 분위기가 무르익자 다양한 이야기들이 나오기 시작하였다. 앞의 이야기와 같은 상황에서 이어서 구연하였다.
줄 거 리 : 한 임금이 몰래 시찰을 나갔다. 어느 집에 들어가서 보니 한 늙은이가 있었다. 자신은 가난하게 살면서 다른 사람들은 부자로 잘 살게 해 주었다는 이야기를 듣고, 그 내막을 물었다. 늙은이가 말하기를, 자신은 가난하게 살지만 이 집에는 임금이 올 자리라고 하였다. 이후 늙은이는 벼슬을 하면서 큰 일을 하였다.

그러구 한 애기는 그 지리학적인디. 그 집안을 참말로 모르는데, 한 어느 촌락을 이케 임금님이 시찰을 탁 나갔는데, 그 임금님이 뭐를 하는고 하니, 한 여, 천도복숭아라고 왜, 꽃 빨강 거 있지요? 삽짝 그게 꽃이 펴서 익거든? 그래 말을 메고 그냥 사복을 입구서 싹 들어가니까, 수염을 길게 질르구 새카만 늙은이가, 그 마누라보고,

"여 손님 왔응개 저 밑이 집이 가 쌀을 꿔다가 밥 좀 해라고."

그라니까 가더니,

"서방님, 안 꿔줘요."

그라거던? 그라믄 저 밑이 집이 가서 꿔 오라구. 그래, 그 이 집 거기 가 꿔다 밥을 햐. 그래 임금님이 가만 보니께 참, 궁금헝 게 많잖아요? 그래. 민간 사찰을 나갔는데. 이제 사복을 탁 입으니 몰르지.

"여보쇼, 그저, 첫 번에 꾸러 간 집은 워터게 살아요?"

그라니께,

"아, 그놈의 새끼, 그지로 살고 익걸래 내가 집터하고 잘, 즈 아버지 묏자리를 잡아줘서 천석지기를 하는디, 인제 부자 됐다고 날 괄새하고 안 꿔주네요."

그라거든?

"그러믄 그 밑이 집은?"

그렁개, 아, 그눔두 머슴 살고 있던 놈, 내가 즈 아버지 하도 불쌍해서 묏자리 잘 잡어 주고 집터를 잡아서 만석지기를 한다구.

그래 임금님이 봉깨 배꼽 뺄 노릇이지 뭐여? 저는 오막살이 살면서. 넘은 그렇게 잘되는 게 그게 이해가 가요? 그라닝깨 이놈이 깔깔깔 웃으믄서,

"여보쇼, 당신도 이, 사람이란 사람이 워째 그릏게 답답하냐고?"

"왜요?"

물으니까, 이 양반 한닷 소리가,

"아, 이, 당신이 천석지기다 집터를 잡고 묘를 쓰구 그라지, 만석지기다

하지 왜 이렇게 오막살이에서 살고 있소?"

그라니께, 딱 보더니,

"참, 당신도 사람을 몰라본다고."

그라더랴. 그래, "왜요?" 그라닝깨,

"그 집은 만석지기, 천석지기를 할망정, 상놈에 지내지 못 햐. 그러나 우리 집은 오막살이를 집을 짓고 살아도 대왕님이 오신다고."

임금 온 걸 다 알구 있어.

"대왕님이 오시는데, 여, 천도복숭아를 왜 심은지 아시오?

임금이 거따 말을 매고 우리 집이루 오시면 저는 양반이 되고, 그 사람은 상놈이 되는데, 인품이 위중해요, 인격이 중요해요, 그까짓거 돈이 중요해요?"

그라니. 하이, 임금님이 클 났어. 만약 임금이라믄 요, 인저 장이서 맞어 죽을 수두 있거든. 역적들헌티. 하, 그러시냐고. 밥을 먹는 둥허고 말을 타고 올라와 뻐렸어. 올라와 각고 끌여 들여 각고, 나라에 정사를…… 사람이 그렇게 세상 일을 잘 알더래요. 그렁개 잘 아는 사람이지, 그 사람은. 어느 때 어느 세월에 임금님이 와서 저를 초청해서 사신을 크게 삼을 줄을 알았던 사람이에요.

그니께 그만치 허는 사람은 영웅이고. 그래 임금이 첨엔 배꼽을 뺐지. 부자 되는 자리를 저는 안 쓰구 남을 써 줬으니, 헌데 그게 아니지.

이 사람은 더 훌륭했던 사람이지. 그런 얘기도 있어요. 지리학적으로 얘기를 들어보믄.

세 지관 덕에 부자된 총각

자료코드 : 08_02_FOT_20090204_HID_PYC_0015
조사장소 : 충청남도 금산군 군북면 보광리 안보광길 노인회관

조사일시 : 2009.2.4
조 사 자 : 황인덕, 김기옥, 오세란, 서은경
제 보 자 : 박영찬, 남, 72세
구연상황 : 앞의 이야기와 같은 상황에서 이어서 구연하였다.
줄 거 리 : 지관 세 명이 한 집에 머물게 되었다. 다음 날 먹을 것이 없을 것을 알고 한
          지관이 그 집 총각을 불러 아버지 산소에 가서 두골을 가져 오라고 하였다.
          그가 시키는 대로 하자 두 지관은 밥을 얻어 먹을 수 있었고, 이후 총각은 돈
          많은 과부를 만나 잘 살게 되었다.

이 사람들이 뭐냐 하면, 인제 자기가 유람하면서, 어디 자리를 현명하
러 가서 어느 집이 가서 머물렀던 거예요.

(조사자 : 지관 세 명이요?)

헌디 그 양반이 못 살아도 손님 대접을 잘 했던 모양이죠? 그래 들어오
시라구.

그래 인제 늙은 주막에 혼자 사는데 들어가서 쉬면서 한다는 소리,

"니알은 어디 가서 가야 되나."

그라니께 한 놈이 한닷 소리가, 한 지관이,

"야, 야, 이 양반아, 워디든 삼정승 자리가 있기는 있던데."

그랬단 말이여. 그랑깨 한 사람이 있다,

"참, 니알 밥 먹으는 생각하야지. 이 집에 쌀두 읎어."

그 사람 다 알구 있던 사람이여. 그랑깨, 그것도 쉽지. 내려갈 생각을
하야지. 그랬거든? 게, 슷이 지관이 막 거들구 나오니까, 그니까, 낼 아침
은 먹어야 될 거 아녀? 그러니까, 한 사람이 있다, 그 총각 보구,

"아버지 산소를 잡은 데 가 두골만 파 오라구."

"밤이 어트게 두골을 파 와요."

그러니께,

"너 잘되게 할 수 있어."

그라니, 왜, 니알 아침은 먹고 가야 할 거 아니냐. 아무 께 해줄 게 없거

든? 게, 슷이 가서 묘를 파닝깨, 아버지 두골이 있어. 고놈을 갖다 놓고 그것이 귀한 거여. 날 아침을 잘 얻어 먹어야 겄는데 워터카느냐 하고서 있으니까,

아침에 인제 밥을 보니까, 두룸박이 있는디 씻나락을 두 군데다 고놈을 밥을 해서 줬어. 그라구서는 그 양반이 이제 그 두채 양반이 밥을 얻어 먹고 가버렸어. 인제. 밥은 둘은 밥을 잘 먹었는디, 두채 한 사람이 요롱게 돌리구서니,

"우선 장개를 가야 되지 않으냐?"

그라니께, 한 또, 그람 먼이 가라구. 하구 이놈이 가만히 밥을 해구 드러 눴다 생각하닝깨, 나가서 또 이 양반을 보내야 허니께, 밥을 은으러 가야 쓰겄어. 읊어 갖구.

그래 부잣집 과부네 집이 가, 문을 뚜드릴라구 하니께 자빠져자구 일어 나두 안 햐. 그래서 쭈구리구 앉았으닝깨, 그 과부가 꿈을 꾸니 그냥 청룡 이 자기를 안고 하늘로 올라가거든? 그래서 문을 열어봉깨 그 하나, 늙은 총각이 쭈구리구 자고 있어.

"아이구, 웬일이냐구?"

하믄서 그냥 꿈을 꿔갖고 거기서 데리꾸 품구 자며, 하, 우리집 손님 있당 께 그냥 아침을 잘 대접을 해서 멕여 보냈어. 그라닝깨 한 사람만 남았어. 그라믄서 한 사람은,

"저기 저기 저, 둥구나무 밑이다 이 해골을 갖다 묻으믄 삼정승을 난다 고,"

그래 거그 와서 득남을 허구서 아들 섯을 낳구 그 과부 집이서 부자루 됐다는 그런 전설이 익기는 있어요.

맥을 끊어 놓은 이여송

자료코드 : 08_02_FOT_20090204_HID_PYC_0016
조사장소 : 충청남도 금산군 군북면 보광리 안보광길 노인회관
조사일시 : 2009.2.4
조 사 자 : 황인덕, 김기옥, 오세란, 서은경
제 보 자 : 박영찬, 남, 72세
구연상황 : 지역과 관련된 이런저런 이야기를 하는 중에 다음의 이야기가 나왔다.
줄 거 리 : 이여송이 칼로 산의 맥을 끊어 놓았다는 곳이 안골내미에 가면 있다. 또한 일
　　　　　본인들이 맥을 끊어놓기 위해 쇠말뚝을 박아 놓은 곳도 있다고 한다.

(조사자 : 또 뭐 무슨, 흔히 이여송이가 어디…)

중국 그 장군이 와서 그 저기 어디 있다는 있긴 있는데, 아는 사람이 있긴 있는데, 거그 뭐, 저 아랫마을이지요? 상곡 가서 칼로 끊었다고 그 저, 산을 끊었다고 끊어진 디 있어요. 상곡 안골내미라고 하는디 거기 익고.

에, 일본 놈들은 여기 어디 저 맥을 끊기 위해서 세멘이다 쇠말뚝 심어 논 건 있다구, 그래도 난 거그는 생전 가보도 못하고. 그 낭설이지, 아직까지는. 내가, 난 파악 못 했으니까.

(조사자 : 이여송이가 뭐, 혈 끊을 때 뭐.)

저기 저 피 흘렸다는 데가 저 안골내미라는 데, 안골내미 거기, 노리갯재라는 거를 끊었다는 말두 있어요. 노리갯재.

예. 그러믄 장군 날 자리를 끊었다는, 그런, 있는데. 그것두 맞능 거여. 거 이회창이 산소에 왜 쇠말뚝 뭐가 한 추럭 박았다고, 한번 시, 뉴스 나온 거 있었잖아요? 그 그것두, 근데 지리학적으루 보면은 책자에 그게 나와 있어요. 이 너무 혈에다 쇠말뚝이나 세멘 공구리를 하면은 맥이 끊어진다구.

명당 잡은 백정

자료코드 : 08_02_FOT_20090204_HID_PYC_0017
조사장소 : 충청남도 금산군 군북면 보광리 안보광길 노인회관
조사일시 : 2009.2.4
조 사 자 : 황인덕, 김기옥, 오세란, 서은경
제 보 자 : 박영찬, 남, 72세
구연상황 : 앞의 이야기와 같은 상황에서 이어서 구연하였다.
줄 거 리 : 한 백정이 묘를 쓰려고 지관과 길을 나섰다. 지관이 시키는 대로, 백정은 정
　　　　　성껏 준비하여 지고 자신이 갈 수 있는 데까지 가다가 묘를 쓰게 되었다. 묘
　　　　　를 잘 써서 이후 육군대장이 되었다.

　그런 전설은 있어요. 저기 우투머리에 가면, 저 백정놈의 묘라고 하는
데, 옥천서 묘를 쓸라고 하닝깨 그 풍수 하나가,

　"니가 성의껏 여기서 이바지를 짊어지구 가는 데까지 가보자구."

　델꾸 가더래요. 그래 자꾸 오닝깨 여간 심들어요? 옥천서 여기까지 한
삼십 리를 걸어 올라와 각구, 산에 올라가니.

　"아이구, 더 목 가겄네요."

그랑깨,

　"맞다. 여기다."

그드래요. 더 갔으면, 나라에 대통령이 될 자린데, 여기는 육군대장은
해먹겄다, 해먹겄다고 하더래요. 그래 뫼를 크게 잘 써서 육군대장 해묵
었어요. 저 묵었더라고 저기 저, 아유, 백정놈이라구 여기 사람 몰르는 사
람이 읎어. 백정놈이 육군대장 해 먹었대요, 옛날에. 그래, 그런 전설두
익구.

　(조사자 : 예에. 명당 전설이네요.)

방귀 잘 뀌는 며느리

자료코드 : 08_02_FOT_20090202_HID_BSE_0001
조사장소 : 충청남도 금산군 군북면 상곡2리 경로당
조사일시 : 2009.2.2
조 사 자 : 황인덕, 김기옥, 오세란, 서은경
제 보 자 : 배순애, 여, 74세

구연상황 : 다른 사람들의 노래와 이야기를 조용히 듣고 있다가, 2편의 이야기를 이어서 구연하였다. 말을 이어가는 것이 서투르고 자주 머뭇거리자, 청중들이 이야기를 거들어 주는 분위기였다.

줄 거 리 : 평소에 방귀를 잘 뀌던 여자가 시집을 와서, 방귀를 못 뀌고 지내자 점점 마르는 것이었다. 하루는 허락을 받고 방귀를 마음껏 뀌었다. 남편은 여자를 친정에 데려다 주려고 길을 떠났다. 길을 가다가 사람들을 만났는데, 방귀를 뀌어서 사과를 떨어뜨리면 골살이를 준다는 제안을 하였다. 여자는 방귀를 뀌어서 사과를 떨어뜨렸다. 남편은 여자를 다시 데리고 와서 잘 살았다.

아, 여자가 저 남의 집에 시집을 갔는디, 집이서 똥(방귀를 의미한다.)을 그릏게 잘 꼈는디 시집 와서 똥을 못 뀅깨, 왜 이릏게 말르냐고 항깨, 똥을 못 껴서 말른다고 하더래요. 그라면 똥을 좀 껴봐라. 그랑깨, 아, 시어머니 시아버니를 워디를 붙잡구, 워디를 붙잡으라구 했는디,

(청중 : 정지. 정지 문짝을 하나는 붙잡으라구 하구, 하나는 상지둥을 붙잡으라구 하구.)

아 방구를 뀅깨 참 얼마나 뀌나,

"힉! 홀라쿵! 홀라쿵!"

(청중 : 문이, 문이 들락날락 하닝깨 그렇지?) [웃음]

진짜루요. 친정으로 인제 델다 줄라구 인제 신랑이 델꾸 가는디,

(청중 : 데다 주라구 하더랴.)

아, 신랑이 인제 댈꾸 가는디, 그라더니, 저, 저 건네, 한 복판에 사과를 주절주절 열었는디, 그라더랴. 그 골 살아 먹는 이덜이. 저 똥을 얼매나 잘 뀅가, 하여튼 저 사과만 따면 골 사는 걸 준다구 그러더랴. 그 사람들

이. 그래서 방구 껴서 인제 친정으로 쬧겨가는디, 그 사과를 따서 골을 살

아 먹었댜.

　(청중 : 방귀를 껴서 사과가 떨어졌구만, 사과가.) [웃음]

　(청중 : 그래, 그런 방구는 쓸 방구네.)

　아, 그래서 데리구 와 살았댜.

떡국새의 유래

자료코드 : 08_02_FOT_20090202_HID_BSE_0002
조사장소 : 충청남도 금산군 군북면 상곡2리 경로당
조사일시 : 2009.2.2
제 보 자 : 배순애, 여, 74세
구연상황 : 앞의 이야기와 같은 상황에서 이어서 구연하였다.
줄 거 리 : 이웃집에서 가난한 집에 떡국을 한 그릇 가져다 주었다. 며느리는 먹어 보지
　　　　도 못 하고 물을 길러 갔다. 돌아와 보니, 개가 그것을 다 먹어 버렸다. 시어
　　　　머니는 며느리가 먹어 버린 줄 알고 부지깽이로 며느리를 때렸다. 며느리가
　　　　쓰러지자, 며느리 입에서 새가 나오면서, "떡국, 떡국" 하였다. 아내가 죽었다
　　　　는 소리를 들은 아들이 와서 죽은 아내를 붙들고 울자, 시어머니는 아들도 죽
　　　　여 버렸다. 그랬더니 새 두 마리가 "떡국, 떡국" 하고 울었다.

　그게 아니고, 저 이웃집, 인제 떡을 월매나 가난해서 떡을 못 해먹었는

디. 그 할머니는, 시어머니는 방에 있는디, 가만히 갖다 떡국을 메느리네

먹으라고 갖다 줬는디,

　"누가 왔냐?"

그라믄서 나오드랴, 시어머니가. 아, 그러니 그 떡국을 못 먹구서 물을 길

러 갔댜.

　(청중 : 바가지로 엎어 놓구서 물을 길러 갔댜.)

　물을 이러, 물 이러 갔는디, 갔다 옹깨 이눔의 개가 싹 질러 먹었드랴.

그 떡국을. 그래 딱 썰어 먹었는디, 떡국 다 먹었다구 메느리를 부지땡이루 툭 째리드래요. 물얼 이구 왔는디. 이 사람은 구경두 못 했는디. 아 그랑깨 정지 바닥에 쭉 뻐드러져 각고,

"떡국~! 떡국~!"

하먼 입에서 나오드래요, 새가. 그래 문지방에 올라가서, 아이구,

"떡국! 떡국!"

항깨, 그 인제 그 신랑은 자기네 집에 와서 그 떡국 한 번을 못 해먹었는디, 고상만 하다 인제, 저 나무 갔는디, 이웃이 사람이 그라더랴.

"자네 아내, 저, 식구 죽었다구."

그랑깨, 나무 지게를 집어 내뻐리구 인제 왔대요. 집에를 옹깨, 너는 뭐냐구 함서, 인제 붙잡구 울 거 아녀?

(청중 : 그 새를?)

아니 마누래를. 정지 바닥이서 막 우니께. 아덜할래 죽이더라네요.

(청중 : 즈 엄마가?)

응. 즈 엄마가. 그러니까 새 두 마리가,

"떡국~! 떡국~!" [웃음]

(청중 : 그러니까 뻐국새여.)

그래 뻐국새여.

(청중 : 참, 그러구 어트게 그런 얘기를 다 들었어?)

철기네 어매가 장에를 가는디 저 미애네 할아부지랑 나랑 그이랑 서이 갔어. 그랑깨,

"쑥국~! 쑥국~!"

그랴. 그랑깨 그 철기네 어매가 그랴.

"저게, 저게 쑥국새여, 뻐꾹새여?"

그랴. 그랑깨, 애네 할아버지가 말이 그렇잖아?

"사람이 득기 달렸지."

인제 그이 말이 그라더먼? 그랑깨,

"뻐꾹새야."

"마누래가, 저기 할머니가 죽여서 떡국새랴."

쑥국 쑥국 하는디 그게 떡국새랴. 그렇게 애기를 해주더라고.

남근을 매달아 놓은 스님

자료코드 : 08_02_FOT_20090202_HID_SKE_0001
조사장소 : 충청남도 금산군 군북면 상곡2리 경로당
조사일시 : 2009.2.2
조 사 자 : 황인덕, 김기옥, 오세란, 서은경
제 보 자 : 신귀이, 여, 82세
구연상황 : 앞의 이야기와 같은 상황에서 이어서 구연하였다.
줄 거 리 : 한 스님이 날이 저물자, 어떤 집에 들어가게 되었다. 그 집의 여자가 정성스
       럽게 대접을 잘 해 주어서 스님은 그 여자를 잘 살게 해 주었다. 이 사실을
       알게 된 이웃집의 여자가 있었다. 스님이 이번에는 이웃집 여자의 집에서 자
       게 되었다. 그런데 그 여자는 스님과 동침을 하였다. 스님은 여자의 행동이
       괘씸하여 집안의 여기저기에 남근을 매달아 놓았다.

저 스님이 인자 와서, 자자고 허여, 인자 방이, 인제 이렇게 마당, 손님
이루 오머넌 질이 저물면 자구 가야 할 거 아녀?

그랬는디 이 여자가 새끼를 꼬면서, 이 나랙이 나오면 그거 하나콤 까
서 병개다 넣어서 모디켰드라네. 그래 인자, 그 스님이 자구 간다구 해서,
그 쌀루 밥을 해서 그 스님을 줬는디, 스님은 저 웃목이여 자구, 이 여자
는 새끼를 이케 꽈쌌음서 이케 쌀을 또, 나락을 까서 병개 느쿠 느쿠 해
서, 아, 저기 인자 밥 해 멕여서 보냈는디,

그 스님이 그 여자를 잘 살게 도와줬대요. 그래. 참 돈두 많구, 쌀두 많
구, 그렇게 옛날이 뭐, 쌀 나와라 하믄 쌀 나오구, 돈 나와라 하믄, 돈 나

오구,

(청중 : 도깨비 방맹이를 하나 줬어 인자.)

응, 그렇게 그릏게 잘 살어서 이 사람이 행복하게 사니깨, 그 옆이 사람이 그게 인자 또 시암이 나서, 아 인자 또 그라다 그 스님이 또 왔는디, 인제 그 밑이 집이 가서 자게 됐드라네요? 그래 자게 됐는디 이건 냥, 농사진 쌀로 밥을 해 멕이고, 연애를 했댜. 한 방이서.

(조사자 : 아이고.)

연애를 했는디, 아니 돈 주구, 쌀은 안 주구, 대꾸 꼬추만 가주더라. [웃음] 아이구, 나, 그 이야기만 하믄, [웃음] 그래서 쌉짝키다가 주절 주절 매달아. [웃음]

(청중 : 꼬출 달아 놔? 하하하.)

아무데가 주절주절 매달구, 자꾸 스님이, 인자 여자가 미워서 인자 그릏게 한 거여. 스님이. 심술 부리니라구. 아이 말하자믄, 질깡두 가면 불알이구, 부엌짝이두 가면 불알이구, 질이두 가면 불알이구, 그냥 주절주절 주절 하더라.

(청중 : 얼마나 미우면 그랬겠어?)

그래서 이 여자가 스님한티 못되게 굴어서 그거 죄 받느니라구 그르켔댜. 나 그 소리 듣구 엄청 웃었어.

(청중 : 뭐가 그케 거 웃을 일이여?)

남자덜 있는 디서 그런 얘기 하믄 우습잖애요?

(청중 : 아, 나가나 들어가나 수북하니 그거…)

[청중 일제히 웃음]

내 복에 산다

자료코드 : 08_02_FOT_20090202_HID_SKE_0002
조사장소 : 충청남도 금산군 군북면 상곡2리 경로당
조사일시 : 2009.2.2
조 사 자 : 황인덕, 김기옥, 오세란, 서은경
제 보 자 : 신귀이, 여, 82세
구연상황 : 이야기판에 늦게 동석을 하게 된 신귀이 화자가 서둘러 구연을 시작하였다.
줄 거 리 : 딸이 셋인 사람이 하루는 딸들을 불러, 누구 복으로 먹고 사는지를 물어 보았
다. 첫째 딸과 둘째 딸은 아버지 어머니 복으로 먹고 산다고 말하였으나, 셋
째 딸은 자신의 복으로 먹고 산다고 하였다. 쫓겨난 셋째 딸은 숯 굽는 사람
을 만나 잘 살게 되었다. 이후 셋째 딸은 가난해진 아버지를 다시 만나 모시
고 잘 살았다.

저얼 큰 딸더러,

"너는 무슨, 누구 복이루 먹고 사냐?"

"아버지 복이루 먹구 산다구."

둘채딸은 너는 누구 복이루 먹구 사냥깨, 어머니 복이루 산다구 하더
래. 어머니 복이루. 막내딸은 너는 누구 복이루 먹냐 항깨, 열 살 넘으믄
제 복이루 먹구 산다고 하더라네요? 그랑께 내쫓았댜.

내쫓아서 이게 가느라구우 갔는디, 산중이루 갔덩가, 이 산중에서 불이
빼앤-하더라네요? 불 있는 디를 찾아갈 거라구. 그래 불 있는 디를 찾아
갔는디, 가서 보닝깨, 이룋게 인자 어머니하고 아들하고 둘이 사는디 기
냥, 숯을 구닝깨 얼굴이 새카만하니 그룷드라네. 이래 바라보닝깨, 그 숯
굽는 부섴 이마가 순 금덩어리더래요. 진짜 금덩어리더라.

(청중 : 어이, 참.)

이제 금덩어리를 놓구서 이 저, 숯을 궜다네요. 그래 나 좀, 하루 저녁
이 여기 잘 수 있느냐 항깨, 자라고 반가워 하드라네. 그래 인저, 거기서
밥을 먹구 자구서,

"아처기 이 숯 굽지 말고 내 말만 들으라구."

"그럼 듣는다구."

"해보라구."

항깨, 이게 금덩어리닝깨 지게다 짊어지구, 서울 장안이 가서루 주는 대루만 받아 오라더랴. 돈을. 더 달라고 할 것도 웂고, 주는 대로만 받아 오라더랴.

아, 가, 그눔을 갖다 중깨, 돈을 한 짐 주더라네요? 돈을 한 짐 줘서 인자, 그 놈을 가지구 와서루, 참,

(청중 : 제 복이네.)

집을 그냥 잘 졌다능 기여. 잘 지어 놓고, 사랑채도 인자 잘 직구 그랬는디, 인자 그 마내님이 머슴이구, 인자 이 저, 대목들 집 짓는디, 이 대문을 워트게 다느냐?

"양님아!"

하걸랑,

"예."

이르카라구 하라니 그 얼매나 에룹겄어, 그것두. 그래서 참, 그릏게 졌드라네. 대문을 그케 달아서. 그라구 참, 안안팎 머슴 두고 잘 사는디. 아, 호호오한 할아버지가 그지겉이 하구 와서, 자자구 하는디, 못 잔다고 함서 이릏게 문을 열으니께,

"양님아!"

하구 이케 닫으니까,

"예."

하드랴. 아, 그냥 거기서 그렇게 울어 쌌드라네. 그 할아버지가.

(청중 : 그게 친정아버진 겨.)

그래 인자 그, 일꾼들이 왜 할아버지 여기서 이릏게 우느냐고 하닝깨, 양님이가 우리 딸이고, 대답하는 게 아버진개비라구. 그래서 얘기를 가서

인자 주인 마님더러 하닝깨,

"그럼 사랑에다 모셔라. 잘 모셔라."

그래서 모셔 놓고 참, 밥을 채려줘서 멕이구서는, 그, 그래 딸두 무정햐. 워트게 저녁이 못 나가보고 아척이 나가봉깨 즈 아부진디, 참 볼 수 읎드라네? 그래 잘 씻기구 해서루, 아버지를 그 딸이 평상 잘 모시다 죽더랴.

게으른 아들과 새끼 세 발

자료코드 : 08_02_FOT_20090202_HID_SKE_0003
조사장소 : 충청남도 금산군 군북면 상곡2리 경로당
조사일시 : 2009.2.2
조 사 자 : 황인덕, 김기옥, 오세란, 서은경
제 보 자 : 신귀이, 여, 82세
구연상황 : 앞의 이야기와 같은 상황에서 이어서 구연하였다.
줄 거 리 : 게으른 아들이 있었다. 어머니가 새끼를 좀 꼬아 놓으라고 하면, 항상 세 발
　　　　　만 꼬아 놓았다. 어머니는 아들이 꼬아 놓은 새끼 세 발을 주면서 집에서 내
　　　　　쫓았다. 마침 옹기를 짊어지고 오는 사람이 있어 아들은 그 새끼를 팔았다.

아덜이 인자 쫌 저기 했덩 거지. 새끼나 좀 꼬라고 하닝깨, 항상 꽈서 빼농 게 새끼 서 발만 꽜드래요.

(청중 : 세상에.)

응, 그랑께 어머니가,

"이놈 가지구 너 나가서 밥 을어먹으라구."

내쫓았댜. 그래 그눔을 가지고 가면서,

"새끼 스 발~, 새끼 스 발~"

하구 갔는디, 옹기 장사가 참, 옹기를 잔뜩 짊어지구 오드라네요? 그르닝깨 그 옹기는 타락고리루 쩜매야 잖아? 타락고리를 쩜매야 하는디, 타락

고리가 읇어서 못 쩜매고 인자 지고 옹깨, 넘어지까 미서우닝깨, 그 새내끼 좀 빌려달라고 항깨, 이 새내끼 서 발 꼰 사람이 중 거여요. 그래 거그다 팔아먹었다대.

그래서 그 옹기 잘 쩜매서 가지고 왔응깨, 잘 항 거지유. 나는 그릏게는 알아 들었어요.

도깨비에 홀려 죽은 사람

자료코드 : 08_02_FOT_20090202_HID_SKE_0004
조사장소 : 충청남도 금산군 군북면 상곡2리 경로당
조사일시 : 2009.2.2
조 사 자 : 황인덕, 김기옥, 오세란, 서은경
제 보 자 : 신귀이, 여, 82세
구연상황 : 앞의 이야기와 같은 상황에서 이어서 구연하였다.
줄 거 리 : 술을 많이 마시고 산길을 가던 어떤 사람이 도깨비에 홀려 죽었다. 이튿날 찾
　　　　아보니 옷들이 찢어져 나뭇가지에 걸려 있었다.

술 잔뜩 먹구 저녁이 인자 즈 집이 가는디, 그 저, 산질이덩개벼, 아매. 가는 질이 인저 산질이덩개벼.

근디 그 지금 명가쟁이네 까시나무 있어, 명가쟁이 까시나무. 그 속이가 들었는디, 옷을 죄~ 찢어서 그 까시나무 속이다 얹어 놨댜. 인저 깟난이 말이여.

(조사자 : 그래서요?)

그래서 인저, 집이서는 인제 신랑 올 때만 바랬는디, 오야지유? 아들 하나 딸 하나 나 놓구. 그래 인저, 그 이튿날 사람 없다구 찾으닝깨 그릏게 죽었더라네.

(청중 : 죽지. 도깨비에 홀려서.)

도깨비 홀려서 그케 죽어서, 인제 장사 지냉 거지, 인제.

(청중 : 장사 지내지, 그람.) [웃음]

쌀 서 말로 석 달 나기 시험

자료코드 : 08_02_FOT_20090205_HID_YKS_0001
조사장소 : 충청남도 금산군 군북면 보광리 경로당
조사일시 : 2009.2.5
조 사 자 : 황인덕, 김기옥, 오세란, 서은경
제 보 자 : 이강서, 남, 83세
구연상황 : 이상순(여, 78세) 화자와 서로 번갈아 가면서 이야기를 하는 분위기가 형성되었다. 이상순 화자가 이야기 한 편을 구연하자, 연이어 구연하였다.
줄 거 리 : 한 부잣집에서 며느리를 구하려고 하였다. 쌀 서 말을 가지고 세 사람이 석 달을 먹을 수 있는 며느리를 얻으려고 하였다. 그 집 며느리 자리에 욕심을 낸 여자들이 지원을 많이 하였으나, 한 달을 못 견디고 포기하였다. 어떤 한 여자가 지원을 하였다. 그 여자는, 음식을 잘 해서 배불리 먹게 하고는 자기 능력대로 일을 하도록 시켰다. 이후 재산이 불어 석 달이 지나자, 재산이 모였다. 부잣집에서는 그 여자를 며느리로 삼아 잘 살았다.

사람 시 식구가 쌀 서 말을 갖고 슥 달을 먹구 살, 살아요. 게 워트게 먹구 살겄느냐 이거여. 얘기해 봐요.

(조사자 : 어떻게 먹고 살아요?)

그렁개 그걸 한 번 연구를 해봐야지요. 스 말 각구 시 식구가 슥달은 먹는다. 그러닝깨 그전에 큰 부잔디 며느리를 인제, 그전에 궁합도 보구 여러 가지 보잖아요?

그런디 그 그 부잣집 참, 그전이 한 몇 이 천석 받던 부자였던 모양이지, 인제. 그러닝개 자기 평생보다도 후대가 어트게 될 지 모르잖아? 자긴 인제 그만치 부자지만. 그러니께 어쯩든 메느리 하나 얻어야 되겠는데 셋 쏙이 쌀 서 말을 갖고 슥 달을 먹는 메느리를 얻을라고 그더래요. 슥달

먹는.

그러닝깨 누구든지 그 욕심이 나닝깨, 저기, 간단 말이에요. 그 집에를. 인제 시집가서 시험하러. 아무케 먹든지간에 하루 다 먹든지, 슥 달을 먹든지 쌀 스 말하고 사람 셋이가 방 한 칸 내줘 간수할 디만. 그르카구 시험을 하라는 거야, 그래. 그르니까 어떤 날은 적게 먹어도 한 달은 더는 못 먹더래. 한 달. 한 달도 슷이, 슷이서 한 달, 서 말 각고 먹을라니 이것도 아주 참 표가 나게 먹응 게 아녀, 이게.

만날 죽만 먹다 시피하고 이런 사람 있지, 인제. 워떤 사람은 그래 거기서 인제, 매일 댕기면서 그 남자는 뭐냐 하믄 그, 그 사람 하는 행동을, 그 거지(거조)를 봐요.

워트케서 먹구 사는가 이제 이걸, 사람 사는 것도 방식이 여러 가지잖아요? 그냥 도둑질 해서 먹고 사는가, 무슨 뭘 해서 먹고 사능가. 석 달 버틸랑깨 고거 각고 목 버틸 거 아녀? 그렁께. 게 그런 사람 메느리 삼는다, 이제 그런 광고를 냈단 말이여. 그렁깨, 어떤 사람은 제일 제일 최고 버틴 사람이 한 달 버티드래요. 한 달.

그래 워떤 부인, 여자가 큰애기가 있다가, 지 아부지한테 신청을 하라구 했어요. 지가 가 본다구. 그러니께 가서 신청했어.

"니가 가서 딴 사람두 못 먹고 사는데 어트게 니가 석 달을 먹으냐."
항깨,

"내 수단대로 가서 먹으믄 될 거 아니냐구."

"그럼 가 봐라."

인제 신청을 하니께, 쌀 서 말 하구 여자 몸종 하구 남자 하나 하구 이케, 그, 그 거기, 말하자믄 그 큰 애 하구 슷을 이제 쌀을, 내주는 거야, 쌀 스 말 하구.

그라닝깨 그라닝깨, 쌀 한 말 퍼주드래요. 장에 가서 반찬 좀 사오라고. 그 여자가, 인제 큰애기가. 이거 사흘두 못 먹겄어. 이제 이거 다 파탄 나겄다, 인제. 이걸 이릏게 먹어대면 얼마 먹겄어, 이거. 한 달두 못 버티지. 되게 죄어 버티믄 한 달 버텼는디, 이거 열흘도 목 가서 그냥 갈라구 저, 잘 먹구 그러는가 보다구.

하라는 대로 해야지, 인제 어쨌든. 그람서 장에 가서 반찬을 사 왔드래요. 그라믄서 하루를 놀리드래요. 사람이 좀 아주 너무 이, 너무 고단해두 일이 잘 안 되니께 하루 쉬어 각고 하자고. 이 하라는 대로 하는 긴데, 사람이 먹고 사는 것도 가만히 앉아서 하믄 만석군이라두 못 먹고 산다, 그러닝개, 좌우간 노력을 해야 먹구 사닝깨 내가 하는 대로 시키는 대로 당신네 할 따름이지 이유할 수 없다구 그라더래요.

그래 남자더러,

"당신은 여기 매인 놈이닝깨, 워트게 우리 먹구 살라믄은 가만히 앉아서 먹구 사냐, 나무 장사라두 하야 될 것 아니냐?"

나무래도 팔구. 그 몸종 하나 인제 그 사람은,

"가만히 앉았으믄 뭐 누가 멕여살리냐고 하니께, 어데 반질거리래도 구해 오라구."

그러더래. 반질거리. 그전에 반지를 해서 품 팔아서 이제 그전에 부자들이 반질을 해서 이케, 이케 한 한 한대요. 이릏게, 반질로 품 팔아서. 먹구 살겠다고.

그래 하라는 대로 하니까, 그래 해보니께 아, 쌀두 생기고 뭐 거, 음식도 뭐 여러 가지 생길 거 아녀? 한 열흘 있다 보닝깨 쌀이 스 말이 그냥, 읋어진 게 아니라 되루 되루 생기더래. 그렇게 한 달 넘어가니께 아, 쌀이 몇 말 밀리네? 자꾸 벌으닝깨.

게, 딤에 더 시험해 볼 것도 없다구. 지금 한 달 남았는데 얼마 정도 되는지 모다 시험해 보닝깨, 내가 일단 한 번 명령이 내렸응깨 사람이 많다고 해서 또 먹고 놀런지 몰라, 그릉깨 하는 대로 봐라. 그러닝깨 슥 달 되닝깨 아닝게 아니라 쌀이가 참 몇 가마니 밀리더라능 거야 그냥. 돈두 밀리구. 이제 그. 그러닝깨 아무리 부자두 파먹구 있으믄 헛일이다. 게 곶감, 자꾸 곶감 빼먹구 그러믄 그까인 ○○○○ 그런 소리가 난 것 겉이여, 그래.

그래 노력을 하야지 한다는. 그렇게, 그렁개 워늬 때는 자기 생전이 부자가 될란지, 또 뭐 할란지 모르니까. 그래야, 그래서 그 사람 메느리 삼구 또 그 사둔네 땅두 많이 베 주구 그랬다는 거야. 그래, 그럴 듯해요? 그게.

(조사자 : 예, 참 좋으신 얘기예요.)

명 이은 외아들

자료코드 : 08_02_FOT_20090205_HID_ESS_0001
조사장소 : 충청남도 금산군 군북면 보광리 경로당
조사일시 : 2009.2.5
조 사 자 : 황인덕, 김기옥, 오세란, 서은경
제 보 자 : 이상순, 여, 78세
구연상황 : 경로당 방 한쪽에 앉아 있다가 조심스럽게 이야기를 꺼내었다. 이야기를 처음 시작할 때에는 다소 어색한 표정을 보였으나, 조금씩 이야기를 편하게 하기 시작했다. 이야기를 구연할 기회가 많지 않았던 것이 원인인 듯하다.
줄 거 리 : 옛날에 한 외동아들이 있었는데, 하루는 중이 와서 외동아들의 명이 짧다고 하였다. 중의 말대로 백일 기도를 드리기로 하고 외동아들은 절로 들어갔다. 백일 기도를 마칠 즈음 위기의 상황이 찾아왔으나, 이를 잘 해결하여 결국 외동아들은 자신의 명을 이을 수 있었다.

옛날에, 외동아들을, 외동아들을 하나 컸는데, 아들을, 하나 딱 낳아서 키웠는디, 동냥하는 저기, 중이 왔드랴. 중이 와 각구, 이릏게 인제 동냥을 주구 나서 이릏게 그냥 돌아서 있는디,

"허이, 참, 인물은 아깝다만은 참 명이 짤릅구나!"

그러디야. 그래서,

"아이구구."

그 소리 듣구서 막 뛰어 나왔댜, 그 할머니가.

"아이구, 아이구, 아이구 워트게 했으믄 명이 잇어지냐구?"

그러드랴. 그래 각구 석달 열흘을 백일 기도를, 저기, 공부를 허라구 혀드랴. 저 절이, 저 짚은 산중이 들어가서. 그래서 거 짚은 산중이 가서 인제 거기 아무두 안 살구 허는 산중이 가서 인저 공부 하러 인저 갈라구 인자 나섰댜, 나섰는디, 딱, 초 한 가락, 인저 거기 성냥 딱 하나, 그거 불 하나만 키구 인저, 불 꺼지믄 인저 걔는 인저 저기 죽는 날이여, 인제. 그래 각고, 인저 백일 기도, 백일, 인저 그 공부를 내일까지 허믄 마추(마치)는데, 오늘 저녁이, 아이, 불이 딱 꺼지드라네?

그래 저 가다가 걔가 거기 들렀었댜. 고 집이. 근디 그건 지네 사는 집이랴. 지네 살구. 인저 그 저기, 기도 허러 간 집은 그 구렁이랴. 몇 년 묵은 구렁인디, 인저 올라갈라구 하늘루. 인저 마지막이루 걔 인저 마지막이루 해서 개를 인저 저기 혀야 인저 잡아먹으야 인자 올라간디야. 그리 갖고 인저, 내일이 기라믄 오늘 밤에 인저 불이 탁 꺼졌디야.

그리서 개가 인저 오다가 들려서 인제 그 집이루 성냥을 인제 쫌 달라구러 왔었디야. 그르닝깨 지네가 그러더랴.

"야, 너, 너, 내일이믄 죽어. 죽으닝깨 우리가 껐다, 그르믄 얼른 빨리 도망가라구."

막 그러드랴. 그게 구렁이라구 하드랴. 천 년 먹은 구렁이. 그래 각구 개가 막 그냥 막 걸음아 나 살려라구 막 지 엄마한테 왔디야, 인저. 왔는디,

"얘 이놈아, 내일이 저기 끝나는 날인디 왜 왔냐고?"

막 호령허드랴. 즈 엄마가. 그래 각구 아녀, 그게 아닌디, 나중에 인제 얘기허께요 하믄서,

"나 때려, 나 저기 세 번만 때려주믄 소가 될 테니까 저기 저 산에 저

기다 매달라.”

고 하더랴. 그래 각구 인제 저기 그 중이 왔더랴. 왔는디, 아들 워디 갔냐고 허닝깨, 어제 왔는디 몰른다고 그랬댜.

그랬더니,

“저기 저 매논 게 기지 않냐고?”

그러더랴. 그래서 인저, 동냥을 줘도 안 받고 저 매논 게 저기 아들 아니냐고 그러더랴. 그래서, 아이구 막 그 할매가 놀라 각구 그냥 벌벌벌벌 떨고 있었디야.

그랬는데 그리 가드랴, 중이. 가드니, 막 재주를 넘드니, 막 그냥 저기 짐승이 돼 각고, 응, 오리가 되가, 아니 저기 뭐여, 매가 돼 각고, 그 소를 막 막 해코지허는, 소두 막 그냥 재주넘어 각구 새가 됐디야.

그 저기, 그 소는. 재주넘어 각구 새가 됐는디, 인저 여름인디 인저 문 열어놓고 인저 학생이 공부를 허구 있는디, 인제 그 매가 됐응개 새 잡아 먹을라구 후닥닥 후닥닥 할 거 아녀? 그래서 그 공부허는 방으루 쑥 들어 갔댜. 그 새가 날라 들어갔대. 그러니께 학생이 또 문을 닫았디야. 새 못 나가게. 문을 닫으니까, 인저 인저 그 책상에 거기 올라 앉아서 공부허는 디 어쩌구 저쩌구 허닝깨,

“어이구, 이 새가 왜 이랴, 너 뭐 아냐?”

허구서, 이렇게 툭 때리닝깨 또 홀딱 해 각구 재주가 돼 각구 쥐가 됐댜. 쥐. 쥐가 됐는디, 아니, 쥐가 됭 게 아니구, 목화씨를 인저 세 개를, 인저 개가 인제 이렇게 하닝깨, 그 새가, 저 해 각고, 목화씨가 돼 각고 목화씨를 나를 좀 구해달라구 그러드랴. 목화씨 세 개가 딱 나왔는디,

그거를 중이 와서 달라구 허믄 쌀도 안 받아 갈거라구. 이 목화씨를 있으믄 내노라고 헐 거라구. 그 딸한티 물어보면 알 거라구 그러더랴. 아이구, 그리 각구 중이 왔는디 인저 그렇게 목화씨를 내노라고 했는디, 그런 건 읎다 하니께 딸한티 가 물어보믄 알 거라고 그러드랴. 그래서 그 중이

인저, 그런 얘기 허니까 그런 일이 없다고 그러닝깨,

"아이구, 야, 틀림없이 그이가 그러는데, 얼릉 니가 안다구 내노라고 헌
다."

그랬드니, 아이구, 막 그러니께 지 엄마가 그래싸니께 내놓드랴. 그걸. 목
화씨를 세 개를. 내놓구 세 개를 쭉 이르캐 놓구, 그래서 인저 지 부모네
가 아이구, 인자 하나 까니께 빈탕, 또 하나 까니께 빈탕, 또 하나 인제
제 이릏게 때리니깨, 저기에 됐디야. 고양이.

(조사자 : 고양이.)

응. 고양이가 돼 각구, 벌벌벌벌벌벌 떨더랴, 그건 인저. 그 중은. 발발
떨어 각구 중을 잡아 먹었디야, 개가. 그 고양이가. 아이구, 그래 각구, 그
게 옛날이야기 끝이구. 하하하. 발발 떨어 각구 그, 그래서 외아들 살았대
요. 그래서.

도깨비와 살고서 부자된 여자

자료코드 : 08_02_FOT_20090205_HID_ESS_0002
조사장소 : 충청남도 금산군 군북면 보광리 경로당
조사일시 : 2009.2.5
조 사 자 : 황인덕, 김기옥, 오세란, 서은경
제 보 자 : 이상순, 여, 78세
구연상황 : 앞의 이야기와 같은 상황에서 이어서 구연하였다.
줄 거 리 : 한 가난한 여자가 도깨비와 살게 되었다. 여자는 돈이 제일 좋고도 무섭다고
하였고, 도깨비는 말피가 제일 무섭다고 하였다. 도깨비와 오랫동안 지내다
보니 여자가 점점 마르기 시작하였다. 여자가 도깨비를 떼어 놓으려고 말피를
집안 여기저기에 뿌려 놓자, 도깨비는 돈을 던져 놓았다. 여자는 그 돈으로
논을 사서 부자가 되었다.

그래 각구 또 항 군데는 또 인저 뭐여 저기, 인제 여자가 이릏게 사는

데 아주 똥꾸망이 찢어지게 가난했댜. 아이고, 그냥 먹고 살 길이 없는디,
도깨비가 이케 친해노믄 부자 된디야. 도깨비, 친해노믄. 근데 그 남자 눈
이는 안 띈디야. 이릏게 같이 자두 여자 눈이만 띄지 남자 눈이는 안 띈
디야. 그리 각구 인저, 여자랑 인저 살았디야. 그 도깨비랑, 인저, 매일같
이 인저 들어와서 인저. 살았는디.

나중이는 인저 당신 뭐가 기중, 기중, 좋으냐고. 그르닝깨,

"나는 돈이 기중, 좋구서두 미섭다구(무섭다구)."

그랬댜. 여자가. 그르닝깨 이제 도깨비한테도 물어봤대, 여자가.

"당신은 뭐가 좋아유? 뭐가 미섭고 그려유?"

그른께. 나는 말피가 기중 미섭다고 하드랴. 말피가. 그 도깨비 말이. 그
래서, 돈이 기중 미섭다고 했으닝깨 인저 돈, 이거 돈다발을 막 갖다 던졌
더니, 여자가 삐쩍 말라 갖고, 도깨비랑 오래 지나니까 삐쩍 말라 각구서,

'아이구, 나 이릏게 지내다는 나 죽겠다구.'

인제 뗄라구 도깨비를. 뗄라구 인저 그랬는디. 미섭다구 허니께 막 그
냥 막 말피를 한 번 말 잡어 갖구 막 여기저기다 막 걸어놨디야. 막 대문
앞이다 어디다 막 그냥 걸어 놓구, 그 돈 갖다 주는 걸루 땅 샀댜. 논 사
각구 말뚝 박웅 게 그게, 도깨비 땜이 박은 거라대. 말뚝 박은 거. 논이다
왜 네 이릏게 말뚝 박잖아? 그래 각구, 도깨비가 막 그냥 막 돈을 막 여전
갖다 던져준디야. 훔쳐다가 인제. 그리 각구 그냥 도깨비 뗐댜. 그래 각구
잘 살더랴. 논 사각구. 그냥 두믄 안 된디야. 논 샀디야. 그리 각구, 갖다
주는데.

(조사자 : 그냥 두면 안돼요? 도깨비 받은 거를?)

그냥 두믄 다 그냥 날라간디야, 돈이. 그르캐서 논 샀디야. 땅이다 묻어
놓는 게 기중 좋디야, 그게. 그래서 논 샀다구 그러드라구.

은혜 갚은 까치

자료코드 : 08_02_FOT_20090205_HID_ESS_0003
조사장소 : 충청남도 금산군 군북면 보광리 경로당
조사일시 : 2009.2.5
조 사 자 : 황인덕, 김기옥, 오세란, 서은경
제 보 자 : 이상순, 여, 78세
구연상황 : 앞의 이야기와 같은 상황에서 이어서 구연하였다.
줄 거 리 : 과거를 보러 가던 한 사람이 구렁이가 까치 새끼를 잡아먹으려고 하는 것을
보았다. 이를 보고 활을 쏘아 구렁이를 죽였다. 날이 저물어 오두막집에 들어
가게 되었다. 여자가 바느질을 하는데 보니 혓바닥이 두 개였다. 밤이 되자
여자는 구렁이로 둔갑을 하여 자신의 남편 원수를 갚으려고 남자의 목을 칭
칭 감았다. 마침 동이 트면서 종이 세 번 울리자, 구렁이는 남자의 목을 풀고
사라졌다. 종이 있는 데 가 보니, 어미 까치가 죽어 있었다.

그전이 과거보러 갔는데, 가다가 보니까 저 나무에서, 이제 저기 까치
아니, 저기 이렇게 구랭이가 까치를 새끼 낳아서 있는디 그걸 막 잡어 먹
을라구 허드랴. 구랭이가 올라가서 막 헤코지 헐라구 허는디, 과거 보러
가다 그냥 활로 이케 쏴서 그냥 구랭이를 쥑였디야. 죽었는디 그게 숫놈
이랴. 구랭이가. 그걸 그이는 몰랐는디, 인저 나중이 인저 저물어서 인저
산중이루 가는디, 그전이는 걸어다녔다대? 산에루, 산에루. 걸어갔는디 날
이 어두워져 갖구, 불이 빤짝빤짝하는 오두막살이가 하나 있더랴.

그래서 거그 가서 쥔을 찾았다네. 쥔을 찾으닝깨 예쁜 각시가 나오드라
네. 이쁜 새댁이 나와서,

"아이구, 여기서 저 과거 보러 가다가 날이 저물어서 그러는디 하룻밤
만 좀 자구 가자구."

그러닝깨 그르라구 그러더랴. 츰엔 안 된다구 허더니 나중이 그러라구
허더랴. 그래서 인제 들어갔디야. 들어갔는디 단간방이더랴. 여자가 인제
바느질허구 있더랴. 바느질. 허구 있는디 가만히 봤디야. 옆 눈이루 보닝
깨, 인저 바느질을 하다가 실밥, 인저 실이 떨어져 각구 인제 셉바닥이

두 개더랴. 허는디, 샛바닥이 두개나 이릏게 침 묻어서 바늘 꿸라고 허닝
깨. 인저. 아차, 내가 여기 잘 못 왔다 싶더랴. 그서, 응, 샛바닥이 두 개
나오더랴.

　(청중 : 그 비얌이닝깨 그릏지.)

　그래 각구 가만히 인저 있었디야. 잠도 안 오고 그래서, 있는디, 막 구
랭이루 둔갑을 허드라네? 가만 있었는디 자는 체 하구 있었는디. 오더니,

　"야, 요놈 너 잘 만냈다. 너 우리 영감, 우리 신랑 죽였지. 죽인 놈이지,
응?"

허구서 막 목을 막 착착 감더라네?

　(청중 : 무서라.)

　이, 이 구랭이가 막 몸떵이 감더랴. 그리 각고, 막 죽겄더랴. 인저 그러
자 인저 새벽이 됐디야. 그랬는디 날 밝자마자 먼동 트자 말자 인저,

　"땡~! 땡~!"

허구 저 종을 세 번 울리더랴. 그리구 수욱 풀더랴. 그때서 인저. 종을 세
번 울리닝깨 풀더랴. 그래 각구, 후유- 하구 인저 정신을 채려 각구 인제
이릏게 인저 갔는디, 그 저, 종이 있는 디를 가봤디야. 종치는 소리 듣구
인저, 갔는디, 시상에, 그 까치가 대가리가 으스지드락 그냥 그걸 첬디야.
그래 갖구 까치가 죽었디야.

　그렁깨 에미 까치가. 그 살려줬다고 인제 그 공을 은덕허는 거지. 은공
하는 거지 그게. 그래 갖구서 인저 저기 했대요. 하하하. 까치 대가리가
그냥 으스러졌디야, 시상에. 종 안 울렸으믄 죽어, 그이는.

　(청중 : 그래 하얗게 혔어. 응?)

　(청중 : 까치 대가리 하얀하잖아?)

구렁덩덩 신선비

자료코드 : 08_02_FOT_20090205_HID_ESS_0004
조사장소 : 충청남도 금산군 군북면 보광리 경로당
조사일시 : 2009.2.5
조 사 자 : 황인덕, 김기옥, 오세란, 서은경
제 보 자 : 이상순, 여, 78세
구연상황 : 앞의 이야기와 같은 상황에서 이어서 구연하였다.
줄 거 리 : 김정승과 이정승이 있었다. 김정승 집에서 구렁이를 낳았다. 이정승 집의 세
딸이 차례대로 구렁이를 보러 왔다. 셋째 딸만이 구렁이를 보고 구렁덩덩 신
선비라고 하였다. 이후 구렁이는 물을 데워 목욕을 하고 나자 허물을 벗고 신
선같이 되었다. 자신의 허물을 셋째 딸의 옷고름에 매어 주면서 잃어버리지
말라고 당부를 하고 과거 시험을 보러 갔다. 셋째 딸을 시기한 언니들이 이를
빼앗아서 태워 버렸다. 셋째 딸은 남편을 찾아 길을 나서서 갖은 고생을 한
뒤 남편을 다시 만나 잘 살았다.

저기 김정승허고 이정승허고 이릏게 사는데 옛날에, 그 이정승네는 딸
이 셋이구, 김정승네는 아무 것도 없구. 그릏게서 그 이정승네 집이루 가
서 인저 일을 좀 거둘쳐 주구 그랬디야. 식모 식이루. 그랬는디 인저. 인
저. 애기를 하나 배서 낳디야. 그 김정승네가.

났는디, 구랭이를 놔낳디야. 구렁이. 구렁이를 내낳는디, 놔낳는디 굴뚝
이다 갖다 삿갓 덮어 놨디야. 굴뚝께다. 갖다 삿갓 덮어 놨는디, 그 이정
승네 딸허고 그 구랭이가 결혼시켜 달라고 허드랴. 그 집 딸허고. 그서 당
치도 않은 소리 아녀? 어림없는 소리지. 그래 각구 인저,

"아이구, 이놈아 안 된다. 아이구, 워트게 저기 그 몸이 돼 각고 어트게
결혼시킬라, 저기 해달라고 허느냐고."

안 된다고 막 그랬디야. 그런께,

"아이고, 어머니, 아유 그럼 걱정 말어요. 안 해줄라믄."

그래 칼을 쑥쑥 갈더랴.

(청중 : 구랭이가?)

응. 그 구랭이가. 칼을 쓱쓱 갈더니, 엄마 뱃속이 갈르구서 되루 들어간다구 막 그러더랴. 하하하. 그리 각구, 하하하, 그래가구, 아이구 이놈아, 그 집 저기 큰 딸한티 가 물어보라구 하더랴. 한 번. 딸이 셋이니까 인저, 셋, 세 명한테 다 물어 보라구 허더랴. 음. 큰 놈한테 그러니까 인제 아들 낳다고 하니까,

"아이고, 할머니 아들 나셨어요?"

허니께,

"그래, 났다. 저, 저 굴뚝 모텡이 밑에 가봐라. 삿갓 덮어 논 디 가봐라."

그랬디야. 그래 가보니께 이렇게 떠들어 보니께 구랭이더랴.

"아이구, 징그러, 구랭이네."

허구서 인제 오구. 또 두째딸이 또 인제 가서 또 이렇게 또 가서 인제 왔더랴. 또 볼라구. 그래서,

"가봐라, 저기 있다. 굴뚝 모텡이에 있는, 삿갓 덮어 논 게 기다."

하구서 인제 보니께, 또 구랭이더랴.

"아이구! 징그러라. 구랭이네. 아이구 징그러."

허구서 인제 셋째딸을, 마지막이는 셋째딸을 인저 또 인저 오라구 했디야. 그래 각고 셋째딸이 인저 또 가봤디야. 가니까, 요롱게 삿갓 덮어놨다고 해서 떠들어 보니께,

"아이고, 구렁덩덩 신선비를 나셨구먼유."

그러더랴. 하하하하. 셋째딸이. 그리 각구, 인자 그 저 구랭이가 인저, 어머니 물을 한 솥 데달라구 그러드랴. 그서 물을 인자 한 솥 데 났디야. 데 났는디 인저, 목욕을 싹 허니께 진짜 신선비드랴. 구랭이 껍데를 홀랑 벗었는디 신선이 됐드랴.

그래각구 딸들이 막 부러워 각고, 그 큰 딸이 두째 딸허구 막 부러워 각고,

“아이구, 내가 진작에 갈 걸 그랬다구.”

막 그래 쌌더랴. 그래 각구 인저, 저기 인저 저기 그 인저 구랭이 허물 벗은 걸 그 아가씨 거기 옷고름이다 꼭꼭 짬매주믄서 구랭이가,

“이거 잊어먹으믄 나하구 너는 끝이라구. 그렁깨 이거 잊어먹지 말구 옷고름이다 꼭꼭 잘 간직허구 있으라구.”

그러더랴. 아이, 그래 각구 인저 그 그게 부러워 각고, 걔들이 언니덜이. 막 그냥 인제 과거를 허러 갔어. 구랭이가. 인저 신선이. 과거를 허러 인저 갔는디, 저기 옷고름 거 그 구랭이 껍데 그걸 짬맨 걸, 그,

“아고, 야 이리 와, 이 잡어 주께. 이리와.”

“막내야, 이리 와. 이 잡어 주께 여기 두러눠 있어.”

허구서 인저, 꼬실라구 뺏을라구 껍데를.

(조사자 : 언니들이?)

이 잡어 주는 척허구서 잠들었는디, 아이 그걸 태웠디야. 그 껍데를. 갖다가 끌러서. 태웠는디 구랭이를 영 못 봐. 인저. 소식이 끊겼어. 그래 각구, 남복을 허구 나섰어. 인저 그 여자가. 남복을 허구 나서 각구 워디만큼 가니까, 저기 소가,

“소야, 소야. 구렁덩덩 신선비 어디로 갔나 좀 아냐?”

하니까,

“음~ 음~”

그르드랴. 먹을 풀 뜯어주면 알으켜 준다구. 인제 물을 먹을 풀을 뜯어주구, 또 인제 갔디야. 갔는, 돼지가 또 있드랴. 돼지한티,

“아이구, 돼지야, 돼지야, 구렁덩덩 신선비 어디로 갔나 아냐구?”

하닝깨,

“으흠~”

이래 쌌드랴. 그래 각구 인제 또 풀을, 밥을 또 주구, 그러구 또 갔는디 또 빨래하는 아줌마가 있드랴. 그 물에서 인제, 빨래하는 아줌마가 있는

데,

"아줌마, 아줌마, 구렁덩덩 신선비 어디로 갔나 줌 알으시냐고?"
허닝깨,

"아는디, 이 꺼먹 빨래를 시게 해 주구, 흰 빨래는 껌게 해 주믄 알켜준다구."

허더랴. 그래 각구, 그것도 또 그릏게 해 줬디야. 해주구 인제 복주깨를 하나 주더랴. 그거 타고 들어가라고. 물 속이루. 그 아줌마가, 복주깨, 그걸 하나 주더랴.

그래서 인저, 물 속이루 인저 들어가서 인저, 있는디, 막, 땡그랑 땡그랑 하는 기와집이 있더랴.

그래 각구 인저 그 밑 없는 자루다가 인저 그 동냥을 인저, 응, 허러 인저 가서,

"아이구, 뭐 좀 달라구."

저기 하니께, 좁쌀을 주더라네? 좁쌀을 거기다 뭐 줌 다 흘리구 그거, 하루 쥉일 줏어도 그냥 또 있구 또 있구 허잖아? 그러니께 인저, 인제 그러다 날이 저물더랴.

아니, 내가 얘기를 빼놓고 했다. 하나, 한 가지. 저기, 그 가서 인제 복주깨 타고 갔는디 어떤 애가 인저, 저 새를 보더랴, 새. 녹두밭이. 새를 보는디, 우리 저기 우리 오빠 장개가믄 청풍헐 저긴디, 못 헌다구 새들 보고 오지 말라구 막, "워- 워이-" 해쌌더랴.

그리 각구,

"아이고, 아이고, 저기 구렁덩덩 신선비 어서 사나 아냐구?"

한께, 저기 저 집이 산다구 그러더랴. 그 엉그렁 땡그렁 허는 집이. 그서, 밤에 인저, 그 줌다 보닝깨 어두워서 갈 길이 없드랴. 그래 각구 인저,

"아이구, 나, 나, 여기서 하룻밤만 좀 유해 가자구."

응, 그러니까,

"여기 잘 데 없다구."

인저 그러더랴. 그래서 인저 잘 디 그르믄 아무 데나 마루 밑이두 좋다구, 그릏게서 마루 밑이서 요릏게 있는디, 달은 휘영청 밝은디, 글 읽는 소리가 좌악좍 나드랴. 글 읽는 소리가, 서당이서 인저. 좌악좍 나는디 인저. 그 저기 뭐여, 아이구, 그 여자가 그랬디야. 인저,

"아이고, 우리 구렁덩덩 신선비는 워디 있나 몰르겄다고."

인저 그러닝깨 그 사람이 인저 글 읽다가 나와서 잠깐 바람 쐬러 나왔는디 그 소리를 들었어. 듣구서,

"그대는 누구시냐구?"

인저 그랬어. 그러니까, 인저 그 이튿날 인저 날 샌 뒤에, 그르니까, 마누라 을었더랴 발써. 을었더랴. 작은 마누라 인자 을었드랴. 거기서. 그래서 인저,

"야, 내가 어트게 누구를 버리구 누구를 저기 헐 수가 없으니까, 가서 산 호랭이 눈썹을 뽑아 와라."

그랬디야.

그래 각구 인저, 산 호랭이 눈썹을 인저 뽑을라믄 둘이 다 나갔디야, 그서 뽑으러. 나갔는디, 그 저기 그 작은 마누라는 죽은 호랭이 눈썹을 뽑아 왔더랴. 그 아줌마는 인저 산 호랭이 눈썹을 뽑아 왔더랴. 인저 뽑으러 갔는디, 할머니가, 하얀헌 백발 노인이 하나 있더랴. 집에, 오두막 집이. 그래 각구 그 집이를 들어 가서,

"아, 저기 우리 구렁덩덩 신선비가 눈썹을 뽑아오라구 해서 이릏게 왔다구."

그러니까, 하, 걱정말어, 우리 아들이 이따 오믄, 사냥 갔으니까 있다 들어오믄 옷 안이루 숨켜 놓드랴. 숨켜 놨디야, 그 아들들이 보믄 막 저 잡아 먹으까봐. 이 여자를. 그래 각구 숨켜 놨는디, 인저 저기 왔드랴, 인제 아들들이 막 오드랴, 사냥하구 인제 밤에. 와서,

“흠흠흠, [냄새 맡는 시늉을 하며] 아구, 이게 무슨 냄새여? 흠흠, 아구 인내 나네, 어서. 흠흠”

그래 쌌드래. 그서 숨겨놨는디. 그리 각구 즈 엄마가,

“네끼, 이눔! 무슨 인내가 나, 니 애미게서 나지!”

그맀디야. 그른께,

“아이구, 아닌데?”

막 그랬 쌌드래. 그서,

“에이, 이놈들아, 자 얼릉, 자빠져 자!”

그러카구서 인저 인저, 산 눈썹을 뽑았디야. 자는 놈을 인저 그 아들, 자는 놈을. 눈썹을 뽑아서 그 여자 싸서 줬디야. 주구서 얼른 가라구 막 그랬디야. 그 갔는디, 그 여자는 벌써 와 있더랴. 갔는디, 그래서 그거 조사해 보닝깨 이 여자는 산 호랭이 눈썹이구, 그 여자는 죽은 호랭이 눈썹이라, 이 여자허고 살더랴. 하하하.

현명한 며느리

자료코드 : 08_02_FOT_20090209_HID_CBR_0001
조사장소 : 충청남도 금산군 군북면 두두2리 413번지
조사일시 : 2009.2.9
조 사 자 : 황인덕, 김기옥, 오세란, 서은경
제 보 자 : 최분례, 여, 85세
구연상황 : 앞의 이야기와 같은 상황에서 이어서 구연하였다.
줄 거 리 : 한 임금이, 아들 하나를 낳아 놓고 아내가 죽자 새 여자를 얻었다. 서모는 본
처의 아들이 장가를 가게 되자, 사람을 시켜 첫날밤에 신랑의 머리를 베어 오
라고 하였다. 신부가 시집을 와서 열두 대문을 열고 들어가서 신랑의 머리를
찾아왔다. 이 사실을 알게 된 임금은 서모 등을 처벌하였다. 신부는 다른 곳
으로 시집가지 않고, 양자를 들여 살았다.

머리를 쓰야 살지. 나쁜 사람 시키믄은 머리를 쓰야 댜.

임금 마누래가 아들을 하나 나 놓구 죽었댜. 이게 진짜랴. 애기가 아니구. 그래서 인제 새루 마누래를 은었는데 애기를 못 낳네? 그래 인제 장개를 가. 장개를 갔는디, 행랑살이더러, 첫날밤이 심, 신랑 목을 끊어오라능 겨. 이 머리를. 그라구 저 몸뚱이는 재다 묻구. 그래 그르켔네? 행랑살이가.

그래서 자기네는 말을 타구 그냥 거쩡거리구 오지. 신부는 걸어 왔네?

인제 임금덜 집이서 이릏게. 임금 메느리가 됭깨. 서모가 대문께 서서 이라더랴.

"어~라, 이년. 행~실 나쁜 년. 워디를 올까 보냐?"

그러구 못 오게 하더랴. 그래서 동네 사람들이 불쌍해서, 걸어오는 것만 해도 훌륭한디 워디 그럴 수가 있느냐고 항개 그라더랴.

들어왔어. 들어왔는디, 그날 잔치 하지, 고 이튿날 잔치 하지, 이틀 잔치하구 사흘은 인자 잔치가 끝났잖야? 아가씨 식모를 뒀더랴. 그래 인제 아가씨두 불쌍한 마음이 들어가지. 신랑 목이 없으구, 신부만 왔응깨. 그라는디 열때(열쇠)가 열두 개가 달렸더랴. 서모가 식모를 주믄서,

"이 열쇠 아무가 달래도 주지 말라구."

하믄서 가더랴. 그래서 인자,

"아가씨, 그 열때 나 좀 주면 워때요?"

그렁깨 주더랴. 그래서 한 대문을 따구, 두 대문을 따구, 시 대문을 따구, 니 대문을 따구, 다섯 대문, 여섯 대문, 일곱 대문, 열 대문, 열 대문, 열한 대문, 열두 대문잉깨, 열두 대문에 가서 서기를 하고 있드랴. 신랑 목이.

그래 옛날에는 앞치매를 입었잖야? 앞치매다 요롷게 싸 가지고 가서, 정떠러 아버님 들어오랑깨 올 거 아녀? 이릏게 인저 땅에다두 못 넣구 음식 해서 이릏게 싸서 인제 있어. 시아버니 오더락. 워디 가 있덩가.

"열두 문, 열두 대문 따니께 이릏게 서기를 하고 있어요, 아버님."

그러냐구. 그래 인자 한참 있응깨 서모가 오더랴. 그거 인자 돈 한 짐 각구 가서 그거 머리 치워달라구 간 겨.

그래 임금은 몰랐지. 행랑살이가 더 나뻐. 그라믄 임금더러 애기했으믄 아들 목 안 끊으구 반 살림 줄 거 아녀? 머리를 쓰야지. 그래서 이거 누가 이랬냥깨, 행랑살이가 그랬다고 하더래. 행랑살이 불러들일 거 아녀?

"목을 주어 오믄 반 살림 준다구 해서 그랬어요."

그라더랴. 그라닝깨 그 상법이루 시 동가리 내라. 서모부텀 시켰응깨 서모를 시 동가리 냉 겨. 그라구 저 행랑살이두 시 동가리 내구.

그래서 이 메느리를 시집을 가래도 안 가더랴. 그래서 조카 양자를 했댜. 그래서 열두 모랭이, 열두 꼬깔, 열두 과자. 그게 그룽디야. 열두 모랭이, 열두 강물, 열두 꼬깔, 열두, 열 둘 사자.

그래 그 임금이 이케 져서 이게 전설로 네러온대요. 그런 소리 들어봤어?

(조사자 : 듣느니 처음이네요.)

하하하하, 아주 이거 가져가믄 비싸다구 하겄어. 이런 소리가 어디가 있어?

소 팔아 딸 집에 가서 죽은 친정아버지

자료코드 : 08_02_FOT_20090209_HID_CBR_0002
조사장소 : 충청남도 금산군 군북면 두두2리 413번지
조사일시 : 2009.2.9
조 사 자 : 황인덕, 김기옥, 오세란, 서은경
제 보 자 : 최분례, 여, 85세
구연상황 : 앞의 이야기와 같은 상황에서 이어서 구연하였다.
줄 거 리 : 친정아버지가 장에 가서 소를 판 돈을 가지고 집으로 돌아오다가 날이 저물자 시집간 딸의 집으로 가게 되었다. 딸은 돈이 욕심이 나서 물이 펄펄 끓는 가마솥에 아버지를 넣어 죽였다. 친정어머니가 찾아와서 남편의 행방을 물어도 딸은 모른다고 하였다. 옆에 있던 손자가 이 사실을 알려주었다.

참, 소 함 바리(마리)가 뭐여? 딸이 나 죽일 중 누가 알어? 옛날이는 소가 반 살림이라구 했어. 시방은 별거지만. 옛날이, 옛날이루는 호랭이 담배 먹는 시절이. 우리 시절잉깨 옛날이지.

소를 한 마리 팔아 가지구 저물게 갈 수가 읎어서 도독놈한티 뺏기깨미(뺏길까봐) 딸네 집이를 갔네. 딸네 집이를 갔는디, 외손자가 요망큼 요망큼 요망큼헝 게 싯인디, 소 팔어 각구,

"아버님, 왜 이렇게 늦게 와요?"

"소 팔어 가지구 오다가 저물어서 목 가구 느 집이서 하룻 밤 자구 갈라구 왔다."

그랑깨 좋아하더랴. 소 한 바리가 뭐여? 그 돈을 뺏어 각구 물을 펄펄 끓여서 거기다 잡아 쳐너서 죽잉 겨.

(조사자 : 아버지를?)

친정아버지를. 사우랑 둘이. 아이구, 끔찍햐.

그래서 인저 친정어매가 왔어. 딸네 집을.

"느 집(남편이라는 의미) 혹간 들어왔냐?"

들어왔냥깨 안 들어왔다더랴. 그래서 요만큼항 게 몰릉깨 쪼그만큼항 게, 슷인디, 손자딸, 외손자 이케 슷인디.

"야, 느 할아버지 안 왔냐?"

"할매, 할매. 할아버지 어제 왔어."

"그런디 워디 갔냐?"

"가마솥이다 물을, 솥이다 큰 솥이다 물을 끓여서 펄펄 끓여서 거기다 당구닝깨 할아버지가 뜨겁다고 했는디, 읎어."

저 재깐(잿간)이 가보라더랴. 거다 묻었다드랴, 거다 죽여서 묻었다드랴. 재다. 소 한 마리가 뭐걸래. 진짜루. 친정아버지를 워트게 죽여, 그씨. 소 한 마리가 뭐걸래. 딸이. 어이구.

(조사자 : 진짜루요?)

진짜루. 부모 속은 안새가 들구, 자식에 속은 불칼이 들었다는 말이 옳여.

(조사자 : 부모 속에는 뭐가 들고요?)

안새가. 참 안시럽잖여? 자식이. 아들이구 딸이구. 아들이구 딸이구 참, 메느리구 그냥, 참, 그냥, 사랑하는 마음이 있구, 안새가 들었잖여? 자슥이 속은 불칼이 들었댜.

장인 얼굴에 오줌 눈 사위

자료코드 : 08_02_FOT_20090209_HID_CBR_0003
조사장소 : 충청남도 금산군 군북면 두두2리 413번지
조사일시 : 2009.2.9
조 사 자 : 황인덕, 김기옥, 오세란, 서은경
제 보 자 : 최분례, 여, 85세
구연상황 : 앞의 이야기와 같은 상황에서 이어서 구연하였다.
줄 거 리 : 어린 신랑이 처가에 가서 하룻밤을 자게 되었다. 처가가 가난하여 방이 없자
        장인 장모가 부엌 모퉁이에서 자게 되었다. 화장실이 어디인지를 미리 알아두
        지 못한 신랑이 자다가 일어나서 장인과 장모 이마에 오줌을 누고 다시 자러
        들어갔다. 장인 장모는 뜨겁다는 소리도 못 하였다.

하두 가난해서, 어려서 장개를 가봉깨 하두 가난해서, 화장실이 멀은디 화장실을 좀 둘러보야 할 거 아녀, 신랑이?

그래 인제 부엌 모퉁이 저기다가 짐치 항아리를 묻웅 겨. 저기다. 저만썩 돌아가서. 그릏게 까작을 치구, 방이 읎어 가지구 넘의 집이 잘 수 읎어서 친정어매, 친정아부지랑 거기서 자는디, 사우가 자다 나와서 오줌을 쟁인 마빡 우, 장모 마빡 우다 오줌 깔려두 뜨겁닷 소리두 안 했댜.

[청중 일동 웃음]

뜨겁닷 소리두 안 하구 그냥 참았댜. 그라는디 오줌을 누쿠(누고) 들어가 자구. 아니, 신랑이 글씨 화장실을 낮이 둘러 보야지. 그 집을 왔웅깨,

신부집을 왔응깨. 안 둘러보구서 그냥…

(조사자 : 어디가 어딘 지도 모르고 그냥 거기다.)

잉. 거기가 인자 화장실인 중 알고 오줌을 내깔린 기여. 쟁인 장모 자는 중만 알먼 깔리겄어? 그래 가지구 그 사람도 잘 돼서 그릏게 큰 사람만 낳드랴. 아들 딸을 팔남매를 낳드랴. 그람서 얘기를 하더라구. 얘기 들은 소리여. 인자 다 했어.

첫날 밤에 아이를 낳은 신부

자료코드 : 08_02_FOT_20090209_HID_CBR_0004
조사장소 : 충청남도 금산군 군북면 두두2리 413번지
조사일시 : 2009.2.9
조 사 자 : 황인덕, 김기옥, 오세란, 서은경
제 보 자 : 최분례, 여, 85세
구연상황 : 앞의 이야기와 같은 상황에서 이어서 구연하였다.
줄 거 리 : 결혼을 한 신부가 첫날 저녁에 아이를 낳았다. 신랑은 신부에게 미역국을 먹이고, 자신들이 가는 길에 있는 다리 밑에 아이를 미리 데려다 놓았다. 신랑이 그 길을 지나가면서 어디에서 아이의 울음 소리가 들린다고 말하고는 다리 밑의 아이를 데리고 와서 잘 키웠다. 신랑은 복을 받아 높은 벼슬을 할 똑똑한 자식을 많이 낳았다.

옛날이는 장개를 갔는디 첫날 저녁이 애기를 뿌시럭 뿌시럭 낳더라네. 신부가.

[청중 일동 웃음]

아이고, 애기를 뿌시럭 뿌시럭 나니 워뜨카야 옳여? 그래서 부잣집이구 인자 신부덜 집이두 부자구 신랑집이두 부잔디. 신랑이 참 머리가 좋아. 요거를 인자 그전이는 솜요가 있잖여? 솜요를 소캐를 뜯어 각고 애기를 폭 싸가지고 오는 다리 밑에다 갖다 묻었어. 모래 속이다. 애기를.

그람선 인자, 장모더러,

"어머니, 어머니."

불르닝깨 왜 그러냐고 하더랴.

"나는 꼭 멱(미역)국을 먹으야 사는디, 멱국을 안 먹으믄 배가 아퍼서 못 산다고."

하닝깨, 얼른 끓여올 거 아녀? 밥은 인자 있는 눔 가져오구. 밥을 새로 해오, 새로 하지 말고 먹던 밥 익걸랑 가져오래서 멱국을 이릏게 끓여 왔더랴. 이릏게. 밥하구.

"이거 다 먹으야 한다구 델꾸. 가지, 이거 안, 안 먹으믄 안 델꾸 간다구."

항 겨. 그래 신부가 먹웅 겨.

그래 각구 인저, 신랑이 앞이 가잖야? 신랑이 앞이 강깨, 워째 여기 애기 우는 소리가 난다구. 자기가 갖다 묻었응깨. 아이구, 워째 애기 우는 소리가 난다구, 가매를 쉬라구 항 겨. 쉬었어. 그래 애기를 안구 오네? 솜이다가. 그래 신랑이 안고 옹 겨. 사무. 그래서 신랑이 안고 오는디, 인자 가매문을 인자, 신랑이 애기를 안고 즈 집이를 오는디, 힉, 하이구 아무거시 신랑은 다리 밑이 애기 소리, 갓난 소리가 난다구 금방 낭 걸 앙구 왔다구, 애기 보러 다 오지. 신부는 신부 노릇 하야지. 원삼 족두리 입구, 해전.

그래가지구 유모를 유모를 들여서 키웠댜. 자개 마누래가 낳았닷 소리 안 하구. 유모를, 유모를 들여서. 그래가지구 큰 놈은 또, 육형제를 낳더라네. 복을 받아서. 아들만, 다 과게 할 사람만. 임금 될 사람만 낳더랴. 육형제를. 복을 받아서.

웬만한 사람 겉으믄 이 애기 아빠가 또 데리구 살겄어? 첫날 저녁이 애, 저 애기 낳는 사람을? 신부를? 광 내지. 광 내야 내 우세만 되잖야? 그 신랑이 참 마음이 훌륭항 겨. 따져봐. 참, 기억을 해봐. 밤이 한 짐(숨) 자걸랑은.

기가 센 신부 길들인 신랑

자료코드 : 08_02_FOT_20090209_HID_CBR_0005
조사장소 : 충청남도 금산군 군북면 두두2리 413번지
조사일시 : 2009.2.9
조 사 자 : 황인덕, 김기옥, 오세란, 서은경
제 보 자 : 최분례, 여, 85세
구연상황 : 앞의 이야기와 같은 상황에서 이어서 구연하였다.
줄 거 리 : 신부가 예쁘기는 한데 억세다는 소리를 듣고 신랑이 한 묘책을 마련하였다.
　　　　　설사를 한 뒤 그것을 싸서 자는 신부의 속옷 밑에 넣어 놓았다. 이후 신부는
　　　　　신랑에게 꼼짝 못하고 살았다. 환갑 진갑 다 지난 뒤 신랑이 이 사실을 이야
　　　　　기하자, 화가 난 신부가 신랑의 수염을 쥐어 뜯어버렸다. 그러자 8명의 아들
　　　　　이 다 죽어버렸다. 남자의 수염은 아들을 의미한다.

옛날 사람이, 장개를 가는디. 슨을 보러 갔는디. 우리 아가씨는 이쁘기
는 이쁜디 하두 억서서, 하두 억서서 휘잡덜 못 한다더랴.

인제 총각이 아가씨 슨을 보러 갔는디. 친정 어매가. 그래가지구서 옳
다. 그렇다, 하구서는 저기를 하는디. 인자 슨을 보러 가구 인자 장개를
갔는디. 팥죽을 먹구 콩죽을 먹구 술을 먹구 헝깨 설사병이 나잖여? 그
눔을 싸가지구 자는디 신부 자는 디 속곳 밑이다가 요렇게 가만-히 요렇
게 너뒀댜.

(조사자 : 그걸 싸서요?)

응. 지가 싼 중 알지. 그렁깨 신랑이 각시를 꺾었어. 숨두 크게 못 쉬능
거여. 장, 기가 죽는 거여. 그릏게서 그서. 장(늘), 기가 죽어서 고개를 못
쳐들고 시기더랴. 첫날 저녁이 설사똥을 쌌능가 하구, 지가 싼 줄 알구.

그래가지구 인자 시집을 왔는디, 인저 이 남자들 여기 셤(수염)난 게,
그게 아들이랴. 이 셤 낭 게. 그런디 아들만 여덟을 낳더라네. 팔형제를.
팔형제를 낳는디 인자 다 살았다구 환갑, 징갑 넘어갔응깨 웃음서(웃으면
서) 그 얘기를 했는디.

"요 놈의 늙은이가 그릏게 해 각구 나 숨두 크게 못 쉬게 살았다구."

이 섬을 다 쥐어뜯더라네?

[청중 일동 웃음]

분항깨. 숨두 크게 못 쉬게 살았다구. 아들 여덟 명이 다 죽더랴. 아들 여덟 명이 다 죽더래요. 이 섬이, 그래 이 남자두 이 섬이, 그게 아들이랴. 여자는 안 나잖여?

(조사자 : 아니, 그래서 그 할머니가 그 수염을 다 이렇게 잡아 채니까…)

다 죄다 뽑았댜, 이걸. 하나두 읎이. 달라들어서.

(조사자 : 그랬더니 아들이 다 죽었어요?)

응. 아들이 여덟 명 다 죽었댜. 환갑 진갑 지내갔응개 인자 할 말이라구 항 겨. 참, 환갑 돌아오드락 숨을 크게 못 쉬구 고개를 못 들구 살았는디.

그라믄서 얘기를 하대. 진찡가 가짱가 몰라. 이건 얘기구. 풍수가 얘기 하능 건 진짜랴.

욕심 부리다 죽은 세 사람

자료코드 : 08_02_FOT_20090212_HID_CBR_0001

조사장소 : 충청남도 금산군 군북면 두두2리 413번지

조사일시 : 2009.2.12

조 사 자 : 황인덕, 김기옥, 오세란, 서은경

제 보 자 : 최분례, 여, 85세

구연상황 : 제보자를 두 번째 방문했을 때 처음으로 들려준 이야기이다. 녹음 장비가 미처 준비되기도 전에 구연을 시작하는 바람에 앞부분의 내용이 녹음되지 않았다. 또한 방안의 다른 청중들이 자리를 잡기 전이라 주변이 어수선한 분위기였다. 제보자의 구연 능력으로 볼 때 좀더 수사적인 구연이 가능하였을 듯한데, 주변 상황으로 인해 줄거리 위주로 바쁘게 마무리 지은 듯하다.

줄 거 리 : 세 사람이 고개를 넘어가다가 한 사람에게 술을 받아오라고 시켰다. 남은 두 사람은 그가 돌아오면 죽여 버리자고 하였다. 또한 술을 받으러 간 사람은 돈

을 혼자 다 차지할 욕심으로 술에다 독을 타서 돌아왔다. 그래서 세 사람이
다 죽었다.

[갑자기 이야기를 시작하는 바람에 앞부분이 녹음이 되지 않았다.]
(세 사람이) 고개를 넘어와 가지구, 가만히 앉었어. 여기.

[다른 청중이 자리를 이동하려고 하자 이야기에 방해가 된다고 제지하며]
저 아래 주막에 가서 술을 받어 오랑 겨, 둘이. 그래 인자, 술 받아 갔
네. 술 받아 갔는디, 우리 저 눔 술 받아 오걸랑은 때려 죽이자구, 둘이
인자 혼차 죽였네. 또 술 받으러 간 사람은 거기다 독약을 탔네. 그래서
슷이 다 죽어서 돈은 돈대로 있고 사람은 사람대로 있어. 욕심을 부리면
안 된다능 게여. 그릏잖여? 술 핑계로 인제 밥 먹을라구 항께, 때려 죽이
라구 해서 때려죽였어, 둘이. 그랑깨 둘이 먹었응깨, 그 눔을 먹고 죽었어.
슷 다. 그래서 돈은 돈대로 익구, 사람은 사람대루 익구.

딸보다 나은 양아들

자료코드 : 08_02_FOT_20090212_HID_CBR_0002
조사장소 : 충청남도 금산군 군북면 두두2리 413번지
조사일시 : 2009.2.12
조 사 자 : 황인덕, 김기옥, 오세란, 서은경
제 보 자 : 최분례, 여, 85세
구연상황 : 다른 화자가 이야기를 하고 난 뒤, 이어서 구연하였다. 양아들이 딸보다 낫다
는 내용이었으므로 이와 의견이 다른 청중들 사이에 각기 다른 의견이 오갔
다. 이런저런 의견이 오가는 가운데, 또 다른 이야기가 생각난 듯 갑자기 구
연을 시작하였다.
줄 거 리 : 한 부자가 세 딸들에게 땅 문서를 미리 주었다. 아내가 먼저 죽자, 딸들의 집을
전전하게 되었다. 딸들의 대접이 소홀한 것을 서운하게 생각하고 집을 나갔다.
길에서 우연히 양아들을 만나 그의 집으로 가서 살게 되었다. 부자의 실수로
손자가 죽어 버렸다. 딸들을 불러 집문서를 돌려 받아 양아들에게 주었다.

한 사람이 부자로 잘 사는디, 딸만 슷(셋)을 낭 겨. 그래서 인저, 땅 문서는 다 딸네를 줬어.

"인자, 니늘 누가 죽든지 하나 죽걸랑은 한 달씩 그늘르라구."

그래 땅 문서를 다 줬는디, 할멈이 죽었어 먼이(먼저). 밥을 해 먹을 수가 없응깨, 딸네 집이를 강 기여. 제일 큰 딸네 집이를 강깨, 한 스무날 있응께.

"아버지, 저, 동상들 집이 가봤어요?"

"앙 갔다. 왜 그러냐."

"아버님이 오셔서 저, 가들 아버지가 아프대요."

드럽고 아니꼬와서 인제 두채딸네 집이 갔네? 두째 딸네 집이 가서루 한 보름 있응깨,

"아버님, 언니들 집이 가봤어요?"

"안 가봤다. 왜 그라냐?"

"아버님이 오셔서 애기가 아프대요."

그라더라. 애기라 그렇지, 진짱가 몰라. 그래서, 인자 막내딸네 집이를 강깨, 거기는 한 달씩 거느리기로 항개, 한 달을 그늘르더라 막내딸이. 그래서,

"아버님, 인자 한 달잉깨 언니들 집이 가봤어요?"

"앙 갔다."

'에고, 드럽구 아니꼽다.'

부담 한 짝을 젊어지구 붓을 각구 먹을 각구, 그 전이는 벼루 붓을 했어, 이릏게 이릏게 먹 갈아서 기양 글씨 쓰능 게 ○○○○.

그 눔을 젊어지구 인자 편지 조각 각구 이러카고서 갔네.

이라다 저라다 강깨, 세월이 가서 두렛논을 맸어. 호미로, 여자들이, 남자들이. 여자들은 손이루 매고 남자들은 호미루 매고 아세, 큰 들판을 강깨 정자나무두 있구, 풍물을 쳐감서 두렛논을 매고 점심을 인자, 내오잖

야, 그래서,

'아하, 나도 옛날이는 저렇게 두렛논을, 두렛논을 매감서 광지게 농사를 졌는디, 오늘날이 와서는 내 팔자가 왜 이러냐.'

하고 거기를 갔어. 점심을 얻어 먹을라고. 그렁깨 한참 앉았응깨 점심을 내 오드라. 그라더니 인제 논 매는 사람이 점심이 나왔응께, 인제 개울에서 손 씻을려구 다 나오잖야? 손을 싹싹 씻고, 어떤 청년 하나가,

"아버님, 이게 워짠 일이세요?"

하믄서 그냥 아버지기다 큰 절을 요렇게 하드라. 그래,

"아이구, 나는 저런 청년헌티 아버님 소리 들을 사람이 없는데, 웬일이냐구?"

항깨, 즈 아버지 이름을 대주구, 작은아버지 이름을 대구, 지 이름을 대구, 나이를 대주니까 양아들이드라. 인자, 성으 아들을 갖다가 딸만 숫잉깨 양아들을 바쳤는디, 지집아들 숫이 등쌀을 대서 나갔어. 어데서 인자, 집이 가믄 왔다고 엄마, 아빠한티 맞아 죽을 것 같응깨 그냥 들루 나왔어. 그래서 그렇게 커 가지구 인자 논을 매더라.

그래서 인자, 점심을 먹고 나닝깨,

"아버님, 집이루 가시죠."

"아, 여기 편하다. 야, 일 끝나걸랑 너랑 같이 가자."

"아이, 집이 가서 펜하게 누우세요."

아들이 그래서 인자 갔어. 인제 애기를 나서, 애기를 나서 인자, 돌은 지내고 시 살은 안즉 안 먹고 설을 세야 시 살 디고 하는디, 그 애기를 업구 마누래는 인제 그 논 매는 디 일바라지 하러 갔어. 그래 인자, 술을 받어다 술상을 봐 놓고,

"아버님, 목말른디 쪼끔씩 쪼끔씩 들으세요."

그람서루 인자, 업고 인자 갈라고 항깨,

"야, 애기는 업고 가지 마라, 여기다 두고 가라, 내가 봐 주마."

“아버님, 구찮하신디유.”

“에, 그리두 여기다 놔라.”

인제 애기를 보다 술이 쵀각구, 애기가 자닝깨, 인제 자닝깨 뉘구, 자기두 술이 쵔응깨, 잠이 들었응께, 애기 배다 요롷게 놓구 죽었네, 애기가.

(조사자 : 아이구!)

이제 애기 끝까정 하께 들어봐. 그래서 인저, 해가 쪼끔 있응깨 인자 오는디, 이롷게 보닝깨, 일어나서 보닝깨 애기가 흔들어 봉깨 애기가 잘못됐어. 메느리는 저기 먼빛이루 이케 와.

그래서 또 가, 들어가서 가만히 요 발이다 놓고 자는드끼 있는디 매느리가 들어오더니, 발을, 시아버니 발을 가만히 낼커 놓고 애기를 이렇게 흔들어두 죽었응깨 꼼짝달싹도 안하네? 그라더니 문을 가만히 열고 가만히 나가드랴. 신랑 올 때를 바라니라구.

그래 인제, 신랑이 오닝깨, 소곤소곤하더니 자기 아버지 발을 가만히 이렇게 낼궈 놓고 자는 득기 있네. 그래 아들이 와 가지구 이렇게 가만히 낼궈 놓고 애기를 끌어앙꾸 가서 둘이 모시고 왔어. 산에다가. 끌어 묵구 (묻고) 왔어.

그래서루 인자 술 청 거 마냥, 술 청 거만,

“야, 애기 어디 갔냐?”

“아버님, 이웃집 사람이 기양 델구 갔어요. 잠깐 놀구. 저, 가덜하구 놀라구.”

그리냐구. 인자 또 한참 있다,

“애기, 어디 갔냐?”

“아버님이 약주가 채서 그냥 발을 들어 얹었덩가, 애가 잘못돼서 갖다 묻었어요.”

“아이구, 이놈으 늙은이, 손자를 죽여서 워트카냐.”

“에이, 아버님 찾았응깨 좋아요. 우리 젊으닝깨 낳으면 자슥이지요.”

인자 아들 며느리가. 그래서 인자 그 이튿날, 편지를 써서 지서다가 부쳤어 인자.

"나, 손, 손자를 죽였응깨 나 좀 데려다 죽여달라구."

그랑깨 인제 순경이 오깨미 지키고 있네. 오는 질목이다,

"아, 여기 아무디 아무디가 이만저만 하다는데 어트게 됭 거여요?"

"우리 아버님인디요. 우리 아버님이, —저기 인자 분명히 올 거 아녀. 왔는디, —우리 아버님이 망령이 들려서 헛소리지, 그런 일은 없다구."

그래서 인제 주막이 가서 톡톡허게 술안주 해서 멕여서 그냥 돌려 보냈어. 그랑깨 인자 딸네 집이다 편지를 항 게여.

"내가 죽을 병이 들었응깨, 이문데 아무데서 죽을 병이 들었응깨 땅 문서 좀 각고 오너라."

시 딸네 집이루. 그랑깨 인제 각고 오믄서, '우리 아버지가 죽이야 우리 땅 되야…' 인전 이르카능 겨.

앓는 소리 항 겨. 으응,

"아이구, 죽었다, 아이구 죽었다."

시 딸네 두 내우 두 내우 허니께 여섯 명 아니여?

"아버님, 어디가 아퍼서 그래유?"

"아이구 죽었다, 아이구 죽었다."

그래 각구 인자,

"땅 문서나 좀 내놔라. 땅 문서나 만쳐보고 죽게."

그랑깨 다 내놓을 거 아녀? 그라니깨 요놈을 웅켜쥐고,

"예이! 이 년! 죽일 년들! 신랑이 아퍼? 애기가 아퍼? 어디 그럴 수가 있느냐고?"

땅 문서 웅켜쥐고 양아들이 부자됭 겨. 땅 문서 해서 인저, 인저, 슥 섬 지깅깨 부자잖여? 그 후하게 했응깨, 그 양아들 양며느리가 막 그냥, 나쁜 소리하구 막 그랬으믄은 그 땅문서 못 찾어.

(청중 : 옛날, 옛, 옛날부터 양자 잘 되는 법은 없는디.)

그래 가지구서 양아들이 베락부자 돼서 잘 살드랴. 딸내미가 땅문서를 빽겼응깨 아무 권력이 없잖야?

(청중 : 양자로 가가지구 친구 되는 사람은 별로 없었당깨.)

그래서 땅 문서를 찾았다잖아.

소 팔아 딸 집에 가서 죽은 친정아버지

자료코드 : 08_02_FOT_20090212_HID_CBR_0003
조사장소 : 충청남도 금산군 군북면 두두2리 413번지
조사일시 : 2009.2.12
조 사 자 : 황인덕, 김기옥, 오세란, 서은경
제 보 자 : 최분례, 여, 85세
구연상황 : 딸이 나은지 아들이 나은지에 대한 의견이 분분한 가운데, 갑자기 생각난 듯
구연하였다.
줄 거 리 : 옛날 한 사람이 소를 팔고서 날이 저물자 시집간 딸 집에 가서 하룻밤 자기
로 하였다. 딸은 소 판 돈에 욕심이 생겨 아버지를 똥통에 빠뜨려 죽였다. 다
음날 친정어머니가 남편을 찾으러 갔다. 딸은 아버지가 오지 않았다고 거짓말
을 하였으나, 손자가 바른 대로 말하는 바람에 사실을 알게 되었다.

아, 옛날 한 사람이 소를 팔아 가지고 고개를 넘어강깨, 도독놈한테 빽
길 거 겉응깨 딸네 집에 강 거.

(청중 : 핏줄인데 아무케두.)

인자, 소를 팔아 가지고 가는데, 산골짝이를 가니께, 어두면은 도둑놈한
테 빽기깨미 딸네 집을 갔네.

"아버님, 오시느냐구, 왜 이렇게 저물게 오시냥깨."

"장이다 소를 팔고, 소가 늦게 팔려서 여기서 자고 갈라고 왔다."
그라니께,

"아이, 그러시냐고."

그러는디 인저, 집이서는 마누래가 지달려두 인제 안 오네? 그래서 인저 아침이 왔어, 인자. 일치감치 옹깨,

"너 아버지, 여기 안 왔대?"

"아버님 안 왔어요."

"안 왔어? 그래, 워디 가 자까?"

"몰라요."

그래 인제, 요망큼한 아들 외손자 슷 물어 봉깨,

"할머니, 할머니, 어제 저녁 할아버지 왔어."

그렁깨,

"그래, 느 할아버지 왔는데 어딨냐?"

"이, 이, 이런 솥이다, 불을 때 각고 할아버지를 거기다 쳐너서 죽였어." 그라드랴. 그 얼매나 죽는 소리 하겄어? 둘이 그르카니 혼자 이길 수가 있어? 그래서 재깐이루 저기 화장실루, 그 전이는 아들이 화장실인 줄 알어? 저 똥둑간이루 각구 가서 둘이 떼미구 갔어. 거 가 찾아봉깨 죽여 각구, 그 소 한 마리가 뭐여? 죄다 끌어 묻었더랴.

그래 딸이 소용없다는 걸루 양자를 바쳤디야. 그 임금, 저, 인금, 그 아들 죽인 사람 그것걸이.

(청중 : 양자는 그렇게 끝꺼지 나가능가, 양자는 끝꺼지 그렇게 안 내줘.)

문둥병자와의 혼인

자료코드 : 08_02_FOT_20090212_HID_CBR_0004
조사장소 : 충청남도 금산군 군북면 두두2리 413번지
조사일시 : 2009.2.12
조 사 자 : 황인덕, 김기옥, 오세란, 서은경

제 보 자 : 최분례, 여, 85세
구연상황 : 고려장 이야기가 나오자, 이어서 구연하였다.
줄 거 리 : 달식이네 할머니가 젊어서 시집을 갈 때, 신랑이 문둥병에 걸려서 첫날밤에도
　　　　　신랑 얼굴을 볼 수가 없었다. 시어머니가 멀리 있는 신랑에게 하루 세끼 밥을
　　　　　날랐다. 밤에 몰래 신랑이 찾아왔다. 이후 삼남매를 낳았다.

　옛날 고려 때 시절이 우리 삼농사 짓는 디는, 달식이네 할매라고 하는
이는, 신랑 얼굴을 못 봤댜. 워째 못 봤냐믄, 이, 문둥병이 걸려서. 그래
가지구, 인저, 그 전이는 행여(행례)를 지낼라믄 이렇게 지냉깨, 신랑 얼굴
보도 못 하잖아? 허. 허. 그라서루 인제 첫날밤이는 인저 호롱불을 켰응깨
냥 철부지닝깨 그냥 피곤허니께 그냥 쓰러져 잤지. 신랑 그냥 잤지.

　고 이튿날 냥 어디루 나가구 읎지. 그래 밥을 해노믄은 시어머니가 자
꾸 어디루 내 가드랴. 인자 문둥병이 걸렸응깨 인저, 저기다 어디다 두구
서는 인자 밥을 삼시 멕잉 겨. 그래서 인자, 여자는 한 달이 오는 서답이
있잖아. 고걸 알아 가지고 시어머니가 인저 밤이루 딜여 보냉 겨. 아들을.
그래서 삼 남매를 났어. 아들 성제 딸 하나. 지얼 먼이(먼저), 지얼 먼이
딸 낳구, 두 번째 이제 큰 아들 낳구, 시 번째 작은 아들 낳구.

　그런디 인자, 아주 그냥 이렇게 기냥 못되게 되닝깨는, 모코리다 한 모코
리, 밤 늫고, 소기지름 늫고, 물두 또 인자 각고, 게서 인제 요롷게 구딩이를
파고 인자 이렇게 데다보는 디가 있지. 고롷게 해 놓고 인자 그 밥을 다 먹
고 그냥 거기서 죽응 겨. 데다 보닝깨 인제 이렇게 죽어 각구 밀장을 항 겨.
　현재에 그, 그런 사람도 있어요. 산 채. 우리 삼농사 짓는 디. 달성이네
한, 할아버지가. 그란데 그 집들 잘 디야. 그냥.
　(청중 : 나도 클 때 그 고려장이서 나온 숙가락도 보구 식기도 보구, 봤어.)
　그란디 인저 죽었응깨 인자, 아주 밀장도 해 났어. 그래 가지구 인자,
할머니가 죽으닝깨 이게 돋아 가지구 쌍분으로 썼어. 손자두 잘 되고, 손
자딸두 잘 되고 다 잘 됐어.

(청중 : 인제 그눔이, 나중에는 그 눔이 거기서 숙가락 나오고, 식기도 나오고, 녹그륵이 그 전 치는 겁나게 좋아요. 녹그릇.)

(청중 : 그럼 **뻭따꾸**는 음써?)

(청중 : 에이 **뻭때기**는…)

(청중 : 사람 **뻭따구**, 있을 거 아니여?)

여우 잡은 소금장수

자료코드 : 08_02_FOT_20090212_HID_CBR_0005
조사장소 : 충청남도 금산군 군북면 두두2리 413번지
조사일시 : 2009.2.12
조 사 자 : 황인덕, 김기옥, 오세란, 서은경
제 보 자 : 최분례, 여, 85세
구연상황 : 경험담 성격의 이야기가 이어지고 난 뒤, 여우나 호랑이에 대한 이야기는 없
          느냐고 조사자가 물으니, 다음의 내용이 이어졌다.
줄 거 리 : 옛날에 소금 장수가 소금을 팔러 다니다가 묘 옆에서 잠을 잤다. 여우가 예쁜
          각시로 변하는 것을 보았다. 한 마을에 들어가니, 신부가 둘이어서 마을이 시
          끄러웠다. 소금장수가 작대기로 때려 여우를 잡아 죽였다.

이렇게 이렇게, 이렇게 시 번 이렇게 꺼꿀루, 이렇게,

[고개를 숙이고 구르는 시늉을 하며]

시 번을 이렇게 꺼꿀로 넘으믄, 새파란 초록대기 각시가 나온댜.

옛날이는 소금을 지구 저 댕겼잖아, 소금 팔라구. 그래 날이 저물응깨,
쌍 뫼가 있어서 거기서 잤댜. 거기서 잤는디, 여수란 놈이, "캥! 캥!" 하고
나오더니, 꺼꿀로 시 번을 껄뚜백이를 하더니, 새파란 초록대기 각시가
나오더랴.

그래서 인자, 그 동네 소금을 팔러 강깨, 신부가 둘인디, 똑같은 가매를
타구 신랑이 문을 열응깨루 똑같은 새댁이 둘인디, 워떵 게 내 신분지를

몰르겄더랴. 그래서 인자 그 신부네 처가집이 가서 물어보닝깨, 우리 딸은 이 방둥이 가 새카만 점이 백혔다더랴.

그래 벡겨 보라드랴. 아, 베겨 봉깨, 똑같이 점이 백혔는디, 기양, 몰른다구 난리가 났더랴. 그래, 소금장사가 소금 사라고 막 가닝깨,

"소금이구 뭐구, 신부가 하난디, 가매 문을 열응깨 신부가 둘인디, 난리가 났다구."

"그러냐구."

인제 둘이 똑같이 새댁 노릇을 하고 있을 거 아녀. 그란디 이이는 봤으닝깨, 소금 작대기루 그냥 "팍!" 때렸댜 그냥. 죽으라구. 그양, "팍!" 함번 때링깨,

"캥!"

하고 죽응깨 여수더랴. 여수가 그렇게 재주가 좋댜. 그 소금장사 아니믄 누가, 이 노릇두 저 노릇도 못 하고.

쥐좆도 모르는 여자

자료코드 : 08_02_FOT_20090212_HID_CBR_0006
조사장소 : 충청남도 금산군 군북면 두두2리 413번지
조사일시 : 2009.2.12
조 사 자 : 황인덕, 김기옥, 오세란, 서은경
제 보 자 : 최분례, 여, 85세
구연상황 : 소금장수가 여우를 잡은 이야기를 한 뒤 동물들이 등장하는 다양한 이야기가
　　　　　 이어졌다.
줄 거 리 : 신랑이 밖에서 잠을 자고 와서는 여자를 사정없이 때렸다. 여자가 절에 가서
　　　　　 스님에게 이 사실을 말하니 고양이를 주면서 방에 들여 놓으라고 하였다. 고
　　　　　 양이가 사람으로 변한 쥐를 물어 죽였다.

이, 사람은 지좆(좆)을 몰른디야.

(조사자 : 그게 무슨 얘기예요?)

이제 얘기허게. 옛날이는 인저, 내 신랑이 워디를 갔다 하룻밤 자고 옹깨, 자기 부인을 끌어 안고서,

"요놈 새끼 워디 갔다 오냐구?"

함서루 냅대 그냥 패 죽일라고 하더랴. 쥐가 둔갑항 게. 그랴서 워터갸. 아무 소리도 못하고 절이를 갔댜.

절이 가서 스님더러 물어보닝깨, 그렇게 얘기를 하닝깨, 느 어머니가 너 나서, 젖이 많으닝깨, 젖을 싸서 굴뚝이다 뭐 가지구, 쥐가 먹어 가지구 그거 쥐가 둔갑했다더랴.

그런 소리 들어봤어?

(조사자 : 아뇨.)

그러닝깨 고양이를 함 마리를 줌서, 시방 가만히 장깨, 문을 가만히 열구 디리 밀라더랴. 그랑깨 쥐가 그 저, 고양이가, 자는디, 그 중한 디를 물어 죽였는디, 죽었는디, 쥐더랴. 그래 쥐좇을 몰르고 살응 거여, 여자는. 둥갑을 했응깨, 사람이루 둔갑을 했응깨, 알 수가 있어? 이틀 밤을 자고 옹깨, 그카구 있드랴.

지네 며느리 퇴치한 중

자료코드 : 08_02_FOT_20090212_HID_CBR_0007
조사장소 : 충청남도 금산군 군북면 두두2리 413번지
조사일시 : 2009.2.12
조 사 자 : 황인덕, 김기옥, 오세란, 서은경
제 보 자 : 최분례, 여, 85세
구연상황 : 동물들이 등장하는 이야기가 계속되었다. 앞의 이야기와 같은 상황에서 이어서 구연하였다.
줄 거 리 : 한 스님이 시주를 받으러 어느 집에 들렀다. 시주를 하는 며느리를 보고 스님

이 기겁을 하고 도망을 가는 것을 보고 시어머니가 불러 물었다. 지네 죽은
넋이 변해 사람이 되었다고 하였다. 스님이 일러주는 대로 구들을 파고 고추
를 태워 지네를 죽였다.

닭두 그렇댜, 닭두. 닭두 둔갑을 하믄은 한, 사오 년 멕이면 둔갑을 해
서루 해친다잖야, 사람을. 사람이루.

아, 옛날이는, 옛날이는 깨깨중이라 그랬어. 시방은 스님이라구 하지. 깨깨
중이 이렇게 목탁을 따복따복 뚜들면 시어머니가 이렇게, 줬는디, 잡어야……

(청중 : 아들 보고 때때중이라 하는 거지, 옛날이나 지금이나.)

자개 서머니가 인제, 그 시주 주능 걸 보고서 나와서 보닝깨, 그 새댁
을 얼굴을 쳐다보구, 막 그냥 기겁을 하구서 도망을 가드랴.

그래서 인저, 서머니가,

"왜 그러냥깨?"

"지네 죽은 넋을 가, 됐으니깨, 내 말대로 하라고."
하더랴. 그래 어터가냥깨,

"아들은 다른 디루 나가서 한 이틀 밤 자고 오라고 하고, 그저, 메느리
자는 구들을 하나, 메느리 몰르게 구들을 하나 파 놓구 고추를 태우라고."
하더랴. 고추를, 부엌이가. 고추를 태우면 맵쟎야?

그래서 매워서루 죽은 뒤 봉깨 지네더랴. 그람서 얘기를 하대. 하, 하,
하. 참말잉가 그짓말인가 몰라두.

구렁덩덩 신선비

자료코드 : 08_02_FOT_20090212_HID_CBR_0008
조사장소 : 충청남도 금산군 군북면 두두2리 413번지
조사일시 : 2009.2.12
조 사 자 : 황인덕, 김기옥, 오세란, 서은경

제 보 자 : 최분례, 여, 85세
구연상황 : 작은 마누라보다는 큰 마누라가 훨씬 낫다는 이야기가 청중들 사이에 오가자,
          아래의 내용을 구연하였다.
줄 거 리 : 한 사람이 구렁이를 낳았다. 이웃집의 셋째 딸이 구렁이를 안고 방으로 들어
          오자, 그날 밤 구렁이는 허물을 벗고 미남자가 되었다. 선비와 결혼을 한 셋
          째 딸은 언니들의 시기로 구렁이의 허물을 불태웠다. 이후 선비를 다시 만나
          잘 살았다.

인저 애기를 났는디, 구랭이루 보드랴. 그래 딸 가진 사람이, 싯 가진
사람이,

"아주머니, 아주머니, 애기 났다더니 어찌했어요?"

"부엌이 나무껄이 있다."

구렁인께 나무껄이 능 겨.

"에이구, 할머니, 애기를 난다능 게 구렁덩덩 세선비를 났네."

그래 인제 두째 딸이 와서,

"아주머니, 아주머니, 애기 났다더니 워찌 했어요?"

"뵉 모퉁이 가봐라."

"아이구, 애기를 났는다능 게 구렁덩덩 세선비를 났네."

싯째 딸이 와 가지구는,

"아주머니, 아주머니 애기 났다더니 어쨌어요?"

"굴뚝이 멍석 있는 디 가 봐라."

그랑깨 그 사람은 애기루 보닝깨,

"아주머니, 아주머니 왜 이릏게 이쁜 애기를 멍석 있는 디다 났냐구,
얼어 죽으라구."

그라믄서 안고 들어오더랴. 그라더니 그 밤이, 허물을 이릏게 홀딱 벗으
닝깨 이런 미남자더랴.

그랴서 인자 그거를 저기허고 미남자닝깨,

"어머니, 어머니, 저 집이 싯째 딸은 나하구 결혼하믄 결혼하자겄어요,

가 얘기를 해요."

그랑깨 인제 얘기를 했디야. 그랑깨 온다더랴. 오는디, 그 구랭이 허물 벗
응 거를 이거를 워따 잘 두라고 하더랴. 느덜 언니들 뵈키지 말구.

그라믄선 결혼한, 보름만이 인자 베실(벼슬)을 하러 갔어. 이걸 태우믄
은 냄새를 맡으믄은 내가 베실을 못한다고. 그래서 인저 그전이는 워다다
둘 디두 없구 그래서, 요그다 개침을 넣구 빨래를 불을 때감서 아새를, 아
새를 인자 치대는디, 지들 언니들이 둘이 와 가지구,

"야, 그 구렁덩덩 세선비 구링이 허물 어딨냐고?"

해두 앙 갈켜주구 그렁깬,

"내가 왜 그걸 갈쳐줘? 나 몰라. 시어머니가 감춰서."

"이년, 뭐라그나!"

하면서 막 그냥 싸우니께 여그서 나온 겨. 구랭이 허물이. 안 그렇겄어?
그래서 이렇게 이렇게 갖다 부엌이다가 쳐넣었네. 아 그래서 그 탄 내금
새가 서울로 과거 보러 간 이가 냄새를 막고 과거를 못 보네.

인자 장개를 가게 되야. 그래서 빨래하는 여자가 있어서, 아줌마가 있
어서,

"아줌마, 아줌마, 여기 구렁덩덩 세선비 가는 거 봤어요?"

이 빨래방맹이를 동동 띠워 주더라네? 요 방맹이 가는 디로 가라고. 그
래 방맹이 가는 디로 가니께, 이 들판이 나오더랴. 논이, 나락이 누런하더
랴. 아가씨가 새를 보는디,

"우여어, 우이! 웃녘 샐랑 우루 가구, 아랫녘 샐랑 아래루 가서, 저기
저 구렁덩덩 세선비네 노적가리가 앉아라. 우!"

이라더라네? 그래서 그전이는 요만한 가락지가 있어. 이렇게 이렇게 통이
루 요런 놈이. 부잣집이는 크게 햐. 요만한 가락지를 두 개 찌구 가서,

"아가씨, 아가씨, 요거 하나 주께. 한 마디 더 하라구."

그렁깨,

"아주 마저 줘야 하지요, 하나만 박고(받고) 안 해요."

그라더랴. 그래서, 그걸 놈을 주니께,

"우여어! 우이! 웃녘 샐랑 우루 가고 아랫녘 샐랑 아래루 가서 구렁덩덩 세선비 노적가리 가 앉아라, 우이!"

그러더라네. 그래서,

"구렁덩덩 세선비네 집을 가믄 어디로 가냐구?"

"저 아래 가믄요, 찰떡 치구 메떡 치구 시방 그라는 집만 찾아 가라더랴."

그라는 집으루 인자 찾아갔네. 인제 중, 깨깨중겉이 해 각구. 바랑을 짊어지구. 이케 목탁을 딱딱 뚜등깨, 쌀을 각고 오더랴. 쌀두 싫다고 안 박고. 또 나락을 각고 오더랴. 나락두 싫다고 안 박고.

"아이고, 무슨 중이 뭐를, 쌀을 줘두 마다지, 나락을 줘도 마다지, 뭘 가져오냐?"

헝깨 싸래기. 옛날 싸래기가 있어.

"싸래기나 좀 줘요. 싸래기를 한, 한 사발 되게 갖고 왔더랴."

이렇게 인저 바랑을 이렇게 해놓깨 요기가 인저 가새로 벼 각고 주루루루 흘리게 했응깨, 하나 죽구 해 바라보구, 둘 죽구 해 바라보구 해 바라볼 때루만 보능 거여. 신랑 찾어온 거 인자, 말하자믄. 새 장개 갈라구 찰떡 치구, 메떡 치능 거여.

그래서 인자 그릏게 해 각구서 다른 디 가 자구, 인자 잔칫날 해가 다 갈 쯤이 어두룩한디, 주인을 찾았어 그 집이. 그래,

"아주머니, 아주머니, 나 좀 하룻 저녁 자구 가게 해요."

항깨,

"우리집은 잘 방이 없습니다. 우리 큰 잔치 해서."

"그라믄 마리 밑이서 자지요."

"마리 밑이는 개가 경경 짖어 못 자고."

"그람 굴뚝 모팅이 가 자깨요."

"굴뚝 모팅이는 쥐가 우루루루 해서 못 자고."

"그럼 마루에서라두 자께요."

"맘대로 하라구."

인자 허락을 했네. 그래 인자 밤새더락 신랑이 신방 차리구, 인저 신방 차릴 때는 숨었지. 신부가. 신방을 차리구서 인자, 아랩방에서 주무시는디,

"초승달만 반달이냐, 우리 님두 반달이지."

이릏게 노래만 불르구 잠을 안 자능 거여. 그래 신랑은 건네 챘어.

그래 인자 날이 새 가지구 밥을 먹고, 밥을 인자 같이 먹자구 주인이 주더랴. 그래 거그서 먹고 있는디, 신랑이 호랭이 눈썹 빼오는 사람만 데꼬 산다더랴. 호랭이 눈썹을 어서 빼와? 하. 하. 하. 그래서 작은 마누래는 솔잎을 빼 왔드랴. 인자 솔잎, 저, 저, 저, 밸갛게 인저 단풍 들었응개 떨어진 솔잎을 각고 왔드랴.

그라고 원 마누래는 산골을, 짚은 산골을 가닝깨 불이 뺀-하게 있어서,

"웬 사람이 이릏게 오냐고?"

항깨,

"할머니, 할머니, 우리 신랑이 새 장개를 감서 호랭이 눈썹을 빼 오믄 델꾸 산다구 해서 할먼네 집을 왔어요."

그랑깨, 자더랴, 인자 호랭이 새끼들이. 요골, 눈썹을 쏙 뺑깨 따겁잖야?

"아이구! 따거라. 모기가 무냐, 깔따구가 무냐?"

"이눔 새끼, 소두 말구 자."

시 사람 꺼를 빼줬어.

그랑깨 작은 마누래는 너는 죽은 저 죽은 솔잎만 각고 왔응깨 안 델꾸 산다. 너는 델꾸 산다. 큰 마누래 델꾸 살은 겨. 그래서 부귀영화루 잘 살더라잖야? 이건 진짜 얘기고. 우리 큰 작은 어매가 얘기를 허대.

시주한 며느리만 구한 도승

자료코드 : 08_02_FOT_20090212_HID_CBR_0009
조사장소 : 충청남도 금산군 군북면 두두2리 413번지
조사일시 : 2009.2.12
조 사 자 : 황인덕, 김기옥, 오세란, 서은경
제 보 자 : 최분례, 여, 85세
구연상황 : 중이 지네 며느리를 죽인 이야기를 마치고, 비슷한 등장 인물이 등장해서인지
　　　　　이어서 구연하였다.
줄 거 리 : 한 스님이 어떤 집에 시주를 받으러 갔다. 시아버지는 스님을 쫓아냈으나, 그
　　　　　집 며느리는 스님에게 시주를 하였다. 이에 스님이 며느리보고 따라오라고 하
　　　　　고는, 그 집을 망하게 하였다.

기차역이 옛날이 바다랴. 바단디, 일본 대통령이 앉을라구 계룡산이 터를 닦으러 가면, 열 명이 가믄 열 명 다 죽구, 다섯 명 가믄 다섯 명 다 죽구, 가는 쪽쪽 죽더랴. 아, 대통령 앉을 자리 아니다, ○○○ 으로 가자. 서울로 갔디야, 인자.

일본 대통령이 서울로. 그래서 바닥께 바다를 막 그양 기찻질을 놓지. 기찻질을 놨는디, 집 고 가생이 가 집 한 채가 있었댜. 그래서 중이 인저, 동냥 좀 달라고 목탁을 따복따복 뚜딩깨, 시아버니가,

"니 다리 수족 멀쩡한 놈이 워서 동냥을 달라고 따불거리냐고?"

생 야단을 칭 거. 그렁깨 중이 그냥 나갔을 거 아녀? 드럽고 아니꼬와서.

그래 메느리가 아무리 생각해두 저 양반 동냥을 주야겄드랴. 시주를 주야겄드랴. 그래 박바가지루 요롷게 한 바가지 퍼서 다무락이다 올려 놓구, 대문께 나올 찌는 그냥 나왔어, 시아버니 땜이. 그래서 고 놈을 들구 중을 따라가믄서,

"여보세요, 여보세요, 우리 아버님 승질이 그릉깨 요것 좀 가져가시라구."

이릏게 돌아봄서,

"나만 따라오슈, 나만 따라오슈."

그라더랴. 그래 서대전만치 자꾸 따라갔디야. 그걸 안 받아서. 그라니께 그 집이 네려 부시니라구, 노송벽락을 하구 불칼이 펀득펀득 해서 둘러엎드랴.

옛날이는 중은 도, 도, 도사여, 도사. 그래 가지구 메느리 하나만 살았댜. 우리 작은 아버지가 얘기하대. 그, 그래, 교회 댕기느니, 절이 댕기능게 낫디야.

둔갑한 여우

자료코드 : 08_02_FOT_20090212_HID_CBR_0010
조사장소 : 충청남도 금산군 군북면 두두2리 413번지
조사일시 : 2009.2.12
조 사 자 : 황인덕, 김기옥, 오세란, 서은경
제 보 자 : 최분례, 여, 85세
구연상황 : 앞의 이야기와 같은 상황에서 이어서 구연하였다. 구연을 마치자, 여우가 묘
　　　　　를 파서 헤쳐 놓기도 했다는 이야기가 청중들 사이에 오고갔다.
줄 거 리 : 옛날에 나락을 묶는데 여우가 나타났다. 나중에 나락을 꼭 묶고 난 뒤에 보니
　　　　　여우였다.

그라군 인제 그전이는 왜 이릏게 나락을 이릏게 묶어 가지구 그케 집이 실어 들였능가 모르겄어.

(청중 : 뚜두릴라니께 실어 들여야지 그람 뭐.)

그, 그 논바닥이서 뚜딜 지도 몰르고.

(청중 : 바닥이서 기계가 있어? 그전이는?)

호롱기는 있었지. 그라는디 인자 이릏게 어둑 하드락까지, 마당 저 논바닥이서 걷응 거 묶응 건 어둑하드락까지 실을 수가 있잖야. 소다.

여수가 올라가 가지구 이릏게 줄을 잡아댕깅깨,

"오빠, 오빠 더 묶어요, 더 묶어요, 더 묶어요."

그라드랴. 여수가 올라가서. 그래 뒈져 뻐리라고 꼭 묶었는디,

(청중 : 여수를?)

응. 죽었, 죽었는디 봉깨 여수더랴. 인자, 오빠, 인자 둔갑을 해 각고 나락단을 집어 던지믄 인자, 그걸 채곡채곡 쌌어. 인자 그르믄 수북하게 쌌응깨, 다 묶었응깨 바로 꼭 짤를 거 아녀?

"오빠, 고만 묶어요. 고만 묶어. 고만 쫄라요. 고만 쫄라요. 나 죽었어요. 나 죽었어요."

그래두 자꾸 더 쫄랐는디, 지금 와서 그걸 넬쿠구 보니께, 죽었는디 봉깨 여수더랴. 고기 저기, 뭐여. 공동산 있어. 요기 모텡이 돌아가다 보면 물레집 다리께 있능 디. 거기서 여수 많이 나온다고 했어.

(청중 : 그전에. 다 어디로 갔디야? 인자.)

우리 사촌 서울, 거 구생이 가서 첫애기 하나 낳구, 하나 배 가지구 죽었는디, 회가 없으닝께, 그냥 묻었는디 여수가 파먹었다고 했어. 그래서 기양 우리 큰엄니가 엄청 울었어. 근디 시방은 여수 그릏게 없어.

죽어서 두더지가 된 서모

자료코드 : 08_02_FOT_20090212_HID_CBR_0011
조사장소 : 충청남도 금산군 군북면 두두2리 413번지
조사일시 : 2009.2.12
조 사 자 : 황인덕, 김기옥, 오세란, 서은경
제 보 자 : 최분례, 여, 85세
구연상황 : 앞의 이야기와 같은 상황에서 이어서 구연하였다. 이야기를 끝내고 '서모는 다 그렇다'는 말들이 오고갔다.
줄 거 리 : 딸 일곱을 낳고 여자가 죽자, 남자는 새 마누라를 얻었다. 서모는 자신이 아프다고 하면서, 일곱 아이의 간을 꺼내어 먹어야 살 수 있다고 하였다. 점쟁이가 이 사실을 남자에게 알려 토끼 간을 대신 먹게 하였다. 이후 서모는 벌을 받아 두더지가 되었다.

칠성님네가 그렇게 영검하댜. 우리 시아바니가 그르키 얘기하잖아. 시집강깨.

그런디, 애기를 읎는 집이서 일곱을, 일곱 성제를 낳댜. 한 삼줄에 일곱을. 그랑깨, 남자가 워디 갔다 오더니,

"아이구, 몸 푸니라고 고생 많이 했네."

이 소리를 해두 고맙지.

"아이구, 읎는 집이서 돼지 새끼마냥 새끼만 많아서 어뜨케 살어?"
그랑깨 이게 분해서 밥을 안 먹고 시들시들 말라 죽었댜. 그런데 이렇게 찬물만 떠 멕이다가 이케 찬물만 떠 멕이다가 엥간히 컸는디,

업고 가는 놈 익구, 걸어 가는 놈 익구, 그냥 장마가 져서 그 물이다 다 일곱 마리를 떠 넬쿨라구 항깨, 하늘이서 노성벽락을 하고 불까지 펀득펀득 하더랴. 그래서,

"아이구, 떼놓구 오지 말라구 그러능개비다. 찬물이래두 멕여 키우겄다구."

다 델꾸 왔댜. 그래서 이자 엥간히 컸는디, 마누래를 얻었네, 인자. 혼자 살 수 있어? 마누래를 읃었는디, 날마둥 배 아퍼 죽는다구 둥굴더랴. 그래서,

"왜 그러냐고?"

"아이고, 몰러요. 난 이케 배가 아퍼 죽겄어요. 그라닝깨, 저기 산 넘어, 산 넘어 영한 점쟁이가 있응깨 거 가 점이나 해보라고."
항 겨. 그라니깨 점 하러 갔네. 점 하러 가닝깨, 점쟁이하고 스모하고 짰어.

"날 우리 애기 아빠 보낼 텡게, 일곱 성제 간을 다 내 먹어야 낫는다고 허라고."

그러니 워트게 일곱 성제, 갈러. 점쟁이가. 그래 각구 점쟁이가 머리를 썼어. 토깽이를 일곱 마리를 잡어각구 간을 일곱 개를 냈어. 인자. 점쟁이 하구는 그란다구 그란다구 하구서. 그래 가지구 점쟁이가 인저, 갔어. 애기 아빠 강깨.

"애기 아빠, 어제 그 엄마가 와서루 일곱 성제 간을 내 먹이야 싹 낫는다구 해서 그르칸다구 했는디, 워뜨캐 사람을 죽여서 일곱 간을 냐? 그렁깨 내가 토깽이를 잡아서 일곱 개를 냈응깨, 요골 싸 가지고 가서, '자, 이놈 먹고 뒤지던지 낫던지 살던지 햐' 함서 문을 팍 닥구 대문 밖이 나가서 애기들은 열흘을 감추라더랴."

감추야지. 그라구 애기 아빠두 이틀 밤을 자구 오구. 그래, 대문 문을 팍 닫음서 일곱 성제 간 내 왔응깨,

"다 쳐먹고 뒤지든지 살든지 햐."

문을 팍 닥구, 나와서루 그냥 골 낸 거겉이 닥구, 대문 밖이 나갔다가, 인자 가만히 들어와 가지구, 됩문이다 이케 손을 발르믄 저런 문이니께 미어지잖여? 그래 그 등을 보니깨 오강 단지를 갖다 놓구,

"후룩, 찹, 찹, 찹, 후룩, 찹, 찹, 찹."

일곱 개를 이르캐 각구 변소다 갖다 들어 붓드랴. 그걸 보구 인자, 신랑이 나가서 이틀 밤을 자고 왔네? 나섰어. 싹 낫었어요.

"진작 먹었으믄 낫었을 건디 그릏게 고생했다구."

이 지랄하더랴. 그래 애기가 열흘 있다가 열하루 만에 일곱 마리가 다 오네. 일곱 성제가.

"아이구, 배 아퍼 죽었네. 일곱 성제 간 내 먹었다더니, 워디서 왔다구."

배 아퍼 둥글어 뒤진다구 막 둥글더랴. 그라서 저일 큰 아들이 그리두 엉간히 컸지? 그래서 인저, 널배기다 물을 한 퍼네기 갔다 붓구 인저 일곱 성제, 자기 스모까장, 인제 똑같이 인자 여덟 명이 섰어.

"하눌님, 하눌님, 우리 어머니가 죄 익걸랑 우리 어매를 죄를 주고, 우리가 죄 익걸랑 우리를 죄를 주세요."

하믄서 이르캐 절을 했네?

[벌떡 일어나서 넙죽 절을 하며]

일곱 성제. 아 이놈의 마누래는, 일곱 성제는 일어났는디 이케 똥구녕

을 하늘로 쳐 상하고 안 일어났어. 그래서 인저 큰 아들이 방둥이를 팍 항께, 그새 죽어서 혼이 두더지랴. 두더지 알지요?

(조사자 : 예.)

그래 두더지는 이, 하늘만 보믄 죽어. 땅 속으로만 댕겨 시방도.

긍깨 그게 스모 죽은 넋이랴. 그거 두지쥐 지나간 디는 곡석도 안 되야. 뿌링이가 끊어져서. 그게 근께 서모 죽은 넋이랴. 그래 일곱 칠성이 영검햐.

그 옛날에는 집집마다 일곱칠성제 지냈어. 칠월 초엿샛 날. 그런 소리 첨 들어보지?

(조사자 : 예.)

인저 나 이케 들은 소리만 하능 거여. 참, 해만 보믄 죽는댜, 그거는.

(청중 : 배깥이 안 나와.)

안 나와, 이릏기 그냥 땅 속으로만 댕겨. 그래 일곱 성제간을 어트게 처먹어? 글쎄.

(청중 : 쥑일라구 그랑 거네.)

쥑일라 구만. 그란디 점쟁이가 그 왜 그릏게 하겄어?

(청중 : 안 하지. 그럼, 안 하지.)

소도둑과 점쟁이

자료코드 : 08_02_FOT_20090212_HID_CBR_0012
조사장소 : 충청남도 금산군 군북면 두두2리 413번지
조사일시 : 2009.2.12
조 사 자 : 황인덕, 김기옥, 오세란, 서은경
제 보 자 : 최분례, 여, 85세
구연상황 : 점쟁이 이야기는 없느냐는 조사자의 질문에, 아래의 내용을 구연하였다.
줄 거 리 : 옛날에 한 사람이 소를 잃어버려서 점쟁이를 찾아갔다. 점쟁이가 시키는 대로 떡을 해놓고 빌었다. 소도둑이 비는 소리를 듣고 자신의 이름을 부르는 줄 알

고, 소를 도로 가져다 놓았다. 도둑이 점쟁이에게 복수를 하러 갔다가 영험한 줄 알고 살려 주었다.

옛날에는 냥, 참말루 이건 애기가 아니구 참말인디, 소를 잊어버렸댜. 그전이는 소가 반살림이라구 했어. 시방잉깨 이릏지.

(청중 : 맞어.)

그라는디 산 너머가 점쟁이가 있다고 인자, 외딴집이 있어 가지구,

"아이구, 아줌니, 여기 영한 점쟁이가 있다구 해서 왔는디, 소를 잊어버렸는디유."

그랑깨, 점쟁이, 영한 점쟁이는,

"저 안이 있는디 나 시키는 대로 할라느냥깨?"

한다더라. 그래 인제, 뭐를 시켰냐믄, 네 꼭지 시루다가 떡을 하나를 찌라 드랴. 아니 그라는디 빌 질을 몰르겠네, 해? 시키기는 했는디. 그래서 술이나 좀 한 되 받아오라고 하니께, 술을 한 되 받아와 가지구 문터박 너머다 털썩 엎질르더라네.

굿두 좋아할 테지. 그래 밤새도록 읽는닷 소리가,

"문터박 너머 털섹이~ 소 몰아갔으니 소 몰아오소~. 문투막 너머 털섹이~ 소 몰아갔으니 소 몰아오소."

아, 빈닷 소리가 이거만 했는디, 소를 몰아다 매났드랴, 밤이. 인저, 소 몰아간 놈이 인자, 와서 들었어.

(청중 : 소 몰아간 놈이 털색이덩개비지 뭐 그래.)

그 들었는디, 아 나가니께 소가 왔으니 월마나 좋아?

그라서 인저, 그전이는 돈이 그릏게 없응개 인제 쌀을 인저 몇 말 줬응깨 여자가 못 가져강깨, 저기 짐꾼해서 인저 갔어. 그라는디, 아, 그눔이 뒤따라와 각구,

"네년이 월매나 영해서루 소 잊어버린 거까장 찾아 댕기냐구? 내 손이

들응 거,”

　요롷게 양쪽 손을 요롷게 해 각구, 쥐어 각구,

　[양손의 주먹을 쥐어 보이며]

　“네 년 내 손이 들응 거 못 갈쳐내면 네 년 때려 죽인다고.”
하더랴. 인자 이릏게 서서 걸어가는디.

　“아이쿠, 한 개구래기는 인자 죽었다.”

　한 개구래기 이름은 점쟁이고 털섹이 이름은 소 몰아간 남자 이름이랴.
그랑깨,

　“참, 너걸이 용한 사람 읎다구, 이걸로 벌어먹고 살으라구.”

　안 때려 죽이구 가더랴. 어, 하늘이 불러줬어. 말하자면. 죽일 건디.

　아 털섹이 제 이름을 불름서루,

　“털섹이 소 몰아갔으니 소 몰아오라고.”

　밤새도록 읽는 소리가, 그랑깨 와 가만히 들어봉깨 큰일나겄다고, 하다
몰아다 맹 겨. 밤에. 아무도 몰르게. 하하하.

　그런 소리 첨 들어보지요?

　(조사자 : 예.)

금덩어리로 부자된 엿장수

자료코드 : 08_02_FOT_20090212_HID_CBR_0013
조사장소 : 충청남도 금산군 군북면 두두2리 413번지
조사일시 : 2009.2.12
조 사 자 : 황인덕, 김기옥, 오세란, 서은경
제 보 자 : 최분례, 여, 85세
구연상황 : 민담의 성격이 강한 이야기가 이어지는 가운데, 앞의 이야기와 같은 상황에서
　　　　　 이어서 구연하였다.
줄 거 리 : 옛날에 한 엿장수가 길에서 만난 여자를 주인집으로 데리고 가서 식모살이를

하게 하였다. 이후 그 여자와 결혼을 하였다. 주인집에서 삯을 주지 않자 그 집을 나와 버렸다. 숯을 구우며 살다가 우연히 금을 발견하여 부자가 되었다.

옛날에 엿장사가 있어. 술도개마냥 엿 방이 있어. 그란데 한 열일곱 살 먹은 아가씨가 똑 짚동가리를 자드랴, 옛날에 은어먹을 때.

옛날이 은어먹을 때, 그래서,

'아유, 저 사람 데려다가 장개를 가서 살야겄다'

하구 살림을 하구 살야겄다 하구, 인자 엿장사가 데려왔네. 그래서 인자, 그 이튿날 목욕시키구, 그전이는 이가 여간 많어?

(조사자 : 예.)

서캐 빗 사고 얼개빗 사구 해서루, 서캐 싹 훑어주구, 넝마전에 가서 옷 퍼런 놈 사서 싹 입혀농깨, 이런 미인, 미인 아가씨가 없네? 옯어서 얻어 먹어서 그렇지. 그래 인자 주인네 집이다가 주인네 집이다가 인제, 식모루 둥 겨. 지가 갈쳐서루. 살림 하겄느냐구.

한 삼년 상깨 인제, 열여덟, 열아홉 먹잖야? 그라는디, 인자 예를 갖췄어. 아, 예를 갖췄는디, 식모를 둬두 고무신 한 커리, 옷 한 가지를 안 해주더라네. 주인이. 그래서 인제, 스물둬 살 됭깨,

"여그서 암만 살아두 소용읎네요. 우리 나가요."

"나가서 워떡하나?"

그래,

"일 년을 식모를 살아도 고무신 한 짝도 안 사주지, 옷 한 벌도 안 해주지, 왜 이릏게 나만 이케 식모만 살게 하냐구?"

여간 많어? 그 엿장사 부엌에. 밥만 해주니라구 죽겄지. 아침 해주지, 즘심은 안 해주더래두 저녁 해주지. 그래두 안 주더라.

"그래 나가믄 뭘로 벌어 먹나?"

"산골짝이 가서 숯(숯)이래도 궈 먹자고."

그랑깨 그 말도 가만히 생각하닝깨 옳지. 그래서 인자, 산골짝이를 인자 가서 새막걸이 이릏게 져 갖고 숯을 굽는디, 인저 밥을 해다 주능 겨.

한 솥 귀 내고, 두 솥 귀 내서, 솥에 궜는디, 삼시를 대다 주는 겨. 숯 굿는 디는 산골이서. 그래 가지구 인저, 저녁도 갖다 주구, 아침도 갖다 주구, 점심도 갖다 주구, 저녁도 갖다 주구 그라능 거여.

그라는디 인저, 두 솥째 굴 적이 점심을 갖다 주고 옹깨, 멀쩡한 디서 이릏게 쓰러지더랴. 새댁이. 그래서 인제, 쓰러진 디를 발로 이릏 이릏 이릏 항깨, 궁궁 하더랴, 속이서.

그래서 인제, 꽹이하고 삽하고 갖다 파니께 요릏게 이냥 사발 덩어리 겉응 게 돌맹이가 나오더라네. 이릏게 큰 돌맹이가,

[양손을 벌리며]

이렁 게, 시 개가. 그래서 그 눔을 갖다가 인저 방이다 놔서 뭔지도 모르지. 돌맹이를 나왔응깨. 고 눔을 갖다가 방이다 놨는디, 밤이는 금이 스기를 한다대? 불을 킨다대.

(청중 : 그릏죠. 옛날에 그릏댜.)

이게 얘기가 아니구 이게 전설이여. 진짜여.

그래서루 신랑이 겁이 나닝깨, 신랑더러 와 보란 기여. 그 산골짝이 가서. 그래 금덩어리래, 금덩어리.

그래 그거 찾으러 나가자고 항 겨. 식모가. 그래서 부자가 됐댜. 워트게 그래 이 사오 년을 그래, 식모를 살아두 고무신 한 짝두 안 사주구, 옷 한 가지를 안 해줘. 따져봐. 그렇깨 새댁 말을 들었응깨 부자 됐지.

이릏게 금덩어리가 시 덩어리믄 얼매나 부자여? 나 그런 얘기는 들었어.

문둥이에게 시집간 셋째딸

자료코드 : 08_02_FOT_20090212_HID_CBR_0014
조사장소 : 충청남도 금산군 군북면 두두2리 413번지
조사일시 : 2009.2.12
조 사 자 : 황인덕, 김기옥, 오세란, 서은경
제 보 자 : 최분례, 여, 85세
구연상황 : 구렁덩덩 신선비에 대한 이야기가 나오고, 비슷한 내용이라고 생각되어서인
　　　　　지 이어서 구연하였다.
줄 거 리 : 한 부잣집의 외아들이 문둥병에 걸렸는데, 시집 오려는 사람이 없었다. 오씨
　　　　　네 셋째딸이 논 한 섬지기를 준다는 조건으로 시집을 왔다. 첫날밤에 비상을
　　　　　풀어 놓고 죽으려고 하다가, 집안을 한 바퀴 돌아보는 사이에 신랑이 이것을
　　　　　마셔 버렸다. 신랑은 잠을 한숨 자고 일어나자 병이 다 나았다.

동네서 한 마을에서 사는디, 아가씨 집이는 가난해서 아무 것도 억구(없고), 문둥병 들린 집이는 외아들인디 부자구, 그래서 그냥 문둥병이 들렸응깨, 누가 문둥이한테 시집을 가겄어? 은을라구 맘두 못 먹지. 그래서,

"어머니, 어머니, 저 건네 저 위디네 집이를 가믄은 숫이닝깨 누가 와도 올 거예요. 땅 두구 죽으믄 어머니도 손되구, 포원되고, 나도 포원되닝깨 나 포원이나 좀 풀어달라구. 논 한 섬지기 주게 가서 물어보라구."

그래두 인자, 아가씨, 저, 그, 부잣집 마느래가, 아가씨네 집을 가도 왔다 갔다 하지 얼릉 말이 안 나오능 거여. 그래서 인자 아가씨 엄마가,

"아니, 무슨 할 말이 있어서 오능개빈디, 왔다 갔다 하지 말구, 할 말 익걸랑은 하라구."

그라닝깨,

"아이구, 우리 아들이 저런 병이 걸려서 그냥 죽으믄 어머니도 포원되고 나도 포원된다고 논 한 섬지기 주깨 우리 아들한티루 시집올라는 아들이 있는가 가서 물어보라고 해서 이릏게 왔습니다."

그랑깨, 큰 딸을 불러다 그랑깨,

“워디를 시집갈 데가 없어서 문둥이한티루 가요?”

그라믄서 마다고 하고. 두챗딸도 그라닝깨,

“워디 시집갈 데가 읎어서 문둥이한티루 가냐구.”

그라네. 시챗딸을 물어보닝깨,

“진짜루요? 진짜루 논 한 섬지기 줄 테요?”

“진짜루 준다구.”

기약을 했네? 기약을 해 가지구, 기약을 쓰고 인자 왔어. 이 아들이 뭐라고 하능가 하믄,

“시쨋딸이 온다더라.”

“엄마 그래요. 그라믄은. 어머니 소원도 안 되고 나도 소원도 안 되디리구, 원이 안 된다고.”

원이 안 되지. 사모도 안 쓰구 죽으믄, 그냥 원될 거 아녀? 논 한 섬, 한 섬지기 그까이꺼 부잣집 뭐여?

그래서 인자 날을 받었는디, 그전이는 요론 저, 수박 식기가 있어. 녹그릇. 요롷게. 개덮구. 그래서 비상을 사 가지고 가서, 인자 첫날밤이 인자 비상 지름을, 식기를 부엌이 가봉깨 있어서 물을 떠다가 따땃한 물을 떠다가 인제 기 요기다 놓구서 덮어 놓구,

‘아이구, 오늘 저녁이 죽더래두 이 집 도량이나 둘러보구 죽으야겠다.’

도량을 싹 둘러보고 옹깨, 신랑이 먹었어, 그걸 홀딱 먹었어. 잠을 못 자네. 인자. 남 귀한 아들 죽였다고. 니 다리를 쭉 뻗고 그냥, 집어 뜯어두 꼬무락거리두 안하고.

그래 인자 초심자 떡국을 끓여 오잖야? 아침이. 새벽이. 졈상 해다 줬어도 숙깔(숟갈) 들어보도 안 했지. 시어머니가 내감서,

“이구, 이런 디루 시집을 왔으니 뭐가 당겨서 먹겄냐?”

아침을 해서 두 그륵을 퍼서 둘이 졈상을 해다 갔다 줬어. 숙갈 들어보도 안 했지. 신랑이 그러니 내가 먹을 수가 있어?

그냥, 어머니 상 내가시라고 항깨, 그냥, 이런 디루 시집을 왔으니 밥을 먹었냐, 하구 내갔는디,

열두시 쪼끔 되니께, 이 시겉은 벌거지가 자꾸 나오더라네. 이 몸띵이가. 이케 기냥. 그래서 인저 하도 겁이 낭깨 엄마를, 시어머니를 불러들였어. 그러니께 몸띵이서 그렇게 나오닝께, 아우 자꾸 이케 씰어 붓구, 다 나왔능가 지지개를 뿌두두둑 함서 잠도 실컨 잤다고 함서 일어나더랴.

(청중 : 원래 그것도 약이 돼.)

하누님이 도와줬지, 부모를 위행깨.

(청중 : 그래요, 맞어.)

그래 가지구는 이 부섭물(부스럼)을 기냥, 이, 문뎅이도 진문뎅이는 낫는다네? 마른 문둥이가 안 낫지. 그 벌거지가 다 나옹깨 기냥 딱쟁이가 부순물 딱쟁이가 다 떨어징깨 이런 미남자가 없지. 그래서 친정두 잘 살구, 이 집두 잘 살구, 그케 다, 집집, 다 잘 살았댜.

진짜루 그릏게 했댜.

(청중 : 부모를 위했응개. 부모 생각해서 간 거 아녀. 없응깨.)

구렁이 물리친 큰마누라

자료코드 : 08_02_FOT_20090212_HID_CBR_0015
조사장소 : 충청남도 금산군 군북면 두두2리 413번지
조사일시 : 2009.2.12
조 사 자 : 황인덕, 김기옥, 오세란, 서은경
제 보 자 : 최분례, 여, 85세
구연상황 : 다른 사람의 이야기가 끝나자, "얘기 한 마디."라고 하면서 바로 구연하였다.
줄 거 리 : 한 남자가 여자 셋을 데리고 살았다. 길을 가다가 구렁이와 꿩이 싸우는 것을 보고, 꿩을 구하려고 하였다. 구렁이가 남자를 잡아 먹으려고 하자, 다음날 잡아 먹기로 하고 헤어졌다. 둘째 셋째 마누라는 남자를 쫓아냈는데, 큰마누라는

남편을 구하였다. 이후 남자는 두 여자를 쫓아내고 큰마누라를 데리고 살았다.

　애기 한 마디. 옛날 사람이 마누래를 싯(셋)을 델구 사는디, 옷 갓을 하구서 두째 첩, 두채 마누라한티를 가능 겨.

　그라는디 워디서,

　“푸두둥, 푸두둥.”

하는 소리가 나더랴. 그래두 워디서 뭐가 저러능가 하고 보니깨, 꿩하구 구렁이하구 독을 중깨 못 날라가드라네.

　(청중 : 그릏죠.)

　구렁이가 꿩을 독을 주닝깨 못 날러가서 구렁이를 직이야겄드랴. 그래 인제, 구렁이를 쥑인다고 하닝깨,

　“너부텀 잡어 먹어야지 한다구.”

하닝깨, “나를 잡어먹지 말라구, 나도 죽이지 말구.”

그라믄은,

　“니알 잡아먹으라고.”

그랑깨

　“왜 그라냐구?”

　“마누래를 슷을 델구 살믄은 내가 여그서 죽으믄은 마누래 슷이 워터 가느냐고?”

　그라면 니알 잡아 먹으랑깨, 니알 꼭 올라냐고 묻더랴. 그래 온다구. 그렁깨 니알 죽을 사람잉깨 기분이 하나두 읎네? 둘채 마눌네 집을 강깨,

　“왜, 어디가 편찮해요?”

　“편찮하긴 어디가 편찮햐.”

　“그람, 싸웠어요?”

　“싸우기는 왜 싸워.”

　“그럼 왜 이릏기 기분이 하나두 읎어요?”

그랑깨, "니알 죽을 사람이 뭔 그럼 기분이 나?"

"왜요?"

"구랭이는 인자 죽일라고 하닝깨, 너를 잡아먹어야 내가 용 되아 올라간다구. 그래, 그래서루 잡아먹드래두 니알 잡아먹으라고 했다구."

"그래 왜 니알 잡아먹으라구 했냐구?"

"아 마누래가 슷인디, 내가 죽구 읎으믄 마누래 슷이 다 응, 고상되고 애탈 거 아니냐구. 그랑깨 이냥, 여그서 하룹 밤 자고 간다구."

날이 새닝깨 얼릉 가랴더랴. 얼릉. 밥두 안 해주구. 그래서 인자, 싯채 마눌네 집을 갔네. 기분이 하나두 읎지, 오늘 죽응깨. 그래서,

"왜 이룧게 기분이 읎어요? 어디가 편찮해요?"

"편찮하기는 어디가 편찮햐?"

"그럼 왜 이룧기 기분이 읎어요, 싸웠어요?"

"싸우기는 왜 싸워."

"그럼 왜 이룧기 기분이 읎어요?"

"오늘 죽을 사람이 뭔 기분이 나?"

"왜요?"

아, 푸두둥 푸두둥 하걸래 뭐가 그라는가 보닝깨, 구렁이가 꿩을 독을 주닝깨 못 날라가서 꿩을 내가 쫓았다고, 꿩을 쫓았다고, 꿩이 쫓응깨 날라가더랴.

그래,

"나는 꿩을 잡아먹어야 잉 저, 용 돼 올라가는디, 꿩 대신 너를 잡아 먹는다고."

"아 내가 마눌네를 슷을 델구 산깨, 니알 잡아먹지 오늘랑 잡아먹지 말라구. 그래 오늘 꼭 오란다구."

밥두 안 해주구 얼릉 가라더라네.

(청중 : 우짠 일이여?)

그래서 인자 왔어. 큰 마누래 집이루 옹깨,

"아니, 왜 그릏게 기분이 읎어요, 싸웠어요?"

"싸우긴 왜 싸워. 그람, 어디가 편찮아요?"

"편찮하긴 워디가 편찮햐."

"그럼 왜 그릏게 기분이 읎어요?"

그랑깨,

"오늘 죽을 사람이 그럼 기분이 월매나 나?"

"왜요?"

"아, 푸두둥~, 푸두둥 해서 구링이가 요만한 구링이가 꿩을 독을 중깨
못 날라가서 꿩을 쫓았더니 꿩 대신 나를 잡아먹는다고."

"그러냐고."

멍덕 수덕 오늘 죽을 사람이라구 진주성찬을 밥을 해주닝깨 그 눔을
먹고, 당신 대신 내가 간다더랴.

"당신 죽으믄 여러 식구 굶어 죽구, 나는 죽으믄 당신이 벌어 멕일 거
아니냐?"

그래 워디냐고 물어봉깨 워디 워디 버드나무 밑이루 강깨, ㄲ머억 ㄲ먹
하며 그 남자 오더락거리구 구링이가 그대로 있더라네. 그래서,

(청중 : 아이고, 무서워라.)

"우리 집이 있는 이 잡아먹는다구 했담서요?"

(청중 : 그전이는 구링이두 말을 했능개벼.) [일동 웃음]

"예. 우리집 있는 이 대신 나를 잡아먹어요."

"여자를 잡아먹어서 뭐 재수없이 용 돼 올라가겄느냐고."

"그라믄 우리집 있는 이 보내께 먹을 걸 내놓으라고. 생전 먹을 걸 내
놓으라고."

요만항 걸 줌서루, 굴이 요렇게 요렇게 요기 요기 요기 섯 있는디, 요
기는 안 갈쳐 주더라네. 그래서 여기를 갈쳐주야 가지, 안 간다구.

자꾸 그랑깨 구랭이가 독이 올라서,

"니나 죽어라."

하믄 죽는다더랴. 사람을. 그라믄은 니나 죽어라 항깨 구링이가 죽더랴. 그래 그 눔을 각구 와서 부자됐다네.

자기 영감은 기냥, 이구 멀쩡한 이 나 땜이 멀쩡한 마누라 죽이겄다구 그냥 두근 두근 두근 하니, 해가 너울너울 해두 오두 안 하고 하니께 걱정이잖아.? 그라니께 워트케 찾았어?

그러믄 그릏지 내가 뭐 죽느냐고. 그라믄서 이러캉깨 여그서 나오라는 대로 나오더라네? 이 굴이서. 생전 먹구 살 거. 그란디 여그는 안 갈쳐줘서 자꾸 갈쳐도, 이거 갈쳐줘야 가지 안 간다고 헝깨, 쓩이 나 가지구 갈쳐 주더랴.

"니나 죽으라구."

하는 경깨, 이라믄 죽능 거라구. 그래서 니나 죽으랑깨 구랭이가 쭉 뻗어서 죽더랴. 그래서 왔댜. 인자 얘기 다 털었어.

(청중 : 아니, 싯다 다 잘 살았었네?)

잘 살았댜. 게 기냥 그 이년들 다 쫓아낸다구, 두 사람은 쫓아내구 큰 마누라만 델구 살더랴. 소용읎어.

내 복에 산다

자료코드 : 08_02_FOT_20090212_HID_CBR_0016
조사장소 : 충청남도 금산군 군북면 두두2리 413번지
조사일시 : 2009.2.12
조 사 자 : 황인덕, 김기옥, 오세란, 서은경
제 보 자 : 최분례, 여, 85세
구연상황 : 앞의 이야기에 이어서 구연하였다.
줄 거 리 : 하루는 한 부자가 세 딸을 하나씩 불러 놓고 누구 복으로 먹고 사는지를 물

어 보았다. 첫째 딸과 둘째 딸은 아버지의 복으로 먹고 산다고 말하였으나, 셋째 딸은 자신의 복으로 먹고 산다고 말하였다. 이에 아버지는 셋째 딸을 집에서 쫓아냈다. 집을 나선 셋째 딸은 이후 자신의 복으로 다시 잘 살게 되었다. 셋째 딸이 집을 나간 뒤 부모는 얻어먹고 사는 신세가 되었다. 셋째 딸은 부모를 다시 만나 잘 살았다.

또 햐? 어떤 사람이 또, 부우자로 잘 살드랴. 딸만 슷인데, 아들이 욱(없)구. 그래 인저 두 노인네가,

"우리 누구 복이루 먹구 사능가 딸네더러 좀 물어보세."

큰딸을 인저 불러다 놓구,

"야들아, 니들 누구 복이루 사냐?"

"누구 복이루 살아요, 어머니 아버지 복이루 먹구 살지요."

"아암먼, 그러치."

두채 딸을 데려다가 물어보니께,

"너는 누구 복이루 먹고 사냐?"

"누구 복이루 먹고 살아요, 어머니 아버지 복이루 먹고 살지요."

"아암, 그렇지."

싯채 딸더러 물어보니께,

"너는 누구 복이루 먹구 사냐?"

"누구 복이루 먹고 살아요? 내 복이로 먹고 살지요."

그랑깨 저 년 쫓아낸다고, 아무 것도 안 하고, 어트케 복이 있어? 쫓아낸다고 인자 쫓아냈네? 그 전이는 석자 댕기를 드리믄은, 아가씨 요기 요 대문 밖이두 목 갔어. 붙잡아 강깨.

머리를 이릏게 하구 수건을 인자 총각겉이 됭여 매고 바지 저고리를 익구, 치매저고리를 함 벌 각구, 또 가서 자구, 또 가서 자구, 자꾸 해가 지믄은 또 쥔(주인)하고 가구 하는디. 하루는 짚은 산중이루 강깨, 쬐그만 한 오두막집이, 불을 뺀허게 켜졌더랴. 그래, 주인헌티루 가닝깨,

“아이구, 나, 길을 잃었다가 이렇게 저물어서 이릏게 산골로 들어섰는
디, 불이 뺀해서 왔어요, 아주머니.”

그랑깨,

“히, 저런 선비가 이른 갈자리에서 어트게 주무시냐고.”

“이것도 너무 좋아요.”

그래서 인제 거그서 날을 새는디, 할머니가 삼시 세 때 밥을 해서 이구
가. 그래 하루 이구 가지, 이틀 이구 가지, 사흘 이구 가지. 그래 즘심을.

“저, 아주머니, 아주머니 내가 가지구 가까요?”

그랑깨 인자, 가주 갈람 가주 가라구 하더랴. 저 산골이 뺀한 데루, 산 꼭
대기 저기 가서 숯을 굽는다구.

그래 인저 나올 때는 바지저고리 익고 웅깨 총각인 중 알았는디, 이 놈
으 치매저고리를 입구 슥자 댕기 디려서 머리를 따쿠 강깨, 숯 굽는 이가
자꾸 쳐다볼 거 아녀? 금방 집어 먹겄지, 뭐. 아가씨, 그 상골이서. 금방
집어 먹을 거 겉잖야? 그래서루 즘신을 잡수라구. 그래 내가 인자, 할머니
가, 아주머니가, 노 아주머니가 각구 와서 내가 각구 간다구 했다구.

그라니께 하루만 구믄 다 구는디, 숯돌, 그, 저, 숙(숯) 굽는 그 이맛돌
이, 이릏게 큰 놈이 금덩어리더랴. 그거 찾으러 간 겨. 그래서루 하루만
구믄 다 구는디,

“당신은 내 말만 들으믄 가만 있어두 먹구 산다구. 이것 짊어지구 가자
구.”

그랑깨 워트갸. 아가씨, 이, 말을 들으야지. 숯은 하루 안 구어도 되는디.
그래 그 눔을 지구 끄실렀잖야? 시커마지, 뭐. 그라는데, 인자 오늘일랑은
모욕하고 쉬고, 니알이 장 아니고 모레가 장이닝깨 이틀 쉬구, 장이 가서
루 지게다 짊어지구 가서루 인자, 암두 안 쳐다보고 해가 너울너울 하면
옷자리 할아버지가 오셔서,

“이거 월매여요?”

그라걸랑은,

"처분해서 주세요."

그룷게니 가 팔아 각구 오라네. 시장이다 시커먼 구둘짝을 갖다 놓으니, 누가 어떤 사람이 바라나 보야지? 그래서루 참 해가 너울너울 할라 그릉깨 옷갓을 쓴 할아버지가 수염일랑 이케 질구 하얗게 쉰 이가,

"하하아, 이렇게 좋은 보물을 임자를 못 만나서 못 팔았구나."

그래,

"이거 얼매 줘요?"

항깨,

"츠분해서 주세요."

그래 이저, 당신네 사는 골짝이 워디여. 저기 저기 암디여요. 그냥 가라더랴. 그 이튿날 그냥 돈 준다구. 그래 이저 그이가 갖다 달래서 그 집까장 갖다 중 겨. 짊어져서. 그라는디, 그 이튿날 돈이 말도 못하게 오는 거여. 그 할아버지 저, 종들이 인자 갖다 주래서. 그래, 번듯하게 집 짓구, 멫 멫 해를 사네?

"아이구, 우리 어머니, 우리 아버지는 그지가 됐을 건디. 그지가 됐을 건디, 그지 돼서 은어 먹고 댕길 건디."

인자 한 칠팔 년을 살구 그지 잔치를 했어. 아문 디서 그지 잔치를 항깨, 월매나 잘 먹어? 집두 잘 져 놓고. 아, 요놈의 대문을 해 달았는디, '연양'이여. 닫힐래두, "연양아—", 열릴래두, "연양아—" 그 소리 들응깨 손님들, 그 그지들이 자꾸 열었다 닫었다 하능 겨.

그래 엄마 아버지를 찾을라구 일주일을 잔치 하는디 일주일 잔치하는 날 왔더랴. 그래 각구, 손님들이 열구 들어감서루 대문을 열구 들어가문, "연양아", 닫힐래두 "연양아." 그래 각구 두 노인네가 앉어서,

"하하, 우리 딸이 이름이 연양인디, 워째 저 대문이 연양이를 불르느냐구."

가닝깨, 어머니 아버지 오신다고 막 뛰어 나와서 막 끌어 안더랴. 그래,

“어머니 아버지, 워트게 살았어요?”

너 나간 뒤루는 이렇게 은어 먹고 살았다더라. 하하하. 난 그 얘기 득구 웃었어.

(조사자 : 딸 복에 먹고 산 거네요.)

딸 복에 먹고 살았지, 남서부텀.

(조사자 : 그래서요?)

그래서 인제, 지 어매 지 아부질 델꾸 살었지. 찾었응깨. 찾을라구. 네 복이루 먹고 살았덩가믄(살았던가본데) 너 나오구선 이렇게 은어 먹고 살았다더라. 칠팔 년을. 고놈 팔아서 먹었지 인자. 그래두 인저 그거 다 읎어졌응깨, 은어 먹었지.

(청중 : 얘기도 잘 하셔, 아무튼. 얘기 엄청 잘 하셔.)

위때요, 좋아요?

(청중 : 아이, 좋다마다요.)

옛날 얘기.

문둥이에게 시집간 셋째 딸

자료코드 : 08_02_FOT_20090212_HID_CBR_0017
조사장소 : 충청남도 금산군 군북면 두두2리 413번지
조사일시 : 2009.2.12
조 사 자 : 황인덕, 김기옥, 오세란, 서은경
제 보 자 : 최분례, 여, 85세
구연상황 : 내복에 산다는 이야기를 마치자 이어서 구연하였다. 앞의 이야기에서 셋째 딸이 등장하자, 셋째 딸이 등장하는 또 다른 이야기가 떠오른 듯하다.
줄 거 리 : 딸만 셋인 집안은 가난하게 살고, 아들만 하나인 집안은 부자로 살았다. 부잣집 아들이 문둥병에 걸렸다. 하루는 그 아들이 자신의 어머니에게 이웃집에 가서 자신에게 시집올 딸이 없는지 물어봐 달라고 하였다. 나머지 두 딸은 이를 거절하였으나, 셋째 딸이 가난한 집안을 살릴 마음으로 시집을 가기로 하

였다. 시집간 후 셋째 딸이 먹고 죽으려고 타 놓은 비상을 신랑이 먹자 병이
다 나았다. 두 집이 다 잘 살게 되었다.

그라구 또, 한 사람은 딸만 삼형제구 가난해서 못 살구, 아들 독신, 아
들 하나 둔 집은 부자루 잘 살아두 문둥병이 들렸네. 그전이는 문둥병 들
리먼 죽능 건 줄 알았어. 시방 개우(개화)가 돼서 저기다 처능깨 그렇지.
그래서 인자 그릏게 앓다가 자기 어메더러,

"어머니, 어머니, 땅만 지구 죽으먼은 어머니두 원 되구, 나두 원되닝
께, 저 건네 딸 가진 집이 그 아줌네 집이 가믄 슷잉깨 누가 와도 올란지
몰르닝깨, 논 한 섬지기 벼(베어) 주께 우리 집이 시집 오라믄 슷잉깨 누
가 올란지도 몰릉깨 가 물어보라."
더랴 그랑깨 그 집을, 아가씨 집이를 갔다 왔다, 갔다 왔다, 할 말, 말이
안 나오네, 내 아들이 문둥병이 걸렸응깨.

그래서 인저 큰딸을 불러 가지구,

"야, 이 아줌니 집이루 너 시직(시집) 갈래?"

"워디루 시집 못 갈 디가 없어서 문둥이 집이루 가요?"

마다더랴. 두채 딸더러 그랑깨,

"워디 시직 갈 디가 없어서 문둥이 집이루 가냐고."

그래 인제 싯채 딸더러 그랑깨,

"논 한 섬지기 준당깨 그렇게 가라."
그랑깨, 논 한 섬지기가 대단하냐구 마다더랴.

싯채 딸더러 그라닝깨,

"진짜루 논 한 섬지기 줄 테요, 아주머니? 나 준다면 내가 갈래요."

어매, 아버지를 살릴라고. 암 껏도 읎응깨. 그때는 논 한 섬지기도 큰
부자지. 논 한 섬지기믄 스무 마지기가 한 섬지기여. 그려서 간다구 기약
을 하구, 인자 날을 받아서 갔는디, 우리 어머니, 우리 아버지만 살리게
해놓고 나는 죽는다는 뜻이루,

그전이는 이른 놋식기가 있어요, 요만하케, 호두박식개라고. 개 딱 덕구 (덮구). 비상을 사가지구 가서, 부엌에 가봉깨 수박식개가 있어서 따땃한 물을 여다 타가지구 여기 아랫목이다 놓구 덮어 놨어, 인자. 구당댕이다 놓구.

"아이구, 죽더래두 나 오늘 지녁(저녁)에 이거 먹으믄 나 죽는디. 이집 도량이나 둘러보고 죽으야겠다고."

나와서루 이 도량을 싹- 둘러보고 방이 들어강깨, 신랑이 홀딱 마셨어. 이거 잠도 안 오네, 인자.

그 놈을 마시고 그냥 자는디끼 드러눠서 집어 뜯어도 안 일어나지. 인자, 식전이, 새벽이 일찌감치 또 초순배 떡국이라고 끓여 줬어, 옛날이는. 겸상해서 시어머니가 갖다 줬어. 건들어 보도 안 했네.

"에이구, 이런 집이 왔으니 먹었느냐고."

함선 내가고. 또 밥을 해서 두 그륵을 퍼서 겸상해서 갖다 중깨,

"어머니, 상 가져가세요."

항깨, 떠 보도 안 했어, 둘 다.

"에구, 이런 집이루 왔으니, 밥을 먹었냐."

둘이 다 안 먹는다구. 갖다 치웠어. 열두 시가 쪼끔 넘으닝깨, 지지개를 뿌두두우 슴서 잠두 실컨 잤다구 하구, 이 몸땡이서 쌀 겉은 벌거지가 자꾸 하아얗게 나왔어, 인자.

"어머니, 어머니, 여기 좀 와보세요."

항깨 그냥, 번쩍 오능 겨. 그냥 쌀 겉은 벌거지가 하이얗게 나왔응깨 잠두 푸지게 실컨 잤다고 하믄서 뿌수수우 깨나더랴. 그라더니 그 벌거지가 나오닝깨, 이 딱지가 다 떨어닝깨 그런 미남자가 없어.

부모를, 부모를 살려서, 위해서 살렸응깨 하늘이서 도와중 겨. 그래서 이 집은 이 집대루 잘살고, 그 집은 그 집대로 살구, 월매나 좋아? 그래 부모 위해서 나쁠 거 하나두 읎어. 난 이런 얘기여, 내가 지어냉 게 아니구.

작은마누라 심술

자료코드 : 08_02_FOT_20090212_HID_CBR_0018
조사장소 : 충청남도 금산군 군북면 두두2리 413번지
조사일시 : 2009.2.12
조 사 자 : 황인덕, 김기옥, 오세란, 서은경
제 보 자 : 최분례, 여, 85세
구연상황 : 청중들 사이에서 본처와 첩에 대한 이야기가 오가고 난 뒤 다음의 이야기를
　　　　　 구연하였다.
줄 거 리 : 부잣집 남자가 첩을 얻었다. 세 살도 안 된 어린 자식의 포대기를 본처가 누
　　　　　 비는 것을 보고 있던 첩이 자신이 하겠다고 하였다. 이후 아이를 업으면 아이
　　　　　 가 정신없이 우는 것이었다. 알고 보니, 첩이 송장의 뼈에 본처 자식의 이름
　　　　　 을 새겨 옷에 누벼 놓았던 것이다. 그래서 첩은 쫓겨났다. 아이는 혼이 빼앗
　　　　　 겨 죽고 말았다.

　　나 열네 살 먹어서 우리 작엄네 집을 갔는디, 그전이는 이, 저, 퍼대기,
누비 퍼대기가 엄청히 귀했어, 제국시대는.

　　그래서 인저 부잣집에서 꽃첩을 읃었는디, 큰마누라 애기가 인자 돌 지
내가서 시 살은 안 먹구 두 살인디. 그걸 큰마누래가 뉘빙깨 이라더랴.

　　"아이구, 성님, 내가 뉘비께요. 애기하고 고단한디 주무세요."
그랑깨 줬을 거 아녀? 손이루 뉘비라구? 그란디 그 놈을 띠닝깨, 애기가
그냥 집어 뜯능 거걸이 울더랴. 그래 바늘이 들었는가 해두 다 봐두 멀쩡
하네? 그래 인제 점쟁이한티 가서 물어보닝깨, 그 가운데 애기 방댕이 닿
는 디를 가새로 벼각구 뜯어 보라더랴. 거기가 송장 뼉다구다가 애기 이
름 쓰구 나이 쓰구 해서 뉘벼서 그렇다고. 그래 뜯어 봉깨 그렇더랴. 그래
신랑을 뵈킹 겨. 그 여자두 그냥 내보냈지, 뭐. 그래 아는 혼은 빼서 죽었,
죽지 못 산다더랴. 그 애가 죽었댜.

　　(조사자 : 죽었어요?)

　　응, 송장 뼈다구를 이릏게 떴으닝깨 혼을 빼갔다고 하더랴. 그래서 우
리 큰작은 어메도 작은 마누라 바지 저고리를 못 맫기겄다고 하더라고.

죽일까 미서워.

그래서 큰작은 어매가 사뭇 꼬매줬어. 우리 큰작은 아버지, 큰작은 아
버지두 작은 마누라 얻었는디. 그 소리를 득고 이 옷을 못 맽기겠다고. 우
리 작은 으매가 사뭇 꼬매줬어. 큰작은 어매가. 워트개 그릏게 함매, 작은
이는 그렇게 심술이 있어? 그리두 남자들은 좋다구 데리꾸 살어. 작은이
마누라를.

아이를 살린 개

자료코드 : 08_02_FOT_20090212_HID_CBR_0019
조사장소 : 충청남도 금산군 군북면 두두2리 413번지
조사일시 : 2009.2.12
조 사 자 : 황인덕, 김기옥, 오세란, 서은경
제 보 자 : 최분례, 여, 85세
구연상황 : 다른 화자가, 본처와 첩이 등장하는 이야기를 마치자 서둘러 다음의 이야기를
　　　　　시작하였다. 다른 화자가 들려준 이야기는 큰마누라가 나쁜 인물로 등장하는
　　　　　내용이었다. 이러한 내용에 동의할 수 없다는 듯이 다음의 이야기를 마치면서
　　　　　최분례 화자는, "작은마누래라는 건 그려. 본마누래는 심술 안 부려."라고 마
　　　　　무리 지었다.
줄 거 리 : 비석을 파는 일을 하는 한 남자가 첩을 얻었다. 첩은 아이를 못 낳고, 큰마누
　　　　　라가 아이를 낳았다. 큰마누라가 아이를 낳아 놓고 잠이 들자, 작은마누라가
　　　　　아이를 솜에 싸서 땅에 묻어버렸다. 집안에서 기르던 개가 이를 보고 자신의
　　　　　젖을 물려 돌보았다. 며칠 후 남자가 돌아오자 개가 아이가 있는 곳을 일러
　　　　　주어 아이의 목숨을 구하였다. 그 집안에서는, 그 개가 죽고 난 이후에도 개
　　　　　제사를 지내 주었다.

나는 장사를 갔는디, 이리 사람이 그라대.

작은마누래를, 꽃첩을 은었는데. 애기를 못 낳고, 큰마느래가 애기를 낳
는디 머심아를 낳았댜. 그 남자는 뭐하는 남자냐 하믄, 이 석, 인제 석 파

능 건, 석이 뭐냐 하믄은, 모이 앞이다 요렇게 석물 해 놓잖야? 떡판을.
비 파고.

그러는디, 애기를 어트게 낳는디 인저 애기 낳는 사람은 그냥 한 사날
을 그냥 시들구 밥두 목 먹어. 금방 서둘러 났능 게 아녀. 그러닝깨 인제
애기를 밤에 났는디. 인자 애기를 났으닝깨 인자 잠이 좀 들었지. 작은마
누래가, 꽃첩이 애기를 났는디 솜을 뜯어 각구 솜이다 싸 가지구, 그 갱변
이 신랑 다니는 질목에다 갖다 묻응 겨.

개가 새끼를 났으닝깨 제 새끼는 두고 가를 젖을 멕이구 밤에는 품고
있었어. 애 저기하깨미. 밤에나 낮에나.

그래 인자 신랑이 하룻밤 그 애기 낳는 날 안 오고 그 이튿날 오닝깨
집이루 올라구 하닝깨, [청자가 다른 이야기를 잠시 하다.] 그래, 집이루
올라고 항깨 목 가게 막 바지가랭이를 물어 뜯더랴. 그래 왜 이라능가 하
고, 개가, 그럼 왜, 인자, 왜 나를 이르카냐구 항깨, 자꾸 갱변이루 인자
개 가는 디루만 따라갔네? 그런디 요골 요롷게 파닝깨 애기가 있어. 그래
서 인제 요고 안고 왔어 인자. 안고 왔는디,

"이거 누가 이릏겠느냐고?"

헝깨,

"내가 그랬다."

고 하더래. 작은마누래가. 그래 왜 이러냥깨, 죽으라고. 개 땜이 살았지.
그래 가지구 그 당시 기냥 쫓아내구. 큰마누라 델꾸 사는디,

그 개를 인자 멕여 각구, 그 집이서 죽더락 이 애기가 커서 크게 잘 됐
댜. 나라 녹밥을 먹게 됐댜. 그래서 그냥 죽어 가지구 행상을 해서 장례
지내서 개 제사를 지낸댜. 지내두 남 싸지. 애기 때구 개 때미 살었응깨.

작은마누래라능 건 그려. 큰마누래는 심술 암 부려. 작은마누래가. 그라
믄서 이리 사람들이 애기하더라고.

현명한 며느리

자료코드 : 08_02_FOT_20090212_HID_CBR_0020
조사장소 : 충청남도 금산군 군북면 두두2리 413번지
조사일시 : 2009.2.12
조 사 자 : 황인덕, 김기옥, 오세란, 서은경
제 보 자 : 최분례, 여, 85세
구연상황 : 앞의 이야기와 같은 상황에서 이어서 구연하였다.
줄 거 리 : 아들 하나를 낳아 놓고 아내가 죽자, 임금이 여자를 새로 얻었다. 본처의 자
식이 장성하여 장가를 가게 되었는데, 서모가 사람을 시켜 죽이고는 머리를
베어 오라고 하였다. 남편이 없이 시집을 오게 된 며느리는, 그 집 식모가 쥐
고 있는 열쇠를 얻어 하나씩 문을 따고 들어가서 남편의 머리를 찾아왔다. 이
사실을 임금에게 알리자 서모 등은 죽임을 당하였다. 이후에도 며느리는 다른
데로 시집을 가지 않고 양자를 들여 살았다.

옛날에 인금 마누래가 아들을 하나를 낳고 죽었댜. 그렁깨 새로 읃어야
하잖아? 새로 읃어온 마누래가 그 아들이 컸는디, 장개를 인자 가게 됐어.
그라는데 행상살이더러 이 목을 벼오랬어.

"이 목을 벼구 이 아랫동아리는 죄다 묵구 오라."

그랑깨 행랑살이가 말을 들었어. 그래서 인저 나는 그런 일이 읎는디, 그
이튿날은 인저, 신랑이 가야 하는디, 신랑이 읎으닝깨, 신랑이 그냥 밤에
읎어졌응깨 워디다 하소연도 못 하고, 자기네는 말을 타고 비까비까하고
오는디, 신부는 인자 걸어서 따라강 겨.

그 사람들 걸어서 이룋게 강깨 대문깐이서 서모가 서서,

"어~라 이년, 행~실 나쁜 년, 워~디를 올까 보냐. 어~라 이년, 행~
실 나쁜 년, 워~디를 올까 보냐."

이랑께, 동네 사람들이 눈치 채고, 걸어온 것만 해도 감사한디, 워째 이런
일이 있느냐고. 그라닝깨 가만 있어서 인자 들어왔는디, 그날두 잔치하지,
고 이튿날두 잔치하지. 사흘만이, 아가씨 식모를 뒀더래요. 아가씨 식모를
뒀는디, 열대(열쇠)가 열두 개가 가진 열대를 줌서루 식모를 줌서,

"이 열대 누가 달라두 암두 주지 마라."

함서루 주더랴. 그래 인제 대답을 하구, 인제 한참 있다가,

"아가씨, 그 열대 나좀 줘요."

항깨 주더랴. 불쌍하잖야? 신랑두 읎는 시집이 왔응깨. 줬는디, 한 대문 따구, 두 대문 따구, 시 대문 따구, 니 대문 따구, 다섯 대문 따구, 여섯 대문 따구, 일곱 대문 따구, 여덟 대문 따구, 아홉 대문 따구, 열 대문 따구, 열한 대문 따구, 열두 대문 따닝깨,

그 목이 그냥 스기를 환하게 하고 있어서, 옛날에는 앞치매를 입었잖야? 앞치매다 가만히 이릏게 모셔 각구 인자 와, 집이를, 방이를 들어와 가지구,

"아가씨, 아버님 줌 오시래요."

항깨 오시더랴. 인자 안두 못 하구 서서,

"아버님 이것 줌 보세요."

이렇게 뵈킹깨,

"워디가 있덩가?"

"열두 광문이가 있대요. 그래 이케 모셔 왔어요."

이러는데. 한참 있응깨 그 서모가 그것 치우러 돈 좀 각구 같이 치워 달라구. 그래 인제 한참 있응깨 오더랴. 이거 누가 이랬냐고 항깨, 행랑살이가 그랬다고 하더랴. 그래서 행랑살이를 불러들이닝깨,

"목을 벼 오래서 베왔습니다."

원이 시켰응깨 그 상톡이루 시 동가리 내라. 시 동가리 냈소. 또 행랑살이두 목 벼온 사람도 시 동가리 내구. 그래서 하아두 원이 되구 한이 돼서, 열두 모랭이, 열두 광문, 열두 사자, 열두 꼬깔. 그렇게 마련했대요, 그 영감이.

그래 이 전설로 내려온댜. 양자두 인자 다른 디루 가라두 안 가더랴. 메느리가. 그래 어뜩햐? 가라두 안 가는 걸. 인자 조카를 데려다 양자를 맞춰서 그릏게 양자하기 마련되고. 그랬다구 얘기하더라구.

금덩어리로 부자 된 엿장수

자료코드 : 08_02_FOT_20090212_HID_CBR_0021
조사장소 : 충청남도 금산군 군북면 두두2리 413번지
조사일시 : 2009.2.12
조 사 자 : 황인덕, 김기옥, 오세란, 서은경
제 보 자 : 최분례, 여, 85세
구연상황 : 앞의 이야기와 같은 상황에서 이어서 구연하였다.
줄 거 리 : 한 엿장수가 오갈 데 없는 여자를 얻어 결혼을 하였다. 한 삼년 동안 주인집
일을 돌보았으나 이에 대한 보상이 없었다. 산에서 숯이라도 구울 생각으로
주인집을 나와 살게 되었다. 하루는 아내가 쓰러져 있어서 그 근처를 파보니,
돌덩어리가 나왔다. 그것이 무엇인지를 몰라 방안에 가져다 놓으니, 밤이 되자
서기가 비쳤다. 알고 보니 금덩어리였다. 이후 두 사람은 부자로 잘 살았다.

엿장사가 있어. 술도개마낭 엿방이 있어. 그란디 한 열일곱 살 먹은 아
가씨가 똑 집동가리를 자더랴, 옛날에 얻어 먹을 때. 옛날에 얻어 먹을
때. 그래서,

'아이구, 저 사람 데려다가 장개를 가서 살야겄다.'

하구, 살림을 하구 살야겄다 하구, 인제 엿장사가 데려왔네? 그래서 인제
그 이튿날 목욕시키구, 그전이는 이가 여간 많어?

(청중 : 그려, 이가. 하하하.)

서캐(이의 알) 빗 사고 얼개 빗 사고 해서루 서캐 싹 훑어 주고 넝마전
(옷이나 이불 따위를 파는 가게)에 가서 옷 헐헌 놈 사서 싹 입혀 농깨, 이
런 미인, 미인 아가씨가 읎네. 읎어서 얻어 먹어서 그렇지. 그래 인제, 쥔
네 집이다가 쥔네 집이다가 인제 식모루 둥 겨. 갈쳐서루 살림하겄느냐구.

한 삼 년 상깨. 인제 열여덟, 열아홉 먹잖야? 그라는디. 인자 예를 갖췄
어. 아 예를 갖췄는디. 식모를 뒀두 고무신 한 커리, 옷 한 가지를 안 해
주더라네? 주인이. 그래서 인저, 스물두 살 됭깨,

"여기서 암만 살아두 소용읎네요. 우리 나가요."

"나가서 워떠카냐?"

그래 일년내 식모를 살아두 고무신 한 짝도 안 사주지, 옷 한 벌도 안 해주지, 왜 이릏게 나만 이릏게 식모만 살게 하냐구. 여간 많어? 그 엿장사 도개? 밥만 해주니라고 죽겄지. 아침 해주지, 즘심은 안 해주드래두. 저녁 해주지. 그래두 안 주더랴.

"그래 나가믄 뭘로 벌어 먹냐?"

"산골짝이 가서 숫(숯)이래두 궈 먹자구."

그랑깨 그 말도 가만 생각항깨 옳지. 그래서 인제 살골짝이를 인자 가서 새막겉이 이릏게 져각고 숯을 굽는디. 인저 밥을 해다 주능 겨. 한 솥 궈 내고, 두 솥 궈 내서 솥에 궜는디. 삼시를 대다 주능 겨, 숯 굽는 디를, 산골이서. 그래 가지구 인제 저녁두 갖다 주구 아침두 갖다 주구 점심도 갖다 주구 저녁도 갖다 주구 그라능 거여.

그라는디 인저 두 솟채 굴 적이 점심을 갖다 주구 옹깨, 멀쩡한 디서 이릏게 쓰러지더랴. 새댁이. 그래서 인제 쓰러진 디를 발로 이렁이렁이렁 항깨 궁궁궁 하더랴. 속이서. 그래서 인저 꽹이하구 삽하구 갖다 파닝깨 요릏게 그냥 사발덩어리 겉응 게 돌맹이가 나오더라네? 이릏게 큰 돌맹이가. 이렁 게 시 개가. 그래서 그 눔을 갖다가 인저 방이 갖다 놔서, 뭔지도 몰르지. 돌맹이를 나왔웅깨. 고눔을 갖다 방이다 놨는디, 밤이는 금이 스기를 한다대, 불을 킨다대?

(청중 : 그릏지.)

(청중 : 옛날 얘기가 그릏디야.)

(청중 : 옛날에 그릏디야. 지금은 안 그릏디야.)

이게 얘기가 아니구, 이거 전설여, 진짜여. 그래서루 신랑이, 겁이 나닝깨, 신랑더러 와 보랑 겨. 그 산골짝이 가서. 그래 금덩어리네. 금덩어리. 그래 그것 찾으러 나가자고 항 겨. 식모가. 그래서 부자가 됐댜. 워뜨케, 그케, 사오 년을 그래 식모를 살아두 고무신 한 짝두 안 사주구, 옷 항 가

지를 안 해줘? 따져봐. 그렁깨 새댁 말을 들었으닝깨 부자됐지. 이렇게 금
덩어리가 시 덩어리면 얼매나 부자여? 나 그런 얘기는 들었어.

떡국 방망이

자료코드 : 08_02_FOT_20090212_HID_CBR_0022
조사장소 : 충청남도 금산군 군북면 두두2리 413번지
조사일시 : 2009.2.12
조 사 자 : 황인덕, 김기옥, 오세란, 서은경
제 보 자 : 최분례, 여, 85세
구연상황 : 앞의 이야기와 같은 상황에서 이어서 구연하였다.
줄 거 리 : 동생은 못 살고, 형은 잘 살았다. 동생이 형에게 식량을 얻으러 가자, 형은 자
　　　　　신이 쌀을 준 다른 집에 가서 얻어먹으라고 하였다. 이에 동생이 그 집에 가
　　　　　니 두 노인이 나타났다. 동생은 노인이 시키는 대로 하여 방망이 하나를 얻었
　　　　　다. 나오라고 말만 하면 원하는 물건이 나오는 방망이였다. 이 방망이로 동생
　　　　　이 부자가 되자 형이 찾아와 방망이를 가져갔다. '그만 나오라'는 말을 가르
　　　　　쳐 주지 않아 형은 떡국에 깔려 죽었다. 이후 뱃사공이 방망이를 가져갔다.
　　　　　'소금 나오라'고 말하였으나, 그만 나오라는 말을 하지 않아 지금도 바닷물이
　　　　　짜다. 이 떡국 방방이가 나와야 완전한 세상이 돌아온다.

　　동상은 못 살고 성은 잘 사네. 그렁깨 장— 돈두 달라구 하구 쌀두 달
라구 하구 성가시럭게 할 거 아녀? 몰르구 못 상깨? 그리두 못 살어두 부
모를 모셨네? 그래서루 인자 성덜 집이 가서,

　　"성, 어제 저녁이두 굶었어. 쌀 좀 줘."
그라닝깨 자게네는 시한 삼동내 쇠빽다구 사다 과 먹은 곰 과 먹은 쇠빽
따구를 바소쿠리루 한 짐 짊어져줌서,

　　"동상. 저 건네 산 넘어 넘어가서 개울 건녀가서 큰 기와집이 있으닝깨,
거기 내가 쌀 한 가마니 줬응깨 열닷 말 받어다 먹어."

　　그람 어제 저녁도 굶었응깨 밥을 해서 한 그륵 줬어야 하잖야? 안 주구

그냥, 아침두 굶구 저녁두 굶구 그 놈을 짊어지구 가닝깨, 하얀 할아버지 할머니가 갈퀴나무를 득득 긁음서,

"너 오늘 우리가 너 올 중 알었다, 여기."

그라닝깨, 여기 개울 건녀서 기와집이를 가믄은 손님 왔다구 슷이 나와 가지구 막 방으루 가자구 모시걸랑은 가지 말구, 쇠뻑따구 섯이 똑같이 노놔줌서 이놈을 가지구 방에 가시믄은 내가 갑니다, 이릏게서 가서 노나주구,

부엌 뒷문앜이 있는 디루 쪼그만한 골방이 있응깨 거기 열어보믄 시상이 읎능 게 다 있응깨, 다른 건 다 내비두구 요만한 끌방맹이가 있어. 옛날엔 집 지믄 이릏게 끌 박았어. 이릏게. 아구 사구느라구. 고만한 끌방맹이가 있응깨 고것만 각구 와라. 그라더랴.

그래서 인자 그 말대루 거기를 개울 건녀강깨, 히! 손님 왔다구 방가와서 집이루 가자구 방으로 들어가자구 막 끌어딜여서, 예. 이겁만 이거 섯이 똑같이 노놔줌서, 이놈 각구 방에 들어가시믄 나는 인자 들어갈 팅깨 들어가시랑깨 좋다구 들어가드랴.

그래서 인자 그이 말대루 부엌이루 해서 쪽문을 열어봉깨 세상 없는 게 다 있드라네. 그래 요만한 방맹이를 각구 왔어. 그랑깨 그때까장 할머니 할아버지가 있드랴.

"느는 일곱 식구가 너까장 여덟 식구구 일곱 식구가 굶어서 퍼졌응깨, 널비기를 갖다 놓구 떡국 나와라 하믄 떡국이 꾸역꾸역 나온다."
더랴.

"그래, 고만 나오라고 하야 안 나오지, 고만 나오랏 소리 안 하면 한없이 끝없이 나온댜."

그래 '그만 나오라' 항깨 딱 그치더랴. 그래 인제 모두 이릏게 일어나서 인자 모두 먹고, 인자 닐리리 기와집 삼칸 집이루 번듯하게 서 있으랑깨 번듯하게 서 익구. 돈 나오랑깨 돈 나오고. 인자 나오라는 대로 나오능겨. 그 떡국 방맹이가. 시방도 떡국 방맹이가 나와야 완전한 시상 돌아온

대요.

[청중 일동 웃음]

얘기하게 들어봐. 그라는디 인제 메칠 되니께 성이 인자 그 소릴 듣고 왔어.

"동상, 부자됐담서."

"아이구 형님, 죄송시럽네요. 찾아가 본다능 게 못 찾아갔는디."

성님이 이렇게 오셨느냐구, 성님 땜이 부자됐다구. 그라닝깨 인자 다 차려놓구 널배기를 갖다 놓구,

"떡국 나와라."

항께 떡국이 꾸역꾸역꾸역 나오더랴. 그랑깨 구만 나오라 항께 안 나오드랴. 그래 인자 먹구 인자 얘기하구 놀응깨,

"그 방맹이 동상 나 좀 줘."

가주가라구 줬네? 그만 나와랏 소리를 안 했어. 그래서 그만 나오랏 소리를 안 해서 한참 있다,

"아이구, 이 욕심 많은 이가 이거 큰일 났다구."

떡국 구만 나와랏 소리를 안 일러줬다구. 강깨 떡국 장마가 져서, 떡국 장마가 져서 다 몰사했드랴. 식구가.

[청중 일동 웃음]

죄 받어서 그려. 떡국 장마가 차 그냥 져각구 식구가 몰사해서 죽어각구 구만 나와라 하닝깨루 그만 나오더랴. 그래서 인제 장례를 치르구, 인자 뱃사공이 그 방맹이 있는 중을 알았어. 소금을 한 대접 실쿠 와서,

"형씨, 형씨, 이 소금하구 그 소금, 저 떡국 방맹이하구 바꾸자구."

그래서 인자 그이두 그만 나오랏 소리를 안 했다네. 배를 타구서 소금 나와랑깨, 소금이 꾸역꾸역꾸역 나와 가지구 시방까장 갈앉어서 소금이 나와서 그케 바닷물이 짜댜. 떡국 방맹이. 그래 그 떡국 방맹이가 나와야 완전한 시상이 돌아온다네요.

이순신 장군 태몽

자료코드 : 08_02_FOT_20090212_HID_CBR_0023
조사장소 : 충청남도 금산군 군북면 두두2리 413번지
조사일시 : 2009.2.12
조 사 자 : 황인덕, 김기옥, 오세란, 서은경
제 보 자 : 최분례, 여, 85세
구연상황 : 앞의 이야기와 같은 상황에서 구연하였다.
줄 거 리 : 이순신 장군의 아버지가 서울로 과거 공부를 하러 갔다. 하루는 밥상을 들고
　　　　　오는 며느리(이순신의 어머니)의 태도가 이상해서 물어보니, 지난 밤에 백두
　　　　　산을 안는 꿈을 꾸었다고 하였다. 큰 인물을 낳을 꿈이라고 여긴 이순신의 할
　　　　　아버지는 그 즉시 아들을 집으로 불러 일주일 동안 집에 머무르게 하였다. 이
　　　　　로써 이순신이 태어났다.

　　하나 하께. 이신신(이순신) 장군이 여간 영시러워요? 이신신 장군. 이신
신 장군 아버지가 자기 아들을 서울루 과개(과거)를 보냈어. 글 공부 하라
구. 그라는디 메느리를 얻었어. 그전이는 메느리를 얻어서,

　　"아버님, 진지 들으세요."

이렇게 삼시를 갖다 주는디, 메칠 있으닝깨는 한 번은 밥상을 들구 쌩긋
욱구(웃고) 돌아스더랴. 그래 이상하지, 안 그러다 그렁깨. 그래 설겆이 다
한 담이,

　　"야야, 이리 좀 오너라."

항깨 시아버니가 오랑깨 오야 할 것 아녀?

　　"너 다른 때는 안 그랬는디, 으째 오늘 아침이는 밥상을 들구 쌩긋 웃
고 돌아섰냐?"

그랑깨 무릎을 착 꿇구 시아버니한티서,

　　"아버님 죄송시러요. 간밤에 꿈을 꿨는디, 백두산을 담뿍 안었어요."

그라더랴. 메느리가.

　　'하, 이거 아들을 나두 큰 거 낳겄다구.'

자기 아들을 불러널켰댜. 그렁깨 아들이 올 거 아녀? 아버지가 오라구 항깨? 그래 왔는데, "아버님 왜 나를 오랬어요?"

"아무 잔소리 말고, 일주일만 놀다 가거라."

그라는 머리 이신신 장군을 났댜. 그이가 여간 용햐? 이런 소리두 첨 들어볼 걸?

(조사자 : 예.)

(청중 : 어쩜 그리 총기가 좋으시댜?)

그라믄서 애기하더라구.

자식 많이 낳을 팔자

자료코드 : 08_02_FOT_20090212_HID_CBR_0024
조사장소 : 충청남도 금산군 군북면 두두2리 413번지
조사일시 : 2009.2.12
조 사 자 : 황인덕, 김기옥, 오세란, 서은경
제 보 자 : 최분례, 여, 85세
구연상황 : 앞의 이야기와 같은 상황에서 이어서 구연하였다.
줄 거 리 : 가난한 집안의 남자가 자식만 자꾸 늘어나자, 아내와 의논한 끝에 한동안 집
         을 떠나 있게 되었다. 길을 가다 보니 큰 집이 있었다. 이 집의 남자는 아이
         를 못 낳는 사람으로 30명의 여자를 데리고 사는 사람이었다. 가난한 집안의
         남자가 자신의 처지를 이야기하자, 그 집 남자가 말하기를 자신이 데리고 사
         는 여자들과 한 명씩 동침을 하라고 하였다. 이후 여자들이 모두 임신을 하
         자, 부잣집 남자는 가난한 집 남자를 죽이려고 하였다. 이를 아는 부인 한 사
         람이 금덩어리를 주면서 도망가라고 하였고, 남자는 귀가하여 잘 살았다.

애기를 낳았는디. 다섯 명을 나놓고, 읎는 집서 다섯 명을 나놓고, 인저 신부 신랑 짰어. 나는 한, 인자 애기 낳는 시간 다 지내가걸랑 온다구.

그래서 인자 자꾸 자꾸 갔네? 갔는디. 큰 안안팟채가 커다란 집이 있어서 거기를 인자 주인 잡아 들어가닝깨, 주인 잡어 들어가닝깨, 임금들 집

이더랴. 그래서 인자 갔는디, 삼십 명을 데리꾸 살더랴.

(청중 : 여자를?)

응. 이 남자가 못 낳는 기여. 삼십 명이래두. 그래 워트게 이룽게 왔느냐고 항깨, 꽃첩을 하나 델꾸 있드랴. 다 내놓고. 그래서 워째 여기를 찾아 오냥깨,

"우리는 못 살어서 아들 딸을 오남매를 나놨는디, 십 년 머슴 살라구 기한하구 왔다구."

"그라믄 오늘 쉬구 날 쉬구 한 이틀 쉬어 가지구, 우리 마누래 삼십 명을 다 더듬으라더랴."

[청중 일동 웃음]

삼십 명을 다 더듬웅깨, 삼십 명이 배가 뽈록뽈록 소복소복소복 뽈록뽈록 그러드랴.

(청중 : 아이구, 징그려.) [일동 웃음]

다 웃어 죽는댜. 이런 얘기를 하믄. 그 여간 푸지겄어? 그랑깨 인제 임금이 머리를 못 썼어. 꽃첩은 인자 품이다 두구 인자 열아홉, 저 스물아홉 명은 저그다 내놓은 겨, 인자 살림을. 그래서 삼십 명을 다 덮쳤어. 그랑깨 그냥 애기가 다 있어 각구 남자가 못 나닝깨. 그냥 첨이는 소복소복하다, 나중이는 뽈록뽈록 심명 볼 거 있지. 그라닝깨, 그라닝깨 꽃첩 듣는디 그랬어.

(청중 : 얘기니께 그릏지, 얘기.)

진짜랴. 그라닝깨 꽃첩 듣는디 얘기를 했어.

"저놈을 쥑이야 다, 내 새끼라고. 안 죽이믄 저놈한티 뺏긴다고."

(청중 : 아하!)

그랑깨 그 소리를 듣고 꽃첩이 요만한 금덩어리를 세 덩어리를 주구서 오늘 저녁이 나가라더랴. 쪽문을 열어주믄서. 오늘 저녁이 안 나가믄 당신 죽는다구. 이 놈만 가주가서 먹고 살으라고. 우리집 있는 이가 죽인다구 항깨. 아 그래 소리두 말구 인자 하라는 대로 했지. 요만한 거 시 덩어리

각구 먹구 살지. 안 죽구. 씨를 떨어지닝깨 죽일라구. 그래 머리를 잘못
썼지. 그래 가지구 인자 와서루 인자 그놈만 각구 먹구 살구. 임금은 임금
대로 살구. 어디가 찾어?

떡 훔치러 갔다가 부자된 사람

자료코드 : 08_02_FOT_20090212_HID_CBR_0025
조사장소 : 충청남도 금산군 군북면 두두2리 413번지
조사일시 : 2009.2.12
조 사 자 : 황인덕, 김기옥, 오세란, 서은경
제 보 자 : 최분례, 여, 85세
구연상황 : 앞의 이야기와 같은 상황에서 이어서 구연하였다.
줄 거 리 : 한 가난한 사람이 먹을 것이 없어 식구들이 굶는 것을 보고 떡을 훔치러 갔
         다. 어떤 큰 집의 부엌에 들어가서 술을 마시고 취해 있다가, 주인에게 불려
         가게 되었다. 이 사정을 들은 주인이 가난한 집에 먹을 것을 보내 주었다. 가
         난한 사람은 고마운 마음에 부잣집에 가서 말심부름을 하였다. 이후 주인이
         가난한 집안의 사람들을 오라고 하여 잘 살게 해주었다.

　또 애기하깨. 옛날 애기를 인자 하깨 잉. 시월 보름날 저, 돈 벌러 간다
는 사람이 슫달 그믐날 왔는디 돈 한 푼도 안 벌어 각구 왔더라네? 그전
이는 흰떡을 할라믄 안방이다 치잖어. 애기들이 떡 달라능 겨. 떡 달라고
막 우능 겨.
　"가만 있거라. 느 아버지 오걸랑은 쌀 팔아서 해주께, 해주께."
하는디, 슫달 그믐날 타알탈 왔는데 빈 몸뚱이루 왔더라네?
　"에구, 야야, 애기덜이 떡 달라구 우는디 빈 몸땡이 와서 워트카나?"
　"에, 떡 훔치러 간다구."
　지게 바수개를 지구 떡을 훔치러 갔네. 또 가구우, 또 가구, 자꾸 갔어
인자. 큰 집만 찾어. 안안팟채가 전부 불을 켰더라네? 그래 인제 거기를

가만히 가닝깨, 광 문이 안 잠궜응깨 봉깨, 왼돼지 잡어 놓구, 닭 잡어 놓구, 흰 떡 해 놓구, 또 인절미 해 놓구, 돼지 다리 인자 삶어 놓구 다아 해났는디,

그래 부뚜막이를 강깨 호박떡을 요만한 시루다 하나를 쪄났더라. 고놈 막 뽈끈 들어다 배깥 마당이다 받쳐 놓구 그렇게 뒤졌어. 그래 각구, 인자 가마솥을 열어 보닝깨 쇠뼉다구를 고구 인자 거기다 떡국 끓일라구. 밥솥을 열어봉깨 그냥 있구. 요만한 단지 부뚜막이다가, 요런 항아리다 괭이 눙깔겉은 술을 하나 났어 인자, 아침에 차례 지낼라구.

그전이 접집이 여기 저, 문이 있어. 이중으루 닫었어. 그래서 인저 그놈의 술을 한 잔을 먹고, 또 먹고 싶지, 또 먹고 싶지. 그놈을 먹으면은 인자 쵀 가지고 오도 못 하네. 데구울데굴 궁굼서,

"아이구, 우리 어머니 준다구 칠십 살 먹은 우리 어머니 준다구 떡 훔쳐 왔다먼 안 맞아 죽을 걸. 애기들 준다구 떡 훔치러 왔으믄 맞어 죽을 걸."

술이 채 각구 가도 오도 못 하구. 그랑깨 무슨 소리가 나서 요롷게 열어 보닝깨 워떤 시커먼 남자가 그라네? 그래 이자, 종을, 종을 불러 각구 뵈이 좀 저게 뭐헌 사람잉가 보라구. 그랑깨 그르카고 있어. 그래, 인제 임금한티루 데러 갔어. 그 행랑살이 종이.

"아이구우, 대감님. 죄송시럽니다. 슬달 보름날 돈 벌러 가서 돈 한 푼도 안 벌구, 슬달 그믐날 오닝깨 우리 어머니가 떡 먹고 싶다고 울어서, 그놈을 뿔끈 들어다 배깥 마당이다 놓구, 광에를 가봉깨 왼돼지 잡어 놓구, 소고기두 사다 놓구 인절미 해 놓구, 흰떡 해 놓구 다 해놔서, 다 가만 두구 고거만 하고 못 먹는 약주를 배가 고파서 먹었더니 이렇게 취했습니다. 죄송시럽니다."

그라닝깨는, 느 집이 워디냐고 항깨 갈쳐중깨, 종더러 갔다 오라더랴. 갔다 옹깨 참 그렇게 참 울구 있더랴.

"아이구, 떡 훔치러 가서 떡 훔치다 맞아 죽어서 안 온다구."

엉엉 울더랴. 자기 어매가. 그래, 아이구, 진짜 그래요? 그라믄 가거라. 그래 각고 종을 시켜서 돼지 다리 하나, 쌀 스 말, 인절미, 하하하, 그릏게 해서 보내구, 요만한 함지가 있는디, 함이 있는디, 거기다가 바지 저고리 함 벌, 치매 저고리 함 벌, 돈 닷 냥, 이릏게 너가지고,

(청중 : 부자됐네. 부자.)

인금이닝깨 부자지.

(청중 : 아니 글씨, 그놈 가지구 가서 그 집두 부자됐어.)

그라닝깨 떡을 모두 갖옹깨 그냥 애들이 막 웃어 쌓구, 아들은 다섯이구, 으런, 으런은 둘잉깨 일곱 아녀?

"아, 저기, 어머니 얹히겄어. 물 좀 떠다 디려."

뷬이루 물을 뜨러 와각구 눈물을 추루루 흘리믄서,

"아이고, 설 셀라고 떡해 놓은 거 저렇게 훔쳐 왔으니 죄를 얼마나 받을까."

이 소릴 하믄서 눈물을 추루루 흘리더랴.

"아니, 뭣하고 있어, 어머니 얹히겄어, 얼른 가져와."

문을 열구 인자 들어가믄서,

"아이구, 설 셀라구 떡을 해놨는디 훔쳐왔으니 그 집이 월매나 서운하겄어요?"

그랑깨,

"걱정 말어! 죄 받게는 앙 각구 왔어."

그래 언간이 먹으닝깨 문 좀 열으시요, 항깨 떡 시루 찾으러 온 중 알구, 구닥다리 가 모두 숨어 각구. 문을 열어중깨, 쌀, 쌀 서 말 들이밀지, 저 돼지다리 인저 요런, 요런 디다 너가지구 항깨, 거기를 떠들어 봉깨 돼지다리 있지, 흰떡 있지, 인절미 있지, 돈 닷 냥 들었지, 치매 저고리 있지, 바지 저고리 있드랴. 그래서 인제 고놈을 입구 차례를 지내구, 아무리 이 생각을 해두, 그 집이 가서 말 심바람이라두 하야겄드랴. 그래 찾어갔

네. 찾어가서루,

"아이구, 대감님. 죄송시러요. 참 죄송시러요. 나는 이릏게 인자 말 심바람이라두 할라고 이릏게 왔습니다. 마당이래두 씰어 디릴라구 왔습니다. 대감님 땜이 우리 부자 됐응깨."

메라구나 하구 인제 엄펴 보니라구 광을 내능 겨. 그리두 잘못했다구. 그람믄 그르카라구. 마당 씰어주구, 여물 끓여주구, 인자 다 하지, 일 잘 하지. 한 달 지냐아, 두 달 지냐, 그랑깨. 마음이, 재산이 읎어서 그렇지 마음은 고진(옛것을 지키며 진실하고 성실하게 사는 성격의 소유자를 이른다.)이드랴. 성두 임금보단 더 높더랴. 그래서,

"느 식구가 몇 식구냐?"

그라닝깨,

"나까정 여덟 식구여요."

이리 델꾸 오라구 해서 거그서 베슬 하나 줘서 잘 살드랴. 그 사람두 잘 살구, 이 사람두 잘 살구.

(청중 : 똑똑하등개베. 그래두 읎어서 그릏지.)

응, 읎어서 그릏지.

(청중 : 그라구 맘이 옳이구.)

응, 하늘이 둘러 줬응깨 니가 우리집 슫달 그믐날 떡 훔치러 왔다구 하더랴. 인금이. 하늘이 둘러줘야 살어.

(청중 : 맞어.)

서모 구박 받고도 잘된 아들

자료코드 : 08_02_FOT_20090212_HID_CBR_0026
조사장소 : 충청남도 금산군 군북면 두두2리 413번지
조사일시 : 2009.2.12

조 사 자 : 황인덕, 김기옥, 오세란, 서은경

제 보 자 : 최분례, 여, 85세

구연상황 : 청중들 사이에 본처와 서모에 대한 이야기가 오가고 난 뒤, 다음의 이야기를
구연하였다.

줄 거 리 : 미꾸라지를 팔아 생계를 이어가는 한 남자가 새 장가를 가게 되었다. 남자는
아내가 6살 난 아들에게 사발에 있는 생 미꾸라지를 떠먹으라고 하는 것을
보고는, 그 여자를 쫓아내었다. 이후 그 아들은 과거에 급제도 하고 좋은 데
로 장가를 가서 잘 살았다.

(조사자 : 아들을 하나를 낳아놓고.) [앞 부분이 녹음이 안 되어서 조사
자가 다시 이야기를 유도하였다.]

응, 저 어매가 죽었는디. 마누래를 얻어서 인제 살어. 옛날에 읎어서,
미꾸랭이(미꾸라지)만 잡아서 팔아서 생활을 해나가 그래, 애기를 여섯
살 먹었는디. 애기 하나 나놓구, [과자를 먹느라고 잠시 이야기가 중단되
었다.]

서모가 지가 델꾸 옹 건, 지가 난 거 델꾸 인자 찾아가 왔어, 시집을 왔
어. 미꾸랭이만 잡아서 생활을 하는 남자한티루. 그래,

"왜 가는 안 델꾸 오냥깨?"

"아이구, 부엌이 뜨뜻하구 거기서 먹는다구 해서, 밥 한 사발하구 미꾸
랭이 국 한 사발하구 줬다구."

그랑깨 인자 그렁가 했는디 무슨 소리가 들리더랴. 자꾸 나갈라구 항깨
못 나가게 하더랴. 마누래가. 그렇거니 휙 뿌리구 나갔는디, 생 미꾸랭이
를 함 마리를 그륵이다 띠어주구 숙갈(순갈)루 이걸 떠먹을랑깨 떠져?

"아이구, 미꾸랑아, 나 좀 한 번 떠 먹자. 나 좀 한 번 떠 먹자."

해두 안 떠지네? 그래서 그냥 이년을 쫓아내구, 이렇게 살 게 아니라구,
그 애기를 인자 쫓아내구. 인자 몇 해를 키워서 인자 컸어. 그래 커 가지
구 부담짝이다 짊어지구 이라구 인자 방방곡곡에 읃어 먹으러 댕겼어. 하
룻 저녁은 나갔다 오더니,

“앞다리 스 냥, 뒷다리 스 냥.”

이르카믄서 놀드랴, 애가. 그려서,

“음, 이곳이는 사람 살 데가 아니다.”

다른 데로 인자 갔어. 얼마쯤 가서 주인을 잡아들어서 항깨, 나갔다 들어오더니, 한문, 한문 선상 앉힌 디를 갔다 왔는가비랴. 글을 조옥족 읽드랴.

(청중 : 딸이?)

아들이. 여섯, 여섯 살 먹은 아들을 미꾸랭이를 띄워 주구, 스모가, 그래서 스모를 쫓아냈어. 쫓아내구 몇 살 먹더락 키웠어, 혼차.

‘아, 여기는 양반고지다. 살야겠다.’

하고 사는디. 애기가 인자 가봉깨 선상이 사람이 알뜰항깨 너 혼차 왔느냐고, 어디서 왔냥깨,

“우리 아버지랑 왔어요.”

그라닝깨, 우리 아버지랑 왔다고 하닝깨,

“너 아버지 좀 일리 좀 내가 오란다고 하구 모시고 와라.”

모시구 왔네? 그래서 애기 좀 허라구 항깨, 아까 나 먼이 한 애기겉이 항깨,

“야는 여기다 두구, 형씨는 붓 팔러 댕기라더랴.”

붓. 옛날엔 모두 한문 배웠잖야? 그래 인제, 그 선상한티다 두구 선상 심바람만 하구 그래두 어깨너머래두 글을 잘 배우드라네, 야가. 그래서 글을 배우는디. 즈는 배움서루 서울루 과개를 하러 가구, 말을 타고 강겨, 갸는. 야는 걸어갔네? 선상 종이닝깨 걸어가야지.

때려 쥑인다구 막 그라구, 저기, 저, 무수를 안 뽑아 오믄은 패 죽인다구 하더랴. 무수 열 개 뽑아 오라더랴. 그래 열 개를 뽑으닝깨 젠이 와서 막 뭐라 하더랴.

“아주머니, 아주머니. 저기 저 사람덜이요, 무수 열 개 안 뽑아오믄 나

를 패 쥑인대요. 저 사람덜 워터가면 좋아요. 아주머니 뽑아 오라는디.”

그라믄 갖다 주라구 하믄서 주더랴. 그래 그놈을 처먹고 말을 타구 가구, 야는 떠놓구 가구. 열 명이 갔어도 하나두 과개를 못했어. 야는 어깨 너머로 배윘어도 과거를 했네?

그래 인자 와가지구 선상 딸이 부자여. 아가씨가 있어. 그랑깨 야가 쓸거 겉웅깨 인자, 그럭저럭하다 봉깨 장개갈 때가 됭깨 인제 사우를 삼았어.

그라는디 뒤소매를 보믄은 다리 이만한 두께비가 팍팍팍팍 파먹더라네. 그래서 인자 역부루 인자 한 디다 넜댜. 그랑깨 그놈을 다 먹는댜. 그래 선상더러 얘기항깨, 이 소릴랑 듣도록 얘기하지 말고 너만 각고 익고 느 마누래더러도 얘기하지 말라고 하더랴. 여자들은 자꾸 입이 나오잖여? 그랑깨 그랬는디. 부자 되고 베실할 자슥만 오형제를 낳더랴. 항꺼번이, 그 사람이.

(청중 : 아, 그 사람이.)

잉. 미꾸랭이 산 미꾸랭이를 워트게 쥐, 글쎄. 나 그런 얘기는 들었어요. 서모가. 미꾸랭이, 산 미꾸랭이 워트게 떠져? 숙갈루.

(청중 : 허허. 그려.)

(청중 : 잡어두 못 잡지.)

서모 구박에 죽어서 새가 된 딸

자료코드 : 08_02_FOT_20090212_HID_CBR_0027
조사장소 : 충청남도 금산군 군북면 두두2리 413번지
조사일시 : 2009.2.12
조 사 자 : 황인덕, 김기옥, 오세란, 서은경
제 보 자 : 최분례, 여, 85세
구연상황 : 서모에 대한 부정적인 이야기들이 오가고 난 뒤, 다음의 이야기를 구연하였다.
줄 거 리 : 본처의 딸이 몸살이 나자, 서모가 쥐의 가죽을 벗겨 잠자리에 놓아 두어 태아

를 유산한 것으로 보이게 하였다. 서모가 거짓으로 꾸며 이 일을 남편에게 이야기하자, 남편은 딸을 데리고 가서 바다에 빠져 죽게 하였다. 딸은 죽어서 새가 되었다. 이후 서모는 뱀에게 물려 죽었다.

영화도 나왔지 왜. 이 얘기는 또. 한 마디 하께. 옛날 얘기가,

(청중 : 하, 얘기도 잘 하셔.)

아들 하나 딸 하나를 남매를 낳아 놓고, 오빠는 서울로 가게(과거) 보러 가고, 인자 스모를 은었는디, 요 아가씨가 밥을 하믄은 쥐가 나온다네. 그래 저, 쥐를 쌀을 요렇게 집어주믄 팍팍팍팍 먹더랴. 그래 인제 그 재미루 인자 쥐를 줬어, 아가씨가.

그른디 인자 몸살이 나닝깨, 아가씨가 몸살을 났는디. 고놈은 인자 아가씬 중 알구 쥐가 인저 쌀 닦는 소리를 듣구 워디서 나옹 겨. 그래 인자 서모가 인제 이렇게 중깨 팍팍 먹어. 그걸 잡아서 물 끓여서 잡아 각구 가죽을 홀딱 벡기믄 애기 지운 것 겉으쟎야? 그래서 인저 그 가죽을 홀딱 벡겨 각구, 아가씨 인자 아픈 디다가 가만히 넣어 놓고 밥을 갖다 줘서 이거 먹으라고 항깨 일어날 거 아녀?

속곳 밑이서 그게 툭 떨어지네? 그라닝깨 인제 자기 냄편 어디 갔다 오는지,

"즘잖은 집안이 아프다고 드러눕더니 이걸 이렇게 났으니, 어트카면 좋으냐구."

즈 아버지가 인자 델구 가서 인자 죽잉다구 델구 강 겨. 바다루. 그 얘기 들었을 건디? 함 모랭이 돌아가닝깨 감이 익어서 버얼건하더랴.

"아버지, 아버지, 저 감 좀 따서 아버지 항 개, 나 항 개 먹지."

"쥑일 년이 뭐 먹냐, 고만 두고 어서 가자!"

또 함 모랭이 돌아가닝깨 대추가 익어서 버얼건하더랴.

"아버지, 아버지, 저 대추 좀 따서 아버지도 먹고 나도 먹지요."

"죽일 년이 뭐 먹냐, 고만 두고 어서 가자!"

함 모랭이 돌아강께 또 밤이 그냥 알투가 져서, 그냥 이릏게 벌어져 각구 이릏댜.

"아버지, 아버지, 저 밤 좀 따서 아버지랑 나랑 같이 먹죠."

"죽일 년이 뭐 먹냐, 고만 두고 어서 가자!"

이릏게 델꾸 강 겨. 스모 말만 듣고 자기 딸을. 그랑께 니 모랭이 돌아 강께 큰- 바다가 나오더라. 그래서,

"치매 푹 뒤집어 써라."

치매를 푹 뒤집어 쓰닝께, 뚝 떠내번졌응께 죽었잖야? 그라더니, 새파란 원앙새가 나와 가지고,

"아버지 스러워 댓동~

아버지 스러워 댓동."

그 혼이라도 월매나 스럽겄어? 이게 무슨 새가 이라냐구 탁 때링께 대만 부러지구. 인자 갓이가 앉아서,

"아버지 스러워 댓동~

아버지 스러워 댓동."

이놈으 새가 뭔 새가 이라냐. 탁 때링께 새는 날라가구 갓만 뿌서지구. 올라구 봉께 칠거지 밭이 돼서 오도가도 못 하능 겨. 칡밭이 돼서. 그리두 워트게 워트게 옹께, 새는 날러오지, 인자 가매솥이 가 앉아서,

"아버지, 아버지 스러워 댓동~

아버지 스모 웬수~

아버지 스러워 댓동."

"아, 이게 무슨 새가 새파란 원앙새가 뭐, 스모 웬수? 스러워 댓동?"

도굿대루 때링께 솥만 뿌서지지 새는 날라가잖야? 그래 가지구, 장독이 큰 장독이 가 앉아서,

"아빠, 스러워 댓동~

아빠 스러워 댓동."

이르카믄서 우니께, 저놈으 새가 뭔 샌디 저라냐 하믄서 도굿대를 집어던
징깨 장독만 바싹 깨지고, 새는 날라가고. 지붕 용마람에 가서 그라네? 뒈
져 삐리라구 불을 폿삭 질렀어. 집만 타지. 새는 날라가지. 그래 인자 즈
오빠 서울로 과게 하러 가는디 요런 나무가 있댜.

"오빠 스러워 댓동~

오빠 스러워 댓동

스모 웬수~

스모 웬수."

해쌓더라네. 새가.

"아이고, 저놈의 새가 무슨 새걸래 저러카냐구. 잉. '스모 웬수~ 스모
웬수~' 함서 운다구."

이상하다구 함서 왔댜. 왔는디 집두 다 타구 욱고, 인자 방을 은어서
살드라잖아?

그래서 인자 지 아버지는 죄 없다능 걸루, 워디를 가닝깨, 돌막을 이룽
게 떠들어 보닝깨, 뱜이 고물고물 하더랴. 고놈을 갖다가 스모 자는 디 배
깥으루 문 닥구 스모 웬수를 갚으랑깨, 뱜한티 물려서 이따주락 죽더랴.
즈 아버지는 죄 읎다구 살리고. 그런 얘기는 들었어. 그 워트게 금매 그룽
게 수단을 부려? 장화홍련, 영화루 나왔어요, 옛날에? 군산 강깨 하대? 그
쥐 잡은 거 그냥 속곳이서 나오는 거 찍어 갖고.

(청중 : 어째 그렇게 기억력도 좋으셔.)

그렇게 나오더라고. 요것도 인제 그룽게 해서 나올 껴.

은혜 갚은 꿩

자료코드 : 08_02_FOT_20090212_HID_CBR_0028
조사장소 : 충청남도 금산군 군북면 두두2리 413번지

조사일시 : 2009.2.12
조 사 자 : 황인덕, 김기옥, 오세란, 서은경
제 보 자 : 최분례, 여, 85세
구연상황 : 앞의 이야기와 같은 상황에서 이어서 구연하였다.
줄 거 리 : 한 사람이 사냥을 가다가 뱀과 꿩이 싸우는 것을 보았다. 총으로 뱀을 쏘아
　　　　　죽이고 꿩을 구하였다. 날이 저물어 한 집에 들어가게 되었다. 밤이 되자 그
　　　　　집 새댁이 자신은 낮에 죽은 뱀이라고 하였다. 원수를 갚겠다고 하면서 만일
　　　　　절의 종이 3시에 울리면 잡아먹지 않겠다고 하였다. 마침 3시에 종이 울려
　　　　　그 사람은 목숨을 건졌다. 종이 있는 자리에 가 보니 꿩이 죽어 있었다.

옛날에. 옛날이. 총을 미구 토벌을 갔는디, 사냥을 갔는디, 뱜하고 꿩하
고 져누더랴(겨루더랴). 비암이 저누닝깨 꿩이 못 날라가더래요. 꿩은 새
끼가 고물고물하니, 제 새끼 저기하까미 요러카구 요렇게 품구 있는디,
뱜을 죽이야겄드랴.

그래 비암을 이릏게 총으루 쏴서 죽였는디 뚝 끊어지더랴. 그래서 인자
해전 점더락 토벌을 댕겨두 어디루 온 질인지, 간 질인지 몰르겄드라네.
그게 용돼 올라갈 건디, 그래서 그냥 향배(방향)를 온 질인지 간 질인지
몰라서 밤이 어둡네? 불이 빤―하게 켜져서, 찾아 들어강깨, 새댁이 초록
대기 새댁이더랴.

"아이구, 나는 이릏게 사냥을 나왔는디 어디루 간 디두 온 디두, 간 상
(항)배를 몰라서 집을 못 가구 이릏게 왔다구."
하닝깨, 그르냐구 하믄서, 방가워 하믄서 주무시구 가라더랴. 그냥 이불두
요도 깔아주고 이불두 덮어주고. 바느질, 그전이 등잔불 켜놓구 바느질할
거 아녀?

바늘 다 꿰면 샛바닥(혓바닥)을 이르카잖야? 샛바닥이 두 개더라네. 뱜
죽은 넋이여. 그게.

(청중 : 아이구, 무셔라.)

웬수 갚을라구. 그래서 그걸 보구 나올라고 하닝깨 못 나가게 하더랴.

아니 대변 본당께, 대변도 여다 보라구 하구, 소변 본다구 해두 여그다 보라구 하구 바깥이루 못 나가게 하더랴. 그란디 요렇게 꾸뻑꾸뻑 자우는 머리 가만히 열구 나왔는디, 어트게 알구 나와서,

"너, 나 낮에 니가 나 죽인 사람이여. 너 웬수 갚을라구, 응? 나 용돼 올라갈 건디 너한티 죽어서 용을 못 돼 올라강깨 너 잡아먹는다고 그라더랴."
그라더니,

"저기 절이 종이 있으닝깨 새로 세 시 되믄 종이 울리는 소리 나믄 너를 안 잡아먹구, 저 종이 저, 울리는 소리 안 나믄 너를 잡아먹는다더랴."
세 시가 되닝깨 종을 땡땡 치더라네.

"너도 네대로 가 벌어먹고, 나는 내대로 살야겄다."
고 함서 놔주더래요. 나 그런 얘기는 들었어. 종을 누가 때렸냐구 가보닝깨, 꿩이 저 살렸다구. 꿩이 그케 종을 쳐서.

(청중 : 아―, 그려. 맞어.)

인자 새끼는, 저는 죽었더랴. 꿩이. 그런디 새끼는 살었지. 여러 마리가.

(청중 : 살려줬다구.)

꿩 새끼 여간 많어? 그런 얘기는 들었어.

뒷동산의 할미꽃

자료코드 : 08_02_FOT_20090212_HID_CBR_0029
조사장소 : 충청남도 금산군 군북면 두두2리 413번지
조사일시 : 2009.2.12
조 사 자 : 황인덕, 김기옥, 오세란, 서은경
제 보 자 : 최분례, 여, 85세
구연상황 : 앞의 이야기와 같은 상황에서 이어서 구연하였다.
줄 거 리 : 눈이 많이 오는 겨울, 친정어머니가 딸의 집에 갔더니 딸이 가라고 하였다. 친정어머니는 돌아오는 길에 딸의 집 쪽으로 머리를 숙이고 얼어 죽었다. 할

미꽃은 이때 죽은 이의 넋이다.

[주변이 시끄러워 앞부분 청취 불능] 딸네 집이를 갔는디. 오동 슫달이 자꾸 눈은 와서 질루 쌨는디 가라더랴, 딸이. 그래 드럭구 아니꼽깨 오야지. 그래 인저 밤에 오다가 이 고개 넘어가는디 눈이 쌔가지구, 딸네 집이다가 머리를 숙이구 얼어서 죽었더랴.

(청중 : 아이구.)

그래 뒷동산이 할미꽃은 늙으나 젊으나 꼬부라졌대. 그게. 할미꽃 죽은 넋이랴. 할미꽃이.

(조사자 : 그래서 할미꽃이래요?)

응. 뒷동산이 할미꽃은 늙으나 젊으나 꼬부라졌댜. 그 무얼 그렇게 가라구 햐? 아들 없으믄 그케 스러웠어, 옛날에.

(청중 : 그렇대요.)

그래 인저, 드럭구 아니꼽깨 인저 밤이 인자 딸 몰르게 나왔을 티지. 살짝 나와서 인자 오다가 고개를 넘어가다가 고개를 넘어서 개바닥을 가야 즈 집인디. [청자들이 이야기를 하는 바람에 주변이 시끄러웠다.]

그냥 거기서, 여기서 얼어 죽는다구 얼어 죽었댜. 앉어서. 딸네 집이다 머리를 숙이구.

(청중 : 옛날에는 딸들이 그렇게 안 했다구.)

그래 할미꼿(할미꽃)은 늙으나 젊으나 이릏게 꼬부라졌잖여? 그런 소리는 들었어.

첩보다 본처

자료코드 : 08_02_FOT_20090212_HID_CBR_0030
조사장소 : 충청남도 금산군 군북면 두두2리 413번지
조사일시 : 2009.2.12

조 사 자 : 황인덕, 김기옥, 오세란, 서은경
제 보 자 : 최분례, 여, 85세
구연상황 : 앞의 이야기와 같은 상황에서 이어서 구연하였다.
줄 거 리 : 한 남자가 짚신을 만들어 본처와 첩에게 주었다. 첩의 신은 닳지 않았는데 본
　　　　　처의 신은 닳아 있었다. 알고 보니 본처는 남편 없는 밤에 혼자 기둥을 잡고
　　　　　돌면서 노래를 불러 신이 닳았던 것이다. 그래서 남자는 첩을 쫓아내고 본처
　　　　　와 살았다.

　　첩을 은었는디. 짚세기를 삼어 주닝깨, 자기 작은마누래는 서슬두 안
닳았는디 큰마누래는 그케 떨어졌드랴. 그래 이상하다, 하구는 자기 냄편
이 인자 와서 보닝깨, 상지둥을 안고 돔서,

　　"오시라는 서방님은 아니 오시구~

　　오지 말라는 모기 빈대는 왜 들어오냐구."

　　함서, 뱅뱅 돌아 가지구서 그릏게 짚세기가 그릏게 떨어지더랴.

　　(청중 : 아하!)

　　그래서, '아이구, 저 사람을 내보내구 저 사람을 델꾸 살야겠다.'
하구 작은마누래는 내보내구 큰마누래랑 살았댜. 아 따져봐. 모기, 모기,
모기 빈대는 오지 말라구 해두 자꾸 오능 거 아녀? 오시라는 서방님은 아
니 오시구.

　　(청중 : 그것도 맞는 소리여. 응.)

　　[노래로 다시 부르며]

　　"서방님은 아니나 오시고~

　　오지 말란 모기 빈대만 왜 그리 오나~."

이르함선 노래를 불름서. 그랑깨 여간 처량햐, 밤이? 신랑이 와봉깨? 그래
서 안 되겄다. 저 여자를 내보내고 저 여자랑 살야겄다구 그 남자두 훌륭
햐. 이기 무슨 짓이냐구 작대기 들구 안 패닝깨 댕이지(다행이지).

　　(조사자 : 하하하, 그러네요.)

　　(청중 : 초성도 좋으시구 신명두 좋으시구 못하는 거 읎어. 이 성.)

썩은 고목에서 나는 서기

자료코드 : 08_02_FOT_20090209_HID_HHK_0001
조사장소 : 충청남도 금산군 군북면 산안리 사기점 121
조사일시 : 2009.2.9
조 사 자 : 황인덕, 김기옥, 오세란, 서은경
제 보 자 : 한한국, 남, 78세
구연상황 : 경험담 위주의 이야기가 한동안 이어지자, 마을의 오래된 나무나 도깨비에 대
한 이야기는 없느냐고 조사자가 물었다.
줄 거 리 : 사람들이 말하기를, 호랑이가 눈물을 흘리면 그것이 불방울이 되어 빛이 난다
고 하였다. 그 소리를 듣고 가서 확인을 해 보니 큰 밤나무 썩은 곳에서 가루
가 날리는데, 그것이 사람들 눈에는 불방울같이 보였던 것이다.

나무, 나무가 큰 고목나무는 벼서 썩으면은 거기 불이 생겨요, 불이. 밤
이 보면은. 불이. 서기를. 시퍼런 불이. 그러믄 여그서 그 저이, 저 건네
밭이 호랭이가 지내간다 그거여. 호랭이가. 저리 지내간다, 그거여.

어떤 때, 인제. 그래 내가 거거를 또 특별히 또 가 봤어. 내가 아주. 왜
냐, 저 건너 우리 밭이 있는디, 그 밭 앞둑에서 어떤 때는 호랭이가 와서
눈물을 철철 흘려. 뚬벙뚬벙 떨어지구 막 그르카다가 간다 그거여.

이제 딴 사람들이 얘기를 하는디. 그래 호랭이가 도대체 워디서 와서
거가 와서 눈물을 뚬벙뚬벙 흘리믄은 호랭이 눈물이 떨어지믄 불방울이
라는 거여, 인제.

그래 가지구서는 뚬벙뚬벙 떨어진다 그거여.

(청중 : 그럴 리가 없어, 내가 만날 댕기는디.)

호랭이 자욱이 있을 거 아니냐? 응, 호랭이가 앉았다 가구 간 발자구가
있을 거 아니냐.

가 가봤어. 거 가믄 밤나무 이릏게 큰 늠이, 큰 놈을 벴는데, 그 늠이
썩어서 고목이 돼 가지구, 고목이 돼 가지구서루 저, 뭐냐 하믄 인제, 다
썩어 고목이 돼서 이릏게 거시기하믄은 그 저, 가루가, 썩은 가루가 바람

이 불면 풀풀 날라가. 날라가믄 그 눔이 시퍼런하니 서기를 해 각구 훌훌 날라가믄 불방울걸이 막 그케 나오드라구.

그래 그걸 보구서 호랭이가 거기 앉어서 눈물을 지우고 막 그냥 이르칸다구 그라는데. 그 큰 나무들은 보면은 으, 그케 고목이 되서 썩으믄은 그케 푸른 불이 켜지고 그케 스기를 하더라구. 그러고 저 동태걸응 거 사다가 이릏게 걸어 놓구서 자먼은, 동태, 캉캄한 그믐밤에 보면 눈구녕에서 시퍼런 불이 뻔쩍뻔쩍한다구.

그래서 그게 그런 큰 것을, 거시기가 있다구. 그래서루 호랭이가 그란다구 혀서 무슨 호랭이가 있느냐 해서 보니, 나무 둥치가 썩은 고목 뿌링이가 그케 시퍼런허니 불을 키드라구. 그믐밤 캄캄하니 보믄, 거 틀림없이 시범을 해 보면은 나온다구. 그키.

그래서 그렇게 인제 호랭이가 왔다 간다구 인제 그런 얘기두 하구 그러드라구.

도깨비에 홀려 죽은 두 사돈

자료코드 : 08_02_FOT_20090209_HID_HHK_0002
조사장소 : 충청남도 금산군 군북면 산안리 사기점 121
조사일시 : 2009.2.9
조 사 자 : 황인덕, 김기옥, 오세란, 서은경
제 보 자 : 한한국, 남, 78세
구연상황 : 도깨비와 귀신 이야기를 듣고서, 마을에서 실제 있었던 일이라고 하면서 구연하였다.
줄 거 리 : 서대산에서 넘어오는 곳에 황골재라고 하는 고갯길이 있다. 한 동네에서 살면서 사돈지간인 두 사람이 잔치에 갔다가 돌아오는 길에 도깨비에 홀려 죽고 말았다. 지금도 그 자손들이 이곳에 살고 있다. 실제 당하고 나면 도깨비가 없다고도 할 수 없다.

저, 서대산 거기, 저 서대 성당에, 서대에서루 저 서대산 밑이루 넘어오면 저 조정리, 아니 보광리라구 보광리라구 거기 산이어, 산. 날망이루 넘어오는 디가 있어. 그래 얘기를 들었나 모르지만.

근디, 여기 분두 어, 여기 분 두 양반덜이 거 서대라는 디 가서 잔치를 보구서 잔치를 보구 골루 넘어오믄은, 가까우니까 두 양반이 인제 겨울에 요기 있는 양반이 사둔간이 그랬어.

넘어오믄 이이리 저, 신평리루 해서루 저 조정리루 해서 군북으루 해서 여기루 오는 것은, 욜로 요롱게 그냥 직접 오니께 소로질로 욜로 그냥 댕겼다구.

그랬는디 인제 거기서 회갑잔칭가 갔다가 술 잡수구서 이릏게 타악 오시다, 그리 오시다가 두 양반이 똑같이 돌아가셨어. 그래 도깨비가 홀려서. 그릏게 돌아가셨다구. 돌아가셨어. 죽었어, 그냥.

그래 두 그때 뭐 그릏게 나이두 많이 잡숴서 그럴 거시기두 아닌디, 도깨비게 홀려서 그켔다고. 그래 가지구 두 양반 같이 오다 그냥 같이 거기서 그냥 죽어버렸어.

둥굴어서 죽었나 인제 가서 그래, 여 이 동네 사는 양반인디 고리 오다가 두 양반이. 사둔간에 아래, 옆 집 이릏게 떠어서 있었는데.

그래서 옛날에는 도깨비두 익구, 귀신두 익구 이런 산골짝이는 많이 있었다구 그랬어. 많이.

말은, 지금은 도깨비 귀신은 뭐 전깃불 들어오는 디는 읎나 안 사능가는 모르는데, 그러믄은 서울겉은 디 뭐 거 궁궐겉은 디 뭐, 지사 지내고 뭐 하는 것두 거 전깃불 밑이서 지낼 것두 없잖아? 귀신두 못 오믄은 지낼 것두 없는 거 아니냐 그거여.

그래 인제,

(조사자 : 그 고개 밑에서 돌아가셨어요?)

어? 저, 여기 저, 저, 저, 보광리라구, 그 안에 오믄 서대에서 넘어오는

그 황골재 고개라고 하는 디 고기, 그 안이루 오는 디 거기 고개가 있는
디, 거그 오다가 두 양반들이 그냥 그냥 돌아가셨어.

요기 요기 그이 지금 그 양반들 자손들이 여그 살구서. 아까 왔던 이,
그 여기 들어오다 간 양반 할아버지가 그르켁구. 그 아홉 난 할아버지가.
그 사둔간인디 두 양반들이 같이 인제 잔치 보구 오다가 거기서 인제.

그런디 인제 술을 잡쉈다 하더래도, 그 뭐 그렇지 않다구 인제 생각을
할 수도 있는 문제여. 술 취해서 그랬다구 할 수두 있지마는 인제 도깨비
가 홀려서 인제 그릏게 죽었다구.

게 이게 도깨비라는 것도 없다구두 못 해. 허깨비라구두 하구. 인제 그
런데, 그것두 어, 읎다구두 못하구. 현재 적이루 봐서는 그 당해는 사람,
해 보는 사람은 거기 인제, 있다구 그릏게 인정이 가는디.

형제 바위

자료코드 : 08_02_FOT_20090204_HID_HJS_0001
조사장소 : 충청남도 금산군 군북면 보광리 안보광길 43
조사일시 : 2009.2.4
조 사 자 : 황인덕, 김기옥, 오세란, 서은경
제 보 자 : 황전수, 남, 72세
구연상황 : 마을 경로당에서 이야기 잘 하는 사람이라고 소개를 받은 박영찬(남, 72세)을
　　　　　 만나기 위해 집 근처에서 기다리고 있던 중, 이웃에 살고 있는 황전수 화자를
　　　　　 만나게 되었다. 박영찬이 나타나기 전까지 약 30분간 길에 서서 먼 산과 마
　　　　　 을을 둘러보며 이야기를 나누었다.
줄 거 리 : 마을 뒤에 있는 산에 형제 바위가 있다. 그곳에 사람들이 몰래 매장을 하기도
　　　　　 하였다. 마을에 가뭄이 심해지면 마을 사람들이 그곳의 묘를 파버리는 일이
　　　　　 있었다. 그곳에 묘를 써서 가문다고 여겼기 때문이다. 그곳에서 떨어져 죽은
　　　　　 사람들도 있다.

(조사자 : 저 큰 바위는 뭐라고 불러요?)

성지바위라 그라죠.

(조사자 : 형제바위란 말씀인가요?)

예. 저 바우가 둘 있다구. 둘 있으닝깨 성제바우라 그러지. 그걸.

(조사자 : 거기에도 뭐 얽혀 있는 얘기가 있을 것 같애요. 바위가 잘 생겼잖아요?)

예, 저 우다가 갖다가 뫼두 쓰구 막 그냥. 뫼 쓰믄 간찮다고 하능가 어쩐지, 저기다가 저 독 우다가 흙을 딴 데 파다가 뫼두 쓰구 막 그라믄, 여, 여름 와서 여가 가물라구 하믄 인제 올라가서 그걸 또 파다가 치우구 막 그랬어요, 그전에. 근데 거다 쓰믄 가문댜, 또. 그르닝깨, 막 저 너머 사람들하고 막 저 너머 사람들이 와서 뫼를 파구 막 그래.

아 인제, 인제 가물믄은 묘를 씅깨 가문다 이거여. 그래닝깨 인제 그, 그, 나쁘다구 묘를 파내빌라구 하구 막 그냥. 긍깨 밤이 몰르게 와서 저 인저 쓰잖아 묘를.

(조사자 : 명당은 명당인가 봐요?)

몰라요, 우리 그, 그래서 제기루, 그 바우 우에다 할라믄 뫼 쓸라믄 사람 일이십 명이 오능 게 아녀. 아무캐두, 응, 백여 명 와서 담아 가야지, 조금씩 떠각고 가야지, 저 어트게 각구 가, 저걸. 그 뫼 쓸라믄. 그르닝개 밤이루 그케 와서 그라는 거야. 밤이.

(조사자 : 어디 저, 형제바위 저 둘 중에서 어디에요?)

큰 놈. 큰, 큰 바위. 큰 놈 위. 바위 위에다가. 그전에 그래서 인제 요 근래는 인제 비 가물들 안 하닝깨 그런 말이 별루 읎었어. 옛날이는 가물믄 저 묘 썼는개비라구 허구. [웃음] 그때 많이 그래 가지구.

[녹음이 되지 않음. 형제 바위에서 사람이 떨어져 죽은 일이 있다는 황전수 화자의 이야기가 있었다.]

(조사자 : 형제바위에서 떨어져 죽었어요?)

예. 그렁깨 자살일 테지 뭐. 근디 몇 죽어서, 멀리 사람두 와서 죽구 그

런디, 작년잉가 재작년인가, 여기 여쪽에서루 죽었는디 거기 저 주소 보
구 서울 사람이라구 와서루 그 얘기했는디, 갈림(관념)을 안 하더랴, 그냥.
죽은 사람 식구들이.

　그래서 그냥, 그라구 말았지. 그라구 여깃 사람두 여 아래 골내미 바로
여기 쪽 올라가서 저 성대 앞이서, 거기서, 떨어져 죽구 그랬더라구. 그래
서 그게, 그게 집안이 가을 드는 사람덜. 재수없구 인제, 이릏게 인제 그
말씀 발쌔, 사람마둥 저 죽을 사람들이 거운 가 죽는 거야. 그렁개. 그 집
이 뭔 가운이 있었던지 인제, 그 집 아들이 왜 거기 가믄 잘못하믄 죽기
두 하구 그라는 사람들 있잖아요? 그렁개 이제 그런 사람들이 가만 보믄
거 가 죽더라구.

나오다 안 나오다 하는 샘

자료코드 : 08_02_MPN_20090205_HID_PBH_0001
조사장소 : 충청남도 금산군 군북면 상곡2리 안골내미길 35번지
조사일시 : 2009.2.5
조 사 자 : 황인덕, 김기옥, 오세란, 서은경
제 보 자 : 박복현, 남, 72세
구연상황 : 조사자가 이 지역과 관련한 이야기는 없느냐고 묻자 다음의 이야기를 구연하
　　　　　였다.
줄 거 리 : 서대산에 가면, '도내기 샴'이라는 곳이 있다. 농사 지을 때, "나와라"라고 하
　　　　　면 물이 나오고, "나오지 마라"라고 하면 물이 나오지 않는 곳이다.

　(조사자 : 그리고 무슨 둠벙이 있어요?)

　둠벙. 둠벙이 있어서 물이 안 마른다고. 그냥 위에서 쪼맨씩 쫄쫄 내려오는 물이여. 그 청벽, 청벽서.

　(청중 : 도내기 샴이랴.)

　(조사자 : 도내기. 도내기, 도내기, 도내기 뚬벙. 도내기 샴.)

　(청중 : 도내기 뚬벙에. 여름에는 "나와라!" 하믄, "들어가라!" 하믄 들어간다는 소리, 그 소리.)

　짜개진 구리샴이라구 서대산 가면 그 짜개진 구리샴이라구 있어. 짜개진 구리샴. 그 속이 막 겨 들어가믄, 물이 댓 명은 거기 살 정도로 꽹장히 물이 쮈쮈 나. 천경 밑이서.

　그르카구 요기, 전설에는 이 도내기, 도내기 샴이라구 해요. 도내기 샴. 요 너머여 바로. 도내기 샴인디, 농사질 때는,

　"나와라!"

하믄 나오구, 그라구, 농사 안 질 때는 들어가라믄 들어가구. 그래 물이

농사질 때만 나오구 농사 안 질 때는 안 나와.

　(조사자 : 지금도 그래요?)

　지금 그려. 건디 지금은,

　"나오지 말라!"

하닝깨 물이 안 나와. 그래서 농사철이는 물이 많이 나와. 그래서 그게 원인이 어트게 되능가 하니, 저쪽 들판 있잖아? 여 너머. 그 위서 물을 막대면은 그 샘이루 물이 나오는디, 농사, 인제 퍼 올려서 저기 농사 짓느라고 거기 대니까.

　근디 거기 안 대면 물이 끊어지는 거야. 이 샘이서. 그래서 농사 안 질 때는 안 나오고, 농사질 때는 나오고. 저 영리한 거 같애. 음. 도내기. 묘한 샘이여, 그래. 서울서도 계속 구경오는 거여. 말이 묘하니까.

도깨비에 홀린 사람

자료코드 : 08_02_MPN_20090205_HID_PBH_0002
조사장소 : 충청남도 금산군 군북면 상곡2리 안골내미길 35번지
조사일시 : 2009.2.5
조 사 자 : 황인덕, 김기옥, 오세란, 서은경
제 보 자 : 박복현, 남, 72세
구연상황 : 앞의 이야기와 같은 상황에서 이어서 구연하였다.
줄 거 리 : 한 동네에 살던 세 사람이 금산에 갔다가 돌아오는 길이었다. 그 중 한 사람
　　　　이 갑자기 누군가가 자기를 부른다고 하면서 엉뚱한 길로 자꾸 가는 것이었
　　　　다. 나머지 두 사람이 억지로 끌어 당겨 못 가게 하였다. 도깨비에 홀린 것으
　　　　로 생각하고, 뺨을 때려 정신을 차리게 해서 겨우 데리고 왔다. 그 일 이후
　　　　그 근처에서 젊은 사람이 죽는 일이 생겼다.

　근디 우리 동네에 같이 살던 사람이 저 금산 갔다가, 그때는 차두 별루 없구 해서, 저 산안리, 재 너머에서 이 쪽에 자전리 들어가는 디 거기까지

같이 왔어. 서이, 우리 동네 사람 서이 왔는데,

　"너 거기, 거겼어! 거겼어!"

하며 소리를 질르면서 산이루 계속 가네?

　(조사자 : 뭐라고 소리하면서요?)

　"너 거겼어, 거겼어."

하믄서 산으루 막 가능 거여. 소리를 질름서. 그래서루, 근데 우리 동네 이웃집 살던 사람하구 셋이, 우리 동네에서 셋이 갔는데, 자전리 들어가는 디루 계속 논 가운데를 들어가믄서,

　"거기 서, 거겼어, 거겼어."

하면서 막 가능 거여. 그래 우리는 어거지루 막 뛰어가서 그 사람을 붙들었어. 붙드는디 그때는 인제,

　"왜, 왜 너, 너 왜 일리 오냐? 일리 오냐?"

했더니 어, 허리를 잡아 끌어서, 둘이 잡아 끌어서 신작로루 끌었어. 그랬는디 어떤 처녀가 자꾸,

　"일리 와, 일리 와."

하믄서 그이가 자꾸 가더랴. 자꾸 오라구 함서, 처녀가. 논빼미 가운데로. 근디 자짐뱅이 들어가는디 그 산 있는 디까지 갔어. 그래서 둘이 잡아 끌었어. 그래여, 니 도깨비 홀렸다구 함서, 뺨대기를 둘이 탁탁 때렸는디, 게서 갠신히 델꾸 왔어. 그때 여기 사는 사람인디.

　(조사자 : 밤중에요?)

　한 열두 시두 넘었지. 저기서 금산 갔다 오는디.

　(조사자 : 술에 취했었어요?)

　술은 취했지. [웃음] 그 사람은 술 채구, 우리두 얼추하구 챘지. 그래 술짐이 그랬나, 도깨비가 있나는 몰라.

　(조사자 : 그 술은 두두리서 잡수셨어요?)

　계속 금산쯤 막 먹고 오다 계속 먹는 거지. 같이 먹으니까. 그래 그런

경우두 있드라구. 근디, 고 옆이서 저기 외처 사람인디, 그냥 죽었어. 쓰러져서. 전봇대 옆이서. 고 옆이서.

(조사자 : 왜요?)

몰라. 그냥, 사진산가, 뭔가, 젊은 사람, 한참 땐디. 한 삼십은 넘은 사람인디, 거 옆이서 죽었어. 그래서 거기서 그랬더라구. 게 귀신이 그랬나, 도깨비가 그랬나 몰라. 그 옆이서 죽었어.

(조사자 : 그 일 있구 얼마 있다가 그렇게 죽었어요?)

응. 얼마 안 됐는디 그랬어.

방앗공이에 붙은 도깨비

자료코드 : 08_02_MPN_20090205_HID_PBH_0003
조사장소 : 충청남도 금산군 군북면 상곡2리 안골내미길 35번지
조사일시 : 2009.2.5
조 사 자 : 황인덕, 김기옥, 오세란, 서은경
제 보 자 : 박복현, 남, 72세
구연상황 : 앞의 이야기와 같은 상황에서 이어서 구연하였다.
줄 거 리 : 6·25 전쟁이 일어나기 전, 마을에서 어떤 사람이 장가를 가면서 방앗공이를
쪼개어서 전을 부치는 불을 피우는 데 이용하였다. 그 일이 있고 난 뒤 그 집
에 몇 번이나 불이 나는 바람에 마을 사람들이 불을 끈다고 왔다 갔다 한 일
이 있다. 당시에 사람들이 시집 온 여자가 도깨비에 들려서 불이 난 것이라고
하였다.

여기 육이오 전에, 그렇깨 여가 한 열다섯 호두 더 살었어. 저 위에, 둥구나무, 저 위에두 집이 익구 여기 익구 해서 한 십오호 됐는디, 지금은 삼호백이 안되야. 삼호. 셋 집. 그런디 도깨비가 불을 막 질렀어.

(조사자 : 어디다요?) [화자의 부인이 이야기를 하려고 중간에 끼어들자, 자신이 하겠다고 하였다.]

저기에, 저 위에, 저 위에, 저기두 오홍가 살았었어. 그래 장개를, 장개를 들었지? 장개 드는디, 옛날에는 이렇게 발루 이렇게 해서 디딜방아라구 있지. 그라믄 그 디딜방애서 디딜방아 고가 있어. 그래 그걸로 인제 나락두 쪄 먹구 막 인제 사람이 밟어서 하능 거. 그거 알어, 디딜방아라구? 몰르지? 그래서 그 방아꼬가 있는디, 여기에두 그 방아깐이 있구, 저 위에두 방아깐이 하나 있었어.

(청중 : 응, 요깄었나비다.)

그래 이 장개를 들었는디, 방애 찧는 방애 고가 있어. 그람 나무를 깎아서루 그 확이다 콱 밟았다. 콱 네리믄 찌구 찌구 하능 게. 그래서 장개 드는디, 그 고를 갖다가 잡아 빠개서 적을 부쳤어. 장개 드는디.

(청중 : 불 때서 했어, 그전에.)

불 때서 적을 부쳤지. 인제 소두방 이렇게 엎어 놓고 옛날에는. 그랬는디 장개들 때 그 방앳고를 빠개서 적을 부쳤는디, 그 시집 온 여자가 도깨비가 들렸능개벼. 그라는, 저녁마다 불이 나네, 그 집이. 삼 일 저녁을 거듭 불이 나. 저 위서. 막 긍게 뛰어가능 거여.

나두 알지 어려서. 근디 이상하다. 이상하다. 도깨비 들려서 그 도깨비가 불을 질렀다능 거여. 근디 묘하게 그, 불이 나. 진짜여. 게 동네 사람이 이 동네는 많이 살구 저 위에는 댓집 사는디, 자꾸 쫓아가서 끄구 끄구 그랬지, 불을. 메칠 저녁은. 그래서 그 여자가, 시집온 여자가 도깨비 걸려서 그, 도깨비가 불을 질렀다능 거여. 틀림없어. 우리두 멥 번 올라갔었어.

"불, 불이야! 불이야!"

소리를 지르면서.

저승에 갔다 온 친구

자료코드 : 08_02_MPN_20090204_HID_PYC_0001
조사장소 : 충청남도 금산군 군북면 보광리 안보광길 노인회관
조사일시 : 2009.2.4
조 사 자 : 황인덕, 김기옥, 오세란, 서은경
제 보 자 : 박영찬, 남, 72세
구연상황 : 앞의 이야기와 같은 상황에서 이어서 구연하였다.
줄 거 리 : 한 친구가 정신을 잃은 지 3일 만에 깨어나서는 자신이 저승에 갔다 왔다고
　　　　　하였다. 어떤 집에 들어가려고 했는데, 들어갈 수가 없었다는 것이다. 그리고
　　　　　개를 따라서 여기저기 돌아다니다가 다리 밑으로 떨어지는 바람에 깨어나니
　　　　　간호사가 보였다고 한다.

친구한티 들었는디요, 군인 있을 적에요. 거 실지 걷기도 해요. 왜냐하
믄 우리 친구가 콤푸레샤라고, 바람, 볼트가 빠져 갖고 배가 확 터져서 이
저 거시기루 떨어져 버려서, 내가 그 저 천백육, 저 백일 대대에 있었는데
파견 나가, 공병대 파견 나갔었거든요. 선임 하사관 급수병이루. 그랬는데
이게 창자가 다 쏟아져 각구 병원에 가서 주사 맞치고 숨만 깔딱깔딱 하
는 사람, 삼일만에 살아 갖고 왔어.

나는 인제 삼일만 해각고 한 한 달만 나왔는데, 갸를 얘기를 치료해서
얘기를 하는데 뭐라 하냐믄,

"와, 저승길 있드라."

그래. 저승길이 워트게 있데. 근데, 나는 죽었다 깨났지 않느냐, 삼일만
에 숨을 쉬었으니까. 까딱까딱하다 그래, 워트게 된 거냐닝깨, 내가 어디
를 가게 됐는데, 산을 넘어서 갔더니 바위가 있더라?

근데 개가 한 마리 하얀 놈이 따라오걸래 그 눔을 따라갔더니, 이케,
뻐쪽도 아니고 유리가 콱한 집이 있는디 흰 옷 입은 사람, 그양 꺼먹 옷
입은 사람, 여자들도 많고 학교마더 있는디, 이케 집이 있는데 들어갈 데
가 없대. 들어가고 싶어 죽겄는디. 이리 들어가두 문이 맥히구, 저리, 개

를 졸졸졸졸 따라다니구 따라 댕겨 봐두 옳어서, 그래 그 넓은 디를 다 쏘다녀두 가구 싶은디 가들 못한 게 죽을래두 못 죽었던가 봐.

없는데, 대련히 건너오고 있었드랴. 게서 이제 애구, 이쪽 또랑내를 보니까 오막살이 집이 서너 개 있는디, 이제 거기를 하두 못 들어서 배는 고파 죽겠구. 저 집이 가 밥 은어 먹을까 하구 가닝깨 개가 졸졸졸 따라오더니 이 남자가 걷는데 딱 뿌러졌디야.

다리 걸려서 밑이루 한없이 떨어지다가 쳐다보니깨, 그때서 그 간호원이 깨났다고 막 벨을 눌르드라구. 그릉개 그거 내가 삼 일 동안에 저승 갔다 온 거 아니냐? 그건, 그 실질적이지. 그 눔이 고, 고, 정신 한 번, 들은 건 있거든, 그거는. 내가 저승에 갔다 온 적도, 교회도 안 믿고 하느님도 안 믿고 그러네요.

채알 귀신

자료코드 : 08_02_MPN_20090202_HID_SDS_0001
조사장소 : 충청남도 금산군 군북면 상곡2리 경로당
조사일시 : 2009.2.2
조 사 자 : 황인덕, 김기옥, 오세란, 서은경
제 보 자 : 신대순, 여, 74세
구연상황 : 노래를 하는 분위기에서 이야기를 하는 분위기로 판이 바뀌자, 자신이 겪은
           일이라고 하면서 다음의 이야기를 구연하였다.
줄 거 리 : 식혜를 만들어서 시아주버니에게 가져다 주려고 가다가, 길을 잃어 한참을 헤
           맨 적이 있다. 한참을 앞이 보이지 않아 헤맨 뒤 겨우 앞이 보였다. 채알 귀
           신이 붙으면, 그렇게 앞이 안 보이는 일이 있다.

채알(차일) 귀신을 내 만냈었어요. 채알 귀신을 저기, 인제 저 동네에서, 저쪽 동네서 사는데,

(청중 : 그전이는 채알 귀신 많이 나왔어.)

우리 시아주버니가 여기 위에 살았어. 그래서 인제, 식혜를 해서 갖다 줄라구 이릏게 오다가, 인저 올 때는 괜찮했어. 아 가는 디가 이 저 아래 까장 저 밭을 다 헤매구 댕겼어. 하구 어딘지를 모르구 그냥 막 그냥 갔어. 그 질거름이라구. 갔는디 ○○○ 아부지가 지침을 하는디 요기랴. 나는 저기 배서방네 논이 가 있구.

(청중 : 그런 기여. 그때는 많이 홀렸어.)

(청중 : 그전이는 많이 홀렸어.)

아이 그래 가지구 도저히 그거 클났으유. 그린디 그이가 지침하는 바람이 양, 눈, 눈, 눈 밭이구 그러니께 뵈끼더먼유.

그랬는디 [옆에 있던 청중이 이야기를 하는 바람에 2~3어절 청취 불능] 집이루 온 거여유. 그래 채알귀신이 있대유.

(조사자 : 그게 채알 귀신인 거예요?)

예. 채알 귀신.

(청중 : 눈을 가린대요.)

본인이 운전해서 가는 저승

자료코드 : 08_02_MPN_20090209_HID_OSE_0001
조사장소 : 충청남도 금산군 군북면 산안리 사기점 121
조사일시 : 2009.2.9
조 사 자 : 황인덕, 김기옥, 오세란, 서은경
제 보 자 : 오순이, 여, 75세
구연상황 : 제보자 한한국이 경험담을 계속 구연하자, 오순이 화자에게도 시선을 돌려 질
　　　　　문을 하였다. 목소리에 기운이 있어 명확한 내용 전달이 가능하였다. 자신은
　　　　　집안에 앉아 있어도 남편이 밖에서 무엇을 하는지 알 수 있다고 하였다. 자신
　　　　　의 '영이 조금 높다'라는 표현을 썼다. 이런 저런 이야기가 많이 나올 법하였
　　　　　으나, 남편의 제지로 한 마디의 이야기만 들을 수 있었다.
줄 거 리 : 남편이 장사 가고 없었는데 몸이 몹시 아팠다. 아침부터 꿈을 꾸었다. 어떤

사람이 운전석에 자신을 앉혀 놓고 직접 운전을 해서 가라고 하였다. 운전을 해서 한참을 올라가니 열두 개의 문이 나왔다. 하나씩 문을 열었더니 한결같이 들어오지 말라고 하였다. 할수없이 돌아오는데 다리를 건너다가 밑으로 떨어지는 바람에 잠에서 깨어났다. 그 후 이십 년이 지났다. 지금도 상여가 지나가는 것을 보면, 본인이 직접 운전해서 가는구나 하는 생각을 한다.

장사가구 없었어. 그라는디, 이자 내가 시아버지를 모시구서 사는데, 사는데, 내가, [웃음] 아팠어, 내가 몸이. 몸이 되게 아팠는디, 꿈을 아침부터 인제, 딱 나락 걷을 때 가실이여, 딱 끼니까, 그냥 워디 산 날망이를 가랴, 나더러. 그라는디, 차를 시커먼 승용차, 그걸 갖다 놓구 나를 운전을 하구 가랴. 그래서,

"아구, 나 이거 운전 못 해요."

그라니까, 해 보랴. 그라믄서 운전석이다 올려놓네, 나를. 아, 그래, 이 운전을 하구서 딱 올라갈라니까, 그 왜 뻘건 깃대맨 만삼(만장) 있잖아? 들구 죽으믄 여러 개 들구 가는 거. 그거를 들구 가믄선,

"나만 따라오시오, 운전을 하구 오시오."

그래 운전을 하고 내가 올라가 갖고, 아 막, 운전대만 들믄 뭐 날망으로 잘 올라가능 거여. 내가. 아 그래 냥, 참 날망에를 쭉 올라갔는디, 가다가 또 쉬구 또 올라가구, 쉬구 또 올라가구 이룽게 올라갔는디.

날망이를 딱 올라가니까는, 문이 이렇게 생겼는데, 그냥 벌건하니 문이 그냥 막 참 단추가 이룽게 장기구 막 그 문이 열두 개가 달렸어. 하, 열믄 또 문이구, 열믄 또 문이구, 그냥 하 수두 읎이 열구 들어가는 거여, 내가. 막 들어가니까, 방이 하얀항 게 조옥 이룽게 있는디,

방문 열고 들이다보믄 할아버지들이 갓을 쓰고 앉은 방. 또 안에 할머니들이 또 이룽게 꼬부리구 앉은 방. 또 각시들이 앉은 방. 하튼 방을 네 갱가 다섯 갱가를 댕김서 열었어, 내가. 다 오지 말랴. 당신 겉은 사람은 여기 들어올 디가 아닝깨, 왜 여기를 왔냐는 거여.

(조사자 : 오지 말래요?)

어, 오지 말래. 아, 그르구 나두 여기 올라구 왔다구. 그라니께 가랴.

"당신 여기 오지 마! 가! 가!"

그랴는 거여. 그래서루 인제 워트캬. 방엘 다 들어오지 말라구 하니 집이루 오야 할 거 아녀?

"에이, 가야겄다."

그르카구서루 이렇게 올라 그라니께, 기차 철다리, 기차 철다리가 엉금엉금햐. 아 그 눔을 건네 올려구 이렇게 이렇게 하니께, 다리가 한 톰 풍덩 빠지능 거여. 이 다리가. 그래 깜짝 놀라 깼는디, 저녁때가 다 됐어. 아침부터 그랜 사람이 얼마나 애를 썼나, 저녁때가 다 됐는디 옷이 다 젖었어. 혼차 인제 용을 쓰고 막 그냥 난리를 치고.

그때만 해도 애기 인자 한 둘 낳았을 땐디. 젊잖아, 애기 둘 낳았으니까. 그르구 각시 땐디. 아이구 도저히 못 살겄어. 그래, 목이 말라 죽겄어, 애기더러,

"애기야, 가 물 좀 떠 각구 와."

다섯 살 먹은 애기더러.

"애기야, 가 물 좀 떠 각구 와. 엄마 목말라 죽겄다."

그라니께 물을 사발이다 떠다 주더라고. 그 놈을 먹구 정신을 차링개 시아버지가 오래된 연후에 와 가지구서는 밥을 해서 주능 거여. 얼마나 애를 먹었는지 아주. 그룽게서 저승엘 갔다 왔어. 그룽게서.

그 문이 또 열믄 또 익구. 열믄 문 그냥 열두 개두 더 열었는데, 당신 여기 올 데 아니라구 아주 거절을 당해구서는 못 갔어. 근디 지금 멫십 년을 살응 거여. 그르카구서는 지금. 내가 그룽게두 한 사람이여.

(조사자 : 들어갔음 큰일날 뻔했네요.)

들어가믄 죽지. 그 찌프차를 타래. 운전을 하구 가래. 그래서 내가 행상이 딱 나가믄,

‘아이구, 본인이 운전하구 가는구나.’

이 생각이 딱 들어가능 거여. 다른 사람이 행여를 밀구 가지만, 본인더러 운전을 하고. 그래 내가 그 생각을 해. 행상이 발써 가잖아? 그라믄, ‘저거 본인이 운전하고 가는구나’, 이 생각이 딱 들어가. 올라 앉으믄. 그래 그릏게두 해 봤어 내가.

도깨비에 홀리다

자료코드 : 08_02_MPN_20090205_HID_ESS_0001
조사장소 : 충청남도 금산군 군북면 보광리 경로당
조사일시 : 2009.2.5
조 사 자 : 황인덕, 김기옥, 오세란, 서은경
제 보 자 : 이상순, 여, 78세
구연상황 : 도깨비나 귀신 본 이야기는 없느냐는 조사자의 질문에 이런저런 이야기들이
　　　　　 오가고 난 뒤 다음의 이야기를 하였다. 도깨비 본 사람이 많다는 청중들의 이
　　　　　 야기가 이어졌다.
줄 거 리 : 냇가에 목욕 하러 가려고 어머니와 길을 나섰다. 같이 가기로 한 다른 사람이
　　　　　 오지 않아 기다리는데 근처에서 무슨 소리가 들렸다. 같이 가기로 한 일행인
　　　　　 줄 알고 그 소리를 따라 계속 갔으나, 일행이 나타나지 않았다. 웬 아저씨가
　　　　　 나타나 하는 말이, 이곳은 도깨비가 있는 곳이라고 하였다. 다음 날, 어제 오
　　　　　 기로 했던 이에게 물어보니 자신은 그곳에 가지 않았다고 하였다.

그리구 나는 그전에 목욕을 가서, 우리 어머니하고 우리 여동생하고 나하고 목욕을 갔는데, 머리 그때, 그때만 해두 땋았어. 저기 저 청소면 살 때. 어려서 클 때. 그른디 인저 우리집께 인저 거기 승우, 고모라고 있는디 그 여자가 우리 어머니 보고,

“아이구, 형님 이따 목욕 갑시다, 냇갈로 목욕 갑시다.”

그러드랴. 그래서 인저,

“그래요.”

그러구서 인저 우리 그이가 안 와서 우리 어머니가 우리만 데리고 인제 목욕을 왔어, 인저. 인저, 냇갈로 인저. 거기 소나무가 이렇게 몇 개 섰는데 거기 밑이가 물 좀 많어. 짚어. 인제 거기서 인제 막 샤워를 허구 있는디, 막 자깔자깔자깔루 막 지껄이는 소리가 나구 그 아래서.

그러니까 우리 엄니가 옷은 여기다 벗어놨는디 막 빨개 벗구 우리 다 빨개 벗었지. 어무니가 가는디 우리두 막 따라갔어. 거기, 거기 왔는개비라구. 거기, 거기서 허는개비라구. 막 허드라구. 나두 막 같이 따라가다가 달은 휘양창 밝은디. 그린디 아이구 암만 가두 거가 거기여. 암만 가두. 막 달음질해서 움직여서 갔는디 암만 가두 거가 거기라 내가,

"아이구, 엄니. 도깨비 홀렸내비여."

내가 인저 가다 그렸어. 그래서,

"응? 아이구, 그런개비다."

허구서 엄니가 되돌아서서 그냥 옷두 입을 새 없이 옷을 막 끌어 안꾸서 그 위루 올라와서 그 보리밭이 있는디, 거기서 막 그냥 막 입었는디 어떤 아저씨가,

"에헤헤헤헴!"

허며 오더라고. 어떤 아저씨,

"아이구, 왜 왜들 그래요?"

그랴, 그서,

"아이구, 저기 도깨비 홀렸어요."

그래서 저기 옷을 입지도 못 허구 이렇게 왔다구.

"여기 도깨비 있는 디요."

그러드라고. 거기 도깨비 있는 디랴. 그서 그 그 이튿날 물어보니께 안 갔다잖어? 목욕을 안 갔다고. 냇갈이 안 왔다고. 도깨비 홀린 거지. 나만 안 있으믄 밤새 그러구 다닐 판이여. 홀려 각구.

도깨비 체험담

자료코드 : 08_02_MPN_20090205_HID_ESS_0002
조사장소 : 충청남도 금산군 군북면 보광리 경로당
조사일시 : 2009.2.5
조 사 자 : 황인덕, 김기옥, 오세란, 서은경
제 보 자 : 이상순, 여, 78세
구연상황 : 앞의 이야기와 같은 상황에서 이어서 구연하였다.
줄 거 리 : 탄광에 일하러 다니던 사람이 하루는 고개를 넘어오게 되었다. 돼지 다리 하
나를 들고 오는데, 웬 노인이 지팡이를 휘두르며 고기를 뺏으려고 달려들었
다. 산신령이라고 하였다. 또 한 사람은 밤에 걸어오는데 키 큰 사람들이 씨
름을 하자고 달려들었다. 키 큰 사람의 머리카락을 어디에 묶어놓고 아침에
가보니, 몽당빗자루였다.

근게 거기 마강리 친구가 살았어. 거기. 재 너머에. 미서워서 못 왔다는
데. 그른께 우리 집이 살던 사람, 실질적 옛날 얘기여 이건.

우리집 세 살던 사람인데, 시골서, 보령서. 저기 고개 너머 저기 탄광에
다녀, 그이가. 고개 너머 탄광에 다니는디, 거기서 돼지를 잡았디야. 그렸
는디 다리 한 짝을 인저 해 먹을라구, 인저 각구, 인저 들구 인저 오다가,
글씨 그전이 간드랫불 있잖여? 시컨헌 거. 간드랫불, 불 들어오는, 까스루.
불 들어오는 거.

그거 인저 각고 인저, 산 넘어서 이릏게서 인제 오는디, 아유, 하, 인제
담배 필라구 오다가 하얀한 할아버지가 히! 막 좋아서 막 그냥 이릏게, 막
지팽이를 막 이릏게 내둘루가머 오드랴. 인제 그 고기 뺏어갈라구. 인제
그걸 안 줄라구, 그이가. 이 다리 여기다 쿡 찌구, 쿡 찌구서 인저 담배를
피구 인저 이만치 오면, 간드렙불 이케 대믄 저만치 가고 막 그냥 그랬디
야. 하하하.

그, 그게 산신령이래요. 산신령. 그리서 그거를 인저 집이 각구 가서 하
나두 안 주구, 집이 각구 가 쌂어 먹었는디,

그 그믐날 인저 일 갔는디 구덩이가 흐너졌어. 구덩이가 흐너져각구 다리를 끊으라구 허는 거, 그리두 안 끊구서 다 저기, 그냥 집이서 그냥 병원에 다녀서 낫었어. 그랬는디 그이가 담력이 엄청이 쎈 사람이여.

그루구 저기 도깨비덜이 키가 장성 같은 사람들이 인저, 술 먹구 오면은,

"야, 이놈아, 씨름 좀 하자."

허구서,

"씨름, 그래 허자, 이눔아."

허구서 그이가 키가 쪼고만 햐. 보통 키여. 땅딸막해 각고. 그랜디,

"허자, 이놈아!"

해 갖구 달려들어 갖구 왼쪽이로 팍 넹긴디야, 씨름을. 왼쪽이루 팍 넹겨 갖구, "어쿠!" 허니 자빠지는디,

"네 이놈 내일 좀 보자."

허구서 머리카락 잡아 각구 그 지장풀 있잖아? 왜 애들두 뽑아 먹구 허는 지장풀 있어. 거기다 그냥 꼭꼭 매 놨디야. 그거를. 머리카락을 그이 머리카락을. 매 놓고 집이 와서 인저 그거 뒷날 가보니껜 저기, 몽당 빗자락 있지? 그거허구 매놨더랴. 그게 도깨비가 둔갑을 해 각구.

죽었다가 살아난 사람

자료코드 : 08_02_MPN_20090212_HID_CBR_0001
조사장소 : 충청남도 금산군 군북면 두두2리 413번지
조사일시 : 2009.2.12
조 사 자 : 황인덕, 김기옥, 오세란, 서은경
제 보 자 : 최분례, 여, 85세

구연상황 : 앞의 이야기와 같은 상황에서 이어서 구연하였다.

줄 거 리 : 염병을 앓고서 죽을 뻔하다가 살아났다. 사람은 살아서 인정이 있어야 하는

데, 시집살이 할 때, 연장을 함부로 빌려 주었다고 시어른들에게 혼이 났다.

어제 죽었으믄, 니알, 어제 죽은 돌새만이 깨났댜. 염병하다가.

그래 가지구 나도, 나도 아홉 살 먹어서 염병하고 메데기 작은 아버지 두 익구, 둘이 그냥 염병에 걸려서 슷이 걸렸어. 그래 가지구 이릏게 깨나더니, 아이, 잠도 많이 잤다고. 우리 할아버지가 흰 강아지를 안고 감서,

"이눔 안고 가거라. 너는 안적 올 때가 안 됐다."

그래 그눔을 안고 오다가, 외나무 다리 건너오다 그걸 거그다 놓치믄 깨난댜. 그 얘기를 하더라구.

그래서 이 사람이 인정 쓰고 온정 쓰능 건 이 으장을 많이 노놔 쓰믄은 인정을 받는디야. 으장 없이 농사질 수가 있어? 호미, 꼥이, 갈코리, 이렁 거?

그래 우리 아버지는 많이 사다 놓구, 우리 읎어두 자꾸 누가 얼으러 오걸랑 주라구 했어. 메데기 집이서, 클 때.

아 그래, 시집가서루 누가 뭐를 얼으러 와서 줬더니, 니 맘대루 그렁 걸 인자 인자 옹 것이 니 맘대로 그랬다고 여섯 달을 뵈였어.

(청중 : 그전 사람은 맘대로 못 주게 했어.)

응, 여섯 달을 뵈였어, 제 맘대로 한다구.

약이 되는 명산의 돌

자료코드 : 08_02_MPN_20090212_HID_CBR_0002
조사장소 : 충청남도 금산군 군북면 두두2리 413번지
조사일시 : 2009.2.12
조 사 자 : 황인덕, 김기옥, 오세란, 서은경
제 보 자 : 최분례, 여, 85세
구연상황 : 앞의 이야기와 같은 상황에서 이어서 구연하였다.
줄 거 리 : 서대산의 돌을 삶아 먹어서 병을 고친 사람이 있다. 명산에 있는 돌은 약이
　　　　　 된다.

서대산 저, 보갱이(보광리)라구 하는 디를 가믄 거기 가믄, 거기 사람이 갈쳐줄 게여.

장손대 바우라고 있어. 보갱이가 앞이거던, 서대산 앞이. 그란디 장손대 바우가 요릏게 갈라졌어. 인제 거그서 장수가 나와 가지구, 옛날이 짚시기를 신응깨 요롷게 짚시기 뒤꾸머리 짝구(자국), 방딩이 짝구, 오줌 눈 짝구가 있다능 기여. 그래 난 거가 이름이 청수동이유. 근데 거근 안 가봤어. 나물 뜯으러 가두. 그른디 거그는 돌막도 약 되야.

(조사자 : 뭐가 약이 돼요?)

돌막. 자갈.

(조사자 : 어떻게요?)

인제 자갈이, 우리 방아재 사는 그 고무다리라고 있는디, 고무다리가 이, 고무다리를 여기를 끊고 고무다리를 해 박아서 고무달래랴.

그래서 인자, 나는 인저 농사를 못 직고, 힘 센 일을 못 하니께 대전 가서 양복점에 가서 기술을 배웠어. 이제 집이서루 농사 지라구, 시어머니 하고 자개 마누라하구 농사 지라구 여다 두고,

그렁깨 남의 여자 손을 잡았을 거 아녀? 남자가. 그랑깨 대하증을 옮겨다 줬어. 마누래를. 세상 약을 다 먹어도 안 낫어. 그래 인제 죽을 병 들었다구 하구. 대하증도 큰 병이여, 그게. 그래서 누가 저 청소동에 가서 자갈 좀 줏어다 삶어 멕이면 낫을 거라고 그랴더라.

그래 요만한 장대미 종두래키를 각고 그 아주머니가 가서 그걸 줏어왔어. 그런데 팥죽같이, 아녀, 그걸 삶았는디 붉오롬하게 울어나더랴. 그래 한 번 삶아 멕이구, 두 번 삶어 멕이닝깨 물로 씻응 거 겉이 나섰어. 그래 나는 그 산, 명산이라 약 되는 중 알어.

수저를 감춘 시어머니

자료코드 : 08_02_MPN_20090212_HID_CBR_0003
조사장소 : 충청남도 금산군 군북면 두두2리 413번지
조사일시 : 2009.2.12
조 사 자 : 황인덕, 김기옥, 오세란, 서은경
제 보 자 : 최분례, 여, 85세
구연상황 : 옛날 어른들의 인심에 대한 이야기가 오가다가, '옛날에는 그렇게 살았어'라
　　　　　 고 하면서 이야기를 시작하였다.
줄 거 리 : 시집 와서 밥을 해서 상을 들고 가니, 밥을 물어보고서 푸지 않았다고 야단을
　　　　　 맞았다. 시어머니는 밥을 먹고 수저를 감추어 버렸다. 다음 번 식사 때가 되
　　　　　 자 수저를 놓지 않고는 지난 번 수저로 먹으라고 하였다. 그 다음부터는 수저
　　　　　 를 감추지 않았다.

　밥두 퍼서 큰 동서가 있는디 밥도 퍼서 이릏게 들이밀믄은, 소리두 안
하구 잡수구 그라더니, 큰 동서가 인자, 이월달에 체장사를 나가서 나두
이릏게 밥을 퍼서 인제, 방으로 인저 시동상하고 시어머니하고 시아버니
하고 보내구 그랬더니, 밥상이 되루 나와.

　"아니, 어머니 왜 밥상이 되루 나와요?"

　"워트게 메느리 시집 온 지 월매 되두 안 했는디, 응? 네 년이 네 년
맘대로 밥을 푸나?"

　물어봐서 푸야 한다네. 그래 꼭 물어봤어.

　저 양반은 이장 밑이 잇(里) 서기를 봉깨 집이 안 와. 그냥 돌어댕김서
그냥 어뜨케 먹고 워트카구 집이 메칠도 안 와. 안 오는 갑다 했지. 정 들
여 놓고 군인 가믄은 애탄다구. 집이두 오두 안 하고. 그래 가지구 일 년
살아서 고 이듬해 설 샌 정월 열이렛날 일본이루 군인 갔어.

　"저기 밥 푸까요?"

　푸라고 해서 푸야 한댜.

　"밥 다 했응깨 퍼 오까요?"

퍼 오라 하야 퍼 가. 그래 나는 큰 동세 있응깨 큰 동세가 푸고 소리두 안 항깨 상만 들였어. 소리 안 하구 잡쉈어 그럴 중 알았더니, 아 큰 동세가 나더러 얘기도 안하잖야?

첨이 왔을 때 그렇게 하라구 시키두 안 하구 두 내우 체장사 갔잖야? 그래서 이렇게 퍼 드리구 있었더니 밥상이 되루 와. 그라구 인자,

(청중 : 괜히 그건 핑계 잡는 소리여.)

누구든지 아무리 시집가서 첨이 밥을 퍼두 시아버님, 시어머님, 시할매 있으믄 시할매 먼이 먼이 차례다루 허지. 누가 꺼꿀루 푸는 사람 누가 있어? 핑계 잡느라 그래 그랴. 그래 가지구, 인자, 저붐 수저를 놓잖야? 저붐 수저를 방이다 감추구 안 내주네?

"아니, 어머니는 왜 수제 저붐을 넜는디, 왜 이릏게 안 내줘요?"

나 맘 떠보니라고 그라능 겨.

(청중 : 이제 허트루, 이제 어른들 수제를 암 디다 놓구 허트러 노깨미 인제 그랑 거지.)

인제 저기 하나 둘이나 아나 몰르나 시험서 몰르는 중 알고 그라지. 그라믄은, 몰르겄다. 그랴. 그라믄 인자 나중이 점심밥 퍼 가믄 수제 저분을 안 놔.

"아, 어머니가 내 갔응깨 그눔이루 잡수라구."

안 놔. 그렁깨 다시 안 그랴. 아 수제 저붐 있는디 당신들 식사 하구서는 노야지. 그걸 감추구 안 내놔. 그래 점심 퍼 가,

"아니, 어머니 왜 수제 저분을 넜는디 으째 설거지 함서 봉깨 안, 안, 안 내놨어요?"

그랑깨,

"몰르겄다."

그래서 수제 저붐을 안 놓고 밥을 퍼 갔어. 점상해서, 인자. 시동상하고. 그랑깨,

“수제, 저붐을 왜 안 났냐?”

“아니, 먼이(먼저) 내 논 놈으로 잡수라고 안 났어요.”

그랑깨 다시 안 그랴.

동생 병 고쳐 준 사람

자료코드 : 08_02_MPN_20090212_HID_CBR_0004
조사장소 : 충청남도 금산군 군북면 두두2리 413번지
조사일시 : 2009.2.12
조 사 자 : 황인덕, 김기옥, 오세란, 서은경
제 보 자 : 최분례, 여, 85세
구연상황 : 용한 의원이나 무당 이야기는 없느냐고 물으니, 아래와 같이 구연하였다.
줄 거 리 : 여동생이 다리가 아팠는데, 용한 의사를 만나 고쳤다.

내가 그 남자 없는 디다 주인을 햐. 그래서 그 집이다 주인을 했는디, 다 팔구 오드락까지 그 집이서. 그라는디, 그 주인 마누래가 그랴.

“우리 친정 오빠는 하두 침이 용해서 즘신 먹을 새가 없디야.”

손님이 많이 옹께. 그래서 우유, 우유 먹고 빵 하나 먹으랴. 그게 즘신(점심)이랴.

그래서루 거가 어덨냐고 항께, 주소 적을 것두 없이 가르쳐 줄께, 가랴. 저기 서대전서 남원, 구례, 구례 정기정만 표를 달라믄 고기서 내리먼은, 인제 아주먼네는 처음이 강개 못 찾아강개 택시를 타고 가믄, 우리 오빠들 마당가 택시까지 간댜. 다 안댜.

그래서 우리 여동상이 다리가 아퍼서 이삼 년을 들어 앉었었어. 그래서 인제 지팽이를 가장 디짚고 차를 타구서 찾아왔어, 그 침쟁이한테를. 그라는디 침 참말로 잘 놔. 그냥 침을 놔도 잘 놓고, 약 안 시키고, 침 그렇게 한 번 놓는데 오천원 받드라구. 그땟 돈. 오천원도 싸. 제주도서도 오

지, 서울서도 오지. 밀려 그냥. 줄나래비 겉여. 침이 용항깨.

나보단 덜 먹었어. 인물도 좋더라구. 삼 대가 똑같은디. 나는 또 차비래도 뜯을라구 삼을 사 가구. 우리 동상 그냥 가구. 그래서 우리 동상이 그라더랴.

"아이구, 다른 사람은 침을 놔서루 낙구는디, 왜 내 다리는 왜 이케 아퍼서 못 낙구?"

우리 동상은 인제 다리가 그릉깨 거기서 자기 부인하구 자라구 하더라구. 나는 방을 은어주더라구. 거 가 자라구. 그래서루 인자 내가 그랬어.

시방은 도로다가 자갈을 안 깔고 포장을 쳤응깨 바답물 돌막도 약 뒹깨, 그 눔을 줏어다 좀 쎪아서 좀 멕여 보라구.

그라닝깨 마누래가 인자 좋다는 약 해두 안 쓰니께, 안 들으닝깨, 인제 개울이 가서 그 바다 가서루 돌맹이를 줏어다가 인제 새루 물 퍼서, 새루 물 퍼서루, 쎪었는디, 팥죽내가 나더랴. 우리 동상 맡아봉깨. 그거 끓는 냄새가.

그라더니 그거 먹고 낫었댜. 그거 원래 그 물두 안 네러가능 게 없잖야? 시체두 내려가구 뭐, 행당두 내려가구 뭐, 옛날에 가매두 내려가구 그렇잖야? 바닷물은?

그란디 그걸 먹고 낫었다고 우리 동상은 한 번 더 오라구. 전화번호도 적어 오고 주소도 적어 왔어, 그래서. 전화가 오고 가구 했어. 그래서 낫었어. 두 번 먹구. 약도 안 시겨, 그이는. 그랑깨 인자, 처음잉깨 택시를 타고 강깨 참 침쟁이는 마당이다 내려주는디, 택시 기사가 다 알어. 그란디 두 번째 가믄 걸어가두 되지. 인저 다리 성한 사람은.

그래 우리 동상, 그렇게 아픈디 침 맞구 나서서루 인저 작년이 죽었지만. 다른 병이루 죽었지만. 그렇게 용하더라구. 거기를 한번 간다기 영 안 가지네. 남원, 구례. 서대전서 타고 가야지. 기차.

장닭 먹여 소아마비 고친 사람

자료코드 : 08_02_MPN_20090212_HID_CBR_0005
조사장소 : 충청남도 금산군 군북면 두두2리 413번지
조사일시 : 2009.2.12
조 사 자 : 황인덕, 김기옥, 오세란, 서은경
제 보 자 : 최분례, 여, 85세
구연상황 : 조사자가, 용한 의원이나 가짜 풍수 같은 이야기는 없느냐고 물어서 나온 이
　　　　　　야기이다. 앞의 이야기와 같은 상황에서 구연하였다.
줄 거 리 : 어떤 사람이 딸이 소아마비에 걸려서 용하다는 사람을 찾아갔다. 그가 말하는
　　　　　　대로 장닭에 약을 넣어 먹였더니 소아마비가 나았다.

　　둘이 갔는디, (조사자 : 대구를요?) 응. 삼장사를 갔는디, 인자 이라대.
아주먼네 삼 다 팔구 우리 저, 모 좀 싱궈 주고 가요. 그라서 그란다구 그
랬어. 그라는데.

　　"우리 사촌이 저 우서 사는디, 아주먼네들 여기서 주무시기도 하는디,
나 혼차 장깨 우리 사춘들 집이 가서 우리 지수씨랑 같이 밤을 새고, 사
춘들 모두 싱궈주고 그라라구."

그랴. 그래 그란다구 그랬지. 그랬는디 우리 아들하구 동갑이여, 시방 쉰
여덟. 그 집은 곧 지집아더라구. 그런디, 소아마비가 걸렸댜, 세 살 먹어
서. 그라는디, 세상 좋다는 약 다 먹구 병원이 좋다는디 가두 안 낫는댜.
그라는디 옛날이는 이릏기 육이오 나구 월마 안 돼서는 이릏게 기양 골고
루 보부장사를 했어. 꽝우리다 이구 댕김서. 이릏게.

　　[머리에 두 손을 올리는 시늉을 하며]

　　그라더니 가를 보구서는 그랴더랴. 이 우 가믄 잡, 병 낫는다드랴.

　　이건 진짜여, 얘기가 아니구. 이 우 가믄 병 낫는다더랴.

　　그래 인자 산, 이름을 잊어 삐렸어. 나는,

　　"그래, 그래요?"

그랑깨, 거그를 찾아강 겨, 애기 아빠가. 그래서 찾아갔는디, 아무리 둘러

봐두 우리 애기 고칠 병이 없드랴.

이릏게 새막걸이 쳐 각구 읊드랴. 한참 있으니께 낭구를 해 가지구 오더랴. 그냥 부림서,

"아니, 저런 선상님이 워째 우리 집이 이런 디를 찾아왔어요?"

"예, 선상님. 낭구를 해 가지고 오셨어요. 우리 애, 애기가 소아마비가 걸렸는데 좋다는 약을 다 써도 안 낫어서, 누가 여기 가믄 낫는다구 해서 찾아왔습니다."

"그르냐구."

그라드랴. 그라더니,

"나는 약은 읎습니다. 애기가 멫 살여요?"

니 살이라고 항께. "그람 여자예요, 남자예요?"

"여자예요."

"음, 그러면 시장이 가서 장닭을 사 각고, 여자니께 장닭을 사 각고, 오이루마이싱, 니 살잉깨 니 살을 멕여서 삶아서 고 눔 다 먹구, 안 낫으믄은 또 한 번 해주라드랴."

그라는디, 인제 니 살 먹었응깨 괴기를 다 못 먹잖야? 물은 밥이래두 말아 먹구.

아이 그라는디, 싹 낫었디야. 그이가 어트게 낫게 해 주능가, 어트카능가? 돈을 줘도 안 받드랴. 돈을 줘도 안 받어서, 그두 거다 인자 돈 쪼끔 가져강 거 거다 놓구 왔는디,

인제 산골이라 쌀 한 가마니를 지고 못 올라가. 농사를 져서 한 가마니를 놉을 읃어서 둘을 읃어서 닷 말씩 닷 말씩 지켜(지워) 보냈디야. 하두 고마워서.

그렇깨 약이 질바루 들어가믄 낫어. 그라믄서 그게 인자, 그, 그 양반 사촌은 도지사더라구. 저이하구 동갑이구, 여자는 나하구 동갑이네. 그래 그 집 모두 싱귀 달래서 싱귀 주고 왔어. 일당 박고. 대구는 논이다가 수

박을 싱구구 그 다 따내두 못 싱궈.

(청중 : 늦지. 늦지 좀.)

참 그렇게 좋은 약이 워디가 있어? 돈 한 푼두 안 들구. 오이루마이싱
닭 한 마리 뭐 얼매 디야?

(청중 : 몰라서 그릏지, 물두 다 약 디어. 약된 줄을 몰르니깨 그릏지.)

첨 들어 보지. 그래 약장사가 그라잖어. 시방은 땅두 오염되구, 물두 오
염됐으니깨 옛날 솔잎을 빼다가 차 끓이는 디다 같이 너서 끓여 먹구, 밥
하는 디두 깨끗하게 씻쳐서 요릏게 놓구 풀 때 이릏게 해서 먹구 그라믄
괜찮다잖어. 암이 안 걸린다잖어. 그전, 그 약장사 말두 옳여. 솔잎 내 여
간 맛있어? 송편도 솔잎허구 섞어 쪄야 맛있어.

(청중 : 그런디 조선 솔잎은 읎어요, 여간해.)

6년 만에 찾아 나선 남편

자료코드 : 08_02_MPN_20090212_HID_CBR_0006
조사장소 : 충청남도 금산군 군북면 두두2리 413번지
조사일시 : 2009.2.12
조 사 자 : 황인덕, 김기옥, 오세란, 서은경
제 보 자 : 최분례, 여, 85세
구연상황 : 제보자를 두 번째 찾아간 날, 오전 10시 30분. 이야기판이 정리되고 제일 먼
         저 아래의 내용을 구연하였다.
줄 거 리 : 남편이 집을 나간 지 6년이 지나, 어느 날 주소만 하나 들고 강원도로 남편을
         찾으러 갔다. 다 죽어가는 남편의 병을 고쳐 살려 내었다. 강원도에서 아이를
         낳았다고 아이 이름을 강자라고 지었다.

육 년이 돼두 소식이 없어. 그래서, 그래서 저 김포, 저기 저 김포가 우
리 둘째 시누가 거그서 살어. 그래 거기는 모두 옛날에는 이케 손이루 모
싱궜잖아? 그 들판이두. 그라믄 모 품을 팔러 가먼 한 달이면 끝나. 그라

믄은 서울이 가까웅깨 여기보단 일당이 더 비싸구, 술 안 먹능 거 여기다 일당 다 보태구, 담배 고급 담배 한 곽 안 먹능 거, 여그 일당 다 보탱깨 더 많잖야?

그래서 인제 거기 가서 인자 한 달을 품을 팔구 끝이 낭깨,

"성님, 나 인자 모 끝났응깨 갈래요."

그랑깨,

"올케, 모 싱구느니라구 고상했응깨 하루 쉬어서 가."

그래서 또 으른 말을 들으야겄더라구. 그래 이제 빨래를 하잖야? 후진 빨래를. 하는디 벗으라구서 봇도랑서 인자 빨구 한 번은 이고 옹깨, 뭔 편지를 탁 들구 읽어. 아들이, 고모 아들이.

"그래, 올케 못 다 가져왔지? 못 다 가져왔어요, 성님."

"그러믄은 갖다 널고 얼른 점심 먹세."

그래 인자, 그거를 갖다 널구 점심을 먹구 나닝깨,

"올케, 할 말이 있는디 좀 하야갔네."

그랴.

"하세요, 성님."

그랬더니,

"동상이 하루서 이틀만 안 와두 죽을 병이 들렀댜. 그릉깨 워트갸."

그래두 내 가만히 생각을 항깨,

'남자가 나간 지가 육 년이믄 사람을 으어서 살림을 했을 티지, 혼차는 안 살았지.'

이 맘 먹구. 그리두 나 질은 안 맥히구 간다. 그래 나 할, 나 할 노릇은 햐야잖여? 그래 인저 편지를 이도령 춘향이 겉이 편지를 주소를 각구 간 거. 편지 온 걸. 그랬더니 도미터라구 하구, 갈터라구 하구. 도미터는 현 리장을 사십리구, 갈터는 삼십리더라고.

그래서 인제 이 편지를 들구 인자 이릏게 즘신을 먹구, 서울역이서 저

강원도 춘천을 갈라먼, 청량리를 가야 그 강원도 춘천 가는 기차를 타. 시 방두 그렇더라구.

그래 인제 서울서 영등포서, 그 영등포 그 비행기장 있는 디서 영등포 오는 기차를 타야 햐. 인자 서울 가는 기차루. 서울역. 그래 인저 서울역 이서 내려 각구 청량리를 가는 기차를 타구 강원도 춘천을 가닝깨, 해가 질어두 더듬더듬 인자 강깨, 해가 졌어.

인자 오도가도 못 햐. 강원도 춘천 이 앞이가 기차 정기정이가 비행기장 이 앉았어. 여, 여 육이오 난리 나고. 그래서 철도 갓이 집이 한 채 있어.

'아이, 저 집이 가믄은 방을 좀 주겄다.'

하고 인자 그 집이루 갔어. 저녁은 워트겠냐. 저녁두 안 먹었어두 먹었다 구 하야지.

"저녁은 먹었어요, 사 먹었어요."

그랑깨 그르냐고 그래. 이걸 각고 어디를 워트게 찾아 가믄 좋으냥깨, 인 제 아침두 안 먹구 여그서 인자 워디까장 가믄은 원주까장 가믄은, 직행 버스가 또 익고, 워디까장 가믄 또 직행버스가 익구, 워디까장 가믄은 직 행버스가 익구 그룿다 그랴. 원주 현리, 원주서 현리, 원주서 현리 가는 차가 있응깨 그냥, 직행버스 주차장이서 이냥 아무디도 갈 것도 읎이 물 어봐서 고롷게 타고 가랴.

그래서 인자 현리 기차를 타구 원주서 현리 기차를 타구 인제 가닝깨, 어떤 할아버지랑 이걸 뵈잉께,

"나 따라 오시랴. 현리읍이까장 가믄 더딥니다. 이케 질러가야 합니다."

베랑빡 겉은 디를 강깨, 저녁도 안 먹었지, 점심 먹구 갔지, 아침도 안 먹었지 배가 고파서 못 걸어가겄어. 그 할아버지는 잘 걸어가네?

"하, 젊어도 워째 나를 못 따라와요?"

그래. 그래서 인자 고개를 넘어서 개바닥 네려서 인자 저 조미터 가는 질 을 강깨 모를 싱구드라구.

"할아버지, 할아버지, 배고파 죽겄어, 나는. 아침도 안 먹고 저녁도 안 먹어서. 저가 모 싱구는 밥 좀 얻어 먹구 가요."

"아유, 난 배 안 고픕니다."

그래서 또 따라갔네. 얼마 옹깨 또 인자 즘심을 내 각구 와서 모두 논더라구.

"에이, 할아버지는 먼여 가세요. 나 저가 점심 좀 은어 먹고 갈래요." 이룧게 모두 노놔 놓는가, 이리 갖다 주고, 이리 갖다 주고, 이리 갖다 주구.

밥 좀 은어 먹을라고 왔당깨, 밥을 이룧게 주는디 워트게 다 먹어? 그 놈을 나 먹을 만치 덜어 놓구 나 먹을 만치만 인자 이룧게 먹는디, 참, 강원도 음석이 그냥 깔끔허고 맛있어! 참 맛있게 햐!

그냥 고사리도 이만큼한 놈 맛있게 볶았지. 두부두, 두부두 이려. 요론 놈. 이룧게 골파 양념한 것이 새파란데 뜨끈뜨끈하니 요론 놈 두 개만 먹어두 밥 한 그럭 먹어. 참 맛있게 잘했어, 모두. 짐두 있지. 그 산 중이 나물, 묵 나물 맛있는 놈 뜯어다 삶아서 무쳤지, 기냥. 말도 못 하겄어, 뭐를 먹을지 몰라.

그래 이 주소를 뵈깅깨 몰르네? 그래 각구 인자 또 몰라서 월만큼 걸어 오니깨 또 쏘낙비가 그냥 막 쏟아지네? 어. 옷을 얇게 입었잖여? 사월잉 깨. 김폿 들은 들녁, 거시기한디 양구를 가니깨 참 그때사 아카시꽃이 펴서 만발하네. 아이, 비가 그냥 얇은 옷을 입어 춰서 죽겄어.

(청중 : 거가 여기보다 늦은 감이 드능깨.)

늦지, 산골이라. 그래서 인자 개울 갓이 외똘루 집이 하나 있어.

'아이구, 저기 가서 비는 피하구 가야겄다구.' 항깨, 남자 혼자만 있네. 애기 엄마는 어디 갔냥깨,

"밭이 가서 안 오네요?"

비가 와두 안 온다 그랴. 그래서 이제 이 주소를 뵈깅깨, 그이두 나마 냥 눈 뜨구 봉사라 몰르네. 그래 그걸 몰르는디,

“도미터는 워디고 갈터는 워디여요?”

“술 잘 먹지요?”

그리야.

“술 잘 먹어요.”

그랑깨, 사진두 가져 갔지. 사진도 가져 갔는디 이 양반이랑께,

“예, 있어요. 도미터 있어요. 그 집이서 갖다가 우리 감자씨 싱궜어요. 올이.”

그라네. 그 소리만 들어도 그냥 마음이 노고롬하네? 그래 인자 또 거기서도 한참 올라오니께, 이런 산골질은 노인 하나가 질을 잘 갈쳐줘. 노인 하나가,

“이런 산골질은 질 잘못 들으믄 큰 고상합니다.”

그르니께 여기서 가자믄은 오른손 편은 이릏게 질이 훤하고 거기는 아침 가리구, 이 촛대(숯대) 있는디루만 사뭇 왼손이루만 가랴. 그라믄 인자 갈터 핵교가 나온디야. 국민핵교가. 그라믄은 거기는 가믄 해가 주끔 익었구, 도미터를 가면, 도미터를 가믄은 해가 넘어갈 거라구 그 할아버지가 잘 갈쳐주는데,

그 할아버지 말마따나 고롷게 가니께 촛대가 그냥 이릏게 이릏게 아름드리로 요롷게 마둥가리두 읎이 전보산대보당 더 높으게 섰네요. 그게 촛대랴. 이릏게 이릏게 쳐다봐야 끄트머리가 뵈야. 시방두 그게 눈이 선하네.

그, 고롷게 촛대 있는 디루 가서 오른 질루만 자꾸 가랴. 그랑깨 갈터가 나오, 저 국민핵교가 나오더라고. 그런께 고 가 몇 집 있더라고. 그래서 인자 학고방으로 가게 보는 아주매가 있더라고.

“아주머니, 아주머니, 우리 집이 있는 이가 나와서루 올이루 올히 육년챈디, 편찮아서서 아파서루 이릏게 오라구 편지가 와서 이 편지를 각구 왔는디, 워디서 있는지 몰르겄어요. 여가 있는지 도미터가 있는지.”

그랑깨,

"조 집이 있다네."

(청중 : 옳게 찾아갔네.)

조 집이 있다니께, 저 집이가 있디야. 퍼썩 앉아 갖구 그냥 눈물이 소낙비가 그냥 나도 몰르게 나와서 여가 다 젖네?

"아이구, 누군디 그래요?"

"우리 신랑여요."

"헤엑!"

이리야.

"헤엑! 마누라가 뭐 육이오 난리 폭격에 죽었다더니 저런 마누라가 왔다구."

그냥 손뼉을 쳐 글쎄. 그래서 인자 찾아강깨, 누구냐구 물어.

"우리 애기 아빤디 여기 있다구 해서 이릏게 찾아오네요."

"아이고. 저런 새댁을 두고 읎다구 하는 이가 워디가 있느냐고."

함서, 두 내우가 냥 일을 못 나갔드라구. 워째 일을 못 나갔냐하믄, 밥을 그리두 쪼꼼씩 물이래두 한 모금씩 마셨는디, 오늘날이는 물 한모금도 안 먹구,

"우리 저 마누래 왔는디, 마누래 안 왔느냐구?"

묻더랴. 즘신상을 가질러강깨.

(청중 : 헛소리 했덩개비여.)

그렁깨,

"아이구, 마누래가 죽었다더니 저이 데려갈라구, 저기 왔능개비라구."

두 내우가 그냥 가심만 두근두근 거리구. 들이를 안 갔어. 그라믄선 워디,

(청중 : 헛소리하는 줄 알고 인제.)

응. 워딨느냐고 항깨, 저짝 방에 있댜. 저짝 방에 있는디, 이눔이 이릏게 북구(붓고) 이릏게 북구 두러눕도 못 하구 이래 지대 익구, 뭐가 있어?

옷두 그냥 입응 거 뿐이지. 혼차 그렇게 있응깨 떨어지믄 그냥 내불구

또 사 입구, 또 사 입구 해서, 이불이 있어, 뭐가 있어? 담요 쪼만항 거 하나 있는디, 인저, 편지를, 인제 정신은 있구 공부를 했응깨, 편지를 써서 성님들헌테 이불하고 요하고 좀 보내달라구. 편지를 했는디, 일주일이 돼두 안 와. 소포가 올 때 됐는데 으찌 안 온다구, 안 온다구 그라더니.

부치닝깨 그 이불이 고모네 집으로 왔더라. 시누덜 집으로. 그래서 죽어서 왔는가고 깜짝 놀랬는디, 솜을 빼야 간다고 하더라. 솜을, 무겁다고. 그때 시절만 해두.

그래 이불 저, 솜 빼구, 요 솜 빼구 해서 부쳐서 또 일주일 만이 옹깨, 열나흘 만이 옹 거 아니여? 해서 그놈을 깔아주고 인자 덮어주고 앉는 디, 여기. 덮어주고 이케 어깨루만 숨을 쉬지 숨을 들여쉬지 내쉬덜 못 햐. 그래가지고 물을, 거기는 우물이 읎어. 그냥 개울물 그냥 떠다 먹어. 물 좀 가, 개울이 가 떠 오랴. 속이 탕깨. 물만 떠다 줬지. 먹도 안 하구. 그래서 젠더러 내가 그랬어.

"아자씨, 아자씨, 저 양반이 저릏게 하는디, 돈이 있으야지 차비만 해각구 왔지 모 팔, 품 팔응 건 집이 먹구 살으라구 부치구."
그랬더니,

"아자씨, 나 돈 좀 만원만 은어 줘요."
그라니께, 안 얻어 줄라구 그리야.

"그래 돈은 뭐 돈 들여서 병원이를 왜 가냐. 이 동네 사람 도장 박구, 이장 도장 반장 도장 동네 사람 도장 다 박구 인제를 가믄 공짜루 해 주는 디가 있댜. 병원에."

"아자씨, 우환이 있으믄 일환 하나래두 나가라구 우환이 있는디, 저릏게 중헌 병이 들었는디 워트케 공짜를 바래요? 만 원만 은어 주쇼. 응? 그거 인자 갚을 팅깨. 집이다 연락하믄 돈 와요."
그랑깨, 참 아주머니가 마누래가 뭐 육이오 난리 폭격 맞어서 죽었다더니여 찾아온 거만 해도 고맙고,

오십 리서두 나를 보러 와. 김씨 마누래 왔다구. 저런 새댁을 두구 죽었다구 한다구. 참말루 읎는 중 알았디야. 자기 아버지 지사두 지내더라네.

(청중 : 혼자?)

혼자 지내능 게 아니라, 거기는 동네 사람이 지사를 지내믄 다 내 자석 겉이 와. 차례를 지내믄. 그라구 그냥 그놈을 먹어. 그르켔대요. 글쎄. 그래 읎는 중 알았디야.

그래서 오십 리까장 나를 봐, 나를 보러 오더랑께. 이장이 오십 리까장 봐. 동네가 띠껌 디껌 항께. 그래서 참, 아주머니 말이 고마워서 은어 준다구 하믄서 은어 주는디, 돈이 흔항께, 술만 먹으면 이 놀움을 하니께, 시방 미리 주믄 다 이렇게 해서 농사 실농한다구, 저기 뭐여, 그게. 농협이서 요 모 싱굴 때 줘. 그래 모 싱굴 때 주는디, 그때사 인자 풀어졌응께 은어 주더라구. 만 원을.

그래 그눔을 각구 이렇게 기냥 들어눕두 못항께, 동네 사람이 이케 당 그레다 미구서 저기, 삼십 리 현리를 갔어. 병원이를. 병원이를 갔더니, 한 달을 있어두 안 낫어. 한 달을 있어두 안 낙구, 바쁘닝께 동네 사람은 안 오구, 이장이 가끔 오더라구.

"아자씨, 아자씨, 저 양반은 죽을 병이 들었응께, 병원에서 이렇게 있을 수가 욱구, 그냥 사람 좀 보내서 저 양반 죽어두 그냥 거가 죽게 해달라구." 항께, 이장이 보냈더라구. 그래 인자 떼미구 인자 왔어. 왔는디, 주인 아자씨더러 그랬어.

"아자씨, 아자씨, 오구삼살방우가 어디가 있어요. 우리는 고향이서는 워디가 있는 중 아는디, 여기서 봉께 워디가 있는 줄도 모르겠다고." 그랑께, 여기가 오구삼살방이 있디야. 그라니께, 저 개울 건네 저 만자네 집이라구 하는디, 가 빈 집이 있, 빈 방이 있는디 주까 몰르겠다고 그리야.

내가 그래 그 집이를 갔어. 갔더니, 히! 팔짝 뛰어 안 준다구. 두 번을 가두 펄쩍 뛰구. 시 번째 가서,

“아자씨, 저 양반 옛날에는 오구삼살방이 개울만 건너 뛰어도 사람이 털썩 씨러져서 죽었다는디, 오구삼살 좀 비낄라구 그랴. 아자씨, 죽든 안 할 텡깨 좀 달라구.”

내가 사정을 했어. 그랬더니,

“참, 아줌니 말이 훌륭해서 여기 찾아온 것만 해도 훌륭하구 그냥, 그냥 오라구.”

그라대. 인자 갔어. 인자 가 가지구 밥을 해서 웃목에다 놓구 찬물이라두 떠 놓구 밥을 해서 웃목에다 떠 놓구서, 인저 한참 있다가 물어봤어.

워뗘? 그랑깨, 나설란지 워쩔란지 마음이 노고롬하다네. 삼살을 비껴 왔어. 노고롬 하댜. 그래두 거기는 오뉴월에 삼복달이라두 불을 때야 자. 춰서.

낭구를 해다 때잖야? 병은 안 낙구, 아풍기 저, 잠두 안 자지, 지침하지, 잠두 안 자지, 지침하지, 먹두 못하지, 오줌도 못 눟지 그랴. 그래두 나를 막 투드려 패대네. 맞었지 으트냐? 낫도 안 하고 그랑깨 막 패디야 그냥. 손이루 막 패대고, 쥐뜯구, 이 머리가 이눔을 막 쥐 뜯구, 막 패대구 그랴. 양 투드려, 실컫 투드려 막구 나무를 하러 가서, 애기들도 보구 싶지, 기냥 환장하겄어.

그래서 기냥 실-컷 산 중이 가서 그냥 산천이 떠나가게 울구서는, 또 거기서 머리를 썼어. 저이는 죽으믄은 원이 안 되지만, 죽으믄 살 썩어서, 죽어서 살 썩으믄 고만이지만, 나는 평상 한 가지 원될 게 있어. 첩약이나 써보구 죽어두, 죽으믄 첩약이나 쓰구 싶어. 그랴서 기냥 해가 오후에 있응개 기달려 싸트랴.

그래서 인자 나무를 해서루, 그냥 마당이다 탁 메때링깨, 그냥 그땐 기운이 있응깨 벼락치는 소리 할 거 아녀? 그래서 인자 또 이러 갔어. 두 다 발을 했응깨. 그래서 내가 인저, 불을 때구, 저녁을 해서 인저 물이래두 한 모금 먹게 주구, 나 먹고 그랬는디,

"당신은 죽으믄은 원되는 것이 읎지. 근디 나는 한 가지 원되능 게 있어."

위째 원되냐 하믄은, 좋다는 약 다 해두, 얼른 해오랴 그냥. 먹구 낫는다구. 열, 백 가지를 써두 안 낫어. 첩약이나 서너 첩 써보게 당신 병 난 정시부터 메칠날부텀 그렇다는 거 여다 다 써달랬어. 탕약방 가서 져 온다구. 그랬더니 정신은 말간항깨 쓰잖야? 제국시대 고등핵교 졸업했는디, 많이, 많이 배웠잖아? 그랬는디 써 주드라고.

그래 인제 그 이튿날 인자 갔어. 현리장에를 갔어. 갔는디 약방에 가서루 말 소리가 여기겉들 안햐. 강화도 말소리지 안햐. 강원도 말소리는 달러. 여기 말소리보다. 그래서,

"우리집 양반이 고향 떠나온 지가 육 년인디, 병이 들었다구 연락이 와서 그냥 이릏게 왔는디, 한 달을 병원에 가 있어두 안 낙고, 병원이다 냥다 저기 했응깨,"

그뗏 돈 백 원을 가져갔든가? 삼백 원을 가져 갔을 거야,

"아마, 삼백원. 잉, 이백원. 이백원을 가져 갔는디, 돈 모지라믄 담이래두 자기구 올 팅깨유, 자알 약 좀 져 달라구."

그랑깨 져 주는디, 약 한 첩이 백 원이구, 이백 원이구, 삼백 원이 백 원이 모지라잖아. 그란디 그이가 잘 써 주, 져 주더라구. 약을. 그, 그, 적응 걸 보고는. 그래서루 이 약을 오늘 저녁에 다 다려주랴. 한꺼번이. 그래서,

"그라믄 한 티다 다려서루 세 번 노놔 주믄 안 될까요?"

"잉, 약도 보약 겉으믄 그릏게도 되는디, 환자 약두 다리는 디두 정성을 들여서 다려 줘야 한댜."

그 탕약방 그라더라구.

"예, 그래요."

그라니께. 아침을 먹구 갔더니 배가 고파서 걸어오도 못하겄어. 삼십 리 오고 가고 육십 리를 걸잖야? 그래 인자 오돌개를 따먹고 옹깨 걸어와지네. 배가 거뜬혀. 근데 해가 요맨치뱆이 안 남네? 오고 가고 육십 리를 걸

응깨. 인자 아홉 시쯤 해서 떠났지.

　(청중 : 금산장이 여 삼십 리라지, 여기서?)

　조정이서 삼십 리라지. 조정이가 더 멀지 않아, 여기보다?

　(청중 : 금산이.)

　응.

　(청중 : 긍게 그런 디를 갔다 오니 안 배고파?)

그라고 아침두 일찍 가서 인자 고기 네러오니께 핵교 종이 땡땡 하대. 그렁깨 아홉시데양. 그랬는디, 오돌개를 따먹고 옹깨 배가 들 고프네. 오돌개, 새카만 오돌개. 뽕나무 오돌개 있어. 옛날이는 모두 뉘를 칭깨. 그걸 순 따 먹응깨 배가 안 고프네. 그란디 지달려 쌌드랴. 그래 주인이 화리 갖다 놓고, 약단지 갖다 놓고, 부채 갖다 놓고 솥 갖다 놓고 그래더라고.

그래 인제 요놈을 인자 숯을 피워서 약부텀 다리구 불 때구 워트게 먹구 인자 이랬는디, 해가 꼴딱 넘어가. 어두구리하잖야? 그래서 인자 짜서 주구 앉았응깨, 짜서 주구 수건이루 덮어주구 요러카구 있어. 그래 인저 두 첩. 두 첩을 다려서 또 멕여 놓구 이케 덮어놓구 시 첩째 다링깨 훤하게 새오지. 남방 유월이 밤이 짤르니께. 희부연 할라구 그리야.

그래 인저 그놈을 먹구. 이케 만쳐 보닝깨 여가 땀이 촉촉하게 나구, 요기를 만쳐 본께 땀이 촉촉하게 나. 두 첩 멕여 농깨.

　(청중 : 땀이 나야 낫는 거여. 그기.)

응. 그래 인자 세 첩을 멕여서 인자 요릏게 덮어 놓구 인제 나는 인저 불을 때구 인자 이라는디, 불을 때구 인자 아침을 하구 이라는디, 주인네는 들이 갈라구 인자 밥을 일찌감치 해 먹구, 인저 다 먹구 밥상 민다 그래 푹 씨러졌네? 시 첩 먹구. 푹 쓰러. 앉았두 못하구 푹 씨러져서 집어 뜯어도 몰라. 그래서.

　"아이구, 아주머니, 여기 좀 와 봐요."

죽었다는 중 알구 그냥 두 내우가 번쩍 와서 보고,

"하이구, 김씨는 인제 낫는다능 거여. 참, 아주머니가 천사랴. 어트게 첩약 씰 줄을 알고 요렇게 병 질정을 잡았느냐. 참말로. 요렇게 질정을 잡았다고."

이케 뻗고 하고 세 가지 병을 덜었어. 오줌 눗지, 지침 안 하지, 숨 내쉬지. 시 첩 먹구. 그래 각구 병 질정을 잡아 각구, 인저 돈을 품삯을 여자들 품삯을 내 각구 갔네? 내가. 돈이 모지래서. 인저 저기 모지랑 것까장 이렇게 인자 시 첩이믄 육백 원, 칠백 원을 각고 갔어. 그랬더니 인저 또 여섯 첩을 저 주더라구.

그래서 인저 그눔을 다려서 멕이구, 그렇게 인제 지침도 안 하지, 오줌 누지, 잠 자지 항깨 시 가지 병을 덜어 갖고, 빠지는 건 둬 달 됭깨 빠져. 어스이-나루 빠져. 그냥. 금방 안 빠지구. 그냥 이 독딩이겉이 그냥 붙었어. 이런 디가. 그라는디, 그 부기가 빠징깨 저룹겉이 말라. 저룹겉여. 그 부기가 다 빠징깨.

그래 가지구 주인네가 인자 시늠시늠 인제 낫구 그라니께 집이서 부쳐 올 돈두 읎구 그려서, 인자 가을에, 가을에는 인자 일두 하고 남일도 하구, 낫었응깨.

엄칭히 대우받고 살았네, 거 가서. 참 육 년만이 떠내빌구서루 왔는디, 이렇게 찾아와 각구 병을 곤쳤다구 나더러 천사랴. 주인아자씨가. 워트게 첩약을 쓸 중 알았느냐. 그래서 첩약을 써서 낫었어. 낫어 각구 인제 왔어. 왔는디, 와 가지구 구월 달에 안 올라 그랴. 거기서 떨어져 있을라 그랴.

"나 몸 실었응깨 나 어트게 벌어 먹어? 나 몸 실었응깨 가야, 같이 벌어 먹지 못 벌어 먹는다구."

거기서 떨어지구 안 올라 그랴. 몸이 실었으니 워뜨캬? 그 동안에 애기가 섰으니. 막내딸 강자. 그래 강, 강원도서 생겼다구 이름을 강자라구 졌어.

이른 얘기가 좋아? 그렇게 워디다 쓰구 또 녹음을 햐, 그래.

성명 운세를 꿰뚫어 아는 사람

자료코드 : 08_02_MPN_20090212_HID_CBR_0007
조사장소 : 충청남도 금산군 군북면 두두2리 413번지
조사일시 : 2009.2.12
조 사 자 : 황인덕, 김기옥, 오세란, 서은경
제 보 자 : 최분례, 여, 85세
구연상황 : 앞의 이야기와 같은 상황에서 구연하였다.
줄 거 리 : 큰마누라가 아이를 낳지 못하자 작은마누라를 얻어 아이를 얻었다. 큰마누라
가 아이를 업고 나가자 고무신을 만드는 사람이 말하기를 아이의 이름을 바
꾸지 않으면 큰일 난다고 하였다. 그 말을 들은 아이의 아버지가 자신들의 재
산을 뺏으려고 하는 소리인 줄 알고 그 남자를 마구 때렸다. 이후 아이가 6살
이 되자 마을의 전선 위에 올라가서 타 죽고 말았다. 고무신 만드는 남자는
또 다른 일에서도 앞일을 맞춘 적이 있다.

그라는디, 그 아주매가 얘기를 하는디, 그전이는 고무신두 졌잖야? 장
날은.

고무신 떨어지믄 고무신두 지쿠(짓구), 바지저고리두 누덕누덕 해서 익
구(입고), 갓두, 흔 모자두 씨고, 이릏게 인저 고무신이 되면 꼭 고 자리에
앉아 짓는디. 금산 읍내 부잣집이서 사는디.

큰마누래가 애기를 못 나서 작은마누래가 나서루 풍수를 데려다가 놓
구, 고거 낳는 시, 워떤 손부텀 놀림서 우능 거, 이렁 거 다 적어 각고 이
름을 져 줬댜. 그라는디 논을, 상답을 닷 마지기를 줬다능가? 부자라고.
그라는디. 인자 우리 애기라구 큰마누래가 여간 업고 댕겨? 추썩 추썩.

"아주머니, 아주머니. 그 애기 이름을 갈으야 합니다. 그 애기 이름을
안 갈으믄 큰일납니다."

"그지 겉은 눔으 새끼가 뭐라궈! 논 닷마지기 줘서 지관헌티 이름을 졌
는디!"

심술부리는 중 알구 그르카더라네? 못 사닝깨 인저 부짓집잉깨 인제 뜯
어 가깨미. [다른 화자가 이야기를 하려고 해서 잠시 중단됨.]

그라는디 인자, 시 살 먹응깨 인제, 업으믄 걸어댕길라고 하잖아?

"아주머니, 아주머니, 그 애기 이름 꼭 갈으야 합니다. 가 인제 큰일납니다. 이름 안 갈믄."

나 이름두 알었는디 잊어버렸네. 가서 집이 가서 신랑더러 애기를 해서 신랑이 뒤지게 패대더라네.

(청중 : 각시를?)

이, 저, 각시를 패대? 고무신 짓는 이를 패대지? 요 그지 곁은 요놈, 우리 재산이 많응깨, 재산 뺏아 갈라고 그랴.

(청중 : 그래 건네짚구 그랬구만 그래.)

응, 그냥 뒤지게 패대더라. 그라더니 여섯 살 먹었는디 금산 읍내 워디 요렇게 전기 저기루 올라 가믄은 그 손질하는 데가 있다대? 거기로 올라 가서 네러오도 못하고 거기 전깃불, 이렇게 타서 죽었댜. 불에 타 죽을 이름이라더랴. 고무신 짓는 이가. 그래 여섯 살 먹응깨 죽었어.

(청중 : 그런 이는 박사네, 박사야.)

박사지, 천지 박사지. 이렇게 누덕누덕 지어 입었응깨, 거진 중 알구. 저는 부자닝깨 인자 재산 뜯어 가는 중 알구 그 지랄하지. 불이 타 죽을 이름이라구 함서 갈으라구 항깨, 시 살 먹으니께 가서 신랑더러 그거서 뒤지게 패대더랴. 와서.

"요기 그지 곁은 놈. 잉? 우리가 인저 있으닝깨 재산 뺏어갈라구 이름 갈어? 이놈아!"

그라믄서 패대더랴. 물어나 보야지, 남자는.

그라더니 그이가 인제 여그 와서, 음력 2월달이두 취요. 그래 인제, 몸 좀 의지허고 가야겠다고. 아유, 들어오시라고 해서 술도 한 잔 주고 이랬는디. 얼굴을 쳐다보고 이라네?

"어-, 팔자도 드럭게(더럽게) 생겼네. 워째 외손자꺼정 키우라능 거여?"

(청중 : 누구더러 그랴?)

그 괴깃집 마누래더러. 그라더니 외손자를 키웠잖야? 즈 어매가 낳아 놓고 죽어서. 오잘매(외할머니)가 키웠어. 산너머로 인자, 손님을 인자, 그 지관이닝깨 오라구 해서 가는디 그라더라.

음력 2월달에. 그래 술 주구, 그케 저 뜨뜻한 디서 몸을 위해 간다고 들어오라는디, 내 집이 온 손님잉깨 술이래두 대접하야잖야? 그라는데 얼굴을 쳐다보더니 그라더라.

"에―, 팔자도 드럭게 생겼네. 워째 외손자까장 다 키우랴?"

진짜루 외손자 키웠다네. 딸이 아들을 나놓고 죽어서. 애기를 나놓고 죽어서. 그람서 이렇게 나떠러 얘기하더라구.

죽을 시간을 미리 알고 죽은 남편

자료코드 : 08_02_MPN_20090212_HID_CBR_0008
조사장소 : 충청남도 금산군 군북면 두두2리 413번지
조사일시 : 2009.2.12
조 사 자 : 황인덕, 김기옥, 오세란, 서은경
제 보 자 : 최분례, 여, 85세
구연상황 : 앞의 이야기를 마치고, 한 동안 마을에 들어온 인민군 때문에 고생을 한 이야기를 하다가 아래의 이야기를 구연하였다. 청중도 기억하고 있는 이야기이어서인지 중간 중간 이에 대한 호응이 있었다.
줄 거 리 : 하루는 남편이 오늘이 자신이 죽을 날이라고 하면서 손발 씻을 물을 데워 오라고 하였다. 죽기 전에 본다고 막내딸을 불러 오기도 하였다. 그날 밤 12시가 되자, 남편은 화자의 무릎을 베고 누워 숨을 거두었다.

그 동상 이월 스무닷샛 날이 생일이잖야? 환갑 잔치 할라구 돼지를 잡으닝깨 돼지가 꽥꽥 항깨,

"아이구, 나 오늘 죽는디, 큰일 헐 찍이. 죽,"

(청중 : 그때 돌아가셨을 거여, 아마.)

큰일 헐 찍이 죽으닝깨 말 득겄다구 그라네. 그래서 돼지 개울이서 잡았잖여? 잡능 거 다 보고, 오는 사람 가는 사람 다 인사하구, 그러카구 인제 들어와서, 해가 인제 월매 안 남았는디, 물 좀 뎌 오랴. 그래,

"왜 물을 뎌 오랴?"

"아이구, 나 오늘 밤이믄 죽는디, 손발이나 씩구 머리나 깎구 죽는다구."

물을 뎌 오랴. 그래 물을 뎌다 줬지. 그랬더니 손발 깨깟하게 씩꾸 머리 깜꾸, 그라구.

(청중 : 아니 그래 저, 미리 고상을 미리 다 해서 그런가…)

배만 아프다구 했어.

(청중 : 미리 다 했는가보네. 미리, 미리 아플 때.)

그래 그라네.

"아이구, 나 오늘 죽는디 막내딸 좀 봤으믄."

막내딸이 그새 커서 서울 가 취직을 했어. 그래,

"막내딸 좀 봤으믄 좋겄네."

집이는 연락이 안 왔응깨 몰르겄어.

"야!"

메느리더러,

"야!, 저 경애네 집이루 전화 좀 해봐라. 저 경애가 있응깨 그 집은 연락 왔능가, 우리는 안 왔다."

그랑깨, 경애네 집이다가 인제 전화를 항깨, 안다고 하더랴. 그래서 인제 우리 메느리도 인저 배웠응깨 인제 가르쳐 달랑 거여, 전화번호를. 그래 갈쳐중깨 지가 적어각구, 막내딸기다 전화를 항깨 와서, 손을 이케 더듬응깨,

"손이 고와서 좋다, 좋다."

이러카고 둘이 인자 움서. 아이, 그라더니 저녁은 인저 배가 고프다구 그랴.

"그럼 낮에 먹던 죽 좀 가져오까?"

"응, 싫여."

그라믄 저짝 방에 셋을 세를 뒀어요, 그때. 저짝 방, 머릿방이다. 그렁께 그 사람이 복숭아 간스메를 둘, 두 개를 사왔더라구. 그래,

"그러믄 아까 먹던 복숭애 간소메 한 통 있는디 가져오까?"

한께 가져와 보랴. 고놈을 따서 멀국을 떨켜 준께 고놈을 먹고 건더기를 못 먹겄댜. 안 넘어강깨. 둘이 먹으라대. 둘이 먹는디,

"나 열두 시믄 오늘밤 열두 시믄 죽는디…"

저가 시계가 있잖야? 저케. 자기가 또 찬 시계두 있잖야? 시계를 자꾸 재야. 앉아서. 그래 인제 열두 시가 됭깨, 나는 이렇게 앉었는디 내 무릎팍을 비고 툭 씨러져. 툭 씨러져 각구, 내가 요롷게 인제, 툭 씨러지구 니(네) 다리를 뻗어 그래 가만히 이렇게 농깨, 소염할 것두 읎어, 그냥.

요대로 그냥 숨두 크게 안 시고 자는드끼 씨러져 그냥. 그러카다 항깨 목심(목숨) 다 끊어징깨 새로 한 시대. 곡할 수가 있어, 밤중이? 그래서 가만 있는디, 우리 인자 메느리가 가서,

"아버님 운명하셨어요."

항깨, 재길너매가 왔대? 재길 너매가 와서 곡을 하걸래 나도 또 따라서 곡을 했어. 인자 우리 아들하구 칠녀네 하구는 서울, 저 청주서 있었지. 삼장을 항깨. 그래 인제 전화를 항깨 오지. 그랑깨 열두 시 됭깨. 그래 인제 우리집두 치알 쳤지, 동상들집두 치알 쳤지, 손님이 더 왔어. 부고 낼 것두 억구(없구).

폐병 걸린 아버지 낫게 한 딸

자료코드 : 08_02_MPN_20090212_HID_CBR_0009
조사장소 : 충청남도 금산군 군북면 두두2리 413번지
조사일시 : 2009.2.12
조 사 자 : 황인덕, 김기옥, 오세란, 서은경

제 보 자 : 최분례, 여, 85세
구연상황 : 화자 자신이 강원도로 남편을 찾으러 간 이야기를 하고 난 뒤, 강원도에서 들은 이야기라고 하면서 들려주었다.
줄 거 리 : 아버지가 폐병에 걸리자, 17살 먹은 딸이 자신의 다릿살을 베어 아버지에게 먹였다. 그래도 아버지 병이 낫지 않자, 자신의 가난하고 어려운 처지를 적은 편지를 청와대에 보냈다. 이후 돈이 많이 왔다.

저 양반이 아프다구 해서 강원도를 가닝깨, 열 일곱 살 먹은 아가씨가 오남매를 낳구 자기 아버지가 폐병이 걸렸댜. 그라는디 편지를 써서, 그냥 오남매를 낳는디 우리 아부지가 폐병이 걸렸는디 돈이 읎어서루 못 낙구구, 인제 이 얘기부텀 하야갔다.

이 펩병은 이케 저 사람 괴기를 먹으면 낫는다고 했잖야? 그런데 열일곱 살 먹은 아가씨가 요기를, 요기 요기 반 근 띠구, 요기 반 근 띠구 병원이 가서 이게 홑다리다 감구, 삶어서 지아버지를 인자 쓸어서 갖다 주닝깨,

"야야. 아가 아가, 야야, 이게 무슨 괴기냐?"

"아버님 소고기여요."

"소고기 맛이 아니다."

"아버님, 아버지, 소고기도 여러 가지여. 아버지 병 낙구는 소고기여."

그걸 먹어두 인자 안 낫어. 그래서루 인제 편지를 써서 우리는 이릏게 성제가 오남맨디, 우리 아버지가 펩병이 걸려서 돈이 읎어서 약두 못 져 멕이구, 요렇게서 만리장성으루 이릏게 편지를 해서 청와대로 보냈댜. 그런디 돈이 엄청 많이 나왔다구 하드라구. 열일곱 살 먹은 아가씨가 어트게 그런 머리를 썼느냐구 해쌌더라구, 산골이서.

(조사자 : 예, 그건 언제 들으신 거예요?)

강원도, 나 인저 그 얘기 들을 제는 한 살만 먹으면 마흔인데, 서른아홉. 저 양반 아프다구 편지가 와서 갔었당깨.

백마산 장수

자료코드 : 08_02_MPN_20090212_HID_CBR_0010
조사장소 : 충청남도 금산군 군북면 두두2리 413번지
조사일시 : 2009.2.12
조 사 자 : 황인덕, 김기옥, 오세란, 서은경
제 보 자 : 최분례, 여, 85세
구연상황 : 이야기판이 거의 끝이 날 무렵 이 지역과 관련해서 들은 이야기는 없느냐는
조사자의 질문에 다음 이야기를 들려 주었다. 가는 길에 한 번 보고 가라고
몇 번을 당부하였다.
줄 거 리 : 충청북도 괴산에 백마산이 있다. 일제 강점기에 여자가 한 아이를 낳았는데
겨드랑이에 날개가 있었다. 이 사실을 알게 된 일본인이 아이를 백마산에 끌
고 가서 총으로 쏘아 죽였다. 사흘 뒤 백마가 나타나 죽은 아이의 무덤에서
뒹굴다가 죽었다. 지금은 그곳이 관광지가 되었다.

그라구 인저 저어기 저 충청북도 괴산 가는 디 백마산이라구 있어. 우
리 괴산을 갔는디 그라드라구. 거기는 이름난 산이래요, 그랑깨 그렸댜.

워째 그러냐 하믄, 일본시대 애기를 낳는디. 머슴아를 낳는디. 요가 날
개비가 났댜. 요가. 그래서 즈 어매가 입을 열었댜. 우리 애기는 그렇다고.
그랑깨 한 사람 건너가, 두 사람 건너가 일본사람기루 건너갔네? 그란데
열두 살 먹었다능가, 몇 살 먹었는디. 그 소리를 듣구 일본놈이 끌구 가서
백마산 거그다가 그냥 총이루 쏴서 죽였는디 거그다 인자 묻었댜. 애기
죽은 자리에다.

그라는디 사흘만이 백말이 워디서 와가지구 애기 죽은 무덤이 가 데글
데글 둥글다 죽더라네. 니 다리를 뻑구.

그래서 거기 관광했났대요, 그래 백마산이랴. 그란디 모두 관광 간다는
디 가봐. 그런 디. 찾아가기 쉬워. 여기 청주 가는 디다가 증평서 가믄 거
국민핵교도 익구, 저수지도 있어.

그라믄 선상덜두 아홉 시 차, 여덟 시 창가 요렇게 시간차 타구 가구,
시방은 인자 자가용 있응개 자가용 타고 가는디. 증평 가서 물어봐. 백마

산에 가는 도로가 워떵 게 기냐믄 그람 갈쳐줘.

가로 글자 시대가 오면 여자 세상이 온다

자료코드 : 08_02_MPN_20090212_HID_CBR_0011
조사장소 : 충청남도 금산군 군북면 두두2리 413번지
조사일시 : 2009.2.12
조 사 자 : 황인덕, 김기옥, 오세란, 서은경
제 보 자 : 최분례, 여, 85세
구연상황 : 요즈음 노출이 심한 옷을 입고 다니는 젊은 사람들의 옷차림이 보기에 민망
하다는 말이 오가고 난 뒤, 다음의 이야기를 구연하였다. 요즈음 사람들은 조
금 살다가 싫으면 금방 헤어진다는 이야기도 이어졌다.
줄 거 리 : 옛날에 한문을 가르치던 선생님이 말하기를, 세로로 쓰던 글자를 가로로 쓰는
세상이 오면 여자 세상이 온다고 하였다. 지금이 바로 그런 여자 세상이다.

학문(한문) 선생이 그라더라구. 학문 선생이, 나는 나이가 먹었응깨 이
걸 못 보고 죽는데 애기 엄마는 보고 죽을 거라고 그라대.

그전이는 글이 이릏게 있잖여? 책이. 책이 인제 이릏게 있으믄 글이 요
렇게 있잖여? 요롷게. 그람 요기 배우구 요기 배우구 요기 배우구 요기
배우구, 또 넹구면 이릏구.

그래 시방은 이릏게 가로 됐잖여? 가로 돼서 인저, 우리는 몰라 이릏게
가로 됐잖여? 이게 여자 시상이 돌어온댜. 이게. 반죽을 이릏게 해서. 애
기 엄마는 볼 거라 하더니 보잖여?

말세가 돌어온댜. 글이 이릏게 돼서. 생각을 해봐요. 시방 책마둥. 그전
학문책은 이런디, 이런디 시방 옆으루 됐잖여? 여자 시상 돌어온다고. 애
기 엄마는 말세가 돌아온댜. 치매 가락지 찍구(찢고) 댕기능 거 봐. 그게
제일 뵈기 싫어 죽겄어. 배꼽 다 내놓구 춤 추구.

꿩알 삶아 먹으려다 받은 앙화

자료코드 : 08_02_MPN_20090212_HID_CBR_0012
조사장소 : 충청남도 금산군 군북면 두두2리 413번지
조사일시 : 2009.2.12
조 사 자 : 황인덕, 김기옥, 오세란, 서은경
제 보 자 : 최분례, 여, 85세
구연상황 : 동물들과 관련하여 마을에서 있었던 일이 없느냐는 조사자의 질문을 받고, 다음의 이야기를 구연하였다.
줄 거 리 : 알을 품고 있는 꿩을 쫓아 내고 그 알을 삶아 보니 이미 새끼가 생긴 상태였다. 이후 인삼 농사를 하는 중에 세 살과 여섯 살 먹은 집안의 아이가 불에 타 죽는 일이 생겼다.

○○[녹음이 되지 않아서 알 수가 없다.]를 켜 놓고, 삼장을 지키잖여? 상다리 매놓고 요 질 가 가는 디?

그라는디 여섯 살 먹은 아, 서 살 먹은 아, 양원이 인제 시쨋 딸이, 인자 애기를 보라구 하구 인자, 모 싱구는 날까장 받었잖야? 그라는디 인제 거그다 성냥을 났지. 성냥다 이렇게 불을 켜 각구 이자 워트캐서루 불이 났어 그 상다리가. 그랑깨 타 죽었어. 시 살 먹은 아, 여섯 살 먹은 아.

(청중 : 가운데 집 우리 고모, 내내 그 아들이잖아.)

응, 그래 각구 그냥, 삼장두 타 탔는디 그냥, 다 타가지구 그걸 끌 수가 있어? 삼장이? 그래 가지구서 인저 타 죽었는디. 양호가 그냥 일 년을 농사 안 졌어. 일 하다가 아 불타 죽였다고. 사 형젠디, 성제뺖에 안 됬잖아?

(청중 : 양호 아들이 그랬다고?)

양호. 그래서 인저 저, 이 선상 마누래 있잖야? 이 선상 마누라. 저기 저 양호 동상. 여기 선상 있잖여? 그란디 그이가 조젱이(조정리) 장개여.

그런디 삼밭이를 강깨 꿩이 알을 낳고 요렇게 품고 있더랴. 그래두 꿩을 쪽고 갓다 삶으닝깨 죄다 생겼드랴. 그래서 그렸다구 했어. 그래서 그걸 그래 워트게 삶어, 그째.

(청중 : 생긴 지를 몰랐응깨 삶았을 티지.)

그래두 삼밭잉개 삼밭이가 중햐, 지기 보니라구, 지기 보니라구 거그다가 알을 나놓고 새끼 쳐 나갈라고 항 겨.

우리 아버님두 저 건네 저 돌멩이 저 밭 있잖여? 거깄는디, 벌두 이룿게 쳐 나가구 꿩이 새끼를 낳았다구 거기는 풀 매지 말라구 표시를 해주더라구. 그래서 인저 표시를 해서 인저 거기는 암 매구 벌두 익구 삼이 잘 될랑깨. 그라구 인자 삼장 고사 지내믄 이룿게 짊어지구 가잖아. 떡 시룰 해 각구? 그라믄 산신령님이 내 몸을 감추구 훤하게 불을 켜 준댜. 그랑깨 그전 시절이 잘 했어. 제국 시절, 일본 시대, 우리는 해마둥 땅 샀어. 공출 나오라는 수양(수량) 다 바치구두.

(청중 : 아녀, 산신령 불 켜준다믄 불 켜줘. 확실히. 나두 봤어.)

그래서 인저 우리 큰집 할머니는 울바우(울바위댁)는 땅만 사다 죽을 겨, 땅만 사다 죽을 겨. 조카가 땅을 사도 배가 아파서.

근디 그랴. 아 안고 품고 있능 걸 꿩을 날라가각구 그걸 갖다 삶을 기여? 그래서 그냥 여섯 살 먹은 아들, 세 살 먹은 아 그냥 항꺼번에 둘 타 죽었잖여? 불이 나서. 그람 인저 큰 동서 애기여, 그게. 지가 낭 게 아니구. 꿩알, 꿩알 줏어다 삶응 거는 인자 큰 동세, 작은 동세여. 한 티 살응깨, 옛날엔. 생겼드랴, 죄다. 먹두 못 했댜.

(청중 : 그람 전 선생, 전 선생 동생이 그랬다구유?)

그래 동상 마누래가.

도깨비에 홀려 힘이 세진 사람

자료코드 : 08_02_MPN_20090209_HID_HHK_0001
조사장소 : 충청남도 금산군 군북면 산안리 사기점 121
조사일시 : 2009.2.9

조 사 자 : 황인덕, 김기옥, 오세란, 서은경
제 보 자 : 한한국, 남, 78세
구연상황 : 경험담에 이어 도깨비 이야기가 나오자, 앞의 이야기와 같은 상황에서 구연하
        였다.
줄 거 리 : 일제 강점 말기에 공출이 심하였다. 일본 사람들이 전쟁에 필요한 배를 만들
        기 위해 마을에 있는 큰 고목나무를 모두 베어서 개울가에 방치해 두었다. 해
        방이 되고 난 후, 도깨비에 홀린 사람이, 열 사람이 들어도 못 드는 그 나무
        들을 개울에 던져 버리는 바람에 나무들이 다 떠내려갔다. 사람들은 그 사람
        에게서 도깨비를 떼어내 주기 위해, 왼쪽 짚신을 벗어 오줌을 눈 후 그것으로
        뺨을 때려 정신을 차리게 하였다.

그 인제 그, 강에서 하는 사람을 봤을 적에는, 당핸 사람들은 그때 당
시만 해도 인제 있다고 생각을 하고 우리가 인제 또 젝겨 본 그런 경상인
디. 어 일제 해방될 무렵에, 해방되고서, 해방되기 전에 그랬어, 일정 말
기 때.

그전이는 일본놈들이 저 미국하고 대동아전쟁 할 적에, 싸울 적에 이런
디 밥숟가락이니 저 놋그릇이니 거 세숫대라구, 말양푼이라구 해서 양푼
겉은 걸루다, 그런 거 아능가 모르지만 몰를 걸 아마.

그런 역사적이루 봐서는 알지만은 그땐 밥사발두 없어. 밥그릇두 놋식
기루 해서 전부 양은식기 요롷게 나오는 것이 놋식기라 그러는디, 일본놈
이 다 가져갔어. 숟가락두 와서 다 줏어 갔어. 젓가락두 놋쇠, 놋숟가락,
놋젓가락 다 놋쇠루다 그전이는 맨들어서 인제 그랬는디, 다 다 공출해서,
공출해서 전부 다 가져갔어.

그걸 뭘하냐 하믄은 총깎지, 총깍지. 이저 그 거시기 맨, 저 파편 나가
는 디서 알맹이 나가는 디 총깍지 고거 하느라고. 게 전장을 하두 하다가
보니께는 그걸 맨드는 디 모지래니께, 우리나라 껄 그놈들이 그냥 그렇게
다 걷어갔어. 그냥 밥사발이구 뭐구 다 줏어갔어.

그래서 그때는 뭘루 밥을 먹었느냐 하면은 나무숟가락, 나무젓가락. 나

무루 맨들은 거. 저 뭐여, 저 요샛날 그 방송국에 그 저 나오는 디 왜 요리사들 저저 나뭇대기루 뭐 해서 초집 만들어서 막 이렇게 하는 거처럼 요리강사 시간에 나오는 거 있잖아? 그런 걸루 해서 밥 먹었어. 예를 들면, 나뭇대기로 깎어 각구. 그때 일정시대는, 대동아전장 그때는 그릏게 그런 걸루 밥을 먹구.

그때 저 산안2리 그 개울 옆이 일루가, 요 아래 여기 여기 올라오다 보믄요 저 내려가다 보다 요 보믄요, 저기 저 또랑 가 개울 옆이끼 저 귀목나무 쿵 거 있잖아요. 귀목나무. 그릏게 생긴 놈이 꽉 들어찼었어요. 또 거기. 거기 양쪽이루 이케 그 또랑이.

그랬었는디 그 저 해방되기 전에 일정 말기 때 그놈들이 그거를 다 벼 넵혔어. 와서. 기계루다 기계, 톱이루다가 그 귀목을 다 볐어. 그래 왜 그걸 볐느냐 하믄은, 그 놈을 갖다 켜가지구 배를 짠다구. 배를 짜서 전장하는 디 쓸라구 인제. 배 만든다고 그걸 다 볐어, 그냥. 그 많은 놈을 그냥. 이릏게 큰 놈을.

그랬었는디 해방되구서, 일제 해방되구서 큰 장마가 졌어. 그냥. 응 큰 장마. 장마가 질 땐디. 그때 해방되구 뭐하구, 인제 이랬다구 해서 거시기를 하구 그때 뭐, 그때 뭐, 막 그냥 술을 먹고 노네, 뭐 인제 막 잔치를 하구 뭘하구 막 그냥 농악들을 치구 그랬나, 어쨌나 그랬었는디,

어느 한 사람이 인제 도깨비가 들렸다구. 도깨비가 들렸다구. 술을 먹구 그랬었는디. 도깨비가 들렸다구.

한 열 사람이나 달려들어야 그, 그 귀목을 인제 배 짤라구 해서 그 큰 놈으 걸 저 딱딱 끊어 논 놈의 거를 열 사람 둘러두 못할 것을 한 사람이 그냥 불끈 불끈 다 떼려 번졌어. 게 도깨비 들렸다구 인제 해서 그 사람이 기냥 죄다 그냥 '웃샤' 함서 그냥. 직접 봤응깨 그것두. 봤어.

(조사자 : 혼자서요?)

혼자서. 가서 그냥, "웃샤!" 하구, 뿔끈 들어 갖다 콱! 또랑이다 또랑 가

루 쭉 벼 났는디, 다 둥굴여버렸어. 그냥, 다. 그 놈을.

그래 각구서는 해방될 때, 해방되구 큰 장마질 때 그놈이 기양 다 떠내려갔어, 그냥. 다. 그러칸데 그걸 봤어. 내가 직접 그거는 봤어. 그러커고,

(조사자 : 나무를 들어다가 어디다 놓았다구요?)

나무를 이릏게 벼 났는디, 여기다가 이케 여길 또랑이면은 또랑이면 여기다 벼서루 이릏게 여기다 이릏게 끊어 났어. 이릏게. 나무를 큰 놈을 인제 신구 갈라고.

근디 여기서 한 여남 명이 들어두 이눔이 못 떼 내 건질 거를 혼자 그케 다 떠내 건져서, 여기다가 쑤셔 박아 났어. 또랑에다가.

까 장마가 징깨 그람 다 떠나가 버렸지, 모 그냥. 싹 그냥. 게 인제 도깨비가 들려서 그렇다 그라더라구.

그러믄 그거를 인제 도깨비를 띠야 된다 그거여. 그래가지구서는 어트카냐 하믄은 거 저 신발을, 신발을 그땐 인제 짚신이여 짚신. 그때만 해두 짚신 삼아서 신웅깨. 그래 신은 발에 신은 신발은 왼쪽 발 신발을 벗어가지구 거기다 오줌을 눠 각고, 그 눔으로 가서는 볼아구지를 때린댜. 그라믄 도깨비가 떨어져 나간다고 그라드라구.

거 직접 하는 걸 봤어. 거 가서.

(조사자 : 어, 그렇게 했어요?)

그래 인제 그 요런 디 겉이 인제 막 이릏게 인제 집을 지른은 그 한 디에 대청이 있어. 그케믄 막 하는 디 그냥 막 장정들이 뭐 몇 십명이 가 붙잡아도 당해도 못햐, 그냥. 이카면 그냥 쿵 떨어지구 그랴.

그래 막 살살 달개서(달래서) 인제 거기를 가 가지구서는 붙잡구서 이릏게 앉아서 얘기하는 바람이 느닷없이 옆이서루 그냥 집지랄 같은 귓방망이를 한 서너 번 패니께는 그냥 멀뚱허니 이르카고 멍하니 있드라구.

그래 각구 저 인제, 거시기 인제, 그르카니께는 인제 이릏게 공격할라 카믄 옆이서 잡구 붙잡구 해서, 그래 때리구서는 붙잡구 있다가 눕혀 노

닝깨, 마루이서 그냥 한심 자구서는 그냥 깨구 말더라구. 그러는 것두 봤다구, 우리가.

그거는 우리가 직접 젝겨 봤어. 그래서, 도깨비 들렸다구 해서루 도깨비를 띠야 되지 않느냐구. 뭐 경 읽구, 뭐 그전에 경 읽는다구 하지, 뭐, 어트칸다구 하구 뭐. 이라는디, 그릏게서 하는 게 아니고.

왜 신발을 벗어서 오줌 눠서 각구 그 눔이루 그냥 귓방망이를 뚜드려 패믄은 그냥 떨어진다구 그라드라구. 그러닝깨 이 시골겉은 디는 뭐 그게 그런 것이 뭐 읎다구두 못하고.

방아 방아 물방아야

자료코드 : 08_02_FOS_20090209_HID_PKO_0001
조사장소 : 충청남도 금산군 군북면 상곡1리 경로당
조사일시 : 2009.2.9
조 사 자 : 황인덕, 김기옥, 오세란, 서은경
제 보 자 : 박금옥, 여, 71세
구연상황 : 앞의 노래와 같은 상황에서 이어서 불렀다.

방아 방아 물방아야~

콩 콩 찧는 물방아야~

한섬 두섬 찧어내는~

배꽃 같은 흰 쌀이네~

떨어지는 공깃 돌이~

쉴 새 없이 울리면서~

한섬 두섬 찧어내는~

배꽃 같은 흰 쌀이네~

그런 노래.

사랑 타령

자료코드 : 08_02_FOS_20090202_HID_PSW_0001
조사장소 : 충청남도 금산군 군북면 상곡2리 경로당
조사일시 : 2009.2.2
조 사 자 : 황인덕, 김기옥, 오세란, 서은경

제 보 자 : 박수월, 여, 80세
구연상황 : 앞의 노래와 같은 상황에서 이어서 불렀다.

사랑 사랑 사랑이라는 게

사랑이라는 게 뭐이간디

알다가도 모른 사랑

듣다가도나 속는 사랑

오목 조목 알뜰한 사랑

알크락 달크락이 싸운 사랑

무월삼경 깊은 사랑

공산 명월 달 밝은데

이별한 님두나 들인 사랑

이내 간장 다 태워 놓구

지긋 지긋이나 들은 사랑

남으 정만 뺏어만 가구

줄줄 몰르는 얄미운 사랑

이 사랑 저 사랑 차 버리구

아무두 몰래 호젓이 만나 소곤소곤 얽은 사랑

얼씨구나 좋다 지화자 좋네

아니 노지는 못 하리라.

연분홍 치마 봄바람에

자료코드 : 08_02_FOS_20090202_HID_PSW_0002
조사장소 : 충청남도 금산군 군북면 상곡2리 경로당
조사일시 : 2009.2.2
조 사 자 : 황인덕, 김기옥, 오세란, 서은경

제 보 자 : 박수월, 여, 80세
구연상황 : 앞의 노래와 같은 상황에서 이어서 불렀다.

연분홍 치마 봄바람이두나 살랑살랑

큰애기 댕기 홍갑사나 댕기

총각만 보아두나 남실 남실

오동나무 향긋헌 내음

[한 줄은 거의 알아듣지를 못함.]

옥초는 동동 잡초는 댕댕

옥수야 손목이나 반들반들

도라지 병풍 미닫이 안에

잠들은 처녀야 문 열어라

바람 불어 문 열릴까봐

문을 걸고서 잠들었오

밤은 깊고 야심두나 하여

안 오실 줄 알구서 문 걸었오

즉어두 대장부라 한번 약속을 어길소냐

당신과 같이 고운 얼굴

천금을 주어두나 못 사는데

은잔 놋잔 사기잔에 황금을 주어두 못 사느니

얼씨구 저얼씨구 기화자 자도나 좋을씨구.

(청중 : 좋소!)

산이 높아 못 오는가

자료코드 : 08_02_FOS_20090202_HID_PSW_0003

조사장소 : 충청남도 금산군 군북면 상곡2리 경로당
조사일시 : 2009.2.2
조 사 자 : 황인덕, 김기옥, 오세란, 서은경
제 보 자 : 박수월, 여, 80세
구연상황 : 앞의 노래와 같은 상황에서 이어서 불렀다.

산이 높아 못 오느냐

물이 깊어 못 오는가

산두 높고 물두나 깊어

오는 길표를 잊었는가

우리 인생 한번 가면

되돌아 올 줄을 모르는가.

이방 저방 건너야

자료코드 : 08_02_FOS_20090202_HID_PSW_0004
조사장소 : 충청남도 금산군 군북면 상곡2리 경로당
조사일시 : 2009.2.2
조 사 자 : 황인덕, 김기옥, 오세란, 서은경
제 보 자 : 박수월, 여, 80세
구연상황 : 앞의 노래와 같은 상황에서 이어서 불렀다.

이 방 저 방 건너야 방에

눈 맞은 처녀가나 있건만은

손을 주자니 남이 알구

눈을 주자니 사랑이 몰라

네 눈 깜짝 내 고개 끄떡

단 둘이 정이야 들었건만

부모 형제 승낙이나 없어

사상거리가 문제로다

얼시구 절씨구 아니 노지는 못하리라.

모심기 노래

자료코드 : 08_02_FOS_20090202_HID_PSW_0005
조사장소 : 충청남도 금산군 군북면 상곡2리 경로당
조사일시 : 2009.2.2
조 사 자 : 황인덕, 김기옥, 오세란, 서은경
제 보 자 : 박수월, 여, 80세
구연상황 : 앞의 노래와 같은 상황에서 이어서 불렀다.

모야 모야 노랑모야

너 언제 커 열매 열래

열매 열어 뭐할랑가

이 모 키워

열매가 열면

부모님께 공양하세.

그룿게두 아주 다하지 뭐, 안하는 게 어딨어?

디딜방아 노래

자료코드 : 08_02_FOS_20090202_HID_PSW_0006
조사장소 : 충청남도 금산군 군북면 상곡2리 경로당
조사일시 : 2009.2.2
조 사 자 : 황인덕, 김기옥, 오세란, 서은경
제 보 자 : 박수월, 여, 80세

구연상황 : 앞의 노래와 같은 상황에서 이어서 불렀다.

껄끄덩 껄끄덩 찧는 방애

언제나 다시 또 밤 마실 갈까

방애를 찔라믄

생짜증 내구

마실을 가라믄

흔들구 가네.

시집살이 노래

자료코드 : 08_02_FOS_20090202_HID_PSW_0007
조사장소 : 충청남도 금산군 군북면 상곡2리 경로당
조사일시 : 2009.2.2
조 사 자 : 황인덕, 김기옥, 오세란, 서은경
제 보 자 : 박수월, 여, 80세
구연상황 : 앞의 노래와 같은 상황에서 이어서 불렀다.

못 살것네 못 살것네

시집살이 못 살것네

시집살이 못 살것네

우리 인간 시집살이

시집살이는 말두나 많구

고공살이 일도 많애

못 살것네 못 살것네

날 가라네 날 가라네

시집살이 못 하면은

친정살이 내가 가구

친정살이 못 하면은

날개래도 가리라.

호박 넝쿨 박 넝쿨

자료코드 : 08_02_FOS_20090202_HID_PSW_0008
조사장소 : 충청남도 금산군 군북면 상곡2리 경로당
조사일시 : 2009.2.2
조 사 자 : 황인덕, 김기옥, 오세란, 서은경
제 보 자 : 박수월, 여, 80세
구연상황 : 앞의 이야기와 같은 상황에서 이어서 불렀다.

호박 넝쿨 박 넝쿨

왜저리 성햐

세간살이 네간살이

말도 많네

과부 노래

자료코드 : 08_02_FOS_20090202_HID_SDS_0001
조사장소 : 충청남도 금산군 군북면 상곡2리 경로당
조사일시 : 2009.2.2
조 사 자 : 황인덕, 김기옥, 오세란, 서은경
제 보 자 : 신대순, 여, 74세
구연상황 : 다른 사람의 이야기가 끝나자, 같은 상황에서 불렀다. 과부 노래라고 하였다.

구비 구비 감도나 들 듯

낙동 강물이 길다 해도

일만 간장을 다 녹인다

임은 한이야 건넌 적은

어느 친구가 날 찾는가

날 데려가소 날 데려가소

야속한 우리 님아 날 데려가소

장단추야 긴긴 밤에

빗소리 소리두 처량하다

정든 임은 어디루 가고

나만 혼자 오락가락.

내일 죽을지 모레 죽을지

자료코드 : 08_02_FOS_20090209_HID_CBR_0001
조사장소 : 충청남도 금산군 군북면 두두2리 413번지
조사일시 : 2009.2.9
조 사 자 : 황인덕, 김기옥, 오세란, 서은경
제 보 자 : 최분례, 여, 85세
구연상황 : 이야기를 서너 편 구연하고 난 뒤 노래는 아는 것이 없느냐고 묻자, 다음의
　　　　　노래를 하였다.

넬 죽을지 모리 죽을지 내 몰르는데~

내가 싱군 호박넝쿨 박넝쿨 담 넘어 가네.

그라데, 또 거기는 노래를 부를 때.

(조사자 : 어디가요?)

목포.

호박넝쿨 박넝쿨은~ 담 너머로 손 주는디~

우리 집이 유정님은 원제나 담 너머루 손을 주나

죽구 읊응깨.

댕기 노래

자료코드 : 08_02_FOS_20090209_HID_CBR_0002
조사장소 : 충청남도 금산군 군북면 두두2리 413번지
조사일시 : 2009.2.9
조 사 자 : 황인덕, 김기옥, 오세란, 서은경
제 보 자 : 최분례, 여, 85세
구연상황 : 앞의 노래와 같은 상황에서 이어서 불렀다.

　　　　한 냥 주구 떼인(떠온) 댕기
　　　　두 냥 주구 접은 댕기
　　　　문고리다 걸린 댕기
　　　　늘(널)을 띠다 춤춘 댕기
　　　　물을 이다가 잃은 댕기.

　그려. 그려. 봐, 한 냥 주구 떼인 댕기, 두 냥 주구 접은 댕기, 문고리다
걸린 댕기, 늘을 띠다 춤 춘 댕기, 물을 이다 잃은 댕기.
　그전이는 늘을 뛱거덩. 석 자 댕기를 디리구. 그람 춤 추잖야?
　[곡조에 맞추어]

　　　　한 냥 주구 떼인 댕기~
　　　　두 냥 주구 접은 댕기~
　　　　문 고리다 걸린 댕기~
　　　　늘을 띠다 춤 추는 댕기~
　　　　물을 이다가 잃은 댕기~
　　　　이웃집이 짐(김) 도령~

이웃집이 짐(김) 도령~

내 댕기를 줏었으믄~

내 댕기를 나를 줘요~

너랑 나랑 결혼하믄~

네 댕기를 너를 주지

너랑 나랑 결혼 안 하구~

내 댕기는 안 찾는다.

남자들이 이릏게 심술이 있잖어? 댕기를 흘렸으믄 줏어 주야지, 안 줘. 그랑깨 감췄으니께, 이웃집 짐 도령 내 댕기를 줏었으니 나를 주오. 너랑 나랑 결혼하믄은 네 댕기를 너를 주지, 너랑 나랑 결혼 안 하믄 네 댕기 안 준다능 겨. 너랑 결혼 안 하구 안 찾는다능 겨. 아가씨는. 그게 그릏게 돼요.

(조사자 : 그럼 안 되지. 무리지. 결혼해야 주겠다.)

비야 비야 오지 마라

자료코드 : 08_02_FOS_20090209_HID_CBR_0003
조사장소 : 충청남도 금산군 군북면 두두2리 413번지
조사일시 : 2009.2.9
조 사 자 : 황인덕, 김기옥, 오세란, 서은경
제 보 자 : 최분례, 여, 85세
구연상황 : 이야기를 몇 편 구연하고 난 뒤 잠깐의 여유가 주어지자, 조사자가 질문을 하
였다.

(조사자 : 비야 비야 오지 마라, 뭐, 비가 오면 뭐가 젖고, 그 얘기는 어때요?)

그전이는 그라대.

비야 비야 오지 마라~

오록조록 오는 비는~

오록조록 오는 비는~

청룡 황룡 눈물이다.

청룡 황룡 눈물이랴, 오록조록 오는 비는.

(조사자 : 예.)

비야 비야 오지 마라~

오록조록 오는 비는~

청룡 황룡 눈물이다.

청룡 황룡 눈물이다.

그릏게, 그릏게 하지. 그건 그릏게 짤룹더라고.

(조사자 : 그래요. 새야, 새야는요?)

새야 새야 파랑새야~

녹두밭이 앉지 마라~

녹두꽃이 떨어지면~

청포장사 울구 간다.

그게 그릏게 나왔어.

남편을 원망하는 노래

자료코드 : 08_02_FOS_20090209_HID_CBR_0004
조사장소 : 충청남도 금산군 군북면 두두2리 413번지
조사일시 : 2009.2.9

조 사 자 : 황인덕, 김기옥, 오세란, 서은경
제 보 자 : 최분례, 여, 85세
구연상황 : 서모에 대한 이야기 몇 편을 구연하고 난 뒤, 내용상 관련이 있어서인지 다음
　　　　　의 노래를 들려주었다.

　여자, 여자 말이 워디서 서리치냐구 하믄, 장독 겉은 아들 두구 반달 겉은 딸을 두구 짚다락 겉은 큰 이를 두구 첩 장개를 가능 거여. 마느래 가, 신랑이. 아들 하나 딸 하나 낳아 놓고. 인저 내가 또 하께, 불러봐. (들 어봐를 잘못 말한 듯하다.)

　　　　　짚다락 겉은 큰 이를 두고~
　　　　　장독 겉은 아들 두구~
　　　　　반달 겉은 딸을 두구~
　　　　　뭣이가 나뻐 첩 장개를 또 간다오~
　　　　　한 모랭이 돌아가면~
　　　　　생눈이나 펄펄 날구~
　　　　　바람이나 불으소사~
　　　　　두 모랭이 돌아가면~
　　　　　가매 장치 찌끈자끈 부러지소사~

　부러져요. 가매 장치 지끈자끈 부러지라는 거여.

　　　　　세 모랭이 돌아가서~
　　　　　그 집 안이 들어앉어~
　　　　　초례청이 들어스먼~
　　　　　피나 동이루 동이루~
　　　　　쏟구 죽읍소사~

　그래서 죽었다. 신랑이. 초례청에 행례 지내러 들어가서.

(조사자 : 왜 죽었어요?)

아, 마누래가 피를 동이루 동이루 쏙고 죽으라구 해서. 그래 여자 말이, 여자 말은 오뉴월에도 서리친댜. 그 말끝이. 그라잖야? 남자들. 가 나이 먹은 사람들한티 얘기 들어봐. 그래 여자, 여자 말은 오뉴월에도 서리친 닷 소리가 거기서 났댜.

아, 큰마누라 말마따나 짚다락 겉은 큰 이 두구, 장독 겉은 아들 두구, 반달 겉은 딸을 두구 뭣이 나뻐 첩 장개를 가? 그라구 이 생눈이 날리른 바람 불구 생눈 날리른 굉장히 추워. 가매 장치 뿌러지면 거기 못 살어. 그 시집이 이런 사람두 가매 타구 가믄. 그게 조화로 뿌러지지, 왜 뿌러져? 그 실특한 게. 그랑깨 두 모랭이 돌아가믄 가매 장치 찌끈 짜끈 뿌러지라는 거여. 시 모랭이 돌아가믄 피랭이 쓴 사람이 인자 쑥 나수구.

아니, 그렇게 인저 저기 여자 말이 오뉴월에 서리친다능 거여. 시 모랑이 돌아가믄 그 집 안방이 들어가서 몸 뉙일 거 아녀?

그래 초리청이 생이(행례) 지낼라고 지내가능 거여. 행례, 원삼 쪽두리 입구. 그전엔 디린 게 이룋게나 헌께, 신랑 얼굴도 못 봤어. 우리 시집갈 때. 그란디 초리청에 들어서걸랑은 피나 동이루 동이루 쏙구 죽읍소사 해서 죽었댜. 가서 그래, 여자 말은 오뉴월에도 서리 친다고 여자는 악을 안 떨아(떨어야) 한다잖야? 남자들 그라잖야? 여자 말은 오뉴월에도 서리칭깨, 여자들 당최 악하게 하지 말라구.

시어머니 죽으면 좋다더니

자료코드 : 08_02_FOS_20090209_HID_CBR_0005
조사장소 : 충청남도 금산군 군북면 두두2리 413번지
조사일시 : 2009.2.9
조 사 자 : 황인덕, 김기옥, 오세란, 서은경

제 보 자 : 최분례, 여, 85세
구연상황 : 앞의 노래와 같은 상황에서 이어서 불렀다.

시어머니 죽으믄 좋댔더니~

보리방애 물 붜놓깨 생각나네~

시아버니 죽으믄 좋댔더니~

왕골자리 떨어징깨 생각이 나네~

그전이 왕골루 쳤잖야. 왕골자리? 그래서 그릏지. 그렁 건만 알지, 다릉
건 몰라.

장가 가기 싫어 부르는 노래

자료코드 : 08_02_FOS_20090209_HID_CBR_0006
조사장소 : 충청남도 금산군 군북면 두두2리 413번지
조사일시 : 2009.2.9
조 사 자 : 황인덕, 김기옥, 오세란, 서은경
제 보 자 : 최분례, 여, 85세
구연상황 : 앞의 노래와 같은 상황에서 이어서 불렀다. 장가 가기 싫어서 부르는 노래라
　　　　　고 하였다.

또 이 노래도 함 번 불러보께.

궁합이두 가기 싫은 장가~

책력에도 가기 싫은 장가~

한 모렝이 돌아강깨~

여수라는 놈 침노를 해요~

두 모렝이 돌아강깨~

까막 깐치 진동해요~

세 모랭이를 돌아강깨~

피랭이 쓴 사람이 쑥 나서요~

신랑 신랑 신부집이 오는 신랑~

신부 죽은 부고래요~

이 부고를 받어 갖고~

오던 질루 가시래요~

여기까지 오인(온) 길에~

신부 집이루 갈라네요~

한 대문을 떨티링깨~

늘쟁이가 늘을 짜구~

두 대문을 떨티링깨~

꼬깔쟁이가 꼬깔 적구(접고)~

세 대문을 떨티링깨~

쟁인 장모 울음소리~

사우 사우 우리 사우~

어디 갔다 이제 와요~

신부방이 들어가오~

신부방에 들어간께~

분꽃 겉은 얼굴이다~

쟁반 겉은 머리따요~

홍갑사 댕기 끝을 물려~

자는덕끼(자는듯이) 누웠네요~

신부 신부 나의 신부~

칠보단장 곱게 하고~

나 오기만 기다리지~

죽었단 말이 웬 말이요~

왔소 왔소 내가 왔소~

일어나서 말 한마디 전해주오~

원통하네 원통하네~

분꽃 겉은 얼굴이~

흙밥 되기가 원통하네~

장모 장모 우리 장모~

가요 가요 나는 가요~

오던 질루 나는 가요~

이제 가먼 언제 오나~

병풍 안에 그린 닭이~

두 날개를 툭탁 치먼 올라네요~

매형 매형 우리 매형~

이자 가믄 원제 와요~

가매 솥이 삶은 가이(개가)~

컹컹 짖으믄 올라네요~

형부 형부 우리 형부~

이제 가믄 언제 와요 ~

밥솥이다 안친 쌀이~

나락이 되믄 올라네요~

장모 장모 우리 장모~

나에 줄라구 하인(한) 술은~

생의(상여)군들 많이 주구~

나에 줄라구 하인 술은~

평토제나 잘 지내요~

시방 같으믄 가갔어? 궁합이두 가기 싫은 장가, 책력이두 가기 싫은, 옛날인깽 부모네들이 가라구 항께 갔지. 잘, 잘 이해해봐.

(조사자 : 무슨 내용이에요?)

시집이, 장개를, 구합(궁합)이두 구합 보잖아? 가기 싫은 장가, 책력도 보잖야? 책력이두 가기 싫은 장가여. 그래 한 모랭이 돌아강깨 여수란 놈 쑥 나스구, 두 모랭이 돌아강깨 까막 깐치가 짖능 거여. 까마구 깐치가. 시 모랭이 돌아가닝깨 피랭이 쓴 사람 나오고, 그전이 피랭이 쓴 사람, 요만 한 삭갓 쓰구 저 상제들이 익구 댕겼어. 건 씨구, 씨구, 피랭이 쓴 사람이.

진주낭군가

자료코드 : 08_02_FOS_20090209_HID_CBR_0007
조사장소 : 충청남도 금산군 군북면 두두2리 413번지
조사일시 : 2009.2.9
조 사 자 : 황인덕, 김기옥, 오세란, 서은경
제 보 자 : 최분례, 여, 85세
구연상황 : 앞의 노래와 같은 상황에서 이어서 불렀다.

울도 담도 없는 시집 저 시집살이를 십 년 항께 바가지 쪼가리만 남았 댜. 그래서 이제 시어머니가, 아가 아가 메눌 아가 진주 낭군을 볼라거든 진주 남강에 빨래 가라 진주 남강에 빨래를 간께 물도 막(맑)고 돌두 조네 철썩철썩 뚜드리닝깨 난데읎는 신발소리 자웅자웅 들려와서 옆눈으로 살 펴봉깨 하눌 겉은 갓을 쓰구 구름 겉은 말을 타구 신선 겉은 우리 낭군 기상 첩을 실구서 본체만체 지내오는 거여 거기서 빨래를 해두.

그게 그 노래여.

(조사자 : 노래로 한 번 해주세요.) [웃음]

울도 담도 없는 집이~

시집살이를 십 년만에~

바가지 쪼가리만 남아 있네~

시어머니 하시는 말씀~

아가 아가 며눌 아가~

진주 낭군을 볼라거든~

진주 남강에 빨래 가라~

진주 남강에 빨래를 가니~

물두 막(맑)구 돌두 좋아~

철썩철썩 두드리니~ 하늘,

[잘못 말이 나와서 잠시 멈추었다가 다시 시작함.]

자옹자옹 신발소리가~

들려와서 옆눈이루 살펴보니~

하늘 겉은 갓을 쓰구~

구름 겉은 말을 타구~

신선 겉이 우리 낭군~

기상 첩을 실구서루~

본체만체 지내가네~

이리 저리 생각하니~

두 눈에서는 눈물 나고~

흰 빨래 희게 빨고~

검정 빨래를 검게 빨고~

우덩텅텅 빨아 갖구 ~

집이루만 돌아오니~

시어머니 허시는 말씀~

아가 아가 며눌 아가~
진주 남강에 빨래해온 며눌 아가~
진주 낭군을 볼라거든~
사랑방 문을 열어 봐라~
사랑방 문을 열어보니~
아홉 가지 안주 놓고~
기상 첩이 옆이 앉어~
권주개(권주가)루만 부르노라~

아홉 가지 술을 놓고 아홉 가지 안주를 놓고 권주개만 불르능 거여, 지
집 사나가. 그래,

아립방이루 들어와서~
아홉 가지 약을 먹고~
명주 수건에 목을 매어 죽었어요~

큰 마누래 죽었어. 그래 인자, 저기 신랑이 하는 말이,

왜 죽었나 왜 죽었나~
기상 첩은 삼 년이고~
본처는 백 년인디~
왜 죽었나 왜 죽었나~
어거지루 왜 죽었나~

죽으니 탄식하믄 뭐햐?
(청중 : 그럼.)

팔라당 팔라당 홍갑사 댕기

자료코드 : 08_02_FOS_20090209_HID_CBR_0008
조사장소 : 충청남도 금산군 군북면 두두2리 413번지
조사일시 : 2009.2.9
조 사 자 : 황인덕, 김기옥, 오세란, 서은경
제 보 자 : 최분례, 여, 85세
구연상황 : 앞의 노래와 같은 상황에서 이어서 불렀다.

펄러덩 펄러덩 홍갑사 댕기~

곤때도 안 묻어 날 사려 왔네~

사주는 받어서 상 바쳐 놓고~

눈물은 흘러서 한강수 되고~

한숨은 쉬여서 동남풍 되고~

널랑은 죽어서 나부나 되고~

날랑은 죽어서 꼿(꽃)이나 되야~

남자는 나무 되고 여자는 꽃이구. 그러면 우리 울었어. 이 살던 집을 두구 시집가서 워트게 사나 하구. 그릏잖아? 시방잉깨 그릏지. 그랑깨 노래를 졌어, 아가씨가.

펄러덩 펄러덩 홍갑사 댕기~

곤때두 안 묻어 날 사려 왔네~

사주는 받어서 상 바쳐 놓고~

눈물은 흘러서 한강수 되고~

한숨은 쉬어서 동남풍 되고~

널랑은 죽어서 나부나 되고~

날랑은 죽어서 꽃이나 되야~

시집살이 노래

자료코드 : 08_02_FOS_20090209_HID_CBR_0009
조사장소 : 충청남도 금산군 군북면 두두2리 413번지
조사일시 : 2009.2.9
조 사 자 : 황인덕, 김기옥, 오세란, 서은경
제 보 자 : 최분례, 여, 85세
구연상황 : 조사자가 이런 노래는 모르시냐면서 앞부분을 시작하자, 다음의 노래를 불렀다.

날 가라네~ 날 가라네~

명지 질쌈 못 한다고 날 가라네~

명지 질쌈 할라구~ 날 데려왔나~

아들 딸을 나서 길러~

영화를 보자구 날 데려왔지~

그렇잖여? 자기들이 더 잘하네, 뭐.

디딜방아 노래

자료코드 : 08_02_FOS_20090209_HID_CBR_0010
조사장소 : 충청남도 금산군 군북면 두두2리 413번지
조사일시 : 2009.2.9
조 사 자 : 황인덕, 김기옥, 오세란, 서은경
제 보 자 : 최분례, 여, 85세
구연상황 : 앞의 노래와 같은 상황에서 이어서 불렀다.

(조사자 : 새로 해보세요. 껄끄덩 껄끄덩 이렇게 해요? 어떻게 시작해
요?)

껄끄덩 껄끄덩 찧는 이 방애~

원제나 다 찧구 밤 마실 가나~

방애를 찌라먼 짜증을 내고~

마실을 가라믄 흔들구 가네~

(조사자 : 아, 새 낭군 만나러 가니까요.)
응. 방애를 찌믄은 갈 수가 있어?

새복밥(새벽밥)을 하라면~

바가지 쌈만 하고~

물을 길러서 오라면~

엉딩이 춤만 추고~

물동이 안이다 술 받아 놓고~

고개짓 하다가 다 엎지러졌네~

울타리 밑이서 깔비는(깔베는) 총각~

눈치나 익거든 떡 받어 먹어~

떡일랑 받어서 팽개를 치고~

홀목(손목)만 잡구서 발발 떠네~

떡 받아먹구 이거 울타리 밑이서 깔을 빙깨(베니까) 아가씨, 웃집 아가
씨가 그러능 거여. 눈치나 익걸랑 떡 받아 먹으라며 떡을 주닝깨, 떡은 받
아서 팽개치고 손목을 잡고 살자능 겨, 손목을 잡구 발발 떨지.

총각이 남으 아가씨. 그게, 그게 그 노래구.

영감아 땡감아

자료코드 : 08_02_FOS_20090209_HID_CBR_0011
조사장소 : 충청남도 금산군 군북면 두두2리 413번지
조사일시 : 2009.2.9

조 사 자 : 황인덕, 김기옥, 오세란, 서은경
제 보 자 : 최분례, 여, 85세
구연상황 : 앞의 노래와 같은 상황에서 이어서 불렀다.

　　　영감아 땡감아 죽지를 말고~

　　　보리방애 품 팔어~

　　　개떡 쩌 주께~

그렇게 했어. 우리 클 때는.

석탄 백탄 타는 데는

자료코드 : 08_02_FOS_20090209_HID_CBR_0012
조사장소 : 충청남도 금산군 군북면 두두2리 413번지
조사일시 : 2009.2.9
조 사 자 : 황인덕, 김기옥, 오세란, 서은경
제 보 자 : 최분례, 여, 85세
구연상황 : 앞의 노래와 같은 상황에서 이어서 불렀다.

　　　석탄 백탄 타는 데는~

　　　연기나 풀풀 나구요~

　　　요 내 간장 타는 디는~

　　　연기두 안 나구 다 타네~

　　　겉이 타야 남이 알지~

　　　속이 타니 남이 아나

그런 겁(것)만 불렀어. 또, 인자 또,

　　　뒷동산이 고목나무~

날과 같이 속만 썩구~

마당 가운데 모맥불은~

날과 같이 속만 타네~.

그런 겁만 불렀어.

나는 당신을 알기를

자료코드 : 08_02_FOS_20090209_HID_CBR_0013
조사장소 : 충청남도 금산군 군북면 두두2리 413번지
조사일시 : 2009.2.9
조 사 자 : 황인덕, 김기옥, 오세란, 서은경
제 보 자 : 최분례, 여, 85세
구연상황 : 아는 노래나 이야기를 좀 들려 달라는 조사자의 요청에 제일 먼저 부른 노래
이다.

나는 당신을 알기를~

공산명월로 알았는데~

당신은 나를 알기를~

흑싸리 껍줄로 알어요~

당신이 날만큼 사랑을 둔다면~

까시밭이가 천리래두~

발 벗구 가겄소~

남자들이 그려.

참새는 작아도 알을 낳고

자료코드 : 08_02_FOS_20090209_HID_CBR_0014
조사장소 : 충청남도 금산군 군북면 두두2리 413번지
조사일시 : 2009.2.9
조 사 자 : 황인덕, 김기옥, 오세란, 서은경
제 보 자 : 최분례, 여, 85세
구연상황 : 앞의 이야기를 마치고 바로 이어서 불렀다.

각시가 첫날밤에 쬐깐하덩개벼. 신랑이 노래를 불렀네?

　　인물 평풍(병풍) 회회친디~

　　각시님은 만족하오~

쭉 뺏었어. 신부가.

　　참새는 즉어두 알을 낳구~

　　지비는 즉어도 강남을 가고~

　　베륵은 즉어두 십리를 뛰구~

베룩, 여간 떠? 이릏게 뛰잖여?

　　징개(김제) 맹개(만경) 넓은 들이~

　　뻐꾹샌들 혼차 살랴~

　　징개 맹개 넓은 들이~

　　뻐꾹샌들 혼차 살랴~

　　이미 기총 넓은 땅에~

　　저 당신 아니믄~

　　혼차 사는 내 아니요

뺐겼어. 직분을. 각시한티. 각시 짝다구 까니보다 노래 한 마디 불러 각

구. 아, 징개 맹개 넓은 들이 뻐꾹샌들 혼자 살어? 또 앵매긴들 혼차 살
구? 징개 맹개 넓은 땅에 저 당신 아니믄 혼차 사는 내 아니잖야? 많잖여,
남자덜이.

그래 신랑이 권주개(권주가) 한 마디 불렀다가 신랑한, 저 신부헌티 권
주개를 쏙 뺏겼어. 할 말이 읎잖야? 지비(제비)는 즉어도 알을, 강남을 까
구 참새는 즉어두 알을 낳구. 그게 그룷게 됭 기여.

인물 평푼 헤헤친디~
각시님은 만족하오~

참새는 즉어두 알을 낳고~
지비는 즉어도 강남을 가고~
진개 맹개 넓은 들이~
뻐꾹샌들 혼차 살랴~
징개 맹개 넓은 들이~
앵매긴들 혼차 살랴~
진개 맹개 넓은 땅이~
저 당신 아니믄~
혼차 사는 내 아니요.

노래가 돼요?

뱃노래

자료코드 : 08_02_FOS_20090212_HID_CBR_0001
조사장소 : 충청남도 금산군 군북면 두두2리 413번지
조사일시 : 2009.2.12

조 사 자 : 황인덕, 김기옥, 오세란, 서은경
제 보 자 : 최분례, 여, 85세
구연상황 : 앞의 노래와 같은 상황에서 이어서 불렀다. 최분례 화자의 습관대로 여전히
가사 내용을 먼저 이야기하고, 노를 젓는 시늉을 하면서 곡조를 얹어 불렀다.

행경도 원산에 꾀꼬리 우는 소리

춘향이 아가씨가 간 곳이 없어요

어야노 어야노 어기여차, 뱃놀이 가잔다

남하(남해) 바다에 파도 소리 처량도 하구나

어시렁 달밤에 개구리 우는 소리.

뱃사공이 바람났대요.

[곡조에 맞추어]

함경두 원산에 꾀꼬리 우는 소리에~

춘향이 아가씨가 간 곳이 없대요~

어야노야 어야노야 어기여차 뱃놀이 가잔다~

남하바다에 파도소리가 처량도 하구나~

어시렁 달밤에 개구리 우는 소리~

뱃사공이 바람이 났대요~

어야야 어기여차 뱃놀이 가잔다~

어시렁 달밤이 개구리 우는 소~

춘향이 아가씨가 바람이 났대요~.

시집살이 노래

자료코드 : 08_02_FOS_20090212_HID_CBR_0002
조사장소 : 충청남도 금산군 군북면 두두2리 413번지

조사일시 : 2009.2.12
조 사 자 : 황인덕, 김기옥, 오세란, 서은경
제 보 자 : 최분례, 여, 85세
구연상황 : 앞의 노래와 같은 상황에서 이어서 불렀다.

시어머니 죽으믄 좋댔더니~

버리방애 물 뷔농깨 생각나네~

시아버니 죽으믄 좋댔더니~,

왕굴자리 떨어징깨 생각나네~

시아바니 죽으믄 좋댔더니~

연자방애 멍에 밀랑깨 생각나네~.

　　그 전이 연자방애 소루 쪘어, 멍에를 미야 되야. 여자는 못 미잖아? 소
가 디리받을라구 항깨.

똥그랑땡 노래

자료코드 : 08_02_FOS_20090209_HID_HJY_0001
조사장소 : 충청남도 금산군 군북면 상곡1리 경로당
조사일시 : 2009.2.9
조 사 자 : 황인덕, 김기옥, 오세란, 서은경
제 보 자 : 한정임, 여, 82세
구연상황 : 앞의 노래와 같은 상황에서 이어서 불렀다. 노래를 먼저 부르지 않고 한참 동
　　　　　안 가사만을 들려주다가 나중에 가서야 노래를 불렀다.

똥그랑땡 똥그랑땡

얼싸 절싸 잘 넘어간다.

황새란 놈은 다리가 길어서

우편국으로 돌려라.

그르카구,

　　똥그랑땡 똥그랑땡,

하믄서, 그르카믄서 저 거시기해요.

　　(제비란 놈은) 몸집이 고와서
　　기상 방으로 돌리고,
　　또 똥그랑땡 똥그랑땡
　　얼싸 절싸 잘 넘어간다,

그라믄서, 거, 아이, 자꾸 잊어버려서, 이제 병이여. 못 햐. 그라믄서,

　　물새란 놈은 출랑거리기도 잘 한다
　　투전방이루 돌려라.

그전이 그릏게 했어. 그랬는디, 그 잘 했는디, 입두 말르고, 이제 셉(혓)바닥도 아유 새파랗게 서서 이릏게 아퍼대서.

(조사자 : 어디, 우편국으로요?)

예. 다리가 길응깨 우편국으로 돌리라구 그랬어.

(조사자 : 또 참새란 놈은 다리가 짧아서.)

참새란 놈은 도둑질도 잘 한다고 도둑놈으로 돌리랴.

응. 참새가 점부(전부) 농사지믄은 그냥 까먹잖야? 그래서 옛날에는 그 도둑놈으로 돌리라고 하더라고.

(조사자 : 도둑질을 잘 해서요?)

예. 그냥 저 농사 져놓으믄 죄다 말질을 해서 따먹잖아? 어. 그러니께 도둑놈이루 돌리라고 하더라고. 그전이, 옛날에.

(조사자 : 또요? 또 뭐였죠?)

그카구, 또, 뭐, 아니 저, 거시기, 물, 물새란 놈은 출랑거리기도 잘 한다. 투전방이루 돌리라구. 그릏게 하믄은,

> 똥그랑땡~ 똥그랑땡~
> 얼싸절싸 잘 넘어간다~
> 황새란 놈은 다리가 길어서~
> 우편국이루 돌려라~[웃음]

그르카구서 그냥,

> 물새란 놈은 출랑거리구 잘한다~
> 투전방이루 돌리고~

그륵, 그릏게 했는디 인제 그것도 못 햐. [웃음]
(조사자 : 그라고요, 또, 물새 다음에는 뭔 새여요?)
아이고, 몰라요, 인자.

> 똥그랑땡~ 똥그랑땡~
> 얼싸절싸 잘 넘어간다~
> 황새란 놈은 다리가 길어서~
> 우편국이루 돌리고~
> 똥그랑땡~ 똥그랑땡~
> 얼싸절싸 잘 넘어간다~
> 제비란 놈은 몸집이 고와서~
> 기상방이루 돌려라~

징병 갔다 오는 노래

자료코드 : 08_02_MFS_20090202_HID_PSW_0001
조사장소 : 충청남도 금산군 군북면 상곡2리 경로당
조사일시 : 2009.2.2
조 사 자 : 황인덕, 김기옥, 오세란, 서은경
제 보 자 : 박수월, 여, 80세
구연상황 : 옛날에 들은 이야기나 노래를 들으려고 한다는 조사자의 말을 듣고, 다음의
　　　　　 노래를 불렀다.

[앞부분 일부 녹음이 되지 않았음. '징병을 다 나가고'라는 부분이 빠져 있음.]

다시 못 올 줄 알았더니

일천 구백 사십 오년에

팔월 십오일에 해방되어

이내 몸을 연락이나 실어

조선 땅이를 건너섰네

문전 문전 태극기 달구

거리 거리에 만세 소리

사꾸라 꽃은 낙화가 지구

삼천리나 강산에 무궁화 피어

삼천만 동포가 춤을 춘다.

남에 낭군님 다 오시는디

우리 집이 낭군님 왜 못 와요

왜국 나라 징용을 가셨나

원자 폭탄을 맞으러 갔나

금강산이 불에 타 먼지가 되면은 오실라나

가매솥에 삶은 개가 멍멍 짖으믄 오실랑가

옹솥에다 삶은 암탉 알을 낳으면 오실랑가

뒷동산에 ○○○○ 색색이나 지면은 오실랑가

병풍에 그린 학이 홰를 탁 치면 오실랑가

한강수라 깊은 물에 푸덤벙 빠져서 못 오시나

얼씨구나 좋다 지화자 좋네

아니 노지는 못 하리다.

창부타령

자료코드 : 08_02_MFS_20090202_HID_PSW_0002

조사장소 : 충청남도 금산군 군북면 상곡2리 경로당

조사일시 : 2009.2.2

조 사 자 : 황인덕, 김기옥, 오세란, 서은경

제 보 자 : 박수월, 여, 80세

구연상황 : 앞의 노래와 같은 상황에서 이어서 불렀다. 청자들의 추임새가 있어 흥이 나
는 분위기였다.

아니 노지는 못하리라

한 송이 떨어진 꽃이

낙화가 된다구나 설워 마라

한 번 피었다 지는 줄을

나도 번연히 알면서도

모진 손으루 꺾어다가

시들기 전에 내버리니

버림도 쓰라리거든

무심코 밟고 가니

근들 아니두나 슬플소냐

숙명적인 운명이라면

너무도 아퍼서나 못 살겠네

허허 한평생 허무하구나

인간 백년이 꿈이로다

얼씨구 절씨구 지화자자도나 좋을씨구.

제주도 한라산에

자료코드 : 08_02_MFS_20090202_HID_PSW_0003
조사장소 : 충청남도 금산군 군북면 상곡2리 경로당
조사일시 : 2009.2.2
조 사 자 : 황인덕, 김기옥, 오세란, 서은경
제 보 자 : 박수월, 여, 80세
구연상황 : 앞의 노래와 같은 상황에서 이어서 불렀다.

제주도 한라산에 상상봉에

칠성불을 걸어 놓고

본 남편 죽으라구

삼십에 불공을 드렸더니

죽으라는 낭군 아니 죽구

다른 낭군이 병이 들어

바늘같이두나 허약한 몸이

황소 겉은 병이 드니

약방 약도 쓸 디가 없고

병원에 약도나 쓸 데 없네

비녀를 팔어 반지를 팔어
은산에 보약을 지어다가
화로 풍로에 얹어 놓구
앉아서나 불다 누워서 불다
정든 님 숨지는 걸 몰랐구나
삼복 치매를 입자 하니
남이 부끄러워 못 입겄네
흰 댕기를 디리자 하니
남이 두려워서 못 디리네
얼씨구 절씨구 지화자자도나 좋을씨구.

베틀가

자료코드 : 08_02_MFS_20090202_HID_PSW_0004
조사장소 : 충청남도 금산군 군북면 상곡2리 경로당
조사일시 : 2009.2.2
조 사 자 : 황인덕, 김기옥, 오세란, 서은경
제 보 자 : 박수월, 여, 80세
구연상황 : 앞의 노래와 같은 상황에서 이어서 불렀다.

오늘 날도 하 심심하니 베틀이나 놓아 보세.

(청중 : [웃음] 옳게 찾아 왔어.) (조사자 : 예, 그래요.)

오늘 날도 하 심심하니
베틀이나 놓아 보자
에헤야 베 짜는 아가씨
사랑 노래 수심만 지노라

낮이 짜면은 일광단이요

밤이 짜면은 월광단이라

일광단 월광단 다 짜 모아

우리 님 프레센토나 지어나 볼까

에헤야 베 짜는 아가씨

사랑 노래 베틀이 수심만 지노라.

일본 대판 가신 낭군

자료코드 : 08_02_MFS_20090202_HID_PSW_0005
조사장소 : 충청남도 금산군 군북면 상곡2리 경로당
조사일시 : 2009.2.2
조 사 자 : 황인덕, 김기옥, 오세란, 서은경
제 보 자 : 박수월, 여, 80세
구연상황 : 앞의 노래와 같은 상황에서 이어서 불렀다.

일본 대판 가신 낭군

돈을 벌면은 오시건만

공동묘지나 판 낭군

어느 시절이나 오실랑가

명사십리 해당화야

내 꽃 진다고나 설워 마라

명년 삼월 돌아를 오면

너는 다시나 피건마는

초로같은 우리네 인생

한 번 낳다가… [노래 가사를 잘못 말하여 잠시 머뭇거리다가]

한 번 아차 죽어를 지믄

움이 나나 싹이 나나

움도 싹도나 아니 난다.

산천 초목에 타는 불은

자료코드 : 08_02_MFS_20090202_HID_PSW_0006
조사장소 : 충청남도 금산군 군북면 상곡2리 경로당
조사일시 : 2009.2.2
조 사 자 : 황인덕, 김기옥, 오세란, 서은경
제 보 자 : 박수월, 여, 80세
구연상황 : 앞의 노래와 같은 상황에서 이어서 불렀다.

산천 초목에 타는야 불은

만인간이나 꺼주건만

요내 가슴이나 타는 불은

어느야 누가 꺼줄거나

산천 초목에 타는 불은

탄 무덤이나 있건만은

요내 가슴이 타는 불은

탄 무덤도 없구나.

석탄 백탄 타는 데는

자료코드 : 08_02_MFS_20090202_HID_PSW_0007
조사장소 : 충청남도 금산군 군북면 상곡2리 경로당
조사일시 : 2009.2.2
조 사 자 : 황인덕, 김기옥, 오세란, 서은경
제 보 자 : 박수월, 여, 80세

구연상황 : 앞의 노래와 같은 상황에서 이어서 불렀다.

　　　석탄 백탄 타는 디는
　　　연기래두 나건만은

[옆에 있던 한 청자가 다른 가사를 이야기하자, 가사를 한참 생각하다가]

　　　석탄 백탄 타는 디
　　　연기나 펄펄 나구요
　　　요내 가슴이 타는 디는
　　　연기 김두나 아니 난다
　　　얼여루 난다 디여루
　　　허송 세월을 말어라
　　　시냇가에 빨래 소리
　　　오두닥 뚝딱 나구요.

[가사가 떠오르지 않아 잠시 머뭇거리다가]

　　　아롱아롱 버들잎은
　　　정든 님 얼굴을 가리는구나
　　　에헤라 어허라.

아, 자꾸 이제 안 되네, 해 볼랑께.

어떤 사람은 팔자가 좋아

자료코드 : 08_02_MFS_20090202_HID_PSW_0008
조사장소 : 충청남도 금산군 군북면 상곡2리 경로당
조사일시 : 2009.2.2

조 사 자 : 황인덕, 김기옥, 오세란, 서은경
제 보 자 : 박수월, 여, 80세
구연상황 : 앞의 노래와 같은 상황에서 이어서 불렀다.

어떤 사람 팔자가 좋아

남의 집의 귀중한 딸을

낚시야 같이두나 낚아다가

군세 없이 젖은 정은

물속과 같이두나 깊었더라

열 길 나는 속 깊은 물은

깊은 지 얕은 지나 알건마는

한 길 되는 저 처녀 마음

깊은지 얕은지를 누가 아나

얼씨구나 좋다 기화자 좋네

아니 노지는 못 하리라.

노랫가락

자료코드 : 08_02_MFS_20090202_HID_PSW_0009
조사장소 : 충청남도 금산군 군북면 상곡2리 경로당
조사일시 : 2009.2.2
조 사 자 : 황인덕, 김기옥, 오세란, 서은경
제 보 자 : 박수월, 여, 80세
구연상황 : 앞의 노래와 같은 상황에서 이어서 불렀다.

꿈아 꿈아

오셨던 임을 보내지 말구

잠든 아이를 깨워나 주렴

이후에 임이 오시믄

임을 잡구서 날 깨워주렴.

지원병 보내는 노래

자료코드 : 08_02_MFS_20090212_HID_CBR_0001
조사장소 : 충청남도 금산군 군북면 두두2리 413번지
조사일시 : 2009.2.12
조 사 자 : 황인덕, 김기옥, 오세란, 서은경
제 보 자 : 최분례, 여, 85세
구연상황 : 앞의 노래와 같은 상황에서 이어서 불렀다.

시방잉깨 군인이라구 하지? 제국시대는 지원병이라구 했어. 응. 지원병. 지원병 가는 노래 좀 해보까? 공민 아버지, 해 봤어요? 지원병 가는 반양 (배웅)할 때, 그때는 국민학상들두 다 가고, 교장도 가고 군수두 나오고 반양도 다 했어. 즌장 마당으로 강깨.

(청중 : 나 국기 흔들구 그랬잖야요?)

응.

나라에 바치려구 키운 아들을

빛나는 싸움터로 배웅을 헐지

눈물을 흘릴소냐 웃는 얼굴로

깃발을 흔들었다 새벽종 위루

저 산천, 저 모간에 피를 흘리구

기운 차게 떨어지는 붉은 사꾸라

이것이 반도 남자 번번 이겨라

살어서 돌어오는 네 얼굴보다

죽어서 돌어오는 너를 반기마

용감한 내 아들
그 속이 나가는 우리나라에
충의를 지키시는 어머니들은
여자의 일편단심 편할 이 없이
임의 길을 바칠 이는 고동천리를
그릏게 반양했어. 저기 저 지원병 갈 적이.
그람, 저이는 스물 두 살이구 나는 스물 한 살이구. 그래 저이 가던 해
해방이 됐어. 가던 해 해방이 됐어.
(조사자 : 그거 한 번 이렇게 노래로…)

　　깃발을 아니,
　　나라에 바치려구 키운 아들이~
　　빛나는 싸움터로 배웅을 헐 제~
　　눈물을 흘릴소냐 웃는 얼굴로~
　　저 산천 저 모간이 피를 흘리구~.

이것이, 아니 가만 있어봐,

　　이것이 반도 남자 번번 이겨라~
　　저 산천, 저 모간이 피를 흘리구~
　　기운 차게 떨어지는 붉은 사꾸라~
　　이것이 반도 남자 번번 이겨라~
　　살어서 돌어오는 네 얼굴보다~
　　죽어서 돌어오는 너를 반기며~
　　용감한 내 아들이 청이 첫싸움~
　　지원병 어머니는 사랑해 주마~
　　그 속이 낙화하는 우리나라에~

충의를 지키시는 어머니들은~

여자의 일편단심 편할 이 없이~

임의 길을 바칠 이는 고동천리를~.

시집살이 노래

자료코드 : 08_02_MFS_20090212_HID_CBR_0002
조사장소 : 충청남도 금산군 군북면 두두2리 413번지
조사일시 : 2009.2.12
조 사 자 : 황인덕, 김기옥, 오세란, 서은경
제 보 자 : 최분례, 여, 85세
구연상황 : 앞의 노래와 같은 상황에서 이어서 불렀다.

나락 공출 보리 공출 다 나오는디~

시어머니 공출은 왜 안 나와~

저 노무 시어머니 거동을 봐요~

자물쇠 가주구 도장문 장궈~

가구 싶은 일본은 목 가게 되구~

살기 싫은 시집살이 더 살게 됐네~

일 환짜리 편지는 일본두 갔다가 오는디~

천 냥짜리 이 내 몸은 왜 이리 목 가~

가구 싶은 일본 목 가게 되구~

듣기 싫은 잔소리 또 듣게 되네~

시어머니 잔소리 비상꽂 걱고~

시아버니 잔소리 솔비상 겉네~

아리아리 아리아리 아라리요~

아리아리 고개는 열두나 고개~

우리 님 고개는 한 고갠가~

아리아리 아리아리 아라리요~

아리아리 고개루 날 넝궈 줘요~.

서울을 갔는디 이 노래를 불릉깨 기사가 탁 스구 함 마디 더 하랴.
(조사자 : 그렇죠. 안 가지.)
츰 들어봉개. [더욱 흥겹게 다시 부른다.]

나락 공출 보리 공출 다 나오는디~

시어머니 공출은 왜 안 나와~

저 놈의 시어머니 거동을 봐요~

자물쇠 가두구 도장문 장궈~

가고 싶은 일본은 못 가게 되고~

살기 싫은 시집살이 더 살게 되네~

시어머니 잔소리 비상꽃 겪고~

시아버지 잔소리 술비상 겉네~

칠 환짜리 편지는 일본두 갔다가 오는디~

천 냥짜리 요 내 몸은 왜 이리 목 가~

가구 싶은 일본은 목 가게 되구~

듣기 싫은 잔소리 또 듣게 되네~

아리 아리 아리 아리 아라리요~

아리 아리 고개는 열 두나 고개~

우리 님 고개는 한 고갱가~

아리 아리 스리 스리 아라리요~

아리 아리 고개루 날 넝궈 줘요~.

2. 금성면

충청남도 금산군 금성면 마수리 상마수

조사일시 : 2009.2.2
조 사 자 : 황인덕, 김기옥, 오세란, 서은경

　상마수리는 금산의 진산인 금성산 아래에 위치한 산촌이다. 금성산은
금산의 진산이자 금성면의 진산이기도 하며 금성면이라는 지명도 여기에
서 유래된 것이다. 이 산의 지맥이 금산으로 이어져 향교 뒷산인 비호산
을 이루었음을 보아, 금산의 진산을 진악산이 아닌 금성산으로 삼은 이유
를 짐작할 수 있다.

　구전에 따르면 마수리는 산이 말의 모양을 닮았다 하여 나온 지명이라
고 한다. 하마수 중마수 하마수 가운데 상마수 쪽은 말의 머리이고, 중마

수는 말의 몸, 그리고 하마수는 말의 꼬리에 해당된다고 한다. 그리고 상마수 마을 아래 쪽에 있는 금바위 또는 벼락바위라고 부르는 바위가 있는데 이 바위는 말의 고삐를 묶어두는 곳이라고 한다. 그런가 하면 아랫말 머리 동남쪽에 있는 적우실은 소가 짐을 싣고 있는 형국인 데에서 나온 지명이라는 말도 있다.

확실한 역사는 모르지만 금상산 아래에 자리한 윗말머리, 즉 상마수는 그 역사가 매우 오래일 것으로 추정된다. 산 아래에 산제당이 있어 산제를 오랫동안 지내온 것이 마을의 역사를 짐작케 하는 하나의 단서가 된다. 마을 입구에 풍치림으로 심어둔 소나무 숲이 지금까지 잘 남아있는 것도 이 마을이 격조 있는 역사를 유지해온 증거의 하나이다.

그러나 상마수는 뒤와 좌우로 산이 막혀 전체적으로 터가 좁고 농토가 적은 데에다 물도 적어 별다른 대농이 없이 소농 중심으로 살아온 농촌이다. 또한 그 때문인 듯 특용작물 재배도 활발히 이루어지지 못한 상태로, 현재는 많이 낙후된 농촌의 모습을 벗어나지 못하고 있다. 수원백씨와 김해김씨가 전에 많이 살았다고 하나 지금은 마을 뒤에 남아 있는 사당과 재실만이 그런 흔적을 말해줄 뿐 마을로서의 전통성과 안정감을 별로 보여주지 못하고 있다.

현재 이곳은 빈 집이 많고 농업인은 다 60대 이상만 남아 있으며, 그나마 노인들은 농사를 기계 영농인에게 위탁한 경우도 적지 않다고 한다. 이 마을의 구비문학 조사는 2월 2일 하루 할머니 방에서만 이루어졌다. 청중도 많고 호응도도 높았으나 두드러진 제보자는 보이지 않았다. 마을의 최고령 할머니인 김고예(93세) 어른의 적극적인 구연이 돋보였다.

김고예, 여, 1917년생

주 소 지 : 충청남도 금산군 금성면 상마수길 75번지 마수회관
제보일시 : 2009.2.2
조 사 자 : 황인덕, 김기옥, 오세란, 서은경

　　전라도 광주에서 37세에 이곳으로 왔다. 마수회관 경로당에서 나이가 제일 많다. 치아가 온전하지 않아 발음을 알아듣기가 쉽지 않다. 젊었을 때에는 이야기도 잘 하고 노래도 잘 하였다고 한다. 시집살이가 너무 힘들어 죽으려고 집을 나갔다가 아는 사람을 우연히 만나게 되어 다시 집으로 돌아온 적도 있다고 한다. 다른 지방에 돈 벌러 갔다가 자식이 보고 싶어서 다시 돌아온 적도 있다고 한다. 기억력이 많이 나빠져서 노래 가사를 잘 기억하지 못한다고 하면서, 노래를 부르다가 중간 중간에 끊기도 하였다.

제공 자료 목록
08_02_FOS_20090202_HID_KKY_0001 마당 가운데 흰 나비야
08_02_FOS_20090202_HID_KKY_0002 너냥 나냥
08_02_FOS_20090202_HID_KKY_0003 연달이 안에 잠든 새야

김원순, 여, 1934년생

주 소 지 : 충청남도 금산군 금성면 상마수길 75번지 마수회관
제보일시 : 2009.2.2
조 사 자 : 황인덕, 김기옥, 오세란, 서은경

금성면 도곡리에서 살다가 14살에 이곳으로 시집을 왔다. 다른 사람이 이야기를 할 때 조용히 들으면서도, 고개를 끄덕이는 등 내용에 대한 호응을 잘 하는 편이다. 그러나 본인이 나서서 이야기나 노래를 할 정도의 적극성을 보이지는 않았다. 조사자가 다시 해 달라고 몇 번을 요청하자 노래 한 편을 들려주었다.

제공 자료 목록

08_02_FOS_20090202_HID_KWS_0001 시집살이 노래

정연순, 여, 1935년생

주 소 지 : 충청남도 금산군 금성면 상마수길 75번지 마수회관
제보일시 : 2009.2.2
조 사 자 : 황인덕, 김기옥, 오세란, 서은경

추부면에서 살다가 19세에 결혼을 하면서 이곳으로 왔다. 다른 화자들의 이야기를 귀 기울여 듣는 성실한 청자의 역할을 하다가, 자신이 경험한 것이 있다고 하면서 조심스럽게 한 편의 이야기를 들려주었다. 조용한 성격의 소유자로 나서는 것을 좋아하지 않는 듯하다.

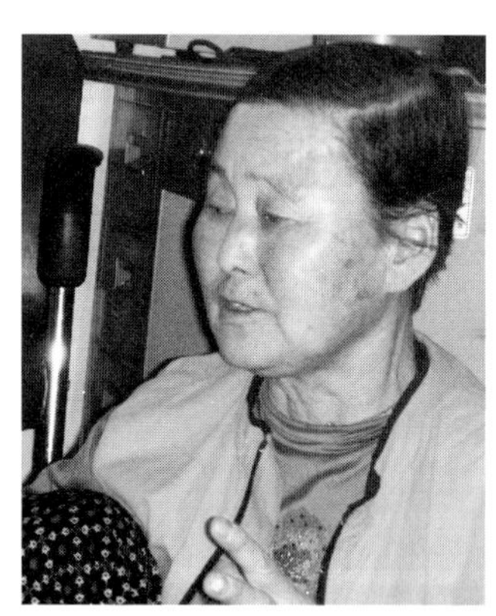

제공 자료 목록

08_02_MPN_20090202_HID_JYS_0001 제 무덤 파고 죽은 개
08_02_FOS_20090202_HID_JYS_0001 한콩 두콩 단지콩

제 무덤 파고 죽은 개

자료코드 : 08_02_MPN_20090202_HID_JYS_0001
조사장소 : 충청남도 금산군 금성면 상마수길 75번지 마수회관
조사일시 : 2009.2.2
조 사 자 : 황인덕, 김기옥, 오세란, 서은경
제 보 자 : 정연순, 여, 75세
구연상황 : 동물을 잘못 죽여서 해를 입은 이야기들이 오가는 중 정연순 화자가 조심스
럽게 아래 이야기를 꺼내었다.
줄 거 리 : 공장 주방에서 일을 한 적이 있었다. 도둑을 잘 지킨다는 개를 한 마리 키우
고 있었다. 하루는 개가 구덩이를 파고 있었다. 이상하다고 생각하여 다음 날
아침 일찍 찾아보니, 개가 자신이 파 놓은 구덩이에 들어가 죽어 있었다. 주
인은 개를 애처롭게 생각하여 산에 묻어 주었다. 구덩이를 파고 죽은 개는 잡
아먹는 법이 아니다.

저기 담요 공장에서, 내가 주방에서 밥을 해다 줬거던요? 저 마전 밑에
담요 공장. 그랬는디유, 개를요, 오년은 멕였어요. 근데 그 개가 도둑을
잘 지킨다고 안 팔아 먹더라구요.

그래 인제 어느 날은 나 혼자 있는디, 다 나가고, 사모님두 나가고 사
장님도 나가고. 아 그냥 구덩이를 막 이릏게 파요. 아, 그래서 저녁 때 가
봉께 이만큼을 파 놨네요? 그래서, 아이고, 저녁 때 사모님하고 사장님하
고 모임에 갔다 왔는디,

"사모님!"

사장님헌텐 그 소리도 못하고,

"사모님!"

"왜요, 아줌니."

“이리 와 봐요, 이리 와 봐요.”

그서 와서 바라봐.

“아이고, 워짠 일이랴, 아줌마?”

그래.

“몰라요. 나 어떠카다 여기로 와봉깨 이렇게 됐어요.”

그렇게서 인자, 그르카고 있는디, 그릏게 놓구서나 그날 저녁에 그냥 잤어요. 그날 저녁 그냥 자고, 그 이튿날 식전이 밥 하러 나와 각고 물을 여 놓고 그럭, 거기는양, 물을 이만한 통이루 하나씩 끓이야 돼요. 그렇게 끓여 얼려놓고서는 있는데,

‘이눔으 개가 왜 이라, 어떻게 됐나.’

하구서 이릏게 가보닝깨, 구딩이 이많게 파논 디다 거 가서 큰 개가 이릏게 들어가서 죽어버렸어요.

(청중 : 지가 죽을라구 파논 거네.)

(청중 : 지 구딩이 팠네.)

응, 그래서 인자 사무실, 사무실 문을 막 뚜드렸어 인자. 이르캄서,

“성님, 성님!”

“아줌마, 왜?”

“이루 와 봐요, 이루 와 봐.”

와서 보더니, 하 서운해 각구, 개가 죽어서 서운해 각구, 이릏게 만침서,

“아이구, 어트가야, 아이구, 어트가야 옳여.”

무섭도 안 한가, 그라네? 그래서 인자, 우리 사장님이 인자, 그거 건드리지 말래요. 직원더러, 직원들이 인자 그놈 끌어다가 잡아서 쌂아 먹을까봐. 얼른두 못 하게 하고, 사, 저, 이릏게 갖다가 인저 산이다 갖다가 인저 이릏게 파묻어 줬어요.

(청중 : 죽은 걸 어떻게 쌂아 먹어?)

예. 그래 왜 그 개를 그릏게 갖다가 파묻느냐고 그라닝깨, 개, 죽은 개, 구딩이 파고 죽은 개는 절대 안 잡아먹는 개라고. 산에다 갖다가 파묻어, 파묻어 주야 한대요. 그라더라고.

(청중 : 그 늙어서 그려. 개가.)

예, 개가 원래 오래 멕였어.

(청중 : 지 무덤 파고 들어갔네, 그건.)

마당 가운데 흰 나비야

자료코드 : 08_02_FOS_20090202_HID_KKY_0001
조사장소 : 충청남도 금산군 금성면 마수리 마수회관
조사일시 : 2009.2.2
조 사 자 : 황인덕, 김기옥, 오세란, 서은경
제 보 자 : 김고예, 여, 93세
구연상황 : 연세가 많은 김고예 어른에게 경로당에 모인 다른 사람들이 노래를 청하자,
　　　　　 다음의 노래를 불렀다.

　['마당 가운데'라는 부분이 녹음이 되지 않았다.]

　　　　흰나비야
　　　　너 여그를 뭐허러 왔나
　　　　봉실 봉실 피는 꼿(꽃)을
　　　　열매 딸라고 나 여기 왔지
　　　　키 큰 나무 성주 열어
　　　　키 적은 낭구 유자 열어
　　　　유자 성주 수실 도와
　　　　떨어질까 염려로다.

　(조사자 : 그래요, 참, 그런 노래가 묵은 노래일 거예요. 아마.)

너냥 나냥

자료코드 : 08_02_FOS_20090202_HID_KKY_0002

조사장소 : 충청남도 금산군 금성면 마수리 마수회관

조사일시 : 2009.2.2

조 사 자 : 황인덕, 김기옥, 오세란, 서은경

제 보 자 : 김고예, 여, 93세

구연상황 : 앞의 노래와 같은 상황에서 이어서 불렀다.

　　　너냥 나냥 두해둥실 놀고요

　　　밤에 밤에나 낮에 낮에나

　　　참사랑이로구나.

　　(청중 : 신났네.)

　　　아침에 우는 새는

　　　배가 고파 울고요

　　　저녁에 우는 새는

　　　시름 깊어 운다.

연닫이 안에 잠든 새야

자료코드 : 08_02_FOS_20090202_HID_KKY_0003

조사장소 : 충청남도 금산군 금성면 마수리 마수회관

조사일시 : 2009.2.2

조 사 자 : 황인덕, 김기옥, 오세란, 서은경

제 보 자 : 김고예, 여, 93세

구연상황 : 앞의 노래와 같은 상황에서 이어서 불렀다.

　　　연닫이 안에 잠자는 새악시

　　　저 농부를 보오(정확하게 알아들을 수 없다.)

　　　적어도 대장부요

　　　백년언약을 잊을손가

바늘같이 약헌 몸에

태산같이 병이 들어

은가락지 팔아 금비녀 팔아

인삼 보약을 지어다가

세로 풍로에 불 댕겨 놓고

염치 없는 잠이 들어

서방님 가는지 왜 몰러.

이, 아 서방님 병이 들어서 죽었어.

(조사자 : 그래요. 끝났어요?)

이것도 그, 끄트리가 뭐 있는데 잊어버렸어.

시집살이 노래

자료코드 : 08_02_FOS_20090202_HID_KWS_0001
조사장소 : 충청남도 금산군 금성면 마수리 마수회관
조사일시 : 2009.2.2
조 사 자 : 황인덕, 김기옥, 오세란, 서은경
제 보 자 : 김원순, 여, 76세
구연상황 : 다른 사람이 이야기를 끝내자 이어서 불렀다.

우리집 시어머니는 염치도 좋아

저 잘난 걸 낳아 놓고 나를 데려 왔소

데려나 왔걸랑 볶지나 말지요

요리 볶고 저리 볶고 콩 볶듯이 볶는다. [웃음]

한콩 두콩 단지콩

자료코드 : 08_02_FOS_20090202_HID_JYS_0001
조사장소 : 충청남도 금산군 금성면 상마수길 75번지 마수회관
조사일시 : 2009.2.2
조 사 자 : 황인덕, 김기옥, 오세란, 서은경
제 보 자 : 정연순, 여, 75세
구연상황 : 창자가 자신의 두 다리를 앞으로 뻗은 자세로, 한 손으로 번갈아 자신의 다리
　　　　　 를 치면서 불렀다.

　　　한콩 두콩 단지 콩
　　　하늘에 올라 비리 콩
　　　비리 죽자 산지 동
　　　하늘에 올라 비리 콩.

그케 했어. 몰라. 거까지밖에 몰라.
(조사자 : 어르신 또 새로 해 보세요. 아까 잘 못 봤어요.)

　　　한 콩 두 콩 단지 콩
　　　하늘에 올라 비리 콩
　　　남 생이 꼬랭 이
　　　슥자 수건이 걸려 앉었 네.

그랬어. 우리는.

3. 부리면

충청남도 금산군 부리면 수통리

조사일시 : 2009.2.16
조 사 자 : 황인덕, 김기옥, 오세란, 서은경

　금강물이 겨우 통하는 외진 지형이어서 수통리라는 지명을 가진 수통리는 부리면 가운데에서도 가장 궁벽한 마을이다. 말 그대로 수통리에서 무주 경계에 이르는 지역은 금강줄기 가운데에서도 매우 후미지고 통행이 어려운 구간의 하나이다. 이러한 특징으로 하여 이곳은 삼백여 년 전 한씨 형제가 유배당하여 정착하게 된 것으로부터 마을이 시작되었다는 구전이 있다. 지금도 한씨가 주민의 가장 다수를 이루는 가운데, 길씨가 그 다음 다수를 점하고 있다. 부리면 소속이면서도 강물이 막혀 혼인은 높은 재를 넘어야 하는 무주 쪽과 많이 했다고 하며 시장도 무주장이나 학산장을 많이 이용했다고 한다.

그러나 수십 년 전에 도파리 앞에 세멘트 다리가 놓이고, 강변에 제방이 쌓이고, 부동초등학교 수통분교가 세워지고, 강 건너로 다리가 놓임으로써 수통리는 비로소 섬 같은 처지에서 벗어나 크게 발전을 이루게 되었다. 한창 때는 마을 가구 수가 87호에 달했고 인구도 700여 명이나 되었다. 60년대 말에 시작된 하천변 제방 건설 사업이 78년에 완공되자 6만여 평의 농지가 개척되어 주민들은 쉽게 농사를 지을 수 있게 되었고, 농토가 넓어지자 강 건너 농토는 거리가 멀어 그냥 방치하는 결과가 되었다.

90년대부터는 논농사 대신 과수 농사를 많이들 하여 소득증대를 꾀하기도 했으나 성과가 적어 20여 가구가 시작한 과수 농가가 지금은 5호 정도로 감소되었다. 그와 동시에 거주민도 급속히 줄어들어 지금은 35호 정도에 불과하다. 초등학교 분교도 이미 오래 전에 폐교되었고, 폐교된 건물은 '휴양의 집'으로 개조하여 마을에서 방문객들의 휴식처로 제공하고 있다. 현재 이곳은 고유 주민들은 수가 줄고 있는 대신 전원주택지로 개발되면서 외지인들이 더러 와서 거주처로 삼기도 하고, 펜션을 운영하기도 하며 주말 농장을 하기도 한다. 이런 추세는 앞으로 더욱 높아질 것으로 예상된다.

수통리의 구비문학 조사는 2009년 2월 16일에 이루어졌다. 마을회관은 남녀 방이 나뉘어져 있었다. 여성 방에서부터 조사를 하려 했으나 좌중의 호응도가 낮아 남성 방에서만 조사가 이루어졌다. 그러나 전체적으로 두드러진 제보자가 보이지 않아 성과는 적은 편이었다.

충청남도 금산군 부리면 어재리 1구 느재마을

조사일시 : 2009.2.23
조 사 자 : 황인덕, 김기옥, 오세란, 서은경

　어재리 느재는 수통리와 비슷한 지형을 보이는 마을이지만 농토가 넓어 농촌으로서의 거주 환경이 상대적으로 좋은 편이다. 이곳은 구례장씨 중심의 마을이다. 한때 120여 호에 달하는 대촌을 이루었다고 한다. 지금은 66호로 줄었지만 그래도 금산군 전체로 볼 때에도 이러한 규모의 단일 마을은 찾아보기가 쉽지 않다. 이 마을은 논밭 농사 중심에서 근래 딸기묘, 수박묘, 과수 등으로 작목을 다변화하고 있으며, 면내에서 비교적 부촌으로 알려져 있다. 마을이 크다 보니 마을에 농산물 직판장도 있다. 근래에 녹색마을로 지정되었고 매실을 많이 심어 매실마을로 지정되기도 했다. 그런가 하면 농바위 끌기 민속이 보존민속으로 지정되었고,

매년 이 민속을 시연함으로써 마을을 외부로 알리는 데 긴요한 구실을 하고 있다.

이 마을에 대한 조사는 2009년 2월 23일 오전에 마을회관 여성 방에서 이루어졌다. 열 명 이상의 많은 주민들이 모였고 좌중의 호응도도 높은 편이었지만 특별히 두드러진 제보자는 보이지 않았다. 오후에는 이웃 마을인 어재리 2구 압수골 마을회관에서 조사를 했다. 이곳은 본디 30여 호가량 되었으나 지금은 20여 호로 줄었다고 한다. 옛날에 김씨가 처음 터를 잡았다고 하며, 지금은 양씨와 길씨가 주된 성씨를 이루고 있다. 마을회관은 규모가 작아 남녀 주민이 한 방을 이용한다고 한다. 이판임 어른이 거의 혼자 이야기 구연을 주도하다시피 했다. 오후 내내 60여 마디의 다양한 이야기를 들었다.

충청남도 금산군 부리면 평촌리 1구 도랜말

조사일시 : 2009.2.11
조 사 자 : 황인덕, 김기옥, 오세란, 서은경

평촌리는 조선시대 말기에는 부동면의 중심마을로 부동면 사무소가 있었던 곳이다. 들말, 아랫말과 함께 하나의 행정 마을을 이루었으며, 평촌이라는 지명은 들말에서 온 것이다. 이들 가운데에서도 도랜말은 세 마을 가운데 문화, 역사적으로 중심을 이루는 곳이다. 도랜말의 역사는 무엇보다도 마을 앞에 세워진 양성지의 사당과 비가 말해주고 있다. 지금도 이곳은 양씨가 절대 다수를 이루는 양씨촌이다. 마을 앞에 서있는 여러 그루의 느티나무가 마을의 오랜 역사와 고풍스런 분위기를 더해주고 있다.

원래 강변에 위치한 평촌리는 농토가 적고 그나마 수리 불안전답이 많아 빈촌을 면치 못했는데, 강변에 제방이 생기고 초등학교도 세워지면서 살기 좋은 마을이 되었다고 한다. 그러나 특별한 소득 작물을 개발하지 않아 근래 점점 낙후된 농촌을 면치 못하게 되었다. 최근에 두어 집 젊은 농사꾼이 딸기 모종을 생산하여 딸기 고장인 논산 쪽으로 출하하는 것 정도를 새로운 특작으로 들 수 있다고 한다.

그러나 기본적인 논밭 농사 위주의 영농방식은 거의 변함이 없는 편이고 그에 따라 마을에 별다른 활기도 없어 보인다. 현재 36호 정도가 남아 있다고 하지만 이 중에는 빈 집이 많고, 노인이 홀로 사는 외가족 가구가 거의 반은 된다고 한다. 최근에 평촌마을이 전통문화 구전마을로 지정받은 것은 마을에 새로운 발전을 도모해보려는 의도에서였다고 한다. 마을에서 주민들이 두부를 만들어 파는 등, 앞으로 실질적인 수익사업을 추진할 예정이라고 한다.

도랜말에 대한 구비문학 자료조사는 2009년 2월 11일 오전에 이루어졌다. 남성방과 여성방에서 구연이 별도로 이루어졌다. 여성 방에서는 좌중의 호응도가 높은 편이었으나 두드러진 제보자는 보이지 않았다. 남성방에서는 좌중 모두 양재영 어른에게만 구연을 미루는 분위기였고 그는 그런 요구를 사양하지 않았다. 그러나 마침 이 날 노인들에 대한 정기 건강 체조 강습이 예약되어 있어 장시간 구연을 계속할 수가 없었다.

인근 마을인 예미리 승재는 도랜말보다 호수가 조금 많으며, 더욱 전형적인 농촌 마을이다. 그 때문인 듯 이 마을 주민들은 도랜말 주민들보다 일을 더 많이 하고, 그만큼 더 부지런하다고 한다. 금산읍 식당에 나가 일을 하거나 이곳저곳 품팔이 일을 나가는 등 노인이면서도 활발하게 일을 하러 다니는 사람이 많다고 한다.

고순영, 여, 1937년생

주 소 지 : 충청남도 금산군 부리면 신촌2구 춘호경로당
제보일시 : 2009.2.11
조 사 자 : 황인덕, 김기옥, 오세란, 서은경

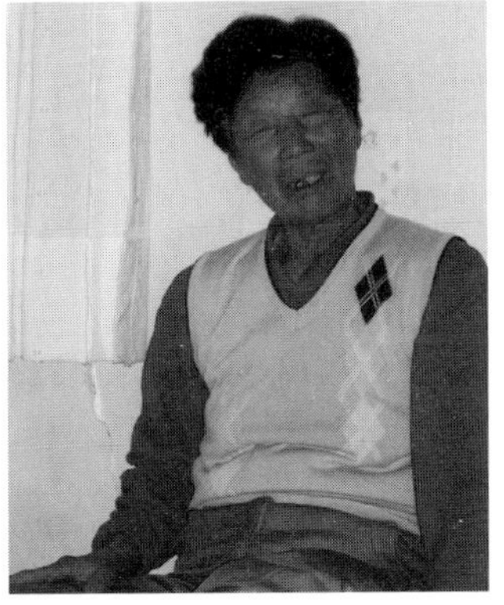

　제원면 저곡리에서 19세에 시집을 왔다. 짧은 머리를 하고 있었으며, 약간 검은 편이다. 활달한 성격의 소유자이다. 이야기판에 적극적으로 동참하며 다른 사람의 이야기를 끌어내려는 노력을 보였다. 이야기판의 분위기를 위해 중간중간 흥을 돋우는 말을 하기도 하였다. 그러나 자신이 완결된 이야기를 구연하는 데까지는 이르지 못하였다.

제공 자료 목록
08_02_MFS_20090211_HID_KSY_0001 일본 대판에 가신 님은

길관선, 여, 1932년생

주 소 지 : 충청남도 금산군 부리면 평촌리 경로당
제보일시 : 2009.2.11
조 사 자 : 황인덕, 김기옥, 오세란, 서은경

　다른 사람들이 이야기를 하고 있지 않으면, 뭐라도 이야기를 좀 하라고 부추기는 역할을 하였다. 밝은 성격의 소유자이다. 일단 입을 열면 매끄럽고 빠르게 구연했다.

길준열, 남, 1938년생

주 소 지 : 충청남도 금산군 부리면 수통1리 경로당
제보일시 : 2009.2.16
조 사 자 : 황인덕, 김기옥, 오세란, 서은경

　안어르신들이 있는 방에서 한 20분 정도 앉아 있다가 더 이상의 이야기가 나오지 않자, 맞은편에 위치한 바깥어르신들이 있는 방으로 이동하였다. 길준열, 길중만, 양희남, 박찬문 등이 앉아서 텔레비전을 보고 있었다.

　찾아온 목적을 이야기하자, 길준열 화자가 가장 적극적인 자세를 보였다. 서사성이나 완결성은 부족하나, 조사자들에게 하나라도 더 들려주려는 열의를 보였다. 이장이나 누가 들어왔을 때에도 먼저 다른 사람에게 이야기하기를 권하는 역할도 하였다. 생각이 날 때마다 간헐적이고도 지속적으로 이야기를 이어나갔다. 성실한 화자에 해당한다.

　이곳에서 태어나서 자랐다고 한다. 어릴 때 서당에 잠시 다녔다. 어려서부터 마을에 대해 들은 자료들을 많이 기억하고 있다. 이야기판이 끝났을 때에도 조사자들을 따라나섰다. 적벽강을 중심으로 이곳저곳을 둘러보는 동안 동행을 하면서 친절하게 설명을 해 주었다.

김분심, 여, 1941년생

주 소 지 : 충청남도 금산군 부리면 어재리 느재마을 경로당
제보일시 : 2009.2.23
조 사 자 : 황인덕, 김기옥, 오세란, 서은경

　다른 사람의 이야기를 열심히 듣는 편이
다. 다른 화자의 이야기에 즉각적인 반응을
보임으로써 화자의 흥을 돋우는 역할을 충
실히 하였다. 그러나 표현이 풍부한 이야기
를 구사하기에는 부족하다.

제공 자료 목록
08_02_FOT_20090223_HID_KBS_0001 뱀이 땅속
에서 살게 된 유래
08_02_MPN_20090223_HID_KBS_0001 오래 기른 개

김수자, 여, 1967년생

주 소 지 : 충청남도 금산군 부리면 어재리 압수마을 경로당
제보일시 : 2009.2.23
조 사 자 : 황인덕, 김기옥, 오세란, 서은경

　부리면 어재리 압수마을 경로당에서 구연
을 하였던 제보자들 중 젊은 편에 속한다.
목소리가 크고 발음이 정확했으며 이야기
구연에 강한 의욕을 보였다. 밝고 친근한 성
격의 소유자이며, 의성어나 의태어를 적절
히 구사함으로써 이야기 전개에 활력을 더
해주기도 하였다. 청중의 반응이 좋은 경우,
그 장면을 다시 한번 들려주는 적극성을 보

였다. 끝까지 이야기판을 지키면서, 충실한 청자로서의 역할을 다하였다.

제공 자료 목록
08_02_FOT_20090223_HID_KSJ_0001 방귀 뀌는 며느리
08_02_FOT_20090223_HID_KSJ_0002 원수의 아들로 태어난 구렁이
08_02_FOT_20090223_HID_KSJ_0003 상사뱀이 휘감아 죽은 여자
08_02_MPN_20090223_HID_KSJ_0001 족제비 업이 죽어 망한 집
08_02_MPN_20090223_HID_KSJ_0002 이장 잘못해서 화를 입은 후손
08_02_MPN_20090223_HID_KSJ_0003 두꺼비 업으로 태어난 아이
08_02_MPN_20090223_HID_KSJ_0004 집안으로 들어온 꿩

박복림, 여, 1932년생

주 소 지 : 충청남도 금산군 부리면 신촌2구 춘호경로당
제보일시 : 2009.2.11
조 사 자 : 황인덕, 김기옥, 오세란, 서은경

다른 사람이 이야기 하는 것을 조용히 듣는 편이었다. 이야기판에 적극적으로 개입하지는 않았으나 끝까지 자리를 지키고 앉아 있었다.

제공 자료 목록
08_02_FOS_20090211_HID_PBL_0001 한쪽 다리 불끈 들어
08_02_FOS_20090211_HID_PBL_0002 댕기 노래

박순이, 여, 1940년생

주 소 지 : 충청남도 금산군 부리면 어재리 느재마을 경로당
제보일시 : 2009.2.23
조 사 자 : 황인덕, 김기옥, 오세란, 서은경

　　느재마을 경로당에서 한참 구연이 진행되
고 있을 때 들어왔다. 적극적으로 이야기 판
에 동참하지 않고 다른 사람의 이야기를 듣
는 편에 속한다. 지킴이에 대한 이야기가 나
와 이런저런 이야기가 오가는 중에, 다른 사
람이 박순이 화자에게 이야기를 먼저 청하
자 구연하였다.

제공 자료 목록

08_02_MPN_20090223_HID_PSE_0001 세 마리의 지킴이 뱀

박순자, 여, 1945년생

주 소 지 : 충청남도 금산군 부리면 도파리 경로당
제보일시 : 2009.2.16
조 사 자 : 황인덕, 김기옥, 오세란, 서은경

　　무주 설천면에서 시집 왔다. 마른 체구에
조용한 성격을 지닌 것으로 보인다. 다른 사
람에게 이야기할 수 있는 기회를 충분히 주
고 난 뒤 한 마디씩 구연하였다. 이야기를
많이 해 볼 기회가 없어서인지 문맥의 흐름
이 혼란스럽기는 하였으나, 어떻게든 한 마
디라도 구연해 보려는 관심을 보여주었다.
표현력이 부족한 면이 있어 대체로 이야기
의 길이가 짧다.

제공 자료 목록

08_02_FOT_20090216_HID_PSJ_0001 꾀 부리다 솜짐을 진 짐승

08_02_FOT_20090216_HID_PSJ_0002 화재를 미리 아는 지킴이
08_02_FOT_20090216_HID_PSJ_0003 김이 나오는 묏자리가 명당
08_02_FOT_20090216_HID_PSJ_0004 딸의 혼처 정하기 어려운 아버지
08_02_MPN_20090216_HID_PSJ_0001 뱀과 개구리를 달아놓고 간 도깨비

양옥순, 여, 1937년생

주 소 지 : 충청남도 금산군 부리면 도파리 경로당
제보일시 : 2009.2.16
조 사 자 : 황인덕, 김기옥, 오세란, 서은경

충청북도 음성군 소이면 금고리가 친정이
다. 자그마한 체구에 웃는 얼굴이 선해 보
인다. 다른 사람들이 이야기하는 것을 열심
히 듣는 성실한 청자의 역할을 하다가, 조
심스럽게 한 편의 이야기를 구연하였다. 이
야기를 많이 해 본 화자는 아닌 듯하다.

제공 자료 목록
08_02_FOT_20090216_HID_YOS_0001 덕석 귀신,
지게 귀신

양인규, 남, 1927년생

주 소 지 : 충청남도 금산군 부리면 평촌리 경로당
제보일시 : 2009.2.11
조 사 자 : 황인덕, 김기옥, 오세란, 서은경

평촌리 경로당 내 바깥어른들이 머무는 방으로 이동을 하였다. 네 사람
이 넓은 공간에 있었다. 두 사람은 누워 있고 또 그 나머지는 앉아 있는
상태였다. 조사자들이 방안에 들어선 뒤에도 양인규 화자는 한참을 누워

있었다. 양태영 화자가 마을의 유래에 대한
이야기를 하는 동안 중간중간 추임새를 넣
는 것으로 보아 이야기를 놓치고 있는 것은
아님을 알 수 있다. 차분한 목소리에 느릿느
릿한 어조로 이야기를 시작하였다.

제공 자료 목록
08_02_FOT_20090211_HID_YIK_0001 수명을 관
장하는 노인성

양재영, 남, 1924년생

주 소 지 : 충청남도 금산군 부리면 평촌리 경로당
제보일시 : 2009.2.11
조 사 자 : 황인덕, 김기옥, 오세란, 서은경

부리면 평촌리 경로당에서 안어른들을 먼
저 찾아 뵙고, 바깥어른들이 있는 옆방으로
이동하였다. 넓은 방에 4명이 있었다. 검은
색 한복을 입은 양태영 화자가 중앙에 앉아
멀리 놓여져 있는 텔레비전을 보고 있었다.
깨끗하게 정돈된 옷차림이 먼저 눈에 들어
온다. 크지 않은 체구로 목소리에 당당함이
묻어 있다. 남원 양씨 35대손이다. 수첩에

족보에 대한 자료를 끼워다니는 것으로 보아 가문에 대한 긍지가 있는 것
으로 보인다.

한동안 영동에서 살다가 왔다고 한다. 요즈음은 세상이 변해서 나이 든
사람이 아랫사람 눈치를 봐야 한다고 하며, 농촌 정책에 대한 불만을 말

하기도 했다. 조사자들이 찾아온 목적을 말하자, "야담은 푸성하다"라는 표현을 쓰며, 역사적인 내용이 아니면 별 가치가 없는 것임을 여러 번 강조하였다.

먼저 마을의 유래에 대한 이야기를 하였다. 조사자가 특정 인물을 거론하면, "내가 그거 조금은 알어"라고 하면서 몇 마디를 구연하였다. 설화성이 짙은 이야기는 알아도 하지 않으려는 경향을 보였다.

제공 자료 목록

08_02_FOT_20090211_HID_YJY_0001 밑이 빠진 용수를 파는 이인
08_02_FOT_20090211_HID_YJY_0002 사위를 위해 만든 토정비결
08_02_FOT_20090211_HID_YJY_0003 우엄 전설

양희남, 남, 1934년생

주 소 지 : 충청남도 금산군 부리면 수통1리 경로당
제보일시 : 2009.2.16
조 사 자 : 황인덕, 김기옥, 오세란, 서은경

수통1리 경로당에서 한참 이야기가 진행되고 있을 때, 방안으로 들어왔다. 노인회 회장이라고 길준열 화자가 소개를 하자, 조사자들에게 찾아온 목적을 묻고 자리에 합류하였다. 마을이 원래 빈촌이었는데 제방을 막고 난 이후 부촌이 되었다는 설명과 함께 마을에 대한 이야기가 이어졌다. 현재 35호 정도 되는 마을 규모에 대해 언급하다 가 초등학교 학생들의 숫자가 125명이 넘을 때도 있었다는 말을 하였다. 이야기를 적극적으로 즐기는 편은 아니다. 작은 목소리로 이야기를 천천히 하는 편이다.

제공 자료 목록

08_02_FOT_20090216_HID_YHN_0001 죽산 안씨 열녀비
08_02_FOT_20090216_HID_YHN_0002 방우리 장자늪과 시주승
08_02_FOT_20090216_HID_YHN_0003 수통리 인절미 배미

이연향, 여, 1935년생

주 소 지 : 충청남도 금산군 부리면 평촌리 경로당
제보일시 : 2009.2.11
조 사 자 : 황인덕, 김기옥, 오세란, 서은경

　　쪽진 머리를 하고 있었다. 다양한 이야기를 하려는 의욕이 돋보였으며 판이 끝날 때까지 지속적으로 이야기를 구연하였다. 구연할 기회가 많지 않아서인지 이야기 전개가 매끄럽지는 않았다. 구연하는 도중 순서가 뒤바뀌는 경우가 여러 번 있었다. 한편의 이야기를 온전히 완성하고자 노력했다. '은혜 갚은 노루'라는 이야기에서는, "잘 살다가 엊그제 장사지냈다"라고 마무리 짓는 바람에 좌중이 웃음 바다가 되었다.

제공 자료 목록

08_02_FOT_20090211_HID_LYH_0001 방귀 뀌는 며느리
08_02_FOT_20090211_HID_LYH_0002 은혜 갚은 노루
08_02_FOT_20090211_HID_LYH_0003 우렁각시

이영례, 여, 1936년생

주 소 지 : 충청남도 금산군 부리면 어재리 느재마을 경로당
제보일시 : 2009.2.23
조 사 자 : 황인덕, 김기옥, 오세란, 서은경

금산읍이 친정이며, 17세에 결혼을 하였다. 느재마을 풍속에 대한 이야기를 할 때면, '친정에서는 배운 것이 없는데, 시집와서는 별것을 다 봤다'라고 말하면서, 마을의 사소한 풍속을 처음 접했을 때의 당혹스러움을 드러냈다.

목소리가 크고 거침없는 음성이다. 중앙에 앉아 이야기판의 분위기를 전체적으로 좌우하는 인상을 풍겼다. 이야기판이 시끄러워지면, "시끄러워, 시끄러워"라고 하며 좌중을 조용히 시키기도 하였다. 이 마을이 살기 좋은 곳이라는 점을 여러 번 강조하였다. 조사자들이 외지에서 온 사람들이어서인지 마을에 대한 이미지 관리에 신경을 쓰는 듯하였다.

한편의 이야기를 마무리하고는, "자꾸 이야기를 하라고 하니까 하지. 내가 또 거짓말 한 마디 했네"라는 말을 덧붙였다. 본 것은 아니니까 거짓이라는 말을 여러 번 강조하였다. 줄거리 위주의 이야기가 주종을 이루고, 다른 사람이 이야기를 하는 중이라도 생각나는 것이 있으면, 중간에 끊고 들어오려고 했다. 다른 사람의 이야기 내용이 자신의 의견과 다를 경우 분명하게 자신의 생각을 드러내는 성향이 있다.

제공 자료 목록

08_02_FOT_20090223_HID_LYR_0001 칠백의총

08_02_FOT_20090223_HID_LYR_0002 장수가 갑옷을 넣어둔 농바우

08_02_FOT_20090223_HID_LYR_0003 '이랴'의 유래

08_02_FOT_20090223_HID_LYR_0004 고시레의 유래

08_02_FOT_20090223_HID_LYR_0005 구렁이 업 위하여 잘된 집

08_02_MPN_20090223_HID_LYR_0001 구렁이 죽이고 생긴 우환

08_02_ETC_20090223_HID_LYR_0001 소 팔러 갈 때의 주술 민속

08_02_ETC_20090223_HID_LYR_0002 가지 많이 열리게 하는 민속

08_02_ETC_20090223_HID_LYR_0003 고려장 터

이판임, 여, 1934년생

주 소 지 : 충청남도 금산군 부리면 어재리 압수마을 경로당
제보일시 : 2009.2.23
조 사 자 : 황인덕, 김기옥, 오세란, 서은경

불이리가 친정이며, 21세에 결혼을 하였
다. 결혼해서 시집 식구들과 화목한 분위기
에서 지냈다. 특히 시어른들이 착해서 무사
히 살았다고 한다. 밥에 돌이 들어있으면,
시아버지가 식구들에게 '일어서 먹으면 된
다'고 말을 해 주었다. 어린 시누이들의 머
리를 직접 깎아주기도 하였으며, 자신이 결
혼하고 난 뒤 막내 시동생이 태어났다고 한
다. 그렇게 지내서인지 오래 전 시어머니와 함께 살 때에도 시누이들이
친정집에 오면 자신을 먼저 찾았다고 한다.

이야기하는 것을 즐기는 듯하며, 조사자들에게도 호의적인 태도를 보
였다. 발음이 정확하여 듣기도 편했다. 생각날 때마다 이야기를 꾸준히
들려주려는 태도를 보였다. 처음에는 시집에 대한 이야기나 경험담을 위
주로 구연하더니, 시간이 지날수록 완결성과 서사성이 있는 이야기를 들
려주었다. 20여 편의 이야기와 노래 2~3마디를 들을 수 있었다. 더 많은
이야기 구연이 가능한 듯하였으나, 중년의 남자 한 사람이 경로당 안으
로 들어오자, 이야기판의 분위기가 달라져 더 이상의 구연을 기대할 수
없었다.

제공 자료 목록
08_02_FOT_20090223_HID_YPY_0001 가짜 무당 노릇하기
08_02_FOT_20090223_HID_YPY_0002 불씨 얻으러 왔다가 쫓겨난 여자
08_02_FOT_20090223_HID_YPY_0003 인업이 나가자 망한 집

08_02_FOT_20090223_HID_YPY_0004 노적가리와 바꾼 돌탑

08_02_FOT_20090223_HID_YPY_0005 재채기 하는 해골

08_02_FOT_20090223_HID_YPY_0006 배나무를 되찾은 아들

08_02_FOT_20090223_HID_YPY_0007 고려장이 없어진 이유

08_02_FOT_20090223_HID_YPY_0008 송장과 씨름한 남자

08_02_FOT_20090223_HID_YPY_0009 쌍둥이에게 속은 곶감장수

08_02_FOT_20090223_HID_YPY_0010 동지섣달에 두릅 구한 효자

08_02_FOT_20090223_HID_YPY_0011 효도하는 바리데기

08_02_FOT_20090223_HID_YPY_0012 묏자리가 없어 원통골

08_02_MPN_20090223_HID_YPY_0001 시집살이

08_02_MPN_20090223_HID_YPY_0002 세 번의 죽을 고비

08_02_MPN_20090223_HID_YPY_0003 불을 밝혀주는 호랑이

장선예, 여, 1932년생

주 소 지 : 충청남도 금산군 부리면 예미리 승재경로당

제보일시 : 2009.2.10

조 사 자 : 황인덕, 김기옥, 오세란, 서은경

부산 영도 다리 근처가 고향이라고 하였다. 32세에 이곳으로 이사를 왔다. 삼장사를 해서 부자가 된 사람이 많다는 소리를 듣고 왔다고 한다. 어릴 때 노인들이 하는 이야기를 많이 들었다. 삼을 보자기에 싸들고 장사를 하러 나갔다가, 짐을 기차에 놓고 오는 바람에 시집 식구들로부터 몇 년 동안 구박을 받았다고 한다.

평소에는 경로당에 나와서 이야기를 잘 하는 듯하였으나, 초면의 조사자들이 이야기를 청하자 선뜻 나서지를 않았다. 얼마의 시간이 경과한 후, 여러 사람들의 요청이 있고 난 뒤 이야기를 시작하였다. 부산 사투리가

많이 섞여 있다. 다양한 이야기 목록을 가지고 있는 듯하였으나, 나서서
이야기를 하지 않아 몇 편의 이야기만을 들을 수 있었다.

제공 자료 목록
08_02_FOT_20090210_HID_JSY_0001 은혜 갚은 두꺼비
08_02_FOT_20090210_HID_JSY_0002 소금 장수와 부정한 제삿밥
08_02_FOT_20090210_HID_JSY_0003 호랑이도 제 새끼는 예뻐한다
08_02_MPN_20090210_HID_JSY_0001 저승에 갔다온 여자

조옥춘, 여, 1932년생

주 소 지 : 충청남도 금산군 부리면 도파리 경로당
제보일시 : 2009.2.16
조 사 자 : 황인덕, 김기옥, 오세란, 서은경

남일면 덕천이 친정이다. 화투판 가운데
앉아 있다가, 먼저 이야기를 꺼내었다. 세번
째 이야기를 하는 중에 휴대폰이 울리자 집
을 봐줘야 한다고 하면서 급하게 경로당을
나섰다. 이 근처에서 아들이 음식점을 운영
하고 있다고 한다. 한 30분이 흐른 뒤, 급하
게 숨을 몰아 쉬며 돌아와 3편의 이야기를
들려주고 다시 나갔다. '조사자들이 내어 놓
은 간식거리를 먹었으니 그 보답은 해야 하는 것이 아니냐'라는 말을 덧
붙였다.

왔다 갔다 하는 바람에 마음이 급해서인지 수사적인 표현이 약하고, 줄
거리 위주의 구연이 주를 이룬다. 한편의 이야기를 구연하고는, "거짓말
하나 했네"라는 말을 하였다. 노래는 거짓말이 없어도 이야기는 거짓말이
있다는 말도 몇 번 하였다.

제공 자료 목록

용소

자료코드 : 08_02_FOT_20090216_HID_GJY_0001
조사장소 : 충청남도 금산군 부리면 수통1리 경로당
조사일시 : 2009.2.16
조 사 자 : 황인덕, 김기옥, 오세란, 서은경
제 보 자 : 길준열, 남, 72세
구연상황 : 앞의 이야기와 같은 상황에서 구연하였다.
줄 거 리 : 근처의 소에는 용이 살고 있다. 일본 사람은 그곳의 물만 찍어 먹어봐도 용
이 얼마나 큰지 알 수 있다고 한다. 비가 오지 않을 때에는 용소에서 제를
지낸다. 전설에 의하면 그곳에 소를 매어 놓으면 용이 나와서 잡아먹었다고
도 한다. 지금은 그리 깊지 않지만 오래 전에는 매우 깊은 소였다. 물속에
들어가면 큰 동굴이 있는데 항상 큰 고기가 입구를 지키고 있어 안으로 들
어갈 수는 없다. 익사사고도 한 번 나지 않은 곳이다. 지금은 면적이 많이
축소되었다.

근디 여 밑이 가면 인제, 이렇게 물이 흘러네리다 봉깨, 여가 쏘가 하
나 있어요, 요 밑이. 그런디 그 쏘에는 뭐여, 항시 옛날이 용이 거기서 그
서식을 했다구 해가지구, 일본 놈들이 와서 그, 그 용을 잡아갈라구 해서,
그 당시에 일본 놈들은 머리가 좋아서 물만 찍어, 찍어 먹어 봐두 용이
얼마만큼 컸다는 걸 안대요. 그래 가지구서 와서 일본군들이 잡아갈려고
와서 보니까 아직 들 컸다요. 그래 가지구서 용을 안 잡아가고 그대로 있
었는디, 실제적이로, 참 옛날에는 가뭄이 많이 왔잖애요.

하늘만 바라보고 익구, 하늘에서 떨어지는 물 가지구서 농사를 짓고,
이런 예가, 예가 익그덩. 지금은 양수 시설이 되구, 지하수 개발해 가지구
서 물을 뽑아 올려서 농사를 짓구 하는디 옛날에는 그렁 게 전혀 없었잖
아요? 양수기가 뭔지도 몰랐단 말여요. 지금은 양수 시설 해서 큰물도 퍼

올려서 농사도 짓구, 지하수를 퍼가 올려서 농사도 짓고 해서. 옛날보다
는 좀 뭐여 가뭄이 온다드래두 타격을 그 전겉이 덜 받죠.

그랬는디 거기는 참 응 비가 안 오믄은, 막, 거기 전부 막, 사방 사람들
이 와서 막, 막 우주재라구 해가지구 막 날굿이를 하고, 할머니 할아버지,
할머니들이 와서 빨개를 벗고 춤을 추구 말여, 막 지사를 지내고, 거기다
가 막 음식도 해서 막,

(조사자 : 어디, 용소에서요?)

예, 여기, 여기, 소, 요기다가. 여기 그렇게 했대요. 그렇게 하다 보면
요행수루 혹여는 비가 오는 수가 있어요. 그래서 그렁 걸 많이 했지요, 그
전에는. 우리 부락 사람들만 아니라, 사방, 전라도, 여 경상도, 충청도 이
런 디서도 많이 와요. 여 와서 그렇게 했대요. 예.

그랬는디, 우리가 전설에 듣기에는 옛날이 참 거기다가 소를 매노먼 용
이 나와서 그 눔을 끌고 와서 잡아먹었다, 이런 전설두 있는디, 실제로 우
리가 인자 들은 거지, 모르지유.

(청자 : 그래 그 옆에 가면 무섭······.)

거기는 아무나 함부로 들어가지를 못해요. 무서워서. 짚이도 굉장히 질
구, 옛날이는 실꾸리가 뭔지는 지금 사람은 잘 모를 거예요. 명주실이라
고 이래 가느롬한 거, 그 저 누에고치 농사져 가지고서 실을 뽑아서 만드
능 거, 가노롬한 실이 있어요. 그라믄 실꾸리라는 하능 기 이만, 이 정도
돼요. 그람 그리 가면 실꾸리가 다 하나 풀린다고 해서 짚이가. (조사자 :
짚이가.) 예. 사실은, 인제 뭐여, 유래의 말이지, 실제로 그게 짚으지는, 짚
으지는, 이제 현재는 글쎄 짚지는 않은디, 그 전이는 모르겠어요. 그건.
물이 이리 흘러 내려각기 때문에 그양 뭐, 참 거기는 무한정 짚은 지 워
짠지 모르는데, 그때는 모르지만서두 지금 상태는 다 메웠어요. 지금은
전부 인제 둑을 뭐 가지구 막아 가지구서, 전부 그냥 폐수물이나 뭐 응
이런 저 흙탕물루 전부 그루 내려가니께 수십 년 흘러 내려가니께, 자꾸

쌓이구 쌓여서 지금은 그케 짚지는 않아요.

그래 거기는 잠수하는 분들이 거기를 들어가면은 사실상 굴이 있는데, 큰 바윈데 굴이 있는데, 양쪽이서 큰 고기가 보초를 두고 있어 가지고 거기는 무서워서 들어가들 못 한다고, 그런 전설도 익고.

그거는 우리가 그때 당시 참 우리 고장 으런들이, 잠수하는 양반들이 말씀하신 걸 우리가 직접 들은 얘긴디, 참, 큰 고기가 이렇게 양쪽이 서있어 가지구서, 참, 딱 서있어 가지구 그 안이는 들어가들 못했다고. 그래 그런 디서 놀래 가지구서 두 번 다시 그런 양반들도 안 들어간다고, 그런 얘기를 들은 적이 있어요. 여기 인저, 이, 여기 쏘라고 하는 디 여기두, 참 전설이, 참 굉장히 중요한 전설이라고 볼 수가 있지요.

거기는 세상없이 지금 단계에서두 전연 지금은 물이 안 들어가잖아요. 큰물이 안 들어가지만서두 그 물을 양, 뭐 양수기니, 뭐 이렁 거 해서, 큰 양수기, 이런 거 막 다섯 대 여섯 대씩 거다 장치를, 막 이만한 호스로 빠져, 막 퍼올리는 그런 기계를 갖다가 물을 퍼두 처음이는 한 3메다 정도 줄어네러 갔다가, 더 이상을 안 줄구 고대로 있어요. 게 세상없어도 그 물은 잦출 수가 없어요.

(조사자 : 그래, 목욕도 못 하겠네요, 그 속에서.)

거기는 목욕을 잘 안 가지요. 무서웁고, 위험하니까. 예, 거기는 인자 뭐여, 깊이도 상당히 깊으고 무서우니까 잘 목욕하러 거기는 안 가지요.

(조사자 : 혹시 그런 데 뭐 빠졌다든가 이런 일은 없었어요? 사람들이, 동네 사람들이?)

근디 우리가 알기에는 거기 그 둠벙에서, 인제 말하자면, 그 전에는 거가 고기도 많아요. 큰 고기도 많고, 작은 고기도 많고, 이런 저, 땅 속에서 이케 묻혀서 사는 조개겉은 이런 것도 많아요.

그라믄 여름철이 여럿이 어울려서 가서, 참, 조개도 잡아, 잡아다 해 먹고 그랬는디, 그렇게 많이 사람들이, 인제 여름철에는 인제, 여럿이 가지

혼자는 안 가거든요. 그럼 같이 어울려서 가믄은 그렁 것도 많이 잡아먹구 했어두, 그 둠벙에서 사람 죽었닷 소리는 못 들었어요. 예, 이 강에서는 참 익사사고가 많이 나는데, 그 둠벙은 그렇게 참 깊은 둠벙이래두 사람이 죽었닷 소리는 들어보덜 못 했어요. 그래 가지구 거기다 참 제사도 지내고 그케 하거든요.

(조사자 : 제는 언제 언제 지내세요?)

제?, 제는 인제 저, 뭐여, 우주제, 우주제. 여름철에.

(조사자 : 가물 때요?)

예, 예. 인제, 그때는 참 어릴 때, 살고, 살기가 어려울 때니까, 우주제를 한 번 지낼라면 집집이 쌀이면 쌀, 한 사발씩 걷고 돌아댕겼어요. 그래 가지구 모금을 해 가지구 모아 가지구, 그, 그 돈 가지구서 비용을 내서 제사를 지내고 그랬지요.

그래 저 뭐여 여기를 막아 가지구 전부 논을 만들억거든요. 그랄 적에 자꾸 인제 밀어서 서서히 채워 가지구서 지금 인제 둠벙이 그렇게 크지는 않아요. 원래는 무지 굉장히 컸어요. 뭐, 만여 평 이상 됐을 거예요. 원래 둠벙은. 지금은 한 삼천 평? 그 정도밲이는 안 돼요. 지금 많이 줄었지. 그래서 인제 자꾸 메워져 가지구. 그런디 여기 저 뭐여, 그 둠벙을 이제 완전히 메울라고 할 적이, 부락분들이 여기는, 난 메울 수가 없다 해가지구 반대해서 지금도 흔적이 그래루 있지유.

그 전이 여기는 강변을, 인제 논을 만들 적이, 인제 그 저, 우리나라의 경제적이루 재정이, 지원해 줄 재정이 없잖아요? 그라믄은 인제 미국에서 그 저, 밀가루를 많이 지원해 줬어요. 그래 가지구 그거 그것을 참 여기다 우리 부락이, 뭐 그, 저, 뭐여, 그렁 걸 할 수 있는 능력이 있는 사람한티, 참 딴, 이 부락 사람이 아니구, 딴, 딴디 사람이 그걸 저 맡아 가지구서 일을 해서, 이렇게 공사를 했어요.

그랬는디, 실제적으로 그 사람들이 그때 당시 하다가, 공사를 하다가 중단하고 참 둑만 뭐서 맨들어 놓고 공사를 완료를 못 했지요. 그래, 그 다음에 딴 업자들이 와서, 여그 와서 서울 사람들이 와서 이 공사를 마무리를 지었죠.

한 골짜기가 부족한 우룡골

자료코드 : 08_02_FOT_20090216_HID_GJY_0002
조사장소 : 충청남도 금산군 부리면 수통1리 경로당
조사일시 : 2009.2.16
조 사 자 : 황인덕, 김기옥, 오세란, 서은경
제 보 자 : 길준열, 남, 72세
구연상황 : 명당이나 풍수에 대해 물으니 아래의 내용을 구연하였다. 앞의 이야기와 같은
         상황에서 구연하였다. 마을에 관한 이야기가 이어졌다.
줄 거 리 : 우룡골이라는 곳은 장수가 나올 만한 명당이다. 그런데 하나가 모자라는 아흔
         아홉 골짜기여서 훌륭한 장수가 나오지 못하였다.

그래 여기 이 수통리, 이 동네에서 강으로 쭉 올라가다 보면 그저 우렁골이라고 하는 계곡이 있어요.

근디 거기는 참, 존 훌륭한 장수가 나올, 나올 만한 계곡인데, 그 그 골, 그 골을 아흔 아흔아홉 골짝이라 그래요. 그런데 아흔 아홉 골짝이라는 골짝이 생겼고, 사실상 한 골짝이 더 생겨서 백 곡만, 백 골짝만 생겼으믄 큰 훌륭한 장수가 나올 명승진디, 한 곡이 못 생겨 가지구서, 아흔 아홉, 백곡이 안 되고 아흔 아홉 골짝이 생겼다 해 가지구서, 큰 훌륭한 사람이 못 났다는 거, 그것이 인제 옛날 전설로 해서 인제 아쉽다, 이런 생각이 들어가지요.

(조사자 : 우룡골이라구요?)

예, 우룡골이라고 하는 계곡이 아흔 아홉 골짝이라는 그 신산인디, 무지하게 계곡이 많고 산이 커요, 면적도 겁나게 크고.

(조사자 : 한 골짜기는 왜 저기가 부족하대요?)

그러닝개 그게 천, 천지 개벽이루 해서 골짝이 생길 적에 그렇게 한 꼴짝이 안 생겼다능 거예요.

(조사자 : 아이고, 안타깝네요.)

닥박곡의 뱀

자료코드 : 08_02_FOT_20090216_HID_GJY_0003
조사장소 : 충청남도 금산군 부리면 수통1리 경로당
조사일시 : 2009.2.16
조 사 자 : 황인덕, 김기옥, 오세란, 서은경
제 보 자 : 길준열, 남, 72세
구연상황 : 앞의 이야기와 같은 상황에서 구연하였다.
줄 거 리 : 적벽강 절벽 위로 닥박곡이라는 계곡이 있다. 강과 산으로 막혀 있어 사람이
        좀처럼 갈 수 없는 곳으로 나무와 풀이 무성한 곳이다. 그곳에는 귀 돋친 뱀인
        날아다니는 살모사가 살고 있다. 그 뱀은 사람 머리 위로 날아다니기 때문에
        사람들이 무서워서 접근하지 못한다. 독사가 오래되면 살모사가 된다고 한다.

여기 저, 여기 쪼금 올라가면 바루 동네 바루 저 곁이여유. 저, 적벽강이라구 하는 강이, 적, 적벽 그 절벽이 있고, 그 절벽 위에 쪼금 더 올라가믄 거기 인제 계곡이 닥박곡이라고 하는 계곡이 있어요. (조사자 : 닥박.) 닥박곡이라고 그래요, 거기를.

(조사자 : 닥박곡이라 그래요?)

닥박곡. 그라믄 거기는 참 여름철에는 참 사람이 인저 갈 수가 읎잖아요? 갈 수가 읎어요. 강에서 가라막아서 붙어 익기 때문에.

그라믄 예, 옛날이는 순전히 참 아제 소를 멕여두 전부 집집이 옛날에는 소를 다 멕이다시피 하니께 풀두 요만치가 자랄 때가 없어요. 맨날 깎아다 소 멕이구, 또 응, 논밭에다 그눔 풀 벼서 깎아서 갖다 넣구 해서,

비료가 없으니께 그냥 그런 풀루만 농사를 젹기 때문에, 퇴비루만 농사를 젹기 때문에 퇴비 준비할라구 클 새가 없어요.

그래 풀, 풀 할 때가 되, 풀이 허가가 나서 풀두 하거등요. 국가에서 허가를 안 내주면 산이를 못 올라가요. 그라믄 벌금 물구 말여, 잽혀가고, 잡아가구 그래요. 옛날에는 산림법이 꿩장히 엄핵거든요. 그리두 당장에 사람이 응, 뭐여, 불 안 때믄 살 수가 없으니께, 몰래 가서 해다 때고 그렇게 살았지만서두 그렇게 엄핵거든요, 옛날에는 삼림법이.

근데 거기는 이게 강이 이렇게 가라막아 있어서, 내가 얘기한 그 저 닥박곡이라 하는 디는, 강이 가라막아 있어서 아무도 갈 수가 읎어요. 그러닝깨 거기는 풀이 많이 자라요, 사람이 목 가니까. 뒤는 높은 악산이구, 앞이는 강이 가라막었응깨, 거긴 풀이 이렇게 깔 같응 거 소 멕일려고 참 풀을 비러 갈래두, 가덜 못하니께 풀이 거기는 잘 자라요.

그라믄 잘 자라믄은, 거기 그 산이라고 하면은 내가 참 산 주인이어서 관리를 하고 있었는데, 거기는 참, 아닝개 아니라 그 전이는 아주 도장걸이 참 중요허니 잘 써먹는 디여요.

나무도 많이 자라고, 풀도 많이 자라믄은 그때는 인제 땅 주인이, 내가 관리하는 사람이 가서 풀을 벼서 내가 이용해 먹고, 또 뭐여, 나무도 잘 자라니까, 딴 사람이 안, 안 끊어 가닝깨 잘 자라잖어요? 그라믄 나무도 가서 내가 해 때고 이렇게 했는디,

상당히 거기는. 그라믄 그걸 워트게 가져 오느냐, 여름철이는 인제 저, 뭐여, 가뭄이, 가뭄이 와서 물이 쫄아 붙으면은 배를 이용을 안 하고 배가 가만히 서 있어요. 그런 때 끌고 올라가서 배에다 막 뭐, 뭐, 한 오십 짐, 백 짐이라두 실어요. 거기다가 그냥 실쿠 와서 인제 이용을 하고 그라는데, 근디 그 계곡이 이렇게, 이렇게 계곡이 있는디, 계곡이 있는디, 에 뭐여, 한쪽은 거가 독사가, 독사가 많고, 살모사라고 하능 게 날르는 거거든요, 귀 돋친 뱀이. 그래, 그 사람이 가믄은 그 날르는디 사람이 그걸 방어

할 수가 없잖아요?

긍게 거기는 일절 사람이 가덜 안 하고, 우리가, 참 내가 거기를 관리를 해가지구 풀을 깎어두 거기는 무서워서 목 갔어요. 그쪽 삐때기 한 쪽은. 그러면 거기는 막 이런 바우엉설이 그냥 바우엉설이만 있고 이런 딘디,

그런, 그런 바우엉설이 그, 귀돋힌 독, 살모사라고 하능 게 있었다는 전설이 있대요. 실제적이루 본 사람도 익고.

(조사자 : 아, 본 사람도 있구요?)

네.

(조사자 : 그래, 어떻대요, 본 분 말씀을 들으면, 뱀이.)

뱀이 그러니께, 인제 뱀이 땅바닥으루 댕기잖아요? 그럼 막 사람 머리 우로 막 날르더라고. 그러드라구.

(조사자 : 뱀이요?)

예. 귀 돋히고, 그, 그, 살모사라고 하는 뱀이 그래. 살모사라구 그라지. 독사가 오래 묵으면 살모사가 이제 된다고.

구렁이 죽이고 죽은 자식

자료코드 : 08_02_FOT_20090211_HID_KKS_0001
조사장소 : 충청남도 금산군 부리면 평촌리 경로당
조사일시 : 2009.2.11
조 사 자 : 황인덕, 김기옥, 오세란, 서은경
제 보 자 : 길관선, 여, 78세
구연상황 : 구렁이 이야기가 한동안 이어지다가, 앞의 이야기와 같은 상황에서 구연하였다.
줄 거 리 : 닭이 품고 있던 알을 구렁이가 먹으려고 하자 이를 본 양씨 아저씨가 아홉 토막을 내어 구렁이를 죽였다. 나중에 구렁이를 죽인 사람이 점을 보러 갔다. 점쟁이가 하는 말이, 자식 아홉을 잃어야만 자식을 볼 수 있다고 하였다. 결국 둘째 부인을 얻어 아들을 보았다.

아 저, 거시기, 알을 품잖아. 알을 품는디, 우리 양씨 아자씬디. 아 그냥 저기 저, 알을 파먹는다고 인저, 거시기를, 구링이를 죽였다네. 죽였는데 아홉 동가리를 냈는디, 아홉이 죽었어. 낳는 대로 아홉이 죽었어. 애기들. 아들.

(청중 : 구링이를 그케 도막을 내서 죽였어?)

그릏지. 그 아저씨가 인제 도막을 해서. 대모 아저씨 동생. 그래 첩 은어서, 첩 은어서, 첩 은어선 하날 났어. 첩 은어서 아들 낳았어. 그랬는디,

(청중 : 그래 거 낳는 대루 죽는다구 했어.)

그란디 그 아줌, 그 아저씨, 아주매가 저 가서 점을 항깨,

"당신은 저 구랭이를 아홉 동가리 안 냈냐?"

고 그러드라네. 그래 참 아홉 동가리를 냈다고 그랑께,

"아홉이 죽으야지만 자식을 키운다."

그래 아지머이도 하나 낳고 첩 은어서 낳고 그랬어.

우리 양, 양씨, 그 양씨 아저씨여. 그 거시기 저 대모 아저씨.

(청중 : 동상. 동모 양반.)

동모 아저씨. 그랬다고 그렇게 그람서 우리 고모가 그랴. 와서, 아이고 허사 아니대. 영동 어디루 갔는디, 점을 하는디,

"당신은 구랭이 아홉 동가리 안 냈냐?"

고 그러드라네. 용녀 요기 저 ○○○○이 장모가. 고모 아니여? 그래 그러더라. 그래 참말로 그랬, 그랬 그랬다고 그래서, 시방 그 집 첩 은어서 낳잖야?

옛날에. 그래 여기 이릏기 알을 품어 났는디, 그걸 먹응깨 미우니깨 죽잉 거여. 미우니까. 그래 우리 고모가 얘길 하시드라구.

(청중 : 닭 알, 닭 알. 닭 안겨서로, 그걸 품구 있는디 그리 구랭이가 들어갈라구 항깨, 구링이를 아홉, 아홉 동가릴 내서 죽였다잖야.)

그래 죽었댜. 아들 아홉.

(청중 : 그래 점쟁이도 그거 옳은 점쟁이여.)

뱀이 땅속에서 살게 된 유래

자료코드 : 08_02_FOT_20090223_HID_KBS_0001
조사장소 : 충청남도 금산군 부리면 어재리 느재마을 경로당
조사일시 : 2009.2.23
조 사 자 : 황인덕, 김기옥, 오세란, 서은경
제 보 자 : 김분심, 여, 69세
구연상황 : 시종일관 조용히 듣고 앉아 있다가 갑자기 생각이 난 듯 이야기를 시작하였다.
줄 거 리 : 뱀과 쥐가 너무 많아서 인간이 살 수가 없었다. 그래서 뱀과 쥐가 싸워서 지
는 쪽이 땅으로 들어가기로 하였다. 쥐가 뱀을 이겨서 뱀은 땅 속으로 들어가
고 쥐는 돌아다니게 되었다.

비암도 많고 쥐도 많고 해서 인간이 도저히 살 수가 없다고, 그렇게 해
서 비암하구 구랭이하구, 아니 저, 쥐하구 싸워, 싸워 각고, 다 모여서 싸
워 각고 지는 눔이 들어가기로 했다고. 쥐가 이기드라능 겨. 비암한티.

쥐가 그냥 콕 쪽고 도망가고, 콕 쪽고 도망가고. 비암이 져 각고 비암
이 그래 읖어졌다고 말은 그렇게 있더라고.

(청중 : 아니 시방은 농약을 많이 해싸서.)

그린디 비암이 이기는 질 알아도 쥐가 이기더라능 겨. 그래서 비암이
졌다고 하더라고. 그전이 말이 그려. 그래서 비암이 읖어지고, 쥐가,

(청중 : 그래서 비암은 속으로 들어가고 쥐는 막 돌아 댕긴다고.)

감으믄은 죽는디, 감기 전이는 쥐가 이기드라능 겨. 콕 물구 도망가구.
콕 물구 도망가구 하니 때미, 비암 이기, 저 쥐가 이기드랴. 그래 각구 비
암하고 쥐하고 싸워 각고 비암이 졌대요. 그래 각고 비암이 들어갔다는.
그전이 하는 말이 그렇더라구.

방귀 뀌는 며느리

자료코드 : 08_02_FOT_20090223_HID_KSJ_0001

조사장소 : 충청남도 금산군 부리면 어재리 압수마을 경로당
조사일시 : 2009.2.23
조 사 자 : 황인덕, 김기옥, 오세란, 서은경
제 보 자 : 김수자, 여, 43세
구연상황 : 이야기판의 분위기가 한창 무르익어 가자 들려준 이야기이다. 유달리 의성어
        를 많이 사용하는 바람에 좌중이 모두 웃음 바다가 되었다. 적극적이고 활발
        한 제보자의 성격이 강하게 드러나는 이야기이다.
줄 거 리 : 시집온 며느리가 바짝 말라가자 시아버지가 이유를 물었다. 며느리는 방귀를
        못 뀌어서 그렇다고 하였다. 시아버지가 마음껏 방귀를 뀌라고 하자 며느리는
        그동안 참았던 방귀를 마음껏 뀌었다. 이후 며느리는 살이 오르고 잘 살았다.

바짝 말르드랴 참말로. 인제 저기 시아버, 시아버니가 그랬나, 시어머니
가 그랬능가 몰르겄는디. 시아버닝가 시어머니가 그랬는디,

"야야, 너는 뭐이 그케 괴로워서 몸이 그케 저기 말르냐."

그랑깨,

"아버님 죄송시러서 저기 말씀을 못 드려요."

그러드랴.

"죄송스럴 거 없고 원하는 거시기를 너 원하능 걸 얘길 해라. 내가 들
어주마."

그러더랴. 그런게 인제 시아버, 며느리가 얘기를 항 거야.

"아버님, 저는 방구를 뀌어야 살이 찌는디, 방구를 못 뀌어 각구 제가
이릏게 말라요."

그라드랴.

"그라믄 그거 할 수 있지. 그람 뀌어라."

그러드랴.

"그럼 아버님, 아버님일랑 상지등을 잡으세요. [일동 웃음] 어머니는 부
엌문을 잡으세요."

이눔을 뀌어 대닝깨, 상지둥이가 덜렁덜렁덜렁.

"아이고 아가! 그만 뀌어! 그만 뀌어!"

“아버님 더 뀌어야 돼요.”

시어머니는 부엌문을 들어갔다 나왔다.

“야! 야! 야! 고만 뀌어! 고만 뀌어!”

“아이구, 아버님 더 뀌어야 되야요.”

그래 각구서 살이 찌더랴. 진짜루 그러드랴, 우리 친정어마가 얘기해 주대. 뿍! 뿍! 뿍! 뿍! 빠바바바 바!, 뿌! 뿌! 뿌! 빠바바바 바! 어유, 그랑깨 그냥 시아버지는 상기둥을 붙잡고 그냥 바지가락 벌벌벌벌. 아이고. 고만 껴, 고만 껴. 시어머니는 부엌문을 닫았다 열었다. 그릏게서 살이 찌구 살더랴. 그 방구 못 뀌는 것두 말른댜. 그 메느리 싯째 딸이, 그 시집온 놈이 그케 말르대. 그걸 못 해 갖고.

원수의 아들로 태어난 구렁이

자료코드 : 08_02_FOT_20090223_HID_KSJ_0002

조사장소 : 충청남도 금산군 부리면 어재리 압수마을 경로당

조사일시 : 2009.2.23

조 사 자 : 황인덕, 김기옥, 오세란, 서은경

제 보 자 : 김수자, 여, 43세

구연상황 : 구렁이에 대한 이야기가 오가고 나서, 아래의 내용을 구연하였다. 친정어머니
가 들려준 이야기라고 한다.

줄 거 리 : 한 남자가 구렁이를 잘라 죽였다. 그 후 아들 삼형제를 낳았다. 어느 날 스님
이 오더니 곤란한 표정을 지었다. 남자가 그 이유를 물어보니 자신이 일러주
는 대로 해야 살 수 있다고 하였다. 스님이 시키는 대로 아들들이 자는 방에
뜨거운 물을 끼얹었다. 다음날 문을 열어보니 구렁이가 세 도막이 나 있었다.
구렁이는 머리를 찧어 죽여야지 끊어서 죽이면 안 된다.

인자, 저기 아버지가, 그 옛날이는 그게 많았지. 이게 질응 게. 그래 각
구서는 그 논둑이 가 뻗쳐 있응깨, 삽이루 탁탁 짤러서 죽여 뻐렸디야. 구
렝이를.

그랬는데 거, 그르카구서 인자 아들 삼형제를 쪽 뽑았대요. 뽑았는데,
그 한 날은 여기 지금잉깨 중이 많지, 우리 클 때만 해두 중이 귀했어. 우
리 클 때만 해두. 잉. 그래 각구서는 이 스님이 오더니, 스님이 오더니,

"하아!"

이렇게 끄떡끄떡, 하더랴. 그래서 인자 그 우리 아저씨 하는 소리가, 왜
고개를 그케 끄떡거리시냐고 그랑깨,

"그쎄 참 그 곤란합니다."

그러드랴, 스님이. 그래서 그람 말씀을 하시라고, 그랑깨로. 그람 당신
이 꼭 나 시키는 대로 하야 당신이 살지, 나 시키는 대로 안 하믄은 당신
이 언제 그 죽을지 모르니께, 시키는 대로 할라냐고 하드랴.

그래 스님이 그럼 하믄은, 시키믄은 시키는 대로 하겠다고 그라더랴.
그럼 이거는 약속을 어기면 안 된다. 그래서 인제 그 스님이 그르드랴.

"그러믄 옛날에 그 아무 졍께 그 논두랑에 가서 그 구링이 끊어 죽인
일이 없냐?"

이렇게 묻, 묻더라능 거여, 스님이. 그렇게 그런 일이 있다고 하더랴.
그래서 그런 일이 있다구 해 각구서는,

"그럼 꼭 나하고 약속을 하야 당신이 살지, 그 약속을 안 하믄 당신이
얼매 못 산다."

그르드랴. 그러믄 어트카냐 하니께루, 하여튼간 애들이 아들 삼형제를 따
루 재우구, 응, 애들이 잠들어서 한참 잘 때, 가마솥이다 물을 한 솥을 끓
이라구 하더랴. 끓여 각구, 그 문을 줌, 그 옛날에는 문종이잖아?

(청중 : 문종이지.)

문종이를 좀 이렇게 짝짝짝짝 찢어 각고 찍고, 물을 팔팔 끓여 각구 엄
마하고 아빠하고 양쪽에서 막 이케 쪈치라고 하더래. 문 새로.

(청중 : 애기를 자는 디다가.)

아들 자는 디다가. 아들이 엉간히 컸댜. 그랬는데 참 아들을 봉께 그양

물매장성겉이 큰 놈들을 그르칼 수가 없더라능 거여. 엄마가 생각, 아빠가, 엄마 아버지가 생각을 할 때.

'이게 스님 말을 들어야 옳으나, 안 들어야 옳으나. 끓어서 죽인 경력은 익고.'

그래서 그냥, 아이구, 내가 그냥. 옛날에는 사형했잖아? 자석을 죽이믄.

"아이구, 기양 내가 그냥 죽기 아니믄 살기루 하자."

그래 각구 물을 끓여 각구서는 그르카구서는 문을 열지 말라드랴. 물을 막 뜨거운 물을 막 쩐치구.

그래 인제 아들이 문을 열어두 몰르드랴. 그래서 인제 물을 짝짝짝짝, 양쪽에서 이케 짝짝짝 문을 설주대루 찍구, 물을 팔팔 끓여서 양쪽에서 막 뜨거운 물을 퍼붓었디야. 퍼붓응깨,

"너 죽을 날 며칠 안 남았어, 너 죽을 날 며칠 안 남았어."
그래쌌드랴, 뜨거운 물을 쩐치닝깨.

(청중 : 애기들이?)

응, 애기들이, 아들네가. 그래서 인자 뜨거운 물을 막 쩐치구서는 그르카구서 가서 방이 있으니 잠이 오겄냐구. 솔직히.

그르카구선 문두 열지 말구 내일 아침이 가서 열으라구 스님이 시키더랴. 그래서 인자 가서 그냥 쩐치구서 있응깨, 아이구 너 죽을 날 며칠 안 남았다구 하니, 이 무슨 소링가 하구서는 들쿠서 참, 날을 새구 가서, 그래 그 스님이 날 새구 가서 이불을 떠들어 보라구 그라더랴. 그래 아들네가 둔녔을 땐 이릏게 뿔룩뿔룩할 거 아녀, 이불이. 그래서 인자 아침 날 새구서는 가서 떠, 가서 떠들랑깨 이불이 홀쪽홀쪽 하더랴. 삼형제가 자는디. 그래서 봉깨 맨 형은 대가리,

(청중 : 비암이?)

잉. 가운데는 가운데 형, 꽁지는 동생. 잉. 뱀이 그 원수 갚을라구 태어났다고 하더랴. 그릏게서 그 스님 때미 그 아버지가 살았대요.

(청중 : 자식이 아니라 뱀이었네.)

잉. 뱀이 웬수 갚을라구. 그게 인자 끊어서 죽역기 땜에,

(청중 : 그런께 끊어선 안 죽이능 거야.)

그래서 아빠가 살았디야. 옛날에 우리 친정어머니가 게 우리를 데꾸 애기를 해 주더라구. 그라니께 이렇게 했을 때는 아들이 얼마나 이뿌구두 잘 생겼드라능 거야. 아들 삼형제가.

근디 그 부모가 죽일라구 할 때 참, 이게 진실인가 찬실인, 참말잉간 몰라두 얼매나 마음이 아팍겄어? 그래야 꼭 나 시키는 대로 하야 스님, 저기 당신이 살지, 그 당신이 얼매 못 간다구. 그려서 그 할라니 얼매나 불안하겄어? 솔직히 참말루. 그려서 참 그 잠든 디께 가서 문을 찢어두 몰라서 그게 했는디. 그 쩐지니께 인나두 못하구 뜨거웅깨.

"너 죽을 날 며칠 안 남았어, 너 죽을 날 며칠 안 남았어."
그래쌌드랴. 그래 각구서는 죽은 뒤 봉깨 그냥 피가 끊은 대로 빨갛더래요. 가운데 끊은 놈 이양, 갓이 끊은 놈, 피가 빨갛게 고대로 살아 있더랴. 그래서 살았다고 우리 친정어머니가 그케 애기를 해주더라고. 음. 그런 전통은 나도 엄마한테 들었어. 긍깨 비암을 죽이믄 대가리를 콕콕 쪄 죽여야지 이게 끊어 죽이능 게 아니랴. 언, 무슨 비암이고 머리를 쪄 죽이야 된다능 거여.

상사뱀이 휘감아 죽은 여자

자료코드 : 08_02_FOT_20090223_HID_KSJ_0003
조사장소 : 충청남도 금산군 부리면 어재리 압수마을 경로당
조사일시 : 2009.2.23
조 사 자 : 황인덕, 김기옥, 오세란, 서은경
제 보 자 : 김수자, 여, 43세

구연상황 : 옛날에는 뱀을 많이 볼 수 있었다는 이야기가 오고 갔다. 죽어서 뱀이 되었다
　　　　　는 이야기는 없느냐고 조사자가 물으니, 다음의 내용을 구연하였다.
줄 거 리 : 한 총각이 여자를 좋아하다가 상사병으로 죽어서 뱀이 되었다. 여자가 큰물에
　　　　　서 목욕을 하는데 뱀이 나타나 여자를 휘감자 여자는 놀라서 죽었다. 죽은 여
　　　　　자와 뱀을 함께 묻어 주었다.

총각이 큰애기를 엄청이 좋아했내봐. 엄청이 좋아했는데. 큰애가 마다
궜능개비지. 그렇게 인제 총각이 애달다 죽었어. 애달다 죽었는데. 죽어
갖고 인제 뱀이 된 거여. 총각이. 뱀이 되 각고 인저 옛날잉깨 옛날, 지금
이닝깨 뭐여 목욕탕 익구, 뭐, 뭐, 저 찜질방 가고. 옛날에는 그 여름이 보
리타작이나 하고 뭐나 하고 하야 큰물이 가 씻겄지.

지금 그케 그전인 다 그랙거든. 일 년에 모욕이라야 많이 해야 한 대여
섯 번밖에 못 하지. 그르니 얼마나 사람처럼 그릏게 살았겄어? 그 아가씨
가 모욕을 하러 인자 모욕하는 걸로 가각고 옷을 벗고 물속이 들어갔는
디, 그냥 뱀이 엉겨 붙어 각고 엉겨, 탁, 엉겨 붙어 각고 머리는 여기다
이릏게 대고, 입은. 꼬리는 그, 그러네. 하.하.하.

[말하기 곤란하다는 듯이]

꼬리는 인자 참 상사병, 상사 거시기루 죽억기 때문에 인제 여기다가
저기다가 하고. 그래각구 그 아가씨가 그냥 기절해서 죽었다잖아? 그래
같이 묻어 줬댜. 뱀이 안 떨어지니까. 응 원한, 원한이 돼 각구선. 죽어서
나믄 구렁이 되 각구 너를 인자 같이 산다능 걸루 그게. 아가씨를 감아
각구. 그 감으면 안 떨어진댜.

(청중 : 안 떨어져.)

꽉 감아 각구서는 머리가 그냥 뭐, 딱, 그냥 여가 턱 밑이 가 뱀 입이,
이빨이가 입이 있고, 꽁지는 그 아래, 저기다가 꼭고. 그래 각구서는 그
큰애기가 죽었다는 말은 들었어. 얘기루. 나도 인제 보지는 안 했는디. 그
런 얘기를 들었어.

꾀 부리다 솜짐을 진 짐승

자료코드 : 08_02_FOT_20090216_HID_PSJ_0001
조사장소 : 충청남도 금산군 부리면 도파리 경로당
조사일시 : 2009.2.16
조 사 자 : 황인덕, 김기옥, 오세란, 서은경
제 보 자 : 박순자, 여, 65세
구연상황 : 조사자들의 찾아온 목적을 듣고 다른 사람들이 한두 명씩 이야기하기 시작하
자, 자신없는 태도로 조심스럽게 이야기를 시작하였다.
줄 거 리 : 한 짐승(무슨 짐승인지에 대한 언급이 없다.)이 소금을 지고 가다가 힘이 들어
꾀를 부렸다. 물에 앉았다가 일어나니 가벼워지는 것을 알고 계속 그렇게 하
였다. 이에 주인이 어떻게 하는지를 보려고 솜을 실어 놓았다. 물에 앉았다
일어나니 무거워지자 다시는 그렇게 하지 않았다.

솜을, 솜을 실코 가다가, 이 물을 건니가믄, 이 꾀가 나고 힘들면 주저
앉았댜. 그르믄 일어나믄 더 무거울 거여, 개벼울 거여? 그래 인제. 아니
다, 참. 소금, 바꽈 썼네.

소금, 소금을 실코 인제 소금을 실어 날랐는디. 가다가 한가운데 가서
인제 주저앉더랴. 그런디 앉았다 인나먼 가벼워지거든. 풀어지니까. 이,
자꾸 교대로 그라더랴.

그러니께 인제 여기는 꾀를 부려 가지구 인제, 솜을 실었디야, 솜을. 이
눔이 어떡하능가 본다고 솜을 실어 가지고, 인자 또 그 물을 건너가는디,
또 주저앉더라 이거여. 그래 게 인제, 주저앉았다 인날라니께, 잔뜩 물을
먹어 놓깨 인날 수가 없지. 힘들어서. 그때부터는 인자라, 이러나 안 되능
가, 이걸 생각하고부터 안 주저앉더랴.

그러니까. 앉았다 일어나믄 가벼워지구, 가벼워지구 허니께, 자꾸 꾀를
그래 부리더래. 그렁깨 나중에는 인제 솜, 이불솜, 솜이 인제 물을 먹으닝
깨 무겁잖아? 그르니까 인제 그때부터 아, 이르카먼 안 되능가 하고, 이
짐승두 인자 다시 맘을 돌리드라 이거지.

화재를 미리 아는 지킴이

자료코드 : 08_02_FOT_20090216_HID_PSJ_0002
조사장소 : 충청남도 금산군 부리면 도파리 경로당
조사일시 : 2009.2.16
조 사 자 : 황인덕, 김기옥, 오세란, 서은경
제 보 자 : 박순자, 여, 65세
구연상황 : 다른 사람의 이야기를 열심히 듣고 있다가 생각나는 것이 있으면, 조용히 이
　　　　　 야기를 시작하였다. 앞의 이야기와 같은 상황에서 구연하였다.
줄 거 리 : 옛날에 초가에서 살고 있었다. 어느 날 갑자기 구름이 끼더니 쥐들이 줄을 지
　　　　　 어 밖으로 나갔다. 이어서 구렁이가 집을 나갔다. 한참 후 일을 하러 가려는
　　　　　 데 잿간에서 불이 나서 집이 모두 타버렸다. 쥐들과 구렁이는 집지킴이로서
　　　　　 미리 알고 피한 것이다

　옛날에는 이런 집이 아니구, 이케 초가집이 있잖아? 마리(마루)에서 여
름에는 밥 먹고. 그래 인제 이케 밥을 먹, 밥을 먹다 바라보니까 갑작기
구름이 찌드래. 구름이 찌는데 그냥 쥐들이 쫙 일렬로 나가드라능 거여.
쥐들이. 쥐들이 나가니, 그 다음에는 구렝이 큰 놈이 뒤따라 나가드래요.
　그러다 밥을 먹고 일을 하러 나갈라능디, 재깐(잿간)에, 옛날에는 재를
퍼다가 재깐이라구 모악거든? 그 재깐에서 불이 나가지구 그냥 홀딱 집이
다 타더래.
　그러닝깨 그 짐승들, 말하자믄 그것도 인제 집안 저기기 때문에, 그걸
알고 미리 나간다는 뜻으로 나오더라고. 옛날 얘기는 다 그짓말이지만 그
런 식이루 으런들이 얘기를 하더라구. 근데 집안 지, 지킴이라구 옛날엔
다 있다구 그라능 겨. 지킴덜이 다 나가더래. 인저 집이 불이 나니까.

김이 나오는 묏자리가 명당

자료코드 : 08_02_FOT_20090216_HID_PSJ_0003

조사장소 : 충청남도 금산군 부리면 도파리 경로당
조사일시 : 2009.2.16
조 사 자 : 황인덕, 김기옥, 오세란, 서은경
제 보 자 : 박순자, 여, 65세
구연상황 : 묘 자리에 대한 이야기는 없느냐고 조사자가 물으니, 아래의 내용을 구연하였다.
줄 거 리 : 4대조 조상을 공동묘지에 모셨다가 이장하게 되었다. 당시는 마음대로 할 수
　　　　　가 없었기 때문에 밤에 몰래 옮기게 되었다. 묘를 파는데 묘에서 김이 솟았
　　　　　다. 다시 그 자리에 묻었어야 했는데 그냥 이장을 했다. 후에 안 좋은 일이
　　　　　생겼다. 김이 나온 자리가 좋은 자리이다.

　사대조 으런 할아버지를, 옛날에는 자기 땅이 없으니까, 자기 산이 없
으니까 인제 공동지다 모셨대. 옛날에. 공동지에다 모셨는디, 왜 그 할아
버지는 우리 땅이 생겼으니까, 우리 산이 생겼응개, 우리 땅이다 모신다
고 인저,

　그때는 자기들 맘대로 못 파왔댜. 자기들 맘대로 못 파고, 인제 몰래 밤
에 인자 그걸 파 오, 파다 옹기고(옮기고) 그랬대. 옛날에는. 근데, 그걸 이
릏게 밤에 달밤에 가서 이릏게 막 파는데, 막, 이, 짐이 푹 솟드래요. 산소
에서. 고 자리다 되루 묻었어야 되는디, 그 생각은 안 하고 아무 땅에다 갖
다 모셨댜. 그래 뒤가, 뒤가 안 좋다구. 안 좋은 일이 있다구. 그기 나와.

　(조사자 : 그 김이 나면 안 좋다는 거예요?)

　(청중 : 짐 나능 게 제 자리랴.)

　달밤에 이릏게 보인댜 막. 짐이 폭 솟는 것이. 샜으니까. 짐이 샜어.

딸의 혼처 정하기 어려운 아버지

자료코드 : 08_02_FOT_20090216_HID_PSJ_0004
조사장소 : 충청남도 금산군 부리면 도파리 경로당
조사일시 : 2009.2.16
조 사 자 : 황인덕, 김기옥, 오세란, 서은경

제 보 자 : 박순자, 여, 65세
구연상황 : 앞의 이야기와 같은 상황에서 구연하였다.
줄 거 리 : 한 아버지가 딸을 시집보내려고 무척 애를 썼지만, 마음에 드는 곳을 찾을 수
가 없었다. 어느 날 딸이 소금장수에게 반해 버리고 말았다. 하루는 딸이 아
버지에게 조밥을 싸주며, 정자 좋고 물 좋은 데 가서 드시라고 말했다. 돌아
다니다 보니 그러한 곳을 찾기가 어려웠다. 이에 아버지가 느낀 바가 있어 집
으로 돌아와 딸이 원하는 곳으로 시집보내 주었다.

인제 딸, 딸을 시집을 보낼라구, 많이 골르고 댕긴대요. 그란디 옛날에
소금장사가 말하자믄 집이를 왔는디, 이 아가씨가 소금장사한테 반행 거
여. 너무 좋아서. 그래 아부지가 하두 구해러 다니니까, 하루는 좁쌀 밥을
해서 싸주면서,

"아부지, 이 밥 잡수실라면 정자 좋고 물 좋은 데 가 드세요."

그라드랴. 그래서 인제 그 밥을 가지고, 골르고 댕기다, 댕기다가 때가 됭
거여. 그래 인제 물을 찾아보니, 정자가 안 좋고, 정자를 보고, 물이, 물이,
물이 안 좋고 그맀드랴.

그래서 나무 밑에서 가만히 앉아서 밥을 먹으려고 생각항깨 조밥이더
래요. 그래. 그 조밥을 셍게 숫자가 많잖아? 가만히 그때 생각을 항 거여.
물 좋고 정자 좋은 데가 구해기 어렵다. 그 뜻으루 인제 말하자믄 소금장
사한테 가고 싶은디, 안 보내구 인자, 딴 데루 골르고 다니니까 그릏게 한
거여. 그게.

(청중 : 그르니깨 정자가 좋으믄 물이 읎구, 물이 좋으믄 정자가 읎어.)

그르니께 딸, 정자 좋고 물 좋은 디다 딸 예우라고. 그러니께. 아, 에우
그만치 맞는 디가 없다 이거지. 정자 좋고 물 좋은 디가 맞는 디가 없다.
그릏께 인자 아무, 자기가 가구 싶은 데 보내달라는 뜻이지. 인자 그게.

(조사자 : 그래서 어떻게 했대요?)

그래 돌아와서는 참, 자기가 원하는 데 보냈다능 거여.

(청중 : 그 전 말이지, 뭐.)

덕석 귀신, 지게 귀신

자료코드 : 08_02_FOT_20090216_HID_YOS_0001
조사장소 : 충청남도 금산군 부리면 도파리 경로당
조사일시 : 2009.2.16
조 사 자 : 황인덕, 김기옥, 오세란, 서은경
제 보 자 : 양옥순, 여, 73세
구연상황 : 다른 사람의 이야기를 조용히 경청하는 청자의 역할을 하다가, 다음의 이야기
　　　　　를 하였다.
줄 거 리 : 옛날에는 어른들이 여자들은 함부로 돌아다니면 안 된다고 하였다. 돌아다니
　　　　　면 덕석 귀신이 '떠러럭' 말아서, 지게 귀신이 '불끈' 지고 간다고 하였다.

　이웃이 마실 가면 으른들이 그르키 애기를 햐. 너 가다가 저 머리에 가
면, 저 덥석 귀신이 떠러럭 만댜. 말면은 인제 지게 귀신이 와서 뽈끈 지
구 간댜. [웃음]
　그 애기, 갔는데 그걸 또 애기해 달라구 또 가서 어른들 곁이 가서 또
그, 엄니 애기 좀 또 해달라고 또 해달라고. 그 짓 겁나게 했네.

수명을 관장하는 노인성

자료코드 : 08_02_FOT_20090211_HID_YIK_0001
조사장소 : 충청남도 금산군 부리면 평촌리 경로당
조사일시 : 2009.2.11
조 사 자 : 황인덕, 김기옥, 오세란, 서은경
제 보 자 : 양인규, 남, 83세
구연상황 : 양태영 화자가 처음부터 이야기를 계속하는 것을 누워서 듣고 있다가, 천천히
　　　　　일어나 앉으면서 이야기를 시작하였다.
줄 거 리 : 인간의 수명이 갈수록 늘어나고 있다. 이는 북극에 있는 노인성이 수를 관장
　　　　　하고 있기 때문이다. 이 별이 차츰차츰 정면을 비추면서 인간의 수명이 길어
　　　　　지는 것이다.

에, 자고 이래루, 우리가 이 수명장수 하능 것을 바라고 바라두, 그게 맘대로 안 되는 거거든? 어, 인력으루 안 되는 일이기 때문에 에 하늘이 다 맥겼, 맥겼잖아? 수명을 하늘이다 맥겨 가지구 인명은 재천이라구 그 랙거든.

그래서 어, 그렇게 그런 귀중한 수가 차츰차츰 늘어 가지구 어트개서 옛날 사람보담 삼십 년을 지금 더 살고 있어. 우리 알기루. 옛날 으른보담 삼십 년을 더 살고 있어. 그 삼십, 삼십 년 전에 에, 삼십 세를 더했으머 닌 삼십 년 전 육십 세, 사십, 이, 구십 세를 살응 거여. 그래 일 년에 일 년씩 추가를 한디야. 앞으로 인자 수명이 그게 자꾸 늘어나가능 기여.

(청중 : 그럼 일 년씩 추가를 하믄 내내 제 택이네. 한 살 먹고 일 년 추 가하면.)

일 년에 일 년씩 추가하믄은, 아 뒤루 삼십 년이믄 삼십 세가 늘어나가 능 게여. 그라믄은 처음, 처음 구십 세 살 분이 백이십 세를 사능 게여. 삼십 년 후에는. 그래서 왜 그러냐.

그 연유가 인제 그게 좀 미상하고 인제 그 전설적인 얘기여. 저 남극, 북극이 있잖야? 남극, 북극. 그래서 그 북극에 노인셍이라고 하는 별이 있 잖어? 별. 노인성. 늙을 로 자 노인성. 늙은이 별이 있댜. 그 노인성이 이 이 시운을 비친 디야. 차츰차츰 그 정면이루 비쳐 온다능 게여.

그래, 그 노인성이 비치는 관계루 수명이 인제 장수를 하는데, 그 수명 이 얼매나 얼마나 연장을 하느냐 해면은, 백팔십 세까지 연장을 하능 게 여. 백팔십 세. 그래 왜 백팔십 세냐. 우리, 우리 그 동양 보건도덕에서는 육갑을 갖다가 그 근본이라 해가지구, 모든 것을 풀어다가 이치를, 이치 를 육갑이루 푸능 게여.

그래서 육갑이루 인제 이 그걸 인제 풀어보머넌, 한 육갑 하나가 육십 세거든? 한 죽거리. 그래, 그래서 육갑을 하나 반벆이 못 살고 있어. 하나 반. 에, 그래서 이제 앞으로는 수명이 장수하게 되믄은 그 한, 한계점이 육갑 셋을 다 산다능 게여. 그래서 삼육 십팔, 백팔십 세를 산다.

그게 인제, 그게 인제, 뭐, 옛날 으런들이 이제 해 나려온 얘기구. 지금 생각을 해믄 수명 장수하는 걸 보믄은 그 옳은 것 겉어. 그 말씀이. 옳은 것 겉어.

밑이 빠진 용수를 파는 이인

자료코드 : 08_02_FOT_20090211_HID_YJY_0001
조사장소 : 충청남도 금산군 부리면 평촌리 경로당
조사일시 : 2009.2.11
조 사 자 : 황인덕, 김기옥, 오세란, 서은경
제 보 자 : 양재영, 남, 86세
구연상황 : 조사자가 토정이나 다른 유사한 인물들에 대해서는 아는 것이 없느냐고 물으니, 다음의 이야기를 구연하였다. 앞의 이야기와 같은 상황에서 구연하였다.
줄 거 리 : 한 사람이 밑이 빠진 용수를 팔며 돌아다녔다. 이 모습을 본 사람이 밑 빠진 용수를 왜 파냐고 하자 그래도 '청주는 뜬다'라고 대답하였다. 그 사람은 홍수가 나면 청주가 떠내려간다는 것을 알려주고자 했으나 아무도 이를 알아듣지 못하였다.

내가 그거 쫌 알아.

청주를, 청주를 가면 구 청주가 익고, 신 청주가 있는데, 그전이는 신 청주는 무인지대여. 아무 껏도 읎어. 근디 청주가 이렇게 생겼는디, 용수를 짊어지구, 왜, 밑구녁 빠진. 용수라고 하는 것은 대나무를 올려서 이릏게 질게 해서 술을 하면은 여그다 박아서 물을 퍼내능 것이 그기 용수여. 근디, 밑구녁 빠진 걸 짊어지구 댕기면서,

"용수 사쇼오! 용수 사쇼오!"

하니까, 워뜬 사람이 물었던 게지.

"밑구녁두 빠진 놈의 저 용수를 사라고 하느냐."

그래 인자,

"아, 그리두 청주는 떠요."

그랬다거든. 그래, 그기 인제, 달인이 됐던, 누가 됐던지간에 아는 분이야.
분인데, 대수가 지면은 청주는 인제 떤, 떠나간다, 이것을 가르쳐 주러 왔
는디. 이 그, 그 달인 되는 사람이, 왔는디, 일반이 해득을 못했다 이거여.

그래서 밑구녕 빠진 청, 저 용수도 청주는 뜬다구 하능 게. 그, 그 소리여.

사위를 위해 만든 토정비결

자료코드 : 08_02_FOT_20090211_HID_YJY_0002
조사장소 : 충청남도 금산군 부리면 평촌리 경로당
조사일시 : 2009.2.11
조 사 자 : 황인덕, 김기옥, 오세란, 서은경
제 보 자 : 양재영, 남, 86세
구연상황 : 토정이라는 인물에 대해서는 아시는 것이 없느냐고 조사자가 물으니, 아래의
　　　　　　내용을 구연하였다.
줄 거 리 : 토정 선생이 사위를 보게 되었다. 양반이기에 보지도 않고 결혼을 시키고 보
　　　　　　니, 사위가 거지상을 하고 있었다. 선생은 사위에게 토정비결을 내어 주었다.
　　　　　　처음에는 비결이 너무 잘 맞아 사람들이 '살아서 뭐하냐'며 많이 죽는 것이었
　　　　　　다. 그래서 선생은 비결의 내용을 적당히 고치게 되었다.

　　잠깐, 쪼끔만 알아, 나는.

　　토정 선생이 사우를 보는디, 인물을 안 보고 그냥, 그냥 그 양반에 들
구 하닝개 그냥 약혼을 했어. 그랬는디, 아 보닝깨 거지 상호여. 거지 상
호. 그래서 토정 선생님이 그 사우한테 그냥 밥 좀 주슈 하구 은어 먹으
라 하기가 좀 멀해서, 그래, 토정 선생님이 내논 비결이다 해서 그게 토정
비결이여.

　　그래서 그전이는 걸추 다 맞더랴. 그런디 아, 이눔으 게 이게 해다가

보니께 죽는 사람이 많네? 목 매달아 죽구, 약 먹구 죽구, 자기 신세 으례 딱딱 맞응깨, 이거 살아서 뭐하냐고 죄다 죽어버린다 말이여.

그래서 책자를 고쳤다 이게여. 얼수궁 하게. 한 가지를 느서 한 게 아니라 열 가지 스무 가지를 느서, 한, 한 구절을 맹글어 가지고 인제 책자를 고쳤다 이게여. 그래서 토정 선생님은 유명하신 선생님인디, 그런 냥반들은 아는 냥반들이지.

우암 전설

자료코드 : 08_02_FOT_20090211_HID_YJY_0003
조사장소 : 충청남도 금산군 부리면 평촌리 경로당
조사일시 : 2009.2.11
조 사 자 : 황인덕, 김기옥, 오세란, 서은경
제 보 자 : 양재영, 남, 86세
구연상황 : 인물에 대한 전설은 없느냐고 조사자가 물으니, 다음의 내용을 구연하였다. 앞의 이야기와 같은 상황에서 구연하였다. '내가 푸성한 이야기를 또 하나 하께'라고 하면서 이야기를 이어나갔다.
줄 거 리 : 한국에는 '자'자 붙은 사람이 없는데, 억지로 '자'자를 붙인 이가 한 명 있다. 우암은 홀어머니와 살고 있었다. 어려서 어머니와 영동의 외가에 갔다. 외할아버지가 섭섭한 말을 하는 바람에 우암은 그 길로 혼자 집에 가려고 나섰다. 도깨비가 횃불을 들어 산길을 안내해 주었다. 우암은 축지법을 썼다고도 한다. 또 윤명재의 모함을 받기도 하였는데 우암의 기에 눌린 천자는 오히려 그를 두려워하여 '자'자를 넣어 불렀다고 한다. 우암은 스스로 자신의 관상을 보고는 샘에 빠져 죽을 상임을 알았다. 샘만 조심하면 될 줄 알았는데 귀양 갔다 오다가 정읍에서 죽었다.

전부 중국에서 자 자가 났지, 에, 우리 한국에는 자 자가 읎어. 그런디 어거지 자 자가 하나 났어. 고거는 인제 간단히 말씀드려야겠네.

우암 선생. 우암 선생, 에, 그 출생지가 어디냐 하믄은 에, 심천 접동(적

등)이여. 접동이서 태어난 분이여. 그런디, 에, 일찍이 아버지를 잃고 홀어머니에 아들이 돼 있어. 그런디 그 홀어머니가, 홀어머니가 저어 이 영동 천만산이라고 하는 디가 있는데, 인저 못 살고 남편이 없고 항게, 친정살이겸 왔다 갔다 이릏게 살아.

그러는디 이것이 니 살일, 쯤 먹었덩가, 이제 그런 시대여. 아랫도리는 벗고 댕기고 이런 때여. 그래 자기 어머니가 친정을 가는데 따라가서 베를 매는디, 그 인제 아들이 재롱을 떠닝깨 즈 외할머니가 이뻐하던 모양이여. 이뻐하니까 그 외할아버지가 워디 나갔다가 들어오면서,

"어허."

이뻐하니께 인제 뵈기 좋은 소리지 사실은.

"외손자를 이뻐하느니 경상도 방액고를 이뻐하랬다네."

그 뜻이 뭐냐. 방액고라고 하는 것이 인제, 그 옛날에는 물레방아 겉응 것이 있어 가지고 젠이 가도 올라갈 때는 그냥 올라가고 네러올 때는 그냥 네러와. 사램이 거기 곁이 있어도. 그러닝깨 그거 필요없다 이거지. 그렁 거 친해야, 그래 방액고라고 하능 게여. 아 물레가 돌아서 이를 직여서 속을 올라가능 기지 뭐, 뭐 젠이 갔다구 안 들이받아? 그래 푹 들이받는다 이거여. 그래서 쓸디없는 소리다, 인제 이 소린디. 그 인제 허펑한 소리여.

이 영동에 그 저 들갱이라고 하는 디를 가면은 고게 에, 전각, 아니 전각이 아니라 서댕이 하나 있어. 그 서당에서루 우암 선생이 거기서 한문을 했다 허거든. 그랬는디 접동에서 육로로 걸어서 선생님한티 오는 시간이 얼마만치 걸리느냐, 팥죽을 끓여서 선생님한테 갖다 드리라고 해 주믄 그 팥죽이 안 식었다 이 얘기여. 그럼 축지를 했지 않느냐?

축지, 축지라고 하믄은, 에, 지금으로 말하믄 비행기두 익구, 뭐 로케트도 익구 다 있는디, 예를 들어서 이 지구를 산내끼 삼듯 해서 홀쩍 뛰어넘능 것이 그게 말하자면 축, 축이다. 소축, 중축, 대축 그러는디. 한 발자

꾸 뛰면 십 리, 이십 리, 삼십 리를 간다 이 얘기여. 그래 축지를 하지 아니했느냐? 그러는데, 그 우암 선생이 그렇게 터지게 나고 했는디,

에, 외가집에 가서 그 소리를 득고 해가 목을 매다는디,

"어머니, 갑시다, 집이를."

그라거든.

"야, 이놈아, 해가 다 되는데 워디를 가."

인제 어린아구 하니까.

"아니, 가자구 말이야."

인제 그 소리 득구서 있들 못 한다 이거지. 그래 인제 거기서 자기 어머니는 그냥 베만 매고 인제 아들이 하는 말이라 그냥 여벌로 듣구 베만 매능 겨.

"어머니 안 가믄 나 혼자 간다구."

그러다 인제 해가 넘어가 버렸어. 싱갱이를 하다가 보닝개. 땅거미 됐어. 간다구 나시는 거여. 천만산이라고 하는 골태기가 멀고 길어. 산중이여. 그 유래를 어찌 그릏게 잘 아느냐, 내가 영동서 살다가 와서 알아. 에, 그래서, 그릏게 소상한 것을 내가 잘 알아. 아, 그래, 오니께 이제 그 복인하고 살덩가, 하인들을 시켜서,

"이제 그놈 어디로 갔능가 뒤따라 가봐라."

가보니까 이제 지금은 고속도로다 전철이다 모두 난리지만은 육로로 댕기는 소로길이다 이 얘기여. 그러면 한 자욱 한 자욱 뛰어서 십 리, 이십 리를 가는데, 어둔 구석에 신작로도 못 갈 텐디, 어린 아가, 거기를 간다 이거여. 그러니 자꾸 뒤를 따라가 봤어. 얼, 얼마만치 가능가 하구. 이제 주저 앉으믄 얼른 인제 데리고 올라구 갔는디. 양 짝에서 도깨비가 나서 가지구 홰불을 주욱 들구서 질을 비치니 환하게 비치드라 이거여. 그라니까 그 어린 것이 그 질을 찾아서 그냥 걸어갔다 이거여.

그래서 우암 선생이 대갬이 됐는디. 왜 인제 그 소릴랑 인제 그만 두구.

어째서 자(子) 자가 되냐. 우암 선생이 너머 터지게 났어. 아무가 봐도 기가 꺾여. 군왕까지 기가 꺾였어. 그때 당시에. 그래 가지고 저걸 두었다가는, 군왕에 마음도 저걸 두었다가는 내가 운텄다. 이런 생각도 들고.

신하에서 간신이 있어. 간신배. 역적에도 간신이 익구, 충신에도 간신이 있는 법이여. 그놈을 해치야지 내가 영의정이나 따구 할 것인데 어떤 놈이 그냥 꽉 눌르고 있으니께 감히 뭐 범접을 못햐. 그때 당시에 누가 나와 있나 하믄은 윤명재이라는 사램이 그 크럽에 난 양반이야. 그런디, 에, 왜 윤명재가 그 우암을 미워하능고 하니,

젊은 아가씨 있는 디 그른 얘기 해기는 좀 뭘허구먼 내 확실하게 얘기할께. 지금 세상 상관이 읎대. 홀어머니가 돼서 있는디 중국 사람한테 엡혀가 버렸어. 윤명재 어머니가. 그라는디 도저히 고국을 넘어오야 되겠는디 기회가 읎어서 몇 년을 살었어. 살다가 몰래 도주를 해서 육로로 걸어서 한국을 와가지고 대문이 있는디,

한 짝 다리는 인제 자기 집이다 느코, 한 짝 다리는 뒤를 익구서 칼을 물고서 엎드려서 활복자살을 했어. 그라니께 이, 이 일 처사를, 이 일 처사를 그래도 인제 조정에 있는 분들이니까 말썽 안 나게 하야 되겠는디, 그것을 어트케 했으면 좋겠냐 하는 생각에 윤명재 생각에 그 우암 선생한테 가 영정을 써 돌라고 보냈어.

그랬더니 잠깐 끊어서 하께. 호수만장이다 써 붙였어. 중국 놈 물이 뱃속에 가뜩 들었다. 그랬어. 근디 중국놈하고 살었으니까. 그래서 웬수가 진 거여. 그래서. 그래서 웬수가 진 거여. 어찌 했든 윤명재는 우암만 잡아먹으면 그만이여. 정치고 뭐고.

그래서 거기에, 저기 됐는디, 워찌해 어거지 자 자냐, 내가 그걸 말했지. 그래는디, 자 자는 워낙 훌륭하게 나 가지구, 이게 소문이 이케 나니까 통사, 중국의 통사지 내왕하는. 지금으로 말하믄 뭐라고 하까. 그 그 사람이 와 가지구서 먹어 제쳤어. 천자한티.

"우암 대갬이 지금 대국을 침범할라구 지금 공모를 하고 있다."

그라믄은 대번 잡아 죽일 중 알구서 대톱질을 가서 항 게여. 그랬는디 대국 천자가 얼었어. 그러니게 뭐라궜냐 하믄은, 무서워서, 송자께서 그럭할 리가 만무라구. 그래 대국 천자가 자 자를 놔 줬어. 그래 어거지 자 자다 이 얘기여. 베풀어서 자, 자, 행동을 하는 자를 받응 게 아니고, 억압적으로 읃은 자 자기 땜이 우리나라 자 자는 그 속에는 못 들어간다.

그래서 있는디, 거 푸엄한 얘기 거기 또 한 번 하께. 자기 얼굴을 보구서 내가 시암에 빠져 죽을 상호여. 우앰이 볼 적이. 그거 이상햐. 그래 시암만 피하믄 되능 긴 줄 알았어. 그랬는디 그 역모에 몰려 가지고 그 귀향을 갔다가 올라오는머리 정읍에서 죽었다고 하지? 그 시암 정자. 정읍이서. 게 알기는 알았덩개벼.

죽산 안씨 열녀비

자료코드 : 08_02_FOT_20090216_HID_YHN_0001
조사장소 : 충청남도 금산군 부리면 수통1리 경로당
조사일시 : 2009.2.16
조 사 자 : 황인덕, 김기옥, 오세란, 서은경
제 보 자 : 양희남, 남, 76세
구연상황 : 이야기판이 벌어지고 난 뒤 얼마의 시간이 경과하자, 노인회 회장이라는 양희
　　　　　남 화자가 들어왔다. 다른 사람의 이야기를 한참 듣고 난 후, 마을에서 다른
　　　　　유명한 사람 이야기는 없느냐는 조사자의 질문에, 아래의 내용을 구연하였다.
줄 거 리 : 의병들이 쳐들어와서 여자를 데리고 가려고 가두어 두었다. 여자는 죽으려고
　　　　　스스로 낫으로 목을 그었다. 피를 많이 흘렸으나 다행히 목숨은 건졌다. 그
　　　　　여자가 바로 죽산 안씨 할머니다. 할머니의 목에 난 흉터를 본 적이 있다.

열녀비 여기 세워놨어요. 근디 동학난리 그 의병들이 와서 그 참 여자가 이뻤던 모냥이여, 아마. 한광식 할아, 할머니가. 그래 가지구 참 델구

갈라구 가둬 놨는데, 자살을 기도했덩 거여. 낫이루 목을 짤르구. 그래서 그런 피가 나 각구, 낭자해 각구, 죽지는 않고, 낫었는데,

나중에 우리들이 보니까 그 할머니가 목에 그 흉터가 있어. 그. 낫이루 찍은 흉터가. 그 그 그런, 그런 얘기두 있어. 실지로 일어난 사실이여. 그건. 죽산 안씨 할머닌데, 죽산 안씨. 그 양반이.

방우리 장자늪과 시주승

자료코드 : 08_02_FOT_20090216_HID_YHN_0002
조사장소 : 충청남도 금산군 부리면 수통1리 경로당
조사일시 : 2009.2.16
조 사 자 : 황인덕, 김기옥, 오세란, 서은경
제 보 자 : 양희남, 남, 76세
구연상황 : 함바우 이야기에 이어 빈대 때문에 절이 망했다는 이야기가 나오고, 이어서
　　　　　구연하였다.
줄 거 리 : 방우리라는 동네에 늪이 하나 있다. 옛날에 한 부자가 살았는데 중이 시주를
　　　　　받으러 왔다. 부자는 중에게 여물을 주려고 하였다. 중이 돌아서자 그곳이 바로
　　　　　못으로 변하였다. 이곳이 장자늪인데 수심이 깊어 옛날에는 이무기가 살았다.

방우리라는 디. 방우리 동네 그게 농원이라고 허는 디 있어요. 농원이. 거기 인제, 그 저 뭐여, 장자늪이라고 있는데, 거기에 부자가 살았대요, 옛날에. 그랬는디, 인제 도사 중이 참, 저 동냥을 하루 갔더니 중이 뭐라고 허니, 머슴보고 거기 여물이나 한 산태미 퍼다 줘라 그랬대요. 동냥이 아니구.

그래 참, 그르카고서 그냥 여물을 퍼다가 동냥을 준다고 하니까, 이 중이 돌아서면서, 돌아서니까 그냥 바루 그냥 못이루 변했다구 하는 그런 전설이 있죠. 그 자리가. 그 집이 없어지고. 장자늪 그 인제. 그런 소리가 있는데, 글씨 몰라 인제 그런 소리만 있지.

근디 옛날에는 굉장히 깊었어요. 그 못이. 그래서 장자늪이라구, 이, 이 무기가 살았다구 그랙거든요.

수통리 인절미 배미

자료코드 : 08_02_FOT_20090216_HID_YHN_0003
조사장소 : 충청남도 금산군 부리면 수통1리 경로당
조사일시 : 2009.2.16
조 사 자 : 황인덕, 김기옥, 오세란, 서은경
제 보 자 : 양희남, 남, 76세
구연상황 : 이 근처에 인절미 배미나 흰죽논 같은 것은 없느냐고 조사자가 물으니, 아래의 내용을 구연하였다.
줄 거 리 : 어떤 사람이 너무 배가 고파서 백 평 남짓 되는 땅을 인절미 한 소쿠리하고 바꿨다. 인절미라도 실컷 먹고 죽으려고 한 것이다. 그래서 그렇게 사 들인 논을 인절미 배미라고 한다.

인절미를 즉 말하자믄 한 모코리 주고 그 논하고 바꿨다는,

(청중 : 그러니까 요기 오는 길 옆이가 있는디요, 그 한 마지기도 못 돼요. 백 평 남짓 되는디, 그 땅 주인이 말이지, 오죽 배가 고프니까 인절미 한 소쿠리하고 바꿨대요. 먹을라고. 그래 가지고 인절미 배미라고 전설이 네러 왔어요.)

(조사자 : 가난해서요.)

(청중 : 예. 그 인절미 배미도 지금은 없어졌어요.)

(청중 : 배가 고파서 인제 당장이 먹으야 되니께. 인절미나 실컷 먹구 죽을라구 그랬다구 그런다구 그라대.)

(조사자 : 그 배미가 어딨어요?)

(청자 : 아이, 요 논 위 가믄 있는디요, 그냥 합배미 시켜 가지구요.)

지금은 이제 없어요.

(청중 : 그거는 기냥 누구나 그냥 인절미 배미라 하먼 다 알아요. 여기
이 근방 사람들은.)

방귀 뀌는 며느리

자료코드 : 08_02_FOT_20090211_HID_LYH_0001
조사장소 : 충청남도 금산군 부리면 평촌리 경로당
조사일시 : 2009.2.11
조 사 자 : 황인덕, 김기옥, 오세란, 서은경
제 보 자 : 이연향, 여, 75세
구연상황 : 마을에서 코를 심하게 골아서 쫓겨난 여자가 있다는 이야기가 오고 갔다. 같
　　　　　은 상황에서 이어서 구연하였다.
줄 거 리 : 시집 온 며느리가 점점 마르기 시작하였다. 시아버지가 이유를 물으니 방귀를
　　　　　뀌지 못해서 마르는 것이라고 하였다. 방귀를 마음껏 뀌라고 시아버지가 허락
　　　　　하자, 며느리는 참았던 방귀를 실컷 뀌었다. 그때부터 살이 찌기 시작하였다.

　즈 건너 메느리가 시집을 왔는디, 꼬치꼬치 말라 갖고.

　(청중 : 응, 그래 그래, 그려, 그거.)

　"왜 그릏게 니가 말르냐?"

이라닝깨는,

　(청중 : 잉, 그려.)

　말라서, 며느리가 그케 말르냐 하니께,

　"저는 방구를 목 뀌어서 그래요."

하니께.

　"그럼 방구를 한번 뀌어 봐라."

하니께는, 시아바니는 상지등을 잡고,

　(청중 : 맞아.)

　저 뭐여 남편은 부엌문을 잡고,

(청중 : 날라갈깨미.)

시어머니는 또 잉, 무슨 워디를 잡고, 시누는 또 워디를 잡고,

(청중 : 소두방을 잡았다대.)

(청중 : 식구마둥 잡았다대.)

그라드니 방구를 뀌기를 시작하는디, 막, 내리 내리 내리 방구, 줄이 줄이 줄이 방구. 막 그냥 방구를 뀌어 제끼니께, 난중에 시아버니가 그라더랴.

"됐다, 인제 그만 뀌어라."

(청중 : 야, 고만 고만, 그라더랴.)

(청중 : 야, 고만. 고만 뀌어라, 고만. 고만하랴 그라더랴.)

그래서 그 며느리가 방구를 뀌구 살이 붙어서 살더랴.

(청중 : 저는 참으니께 말를 거 아녀.)

그 얘기지. 워서 밥상을 각구.

(청중 : 아유, 밑두 끝두 없는 얘기를 하길래, 그냥 고만 하랬지, 내가.)

살이 올라서 살더랴.

은혜 갚은 노루

자료코드 : 08_02_FOT_20090211_HID_LYH_0002
조사장소 : 충청남도 금산군 부리면 평촌리 경로당
조사일시 : 2009.2.11
조 사 자 : 황인덕, 김기옥, 오세란, 서은경
제 보 자 : 이연향, 여, 75세
구연상황 : 앞의 이야기와 같은 상황에서 이어서 구연하였다. 이야기를 하는 도중 이야기
　　　　　순서가 바뀌었다는 말을 여러 번 하였다. 전체적으로 이야기 흐름이 매끄럽지
　　　　　않고, 여러 가지 이야기가 섞이는 바람에 어수선한 구연이 되어 버렸다.
줄 거 리 : 한 총각이 나무를 하러 갔다가 쫓기는 노루를 구해 주었다. 노루는 은혜를 갚
　　　　　기 위해 박씨 세 개를 주었다. 박씨 속에서 여자가 나와 같이 살았다. 한참
　　　　　뒤 여자가 아이 셋을 낳고 하늘로 올라가 버렸다. 남자는 여자를 만나기 위해

노루의 도움을 받아 하늘로 올라갔다. 이후 남자는 하늘과 인간 세상을 왔다
갔다 하면서 잘 살았다.

저 총각이 나무를 하러 갔는디, 그냥 깔퀴 나무를 턱턱 긁어서 하닝깨
그냥 노루가 한 마리가 막 뛰어 오드라네. 뛰어 오더니만은 나 좀 숨겨
돌라드랴. 위따 숨기냐고 하닝깨, 이 나무 속이다가 좀 숨겨 돌라드랴. 거
기다가 인제 숨겨놨는디, 포수가 금방 돌아오드랴.

"여기 노루 안 들어가드냐?"

그렁깨 노루 못 봤다고 그랬드니 그냥 지내가더랴. 지내간 뒤에 인제 그
사람을 내노닝깨, 나왔는디, 뭘로 은공을 하야 옳을까 모르겠다고 노루가
그라더랴.

"뭐 은공이냐."

고 그랬더니만은, 박씨를 시 개를 주더랴. 박씨를. 시 개를 줌서, 요놈을
심어서 나걸랑은, 저기, 세 개를 심어서 나걸랑은 잘 키우라드랴. 잉 그랬
는디, 그 박씨가 났는디, 그것두 또 꺼꿀루 하는가 옳게 하는가 몰르겠네.
그랬는디, 박씨를 놔서 키우는디.

(조사자 : 세 개를 줘서 그걸 키웠어요?)

키웠는디, 키웠는디, 그것두 잘 못하능개벼, 내가. 또 어트케서 인제 사
람이 됐드랴. 처녀가 되드랴. 바가지가.

(청중 : 박씨 속이서 사람이 나왔덩가 봐.)

응. 그래 각고, 그 저기 노루가 하는 소리가, 애기를 싯을 나믄 주구,
둘을 낳걸랑 주지 말랴더랴. 그,

(청중 : 누구를 주지 마?)

(청중 : 거기 인자 박씨서 나온 아.)

박씨서 나온 애기를. 그래서, 그래서 인자 애기를 둘을 낳는디, 싯채 낳
드라네. 아들을 싯을 낳는디, 에이 싯 낫응깨 인제 못 업고 올라가지. 하

늘로 올라간다고 하드래, 애기를. 둘 나서 주믄은.

(청중 : 예, 여자가.)

여, 그 인제 애기 난 여자가. 그래서 애기를 싯을 나서루 그냥 싯 났응 깨, 인제 안 내뺐지 하구 나무를 하러 갔다 옹깨, 홀딱 가구 없드라네. 애기를 다 갖구 여자두 읎구 애기두 읎구 아무 것도 없드랴. 꺼꿀로 했네. 그랬는디 또 가서, 밭이서 인제 나무를 하러 가서, 여자 애기를 다 읎앴으니 얼마나 슬프겄어?

(청중 : 그람.)

덕덕 울웅깨, 또 저기 노루가 오드랴. 그라더니 그때가 박씨를 시 개를 주더랴. 시 개를 줘서루 잉, 요놈을 싱궈서 이릏게 흔들어 박을 올려서 흔들어봐서 떨어지걸랑 올라가지 말고 탱탱하걸랑 올라가라더랴. 그래서 저 박씨를 시 개를 심었는디, 올려보닝깨루 당겨보닝깨, 하나는 떨어지구, 또 하나두 떨어지구 또 하나는 안 떨어지더라네. 그눔을 타구 하늘로 올라갔랴, 인제.

총각이 하늘을 올라갔는디, 아이고 올라가서 보닝깨, 즈 각시하구 아들 삼 형제하고 살드라네. 그란디 아, 마누래가 저기 뭐여 베를 짜드랴. 옛날 엔 베 짰어요. 베를 짜드랴. 그래 워트케 왔냐구 그라더랴. 이릏게 해서 왔다구 그라니께요, 그러냐고 그라믄서 아들 삼 형제를 안고서나 서로 이 릏게 있는디, 또 내려오야 되겄더랴. 거기서는 못 사고. 못 살고.

그래서 인제 내려올라고 하니께, 아들 하나를 줘서 또 넬콰 보내고, 또 하나를 줘서 넬콰 보내고, 말을 한 마리쓱 태워서 주드랴. 그래서루 말 시 마리를 타고 내려왔드래. 인제 자기할래 인제 왔는디.

살다 봉깨 그 말이 이케 시합을 하는 디가 있드랴. 그래서 인저 그 말 을 갖구 시합을 하러 갔는디, 저일 큰 놈이 큰, 큰 말을 하고, 작은 놈이 작은 말을 하고, 셋째 놈이 제일 못난이를 주더랴. 말을. 그래구서 인제 이케 하는디, 시합을 하러 가는디, 다 간, 잘 못 가고 저일 못난 것이 일

등을 하더라네.

(청중 : 개천에서 용 났네.)

즈일 못난 말이 즈일 못난 아들이 그릏게 거시기를 하드랴. 그래 각구서는 와서 인저 또 사는디, 하늘을 또 올라갈 일이 있드랴. 하늘을 또 올라갈 일이 있는디, 또 바가지 심어서 올를라니께 잘 안 올라가지드랴, 그게. 그래서 하나가 타고 올라가고, 또 하나가 타고 올라가고, 또 하나가 타고 올라가고.

이제 영감님도 가고, 그래 각구서는 하늘에서 잘 살구시나 내려와 각고, 또 내려와 각고 인제, 닭이, "꼬끼오!" 하고 울믄 올라가고,

(청중 : 하늘이 가찹등가?)

"꼬끼오!, 꼬끼오!"

안 하믄 못 올라가고. 그릏게 해각구서는 인제 올라가서 잘 살다 죽다 엊그제 지사 넘어갔디야.

[청중 웃음]

우렁각시

자료코드 : 08_02_FOT_20090211_HID_LYH_0003
조사장소 : 충청남도 금산군 부리면 평촌리 경로당
조사일시 : 2009.2.11
조 사 자 : 황인덕, 김기옥, 오세란, 서은경
제 보 자 : 이연향, 여, 75세
구연상황 : 앞의 이야기와 같은 상황에서 구연하였다.
줄 거 리 : 총각이 논에서 우렁이를 주워 장롱 안에 넣어 두었다. 우렁이에서 여자가 나와 밥을 해 주었다. 이후 둘은 아들 딸을 낳고 잘 살았다. 어느 날 도둑이 와서 여자를 데리고 가버렸다. 여자를 찾아 나선 남자는 여자를 다시 만나, 여자가 시키는 대로 하여 여자를 되찾을 수 있었다. 이후 둘은 잘 살았다.

총각이 장가도 못 가고 일만 하는데, 일을 하러 가믄은 그렇게 저기 밥을 해 각고 오더랴, 색시가. 이제, 그 내 꺼꿀로 하네.

갔는디, 우렁이가 큰 놈이 논 가에가 있드라네. 그란디 그 우렁이를 줏어다가 씪거서, 깨깟이 씪거서 집이다 갖다 농 안이다 너놨는디, 아 밤이 일을 하고 오믄은 밥을 해 놓고, 해 놓고 하드랴.

그래서루 인제 그 저기, 하두 이상해서 하루는 일을 하다 말고 그 밥 오는 시간을 왔드라잖아. 나오니까 다리 밑이다 이케 밥을 해서 이구 왔드랴. 그래 인제 딱 붙들구 이기 워짠 일이냐고 그라니께는, 그래 나를 갖다 그릏게 해 났으니 내가 인공을 할라고 이릏게 밥을 해다 드린다고. 그래서 인자 밥을 해 줘서 먹었랴. 먹고시나 그렇게 사는디, 아이 저기 뭐여, 잊어버릴라고 하네, 노래 하다.

그래 각고서는 인제 사는디, 아들딸은 낳고 살드랴. 사는디, 그 저기 뭐이야, 우렁이, 우렁이 속에서 색시가 나와 각고, 색시가 나와 각고, 저가 아들딸을 나서 잘 살구 있는디, 그 끄트머리가 또 뭔 얘깅가 모르겄네. 잘 생각이 안 나네. 그래 각구서는 인제, 그 저기,

(조사자 : 그래 가지고 인제 데리고 살았나 봐요?)

살았랴. 살았는디, 하루는 이 색시가 밥을 해 각고 안 나오드랴. 그래 이 우짠 일잉가 싶어서루 지켜봤드니, 누가 색시를 도둑놈이 도둑질을 해 갔드랴. 그래서 도둑질을 해 가서 인저, 그 도둑놈이 사는 그 동네를 갔드랴. 갔더니, 참 막, 잡아다 이냥 도둑, 사람을 그렇게 도둑질해서 가뒀드라네. 그래서 인제 그 총각이 저기 뭐여, 신랑이 버드나무가 있는데 그 우를 올라가서 그 색시가 물을 이러 나오드랴. 인제. 갇혀 각고.

그래서루 이릏게 거시기를 훑어 가지고 주루룩 삼물이다 늫구 늫구 하니께, 이릏게 바라보니께 즈그 신랑이더라잖애? 그래서 만내 각고서는, 나 어떡하야 당신을 찾아 각고 가 살거냐고 그라니께로, 그라더랴. 저기 응, 나를 찾으러 올라믄은 멫 날 멫 시 술을 많이 잡수고 오믄은 거기 저기

또 그 사람들이 쉬는 날이 있다네. 쉬는 날 와가지구서는 문을 따구 찾어 가라구. 그래서 가 각구서나, 그 마누라를 찾어 각구 와서 잘 살다 죽었디야.

칠백의총

자료코드 : 08_02_FOT_20090223_HID_LYR_0001
조사장소 : 충청남도 금산군 부리면 어재리 느재마을 경로당
조사일시 : 2009.2.23
조 사 자 : 황인덕, 김기옥, 오세란, 서은경
제 보 자 : 이영례, 여, 74세
구연상황 : 느재마을 경로당에서 제일 먼저 들은 이야기이다. 별로 할 얘기가 없다는 분위기에서 이야기를 이끌어내는 데에는 상당한 시간이 소요되었다.
줄 거 리 : 전쟁 중에 사람들이 강을 사이에 두고 대치하고 있었다. 강가에 진흙을 풀어 강의 수심이 깊은 것처럼 보이게 해 놓고, 적을 건너오지 못하게 하였다. 그런데 어떤 여자가 밥을 해서 이고 그 물을 건너가는 것을 보고, 적이 건너오는 바람에 사람들이 다 죽었다. 그들을 묻어 놓은 것이 칠백의총이다.

대동아전장 때라능가 언제, 나도 여 와 들은 소린디. 그때 인제 사람들이 이냥, 저기서 쫓겨서 이리 막 이릏게 오는데, 여기 요 앞이다 강 익그던요? 강이루 건너왔지요?

(조사자 : 예.)

요 앞이 강이 있는디, 그냥 막 그 놈들 못 오게 하니라구, 물 많다고, 못 오게 하니라구, 막. 거기다 진흙을, 빨간 진흙을 갖다 막 그기다 풀었다디요. 강가다, 여기 강물이다. 그람 그걸 풀어 놓깨 물이 많응 것 겉으잖아? 빨가먼. 그러니께 인제 그릏게 각고 막 도망을, 칠백으총이, 가서, 죄다 죽은 사람들, 칠백으총이 있는 사람들 그 얘기여, 시방 이 얘기가.

그라니깨 못 건너, 그 사람들이 못 건너가고, 아, 물이 많아서 못 건너

가겄다, 하고 저 짝이 이렇게 걱정을 하고 있는디, 워떤 아줌마가 밥을 해서 이고 건너가더랴. 어떤 아줌마가 밥을 해서루.

'아, 이거 건너가도 되는구나.'

그렇게 가지구 그래 건너가서, 그 칠백의총이 거 가서, 그 사람들 고기다가 그게 그때 죽은 사람들이랴, 그게. 칠백의총 묻어 논 게. 그랬다 그 그 소리뿐이 몰라. 그것도 한참 생각하야 뭐 생각나까두 몰라.

장수가 갑옷을 넣어둔 농바우

자료코드 : 08_02_FOT_20090223_HID_LYR_0002
조사장소 : 충청남도 금산군 부리면 어재리 느재마을 경로당
조사일시 : 2009.2.23
조 사 자 : 황인덕, 김기옥, 오세란, 서은경
제 보 자 : 이영례, 여, 74세
구연상황 : 이야기를 이끌어 내는 과정에서, 조사자가 마을에 대해서 아는 것을 이야기해
　　　　　 달라고 하니 아래의 내용을 구연하였다.
줄 거 리 : 농바우라는 곳이 있다. 옛날에 임금이 도망가다가 농바우에 옷을 벗어 놓고,
　　　　　 갓바우에는 갓을 벗어 놓고 갔다. 비가 오지 않으면 농바우에 가서 농바우 끄
　　　　　 시기를 하면 며칠 만에 비가 온다.

요 밑이 네러가면 농바우라고, 저기 하능 기 있어요. 요 밑이 네러가면. 그러면 이제 옛날에 도망갈 때, 저 인금이, 왕이, 농바우다 옷 벗어서 농바우다 너놓고, 갓바우다가 갓 벗어서 너놓고, 말을 타고 그리 갔댜. 그랬다고 나 시집옹깨 거기 갔더니, 진짜 돌팍이 막, 돌팍이 가 말 발짝구가 이렇게 있어. 그래 말을 타구 그리 넘어갔다고.

그라지. 왜 옷을 거기다 넜으까? 그라니께, 작은 마누라가 있어, 작은 마누라가 각구 도망가께미 못 하게 하니라고. 진짜 농겉이 생겼어. 옷을 넣어 이케 뒤집어 놨어. 농을 또, 이렇게 뚜껑이 이렇게 해서.

그래서 인제 이 동네는 옛날이 가물 때 비가 안 오믄, 하지만 지내믄 그 농바우를 끄시루 가. 거시기를 해 가지구. 동애줄을 틀어 가지구. 그럼 끄시구 나믄 사흘만 지내면 비 와.

(조사자 : 농바우 얘기 좀 계속해 주세요.)

(청중 : 여긴 농바우가 유명한 거야.)

(청중 : 저기 말짝 바우도 있잖아.)

그게 말짝이 바우, 내가 인자 그 소리여. 그래 거기서 말자짝 바우 말이 넘어 갔다구 말자작 바우라고 하는디, 요롷게 새여 새, 새로 이렇게 이릏게 넘어가서 가더라고. 나도 거기 한 번, 사람들이 한 번 가보자고 그래서 도실비 잡으러 가니까,

(청중 : 거기 가면 말짜꾸가 있다잖아?)

있어, 봤어.

'이랴'의 유래

자료코드 : 08_02_FOT_20090223_HID_LYR_0003
조사장소 : 충청남도 금산군 부리면 어재리 느재마을 경로당
조사일시 : 2009.2.23
조 사 자 : 황인덕, 김기옥, 오세란, 서은경
제 보 자 : 이영례, 여, 74세
구연상황 : 사람들 사이에서 마을 풍속에 대한 이야기가 나오고, 이어 소 팔러 가는 이야기가 나왔다. 이에 제보자가 소에 대한 이야기가 생각난 듯 구연을 시작하였다.
줄 거 리 : 송아지를 사서 몰고 오는데 송아지가 걸으려고 하지 않아 머리에 이었다. 가다 보니 힘들어서 내려놓으면서, 걸어가지 않으면 또 이고 간다고 말하였다. 그래서 '이랴'라는 말이 생겼다.

그전에 송아치를 한 마리 사서 오는데 송아치가 안 걸어갈라고 하더랴. 그 이고 왔댜, 이고. 송아치를. 이고 오장깨 대간하잖야? 그렁개 넬카 놓

음서,

"너 또 안 걸어가면 내가 또 이구 가!"

그랬대, 소더러.

"내 또 이구 갈 테니까 얼른 걸어가, 걸어가."

그라니께 걸어가드랴. 그래서 '이랴'가 그래 나왔댜. '이랴' 이 소리가.

"또 인다", "또 인다."

그래서.

(청중 : 생각두, 말 되네.)

"너 안 걸어가믄 내가 또 여."

그라니께 걸어가드랴. 그래 이랴! 가 그래 나왔다 이거야. 이랴! 이랴! 하

믄 간댜 소가.

고시레의 유래

자료코드 : 08_02_FOT_20090223_HID_LYR_0004
조사장소 : 충청남도 금산군 부리면 어재리 느재마을 경로당
조사일시 : 2009.2.23
조 사 자 : 황인덕, 김기옥, 오세란, 서은경
제 보 자 : 이영례, 여, 74세
구연상황 : 앞의 이야기와 같은 상황에서 이어서 구연하였다.
줄 거 리 : 논일을 하다가 밥을 먹기 전에 "고시래!"라는 소리를 한다. 이는 마을도 잘
　　　　　되고 나락도 잘 되라고 하는 소리이다. 또한 그곳에 있는 귀신도 먹으라는 의
　　　　　미이다.

(모 심을 때) 밥 가지구 가잖아? 밥해서 이구 갔잖아, 옛날에는. 그라믄

먹음서 먼저 그 눔을 이케 바가지다 떠 가지구,

"고시래!"

그라대. 저기다 내빔선.

(청중 : 마을 잘 되라고.)

(청중 : 나락 잘 되라고 한 소리여요, 그게.)

나락도 잘 되지만, 말하자먼 그른 디도 귀신이 있으믄, 이눔 먹고 떨어
지라고 소리라능개벼. 그르는 소리가 고시래여. 내삐는, 내삐는. 또 인저
어떤 사람들은 밥 쪼끔 이구 가는 사람은 숙깔로 떠서 이릏게, 또 이릏게
내빌구.

(청중 : 그건 지사 지내면 또 저기 삽짝까정.)

그건 무샙물이구. 근디 지금 안 햐.

(청중 : 인저, 지사 지내러 오면 이 저 친구들이 따라와서 삽짝거리 가
있응게.)

아니, 아파트에서 지사 지내면 못 하지, 워따 내빌어?

구렁이 업 위하여 잘된 집

자료코드 : 08_02_FOT_20090223_HID_LYR_0005
조사장소 : 충청남도 금산군 부리면 어재리 느재마을 경로당
조사일시 : 2009.2.23
조 사 자 : 황인덕, 김기옥, 오세란, 서은경
제 보 자 : 이영례, 여, 74세
구연상황 : 다른 화자가 노래를 한 마디 하고 난 뒤, 한참 동안 이야기가 나오지 않자,
　　　　　 제보자가 아래의 내용을 구연하였다.
줄 거 리 : 분가해서 살게 되었다. 물을 길어 동이를 이고 나오는데 뱀이 보였다. 흰 죽
　　　　　 을 쑤어 앞에 놓고는 사람이 보이지 않는 곳으로 가서 살라고 빌었다. 그러자
　　　　　 뱀이 사라졌다. 이후 그 집은 잘 살게 되었다.

이 동네도 큰 집이서 제금을 내 놓는디, 큰 집이서 인제 느들 저가 살
아라고 제금을 내놓는디. 제금을 나갔구 와서 이제 몇 년을 살았는지는
몰르겄어. 헌디, 물을 이루 갈라구 동이를 이구 나옹깨는, 비암이 쌉짝이

가서 이렇게, 양쪽에 쌉짝이 요렇게 생겼잖아? 착 걸쳐서 있드랴.

(청중 : 다무락에.)

아이, 다무락에 말구. 쌉짝이. 이기 쌉짝 귀투리에, 이짝 귀투리에서 이케 걸치고 있더래.

"히!"

깜짝 놀래서냥 들어와 가지구 막 죽을, 흰 죽을 막 끓여서 놓고 막 빌었대요.

"아이, 사람들, 인간 눈이 안 띄는 데로 가야지, 이케 큰 짐승이 인간 눈에 띄는 디로 이룽기 댕기면 어트카냐고."
막 그랬댜.

(청중 : 그리두 영리하다.)

그르카닝깨 그 비암이 읎어지드랴. 그래 각고 없어졌는디 그 집이 부자루 잘 살아. 그건 이 동네 애기유. 그거는 진짜 애기유. 가짜 애기 쪼끔 했응깨, 진짜 애기두 쪼끔 해야잖아? 두 마리가 살았능가 어쩠능가, 큰 집이두 한 마리가 있드랴, 또.

제금 났는 집이루두 따라오더랴.

가짜 무당 노릇하기

자료코드 : 08_02_FOT_20090223_HID_YPY_0001
조사장소 : 충청남도 금산군 부리면 어재리 압수마을 경로당
조사일시 : 2009.2.23
조 사 자 : 황인덕, 김기옥, 오세란, 서인경
제 보 자 : 이판임, 여, 76세
구연상황 : 앞의 이야기와 같은 상황에서 이어서 구연하였다.
줄 거 리 : 가난한 사람이 가짜 무당 노릇을 해서, 밥이라도 얻어 먹으려고 하였다. 빌
　　　　　줄을 몰랐으나, 우연히 말한 것이 적중하여 무당 대접을 잘 받았다.

옛날에는 인제 배가 고파서, 배가 고파서 잉, 하— 이냥 배가 고파 죽겄어. 워디 가서 도둑질도 못 하고, 무당질을 해야겄어.

그래 재를 넘어서 가닝깨, 한 집이 가닝깨, 애기가 아프다고 해쌌드랴. 애기가 아파서 죽네 사네 해쌌드랴. 그것도 그냥 근근히 난 아들이. 와서 보닝깨. 그래,

"워디가 아파서 그래요?"

항깨, 우리 애기가 이렇게 아파서 한다고 형개. 밥이나 은어 먹을라고 인제 그짓말로 무당질을 한 거야. 떡 좀 서 말 하고 잉, 밥이 얼매나 묵고 싶어서 밥 좀 엿말 좀 하고 그케 하랬댜. 다릉 걸랑 고만두고.

그렇게 해 놓구서, 이, 저, 웃목에다 놓고서 빌라니, 빌 질을 몰르잖아? 인자 그거 먹을라고 했는디. 그래 이 천장에를 바라보닝깨, 옛날에 베 짜 덩 거, 집이는 몰라. 몽길 대롱이라능 게 거 가 이케 찡궈 있어. 인제 베 짜는 것은, 저, 대롱이 익거든? 그래 빌 줄을 몰라서,

"몽길, 대롱, 몽길, 대롱~."

빌으니께,

"아이구, 우리 몽길이가 왔냐고."

그랴.

[청중 웃음]

이제 아들이 두 개(명이라고 해야 할 것을 개라고 발음한 듯하다.)가 죽어서,

"우리 대롱이도 오고, 몽길이가 왔냐구."

그랴 인자. 영락없이 알아 맞췄잖야? 그래 마악 빌구 나서 보닝깨, 아이, 그렇게 빌구 낭깨, 그 소리만 해서두 인제 애기가 낫능 거야. 낫아 각구서는 동네 사람이 감동을 해각구,

"우리 좀 봐줘요, 우리 좀 봐줘요."

해 각고, 우리 집이 사람은 인제 말하자믄, 애기가, 애기들이 배가 고파

죽겄고, 식구가 배가 고파 죽겄잖야? 그래 떡하고 밥하고 막 실쿠 가야
할 판이라, 안 봐주구 그냥 실쿠 그냥 집으로 왔어. 그거 멕일라구. 그릏
게 그짓말을 해두, 점을 그렇게 했어두 낫드랴, 애기가.

　그래, 이름이 몽길이, 저 대롱이구 몽길이구. 두 개라. 고것만 각고 빌
었어두 낫더랴. 그래서 이냥,

　"우리 몽길이가 왔냐"

고. 하닝깨, 신이 더 날 거 아녀? 대롱이두 오구, 몽길이두 오구, 대롱이두
죽구, 몽길이두 죽었으니. 집이 사람들 냥 그 놈 갖다 메칠 먹고, 배 고파서.

　(조사자 : 좋은 소리 듣고.)

　응. 그래서 애기 나꿔주고. 그래두 연대가 맞응깨 뭐, 뭐, 빌다가 봉깨,
짐은 이게 떡시루에서 짐이 몽글몽글 나잖야? 그게 몽실이구. 대롱은 ○
○○ 대롱이구 그리여. 그래서 몽실대롱 몽실대롱 하니께,

　"우리 몽길이가 왔어, 어짠 일이여? 우리 몽길이가 왔다니께, 아이구
집이 몽길이두 왔다구."

　안 핵것어? 인제, 말하자면. 대롱이도 오구 몽길이도 왔다구 허닝깨, 그
래도 그릏게 빌고 낭깨 그저 애기가 낫더랴. 그 인제 아들 인제 둘은 죽
구 하나가 있는디 죽을라고 해서 걱정이 됐는디,

　(청중 : 나무때기겄지.)

　몰라. 아이 얘기는 그짓말이구, 노래는 그짓말이 없다잖야?

불씨 얻으러 왔다가 쫓겨난 여자

자료코드 : 08_02_FOT_20090223_HID_YPY_0002
조사장소 : 충청남도 금산군 부리면 어재리 압수마을 경로당
조사일시 : 2009.2.23
조 사 자 : 황인덕, 김기옥, 오세란, 서은경

제 보 자 : 이판임, 여, 76세
구연상황 : 지킴이에 대한 여러 사람들의 이야기가 오가는 중, 문득 생각나는 듯 이야기
　　　　　를 시작하였다.
줄 거 리 : 가난한 집에서 화로에 불을 담아 사용하였다. 앞집 색시가 식전마다 불을 얻
　　　　　으러 오곤 하였다. 이를 지켜보던 남자가 자기 아내에게 콩죽을 만들어 먹게
　　　　　하였다. 이에 여자가 설사를 하려고 하자, 화로에 누라고 한 뒤 재로 덮어 두
　　　　　었다. 이후 앞집 여자는 불씨를 빌러 오지 않았다.

　가난해서, 가난하구 인제 그냥 가난할 때는, 우리 성냥이 읎었어, 옛날
에는. 이 성냥이 없어 각구, 이 불을 때 각구 살강 밑이다가 잿봉당을 해
놓구 이릏게 해 각구 썼어.

　(청중 : 불씨를.)

　응, 성냥이 귀해 각구. 그랬는디, 화로이다가 불 담아 놓구 뭐, 저, 불을
저 담아 놓구 있응깨, 앞 집 각시 하나가 식전마둥 불을 얻으러 오드랴.
월매나 귀찮아 하면 그라겄어. 그 차마두 저는 작은 불을 꺼쳐불구, 그래,
남자가 "오늘 저녁일랑 콩죽을 좀 끓여." 그라더랴. 각시더러. 그래 각구,

　"왜 콩죽을 끓이냐?"
허니께,

　"콩죽을 먹고 싶다고."

　콩죽을 끓이는디. 콩죽을 먹고서는 남자가 배가 아푸다고 하더랴. 마느
래더러.

　"옷 한 가지 벗어 나 좀 덮어줘."

그라닝깨, 또 벅겨서 덮어주구, 나중에는 그냥 각시 배를 얼굴라구. 죄다
벅겨서 덮으니께 각시가 콩죽을 먹었응깨 배가 얼 거 아녀? 그래 각구 설
사병이 났어. 그라닝깨 배깥이루 나갈라고 하닝깨, 화리다 누라고 하더랴.
그래, 저 화리다 눟구서 재로 이릏게 덮으닝깨, 앞 집 각시가 찔찔찔찔 신
발을 끄심서 옴선

　"불 있어요?"

그라믄, 저, 저, 화로를 이릏게 밈선,

"거기 가져가라."

구, 그라닝깨, 불은 항상 화립불은 짝으면 이릏게

[두 손을 펴서 모으면서]

독구야(돈귀야) 하거든? 이릏게 도꿍깨 똥이 지르르~~~나옹깨 그냥 막 도망을 가더랴.

[청중 웃음]

그래 각구, 그래 각구서는, 다시는 안 오구 그 사람을 떠 버렸댜. 그릏게 꾀를 냈댜. 옛날 어른들이 꾀가 많웅가봐. 그래 각구서니 그라더니 다시는 생전 불 얻으러 안 오드랴. 아이, 세상에 워째 콩죽을 끓여 먹웅게, 게 설사병 난 줄 알고 거기다가 노라고 해각고 그라더랴. 그때는 성냥이 귀했어. 성냥이 귀해 각고 차암, 저 잽봉당이다가 꼬쟁이 꼭구 그케 했어.

인업이 나가자 망한 집

자료코드 : 08_02_FOT_20090223_HID_YPY_0003
조사장소 : 충청남도 금산군 부리면 어재리 압수마을 경로당
조사일시 : 2009.2.23
조 사 자 : 황인덕, 김기옥, 오세란, 서인경
제 보 자 : 이판임, 여, 76세
구연상황 : 탑 지킴이에 대한 이야기에 이어서 구연하였다.
줄 거 리 : 예미리에 부자가 살았는데, 그 집에 살던 할머니가 돌아가시자, 그 집 업이
　　　　　집을 나가버렸다. 이후 그 집은 망해서 다른 곳으로 이사를 갔다.

저 쪽지비 지큼이 익구, 응 그 저, 도깨비 지큼이 있구, 저 징 거 지큼이 있구, 다 있어. 그래서 이릏게 부자루 살다가 그 인제 지킴이 하나가, 말하자면, ○○ 하는 디, 집이만 지킴이 있어. 게 이제 말하자면 집이가 죽으면 지킴이 할래 나가능 거야.

그래 저, 옛날에 어떤 저기 저 예미라고 하는 디서, 예미라고 하는 디서 부자루 사는디, 아주 예미서 부자루 살았는디. 그냥 참, 이케 부자루 살아서 사람도 많이 두고, 그냥 물 떠다 줘도 이케 거시기다가 저 주발이 있잖야, 녹그릇? 거기가 이케 받쳐서 갖다 주고 이랬는디, 가끔 그냥 망하 드랴. 그 중 할머니가 인제 돌아가셔서.

할머니가 돌아가셨는디, 인제 말하자면 저 삼오제를 지내야, 인제 가서 묻고 와서 삼오제를 지내니께, 이 두제 앞이가, 두제라고 이케 나락을 많 이 갖다 놓고 쌓여놓구 먹는 디가 있어, 지금두. 그 앞이서 인간이, 빨간 옷 입구서 둘이 막 이케 싸워쌌드랴. 응, 애기덜이 둘이 싸워 쌌더랴. 인 간 업이라.

그래, 그 할머니가 죽구 그케 싸워쌌더니, 그르카고서는 나가더니 냥 그 집이 쫄딱 망하는디, 워트게 망하느냐 하믄은, 비암이 살강에 가도 뚤 뚤 뭉쳐서 툭 떨어지지, 마당이두 비암이지, 방도 비암이지. 집안이가 양 죄다 비암 때문에 못 살았댜. 응, 그리 각고 저 논산으로 이사갔다고 그러 더라고. 그래 각구서는 그릏게 할머니이 복이루 살았는디 그 할머니가 돌 아가시닝깨 떨어징 거여.

노적가리와 바꾼 돌탑

자료코드 : 08_02_FOT_20090223_HID_YPY_0004
조사장소 : 충청남도 금산군 부리면 어재리 압수마을 경로당
조사일시 : 2009.2.23
조 사 자 : 황인덕, 김기옥, 오세란, 서은경
제 보 자 : 이판임, 여, 76세
구연상황 : 앞의 이야기와 같은 상황에서 이어서 구연하였다.
줄 거 리 : 가난한 사람이 돌을 주워서 탑을 쌓았다. 제일 위에 올려놓은 돌이 금덩어리
　　　　　 로 보인 이웃의 한 사람이 자신의 노적가리와 탑을 바꾸자고 하였다. 그러면

서 노적가리 제일 위의 한 가마니를 떼어 놓자, 가난한 집 사람도 제일 위에 있는 것을 내려놓고 바꾸었다. 그것을 방안에 들여 놓으니, 번쩍번쩍 하는 금 덩어리였다.

옛날에 참 옳이 살아서 이거 돌을 줏어다가 탑을, 인제 탑을 모아. 마당이다. 탑을 자꾸 모으는디, 인저 마지막 올라갈 날이여. 마지막 올라갈 날인디, 이냥 번갭불이 막 반짝 반짝 반짝, 번개가 하늘을 울고 비는 오구 그라 그냥. 번개가 쳐각구 그냥, 번갯불이 팍 치는 바람이 환하잖야? 고때 줏어다가 인제 마무리를 항 거여 이케. 탑이다가.

그릏게 마무리를 하고 보닝깨 이웃집이서 보닝깨 그게 금덩어리로 비거덩? 그라닝깨 자기네 집하고 인자 뭐하고 바꾸자능 거여. 그래서 나는 인제 돌맹이는 소용없잖야? 바꾸자닝깨, 바꿨는디. 저, 저도 그 집으로 바꾸러 강게 노적을 바꾸러 갔는디, 노적 한 가마니를 날망치를 뚝 떠서 놓구서 밑이 치를 주더라. 아, 너두 뚝 떠서 넘을 중깨, 나두 날망에 논 금덩어리를 뚝 떠서 놓구,

"이놈, 가져 가시오."

했어. 그렁깨 마음을 옳게 써각고 갖다가 그 놈을 방이다 놓으닝깨 금덩어리더라. 그 사람이 그 눔을 안 띠고 놨으먼 즈 집으로 갈 건디,

"너두 노적을 한 가마니 띠닝깨 나두 하나 띤다. 독이거니 나두 띤다."

그릏게 해 각구서 띠어 놓구 보닝깨, 웃목에다 노닝깨 그냥, 금이 번쩍번쩍 해각고 부자가 되어 잘 살았댜. 그릏깨 마음을 옳게 쓰야 디야.

(청중 : 맞아요.)

응, 마음을 그르게 써각고, 그 집이서 그 노적가리서 웃 대가리를 안 주구서 다 줬으믄은, 그 집이루 가능 건디. 거기서 한 섬은 내 놓구 주니께 나도 웃대가리를 내놨어.

재채기 하는 해골

자료코드 : 08_02_FOT_20090223_HID_YPY_0005
조사장소 : 충청남도 금산군 부리면 어재리 압수마을 경로당
조사일시 : 2009.2.23
조 사 자 : 황인덕, 김기옥, 오세란, 서은경
제 보 자 : 이판임, 여, 76세
구연상황 : 유골을 잘 거두어 주고서 복을 받았다는 이야기는 없느냐고 조사자가 물으니,
　　　　　다음의 이야기를 구연하였다.
줄 거 리 : 그릇이 없어서 예쁜 모양을 한 해골을 주워, 거기에 고춧가루를 넣어두었다.
　　　　　이후 재채기 소리가 계속 들려 그것을 버리자, 그 소리가 나지 않았다.

아이 옛, 옛날엔 이키 거럭(그릇)이 읎어 갖고, 옛날엔 거럭이, 거럭이 읎어 갖고. 또랑이를 갔는디, 요렇게 내가 이쁜 거륵이 있드랴. 고놈을 줏어다가 줏어 갖고 고추까루를 빠서서 여기다 났는디, 사랑이다 났는디, 방이만 들어오믄,

"엣춰! 엣춰!"

해싸쿠. 부엌이 나가믄은 그냥 소리가 없어. 그 방에만 들어오면 그냥 재채기를 해싸. 그래, 그게 해골바가지더랴. 말하자믄. 그래, 메, 메칠 그릏게 보다가 그 놈을 갖다 내비리니깨는 재채기를 안 하드랴.

(청중 : 부리 사람이 그랬다지?)

에, 부리 사람이 그랬댜. 부리 저 거시기네가 그랬디야. 내내.

(청중 : 누가?)

창석이네. 옛날에.

배나무를 되찾은 아들

자료코드 : 08_02_FOT_20090223_HID_YPY_0006
조사장소 : 충청남도 금산군 부리면 어재리 압수마을 경로당

조사일시 : 2009.2.23
조 사 자 : 황인덕, 김기옥, 오세란, 서은경
제 보 자 : 이판임, 여, 76세
구연상황 : 앞의 이야기가 끝나고 바로 이어서 구연하였다.
줄 거 리 : 가난한 집에 배나무가 한 그루 있었는데, 그것이 뻗어서 원님 집으로 넘어갔
        다. 원님이 배를 다 따먹어 버리자, 가난한 집 아들이 재치를 발휘하여 배나
        무를 되찾았다.

그라구 옛날에 한 사람은, 한 집은 읎이 살고, 저, 샌님들은, 이제 마님
들은 부자로 살구. 그라는디. 대나무가 이렇게 컸어. 커서 인저 우리 집이
다가 뿌링이는, 우리가 심었는디, 뻗어서 나강 건 원님들 집이 가 커있어.
이렇게 있어, 배나무가. 응.

[한손으로 휘어진 나무의 모양을 그려 보이며]

원님들 집으로 갔어. 뿌링이는 내가 어머니가 싱궜는디, 원님들 집으루
이케 있는디, 자꾸 따믄 원님이 다 따 가드랴. 배를 따 가믄은.

(청중 : 넘어왔다고?)

응, 넘어왔다고. 그래서 인저, 그 집 아들이 속상햐. 오른은. 어머니가
참말 배 따 가믄 이렇게 누웠어. 속상해서. 얘기를 못하고. 원님이라. 그
래 각고 인제 그 읎이 사는 아들이 원님 방이 가서, 옛날이 [주변이 갑자
기 시끄러워 들을 수가 없음] 문 아녀? 문이다가 그냥 주먹을,

"푹!"

쑤셔 늠선 이르카고, 킥 이르카니께 원님이 말하믄서,

"네 이놈, 워따가 주먹을 늫냐?"

그라더랴. 응,

"원님이 주먹잉가 먼가 보쇼."

그라닝깨,

"네 주먹이지. 뭐냐?"

그라니께,

"배나무는 워트게 된 거냐구?"

그라닝깨,

"그람 내년부터 너 다 따 가라."

그래서 배나무를 찾더랴. 그래서 찾았댜. 아들 때미. 그렇게 저 꾀가 있드랴.

(조사자 : 없는 집 아이인데도 꾀가 있네요.)

응, 궁게 인제 내가 배나무를 심었는디, 이렇게 넘어갔어. 원님들 집이루. 그래 배가 열믄은 원님이 다 따가능 거여. 그 읊응깨 깐보고. 그래서 인제 아들이 그냥 문을, 창, 창호지 문을 그냥 손을, 푹 쑤싱깨 원님이 한다는 소리가,

"네놈 워따가 손을 늧냐?"

니께,

"이게 뭔가?"

라 그랑깨,

"야, 이놈아, 네 주먹 아니냐?"

그라더랴.

"주먹잉가 밴가 보라고."

막 그라닝깨. 그래서 즈 양심 있잉깨 그 해두만은 배를 안 따가더랴. 그래서 찾았다고 전통 얘기가 있대. 그렇게 꾀를 내서. 그렁깨 이 뿌링이는 내 집이가 있는디, 그리 휘어지머는 그 집이서 못 따먹어, 훼졌더래두. 이 뿌링이 있는 집이서 따 먹어야지.

고려장이 없어진 이유

자료코드 : 08_02_FOT_20090223_HID_YPY_0007
조사장소 : 충청남도 금산군 부리면 어재리 압수마을 경로당
조사일시 : 2009.2.23

조 사 자 : 황인덕, 김기옥, 오세란, 서은경
제 보 자 : 이판임, 여, 76세
구연상황 : 옛날 이 마을에 송장을 걸어 놓던 소나무가 있었다는 이야기가 나오고, 이어
아래의 내용을 구연하였다. 이 이야기가 끝나자, 옛날에는 고려장이 확실히
있었다는 이야기가 청중들 사이에서 한참 오고갔다. 고려장 터에서 발견한 숟
가락을 제보자의 딸이 들고 왔다는 이야기, 그리고 그것을 담임 선생님이
가져오라고 해서 학교에 가지고 갔다는 이야기가 이어졌다.
줄 거 리 : 어머니가 노망이 들자 아들이 어머니를 지게에 지고 산에 버리러 갔다. 어머
니는 아들이 돌아오는 길이 걱정이 되어, 솔잎을 따서 길을 만들어 놓았다.
집에 돌아온 아들이 지게를 버리려고 하자, 손자는 자신도 다음에 써야 하니
지게를 버리지 말라고 하였다. 이에 산으로 가서 다시 어머니를 모시고 집으
로 돌아왔다.

그 옛날에는 저 어머니가 노망이 들렸는디, 아버지가 인제, 잉 아덜이
이케 어머니를 요기다 지게다 짊어지구, 양각산 골짝걸은 디루 짊어지구
가. 그라먼은 인제 어머니는 아들 찾아 오라구. 감선 풀잎을 꺾어서 이릏
게 놓는댜. 간 디마다. 올라갈 때마두. 갔다가 인제 골짝이다 노머넌,

"널랑은 풀잎 찾아서 집이로 가거라."

인제 아들 살라고. 어, 그릏게 하믄은. 그릏게 했는디, 인제 오구서는
지게를 갖다 요릏게 노닝깨, 인제 와서 지게를 때려 부실라구 하닝깨, 자
기 아들이,

"아부지, 왜 지게를 왜 때려 부셔요?"

항깨,

"이거, 아버지, 가만 둬야 나두 아부지 갖다 내비리지요. 거다가 놓지요."

그라니께, 그 소리를 듣더니, 가서 어머니를 되로 업어 오더랴, 자기는 가
기가 싫어서. 자기는 가기가 싫어서 그 지게 각구 가서 어머니를 되로 모
시고 오더랴. 어머니 갖다 내빈다고 하닝깨. 아부지 갖다 내빈다고 하닝
깨. 아덜이.

그랑깨 부모는 갖다 내비려두, 넌, 자석은 찾아가라구 풀잎을 그릏게

길을 갈켜준댜. 길 못 찾아 갈께미. 풀잎을 꺾어서 이릏게,

  "그 풀잎대루만 얼릉 집이 가거라."

그르칸디야. 갖다 내비린다 하믄서두. 게 게, 부모는 항상 자식이 괴롭, 저 잘 살기 바라고 그렁깨, 백 살 먹은 뭐 아버지가 팔십 살 먹은 아들더러,

  "야, 야, 너 물 좀 잘 건너갔다 와라. 너 잘 갔다 오냐?"

그케 시킨다고 안 햐? 참, 그건 부모는 아들을, 나이가 많이 먹어두 잘 갔다 오라구 하구 잘 왔냐구 하구. 항상. 부모는 그라는디, 자석은 그게 아니잖야?

  (청중 : 그러네요.)

  응. 메늘네도 그려.

송장과 씨름한 남자

자료코드 : 08_02_FOT_20090223_HID_YPY_0008
조사장소 : 충청남도 금산군 부리면 어재리 압수마을 경로당
조사일시 : 2009.2.23
조 사 자 : 황인덕, 김기옥, 오세란, 서은경
제 보 자 : 이판임, 여, 76세
구연상황 : 고려장 이야기를 전후하여 귀신이나 시체 이야기가 오가고, 아래의 내용을 구
          연하였다.
줄 거 리 : 밤중에 길을 가던 남자가 외딴집에 들어가게 되었다. 한 여자가 울면서, 마을
          에 가서 사람을 데리고 오든지 송장을 지키든지 둘 중에 하나를 하라고 하였
          다. 남자는 집에 남아 송장을 지키다가, 송장이 일어서는 바람에 씨름을 해서
          넘어뜨렸다.

  아니, 인자 밤길을 걷게 되았어. 남자가. 남자가 밤길을 걷게를 됐는디, 저 산중이 가 외딴집이 있는디, 그릏게 각시가 울어쌌드랴. 외딴집이를. 외딴집이서 울어쌌드랴. 응, 그래서 인저 울어싸서 들어가닝깨, 각시가 그

라더랴.

"당신, 동네 가서 손님을, 저, 저 인제 말하자믄 네러와서 큰 동네 와서 사람을 데리고 올 티요? 여그서 이거 송장을 지키실 테요. 두 가질 선택하라고."

하드랴. 아유, 네러가자니 무섭지, 지키자니 무섭지. 그려각구서는 인제, 지키능 게 낫겠드랴. 네러가능 거보다. 왜 그것두 가만히 않았으니까 죽은 송장이 어트카겠어? 게 지키구 있으닝깨, 참, 그냥 그 여수가 들어갔딩가 송장이 그냥 뿔끈 스더랴. 응. 뭐이 스더랴. 그래 각고 ○○○○ 고딩에 씨름 해서 미어치고 나니께, 메치고 나니께냥, 픽 넘어져서.

그때사 인자 각시는 데리구, 그냥 호롱불이라믄 초롱불 그거 데리고 가서 델꼬 오더랴. 데리고 와 각고 저, 그 사람이 고등에 씨름 해서 그케 넘어가능 거, 혼자 그걸 장정이라. 오약이로 내리미쳐서 살았다고 그라대. 아힛, 그런 얘기도 있었어.

쌍둥이에게 속은 곶감장수

자료코드 : 08_02_FOT_20090223_HID_YPY_0009
조사장소 : 충청남도 금산군 부리면 어재리 압수마을 경로당
조사일시 : 2009.2.23
조 사 자 : 황인덕, 김기옥, 오세란, 서은경
제 보 자 : 이판임, 여, 76세
구연상황 : 앞의 이야기가 끝나고 이어서 구연하였다.
줄 거 리 : 곶감 장수가 쌍둥이가 있는 집에 들어와, 곶감 한 접을 다 먹을 수 있는지 내기를 했다. 쌍둥이가 번갈아 가면서 먹는 바람에 곶감 장수가 울고 갔다.

쌍둥이가 있는디 꼭감(곶감) 장사가 들어왔는디, 꼭감 장사가 그라는디,
"꼭감을 한 접을 먹을래, 안 먹을래?"

하닝깨 이 쌍둥이라. 내기를 했드랴. 그래서 쌍둥이를 옷을 딱 같이 해 놓고 하나 오삭(오십) 개씩 먹으면 먹잖야? 응, 그래 각구선, 하나 실컷 먹구 나더니 화장실 갔다 온다구 하더랴. 아이, 똑같은 놈이 들어오닝깨, 똑같이 둘이 먹었응깨 쌍둥이라. 그래 각구 꼭감 장사가 울구 갔댜. 꼭감 장사가 울구 갔다구 그라대, 옛날에. 그라닝깨 인제 쌍둥이라,

　(청중 : 혼차 그케 먹은 질 알고, 잉?)

　잉. 쌍둥이라 똑같으닝깨 저의 끼리 ○○○ [옆에서 누가 기침을 하는 바람에 청취 불능] 있구, 바지저고리 입을 때라 이릏게 해 놓구선, 하나 먹구선, 실컷 먹구선 나 화장실이 좀 갔다 오께요 항깨, 인자 또 딜여 보냉 거여. 그래 각고 꼭감 장사가, 잉, 똑같이 그려. 쌍둥이들한테 졌댜. 그래서 울구 갔디야.

동지섣달에 두릅 구한 효자

자료코드 : 08_02_FOT_20090223_HID_YPY_0010
조사장소 : 충청남도 금산군 부리면 어재리 압수마을 경로당
조사일시 : 2009.2.23
조 사 자 : 황인덕, 김기옥, 오세란, 서은경
제 보 자 : 이판임, 여, 76세
구연상황 : 경로당에 앉아 있던 또 다른 제보자가 옛날에 매 잡았던 이야기를 한참 하고 난 뒤, 생각해 두었다는 듯이 아래의 내용을 구연하였다.
줄 거 리 : 한겨울에 아픈 어머니가 아들에게 두릅이 먹고 싶다고 하였다. 아들이 구하러 다니다가, 한 오두막집에 들어가서 두릅을 발견하였다. 그래서 그 집에서 일을 해주고 품삯으로 두릅을 가져왔다. 어머니는 그것을 먹고 다시 살아났다.

　(옛날에) 어, 어머니가 아파서 참, 그냥 어머니가 아픈디. 동지슫달이 두릅을 꺾어 오라구 하더랴. 동지슫달이 두릅을 꺾어 오라는데, 두릅이 워디가 있어? 두릅, 두릅, 동지슫달. 지금은 다 인제 거시기를 하지만. 동

지슫달이 두릅을 꺾으래서 참, 산을 넘어서, 산을 넘어서 가닝깨,

　인제 옛날에 워디, 저 오막살이 집이다가 뭐, 옹기 굽는 디가 있드랴. 응. 옹기 굽는 디가 있어서 그 집이 가서 피신을 하고 보닝깨, 옹기 굽는 디로 짐(김)이 나서 고기(거기)에 두어 이파리가 나서 참, 거 연기루 뒈 이파리가 나서 두릅이 폈드랴. 하하. 두릅이 펴 각고,

　"나, 저, 두릅을 나 메칠 일을 해줄 것이니, 몸이루 메칠 해 줄 것이니 저 두릅 좀 주시오."

그라닝깨,

　"왜 그라냐고?"

하드랴.

　"울 어머니가 저기 두릅을 귀해 와라구 하는디, 메칠을 메칠을 댕겨서 두 저걸 못 봤는디 여그 와서 폈다구."

해서 그 품삯이루 일을 하구서 그 두릅을 꺾어다 줘서, 참, 멕여서 살렸지. 그걸 먹응깨 살았댜. 오죽이 먹고 싶어서 그것을 동지슫달이 돼서, 효자라 그것이 나왔댜. 효자라. 부모한티 효성이 있어서 그게 나왔다 그라대.

효도하는 바리데기

자료코드 : 08_02_FOT_20090223_HID_YPY_0011
조사장소 : 충청남도 금산군 부리면 어재리 압수마을 경로당
조사일시 : 2009.2.23
조 사 자 : 황인덕, 김기옥, 오세란, 서은경
제 보 자 : 이판임, 여, 76세
구연상황 : 앞에서 효자에 대한 이야기가 나오고 이어서 구연하였다.
줄 거 리 : 딸만 일곱을 낳자, 막내딸을 버렸다. 이후 막내딸은 떠돌아 다니다가 아버지
　　　　　가 아프다는 사실을 알았다. 시형산에 가서 물을 얻어 와서 죽은 아버지를 다
　　　　　시 살려내었다.

그라구 옛날에 지금 여기 칠성별이 칠성이잖어 이게. 칠 개. 일곱 개가 칠성님이라고 하잖어? 그랬는디, 딸을 칠형제를 낳어. 응? 딸을 칠형제를 낳구 보닝깨 인제 하두 많이 나닝깨, 하나를 버렸어. 그 딸을 하나를 버렸어. 버려각구 그게 인제 말하자믄 버리데기여. 버려서.

시한이는(세한에는) 삼베옷을 입히구, 죽으라구. 여름이는 솜옷을 입혀서 양지말이다 내놓고. 그라닝깨 인저 비둘기가 여름이는 그늘을 져놨드라. 그라구 또 시한이는 또 뭣이 또 뜨뜻하게 해 주고 그릏게 해 가지구 살았는디.

아버지가 인자 그르카구 돌아댕겼는디 아버지가 죽을라구 햐. 와 보닝깨. 그래, 아버지가 죽을라구 해서 그 효자가 시형산이루 물을 길러 갔어. 시형산이루 물을 길러 가닝깨, 돈이 읎이 맨 주먹 거머지구 와서 갔어. 가닝깨, 그 인젠 메칠이구 인제 그 물값을 또 일을 혀야 댜. 그 사람이. 일을 해야 돼각구, 일을 해각구 물을 길러 오닝깨, 아버지가 죽어서 행상이 나가능 거야. 그래서,

"이 노자군들아, 노자군들아, 열 두 노자군들, 여기 좀 장꽌(잠깐) 내 말 좀 장꽌 들어보게. 쉬어 달라고."

쉬어 달라고 하닝깨. 인제 행여를 쉬어. 쉬어서 인제 그 죽은 신체를 해각구, 그 물 길어 간 놈이루 이릏게 수저루 세 술을 떠 멕이닝깨, 인제 시형산이가 물을 길어온 놈을 떠 멕이닝깨, 아버지가 살더랴. 그래, 그 칠성이 그래서 칠성님이 나왔댜. 이게. 하늘에 칠성별이라고 하잖아? 그래서 전통 그 칠성이 그릏게서 나왔다고 하더라구, 옛날에. 그래서 인제 딸을 금매 하두 많이 낭깨 버려각구, 버리데기가 효자 노릇 한 거여.

(조사자 : 몇 번째를 버렸대요? 일곱 중에서.)

하나, 막내 하나를 응. 많야 버렸는디. 그릏게 양 버려서, 인저 참 버리데기가 그릏게 양 아버지가 아파서, 인제 시영산이 가 물 길어다가 와 보닝깨는 행상을 내밀고 떼밀고 가는디, 그 물을 멕여 살아나더랴. 참말잉

가 그짓말잉가. 그래서 이 하늘의 칠성별이 그래 칠성별이랴.

(조사자 : 딸이 효자네요.)

응. 그래서 참 칠성별이라 그라더라구. 칠성님네라구. 일곱 칠성이라구
왜 말허잖아? 하늘이 보믄 이케 일곱 개 있대. 그래서 났다대, 일곱 칠성
이. 그렇게 버리데기가 효자, 효자노릇 해각구.

묏자리가 없어 원통골

자료코드 : 08_02_FOT_20090223_HID_YPY_0012
조사장소 : 충청남도 금산군 부리면 어재리 압수마을 경로당
조사일시 : 2009.2.23
제 보 자 : 이판임, 여, 76세
조 사 자 : 황인덕, 김기옥, 오세란, 서은경
구연상황 : 시집살이 노래를 한 마디 하고, 이어서 구연하였다.
줄 거 리 : 옛날에 한 스님이 묏자리를 찾으러 돌아다니다가, 마음에 드는 묏자리가 없자
         이곳을 원통골이라고 이름 붙였다.

그랑깨 옛날에 스님이 여가 골짝이 여간 좋아? 저기 원통굴도 좋아. 스
님이 묏자리 잡을라구 저리 가두 묏자리 만들 데가 없드랴. 어재리 큰 골
짝이 가두. 그래서 거기는 원통굴이라고 지쿠(짓고). 이름을.

게 여그로 와서 묏자리를 잡으닝깨, 야, 하루 항 군데가 있다대? 접사
리꼴 어딩가, 한 군데가 있댜. 묏자리가. 그랬다구 스님이 거기는 여기는
저 묏자리가 한 군데가 있는데, 원통굴은 묏자리가 없어서 원통굴이라고
졌댜.

긍깨, 골, 골이 좋아두 묏자리가, 저 쓸 만한 묏자리가 없더랴. 명당이.
몰라 있었능가. 저기, 저, 거시기, 접사리꼴인가 워딩가 한 군데가 있다고
하드랴.

은혜 갚은 두꺼비

자료코드 : 08_02_FOT_20090210_HID_JSY_0001
조사장소 : 충청남도 금산군 부리면 예미리 승재경로당
조사일시 : 2009.2.10
조 사 자 : 황인덕, 김기옥, 오세란, 서은경
제 보 자 : 장선예, 여, 78세
구연상황 : 다른 사람들이 번갈아 가며 이런저런 이야기를 하였으나, 장선예 화자는 선뜻
　　　　　나서지를 않았다. 평소에는 이야기를 잘 하는지, 다른 사람들이 장선예 화자
　　　　　에게 이야기를 하라고 몇 번을 권하였다. 하지만 자신은 이야기를 잘 하지 못
　　　　　한다고 여러 번 거절하다가, 한참 뒤에 구연을 시작하였다.
줄 거 리 : 가난하게 살던 처녀가 집안으로 들어온 두꺼비를 먹여서 키웠다. 마을에는 1
　　　　　년에 한 번씩 처녀를 돈으로 사서 사당 같은 데에 두고 제물로 바치는 풍속
　　　　　이 있었다. 가난한 집 처녀는 부모를 살리기 위해 자신이 팔려 가기로 하였
　　　　　다. 처녀를 잡아먹으려고 내려오는 구렁이를 두꺼비가 처치해 처녀의 목숨을
　　　　　살려 주었다. 이후 처녀는 잘 살았다.

　하다다 못 살았어. 밥은 만-날 빌어 먹디끼 얻어 먹고 사는디, 큰애기
가 있어. 큰애기가, 예쁜 큰애기가 하나 사는데, 두깨비가 있어, 요오만한
두깨비가 폴짝 폴짝 폴짝 뛰들어오다. 그래서 그 뚜깨빌 부뚜막이다 앉혀
놓구 인제 키왔어. 얼마망큼 인자. 제 밥을 한 숙가락(순가락) 떠 주구 인
자 밥을 가지고 들어가고, 들어가고 이릏게 키왔는데, 뚜꺼비가 마이(많
이) 컸어. 마이 컸는디, 그 동안에.

　(청중 : 봤어? 어?) [웃음]

　그짓말 얘기여. 인제. 그래 그 동네는 일 년, 일 년 되믄 똑 사람 큰애
기가 하나씩 사다가 그, 이런 집을 지어놓고 거따 갖다 여놔. 그라나믄 그
동네가 씨끄러봐서 살들 몬 해. 그랬는디 그 큰애기가 하다 몬 산께나, 저
부모들 살린다꼼서 인자 팔리갔어.

　팔리갔는데, 아침 자고 나몬, 맨날 막 소코리, 깽이 걸응 저, 파묻을라
고 막 가주갔어. 아이, 그날 아침에는, [손님이 와서 잠시 중단]

큰 그, 바위에서 인자 갔는디. 단장을 예쁘게 해각고 의자 위에 가서 가만히 앉아 있응깨, 이 뚜꺼비가 어데를 들어왔는지 뚜꺼비가 들어왔어. 뚜꺼비가 들어와 가지고 천장에서 뭐이 저녁내 그만 내려오도 못하고, 인 자 그 개구, 머시기가 있응개, 뚜깨비가 있응개, 뚝딱 뚝딱 뚝딱 뚝딱 뚝 딱 뚝딱 이라거든?

그래 이 뚜끼비가 똑 그 거게만, 천장만 쳐다보고 있어. 차암 이상하 다-, 이놈으 뚜껍아, 니가 뭐 알아서 그라나 해쌈서, 거하고 있응깨, 난중 에 초저녁이는 뚜끼비 그 구링이가 집채 겉은 구링이가 방만하이 그 처녀 를 잡아 먹을라꼬 내려오거든? 그냥 그, 뚜끼비하고, 뚜끼비하고 그냥 그, 그거하고 막 물구, 구링이 하고 막 물구 씹고 막 싸움을 하고 막 야단이 거든. 그래 인제 뚜끼비가 결국은 이짔어. 이짔는데 봉깨 구링이여. 구링 이가 그냥 집채딩이만한 놈이.

그래 각고 사람을 잡아무싸서 그래가 있드래. 그랬는디 아침에 사람들 이 인제 치와라 간다꼬 소꼬대미(소쿠리) 뭐 꿩이 각고 강깨, 처녀가 살아 앉아 익거든? 이기 우짠 일이냐꼬 하믄서 깜짝 놀래드랴. 그래 그 사람 그 처녀는 그 받어 가지구 그 돈 받어 각고 잘 살드래요.

소금 장수와 부정한 제삿밥

자료코드 : 08_02_FOT_20090210_HID_JSY_0002
조사장소 : 충청남도 금산군 부리면 예미리 승재경로당
조사일시 : 2009.2.10
조 사 자 : 황인덕, 김기옥, 오세란, 서은경
제 보 자 : 장선예, 여, 78세
구연상황 : 한 편의 이야기를 구연하고 난 뒤, 앞의 이야기와 같은 상황에서 연이어 구연
　　　　　하였다.
줄 거 리 : 소금 장수가 잘 곳이 없어서 묘 옆에서 자다가 귀신들이 하는 소리를 듣게

되었다. 귀신이 제삿밥을 얻어먹으러 갔는데 음식에 머리카락이 들어 있는 것을 보았다. 괘씸한 생각에 장손의 눈을 멀게 해놓고 왔다고 하였다. 그러면서 눈을 고칠 수 있는 처방을 말하는 것이었다. 소금 장수는 그 집으로 가서 그 처방대로 하여 아이의 눈을 고쳐주고, 자신도 잘 살게 되었다.

등금 장사루 인자 댕기는데. 등금 장사가 소금 장사를 등금 장사라 켔대요 옛날에는. 그랬는디 그 소금 장사가, 잘 때가 엄써서 비는 뿌질뿌질 오는데. 그 뫼 밑에 뫼, 뫼 방축 밑에, 거 가서 인제 소금을 갖다 받차놓고 자는디, 어, 저 건네서 귀신들이 나서,

"어이!"

"예!"

이랑깨. [웃음]

(조사자 : 예!)

"오늘 저녁에 내하고, 온 날인디 거기 가 보자꼬."

"아이, 나는 우리집이 손님이 와서루 몬 간다꼬. 어른씨나 갔다 오라꼬."

그라거던? 그랑깨 인제 그, 그렇잖았다나 밤 되등가 말았등가 그 손님이지. 뚝방 밑에 장깨. 그래 인제 강깨, 참, 한 줌을, 내려강깨 부잣집에서로 막 제사를 지냈다꼬 야단이거든? 이웃 왔다리 갔다리 야단인디, 또 갔다 오드만은,

"이, 여보게!"

"예!"

이라니깨,

"하이 나, 저 밥두 한나두 안 먹구 왔다구."

"왜 그랬십니꺼? 어른씨."

그랑깨.

"아, 밥이라꾸 해놨는데 구링이를 집어 여서 쌂아 놔서루."

(청중 : 구링이를 삶아 놨다구?)

"구링이를 삶아 놔서, 드러바서 안 묵구 그냥 왔다꼬"

머리끄댕이 들어갔닷 소리를 인제 구링이. 그래,

"아이, 자, 우리 장손 눈에다가, 눈을 그냥 먹었거루 캉캄해 아무 껏도 안 보이구루 막아놓고 왔다."

그라더래요. 큰일 났어. 그이네 집.

"아이 저, 그런지 몰라서 그룷지. 저 담쟁이 넝쿨, ○○○○ 그 담쟁이 넝쿨 있잖아? 그놈을 뜯어다가 쌂아서 세 번을 눈물루 씩그믄은 싹 낫을 긴디, 몰라서 그놈들 인자 눈이 멀어적구마."

그러더래요. 그래서 인자, 이 사람이 다아 들억거든? 그래 내려옹깨는 그냥 벨 의원이 다 오고, 벨 사람이 다 오거든? 와도 눈을 못 낫아. 당신들이 내가 가서 이 눈을 좀 보믄 어떻겄냐고 항깨,

"에, 벨 사람이 다 눈을 못 낙게 하는디, 뭐 등금 장사 니가 뭐루 눈을 낫아!"

항깨내,

"아 등금장사라도 내가 가서 함 번 보끄마."

그랑깨, 그래 가서 그 담쟁이 넝쿨이 좀 뜯어 오라꼬. 뜯어 가서 쌂아서 세 번을 그냥… 낫아, 이, 씩기닝깨 싹 낫아 뻐리거든? 그래 그 후루 낫아 주믄, 살리믄 반분을 해 준다쿠드래요. 그라구 반분을 해각구 잘 살드래요. [웃음]

호랑이도 제 새끼는 예뻐한다

자료코드 : 08_02_FOT_20090210_HID_JSY_0003
조사장소 : 충청남도 금산군 부리면 예미리 승재경로당
조사일시 : 2009.2.10
조 사 자 : 황인덕, 김기옥, 오세란, 서은경
제 보 자 : 장선예, 여, 78세
구연상황 : 앞의 이야기와 같은 상황에서 이어서 구연하였다.

줄 거 리 : 젊은 여자들이 나물을 뜯으러 산에 가서 호랑이 새끼들을 보게 되었다. 여자
　　　　들은 나물 뜯는 바구니도 내려 놓고 호랑이 새끼를 예쁘다고 어루만져 주었
　　　　다. 이를 본 어미 호랑이가 좋아서 하하거리는 소리를 들은 여자들은 범이 위
　　　　협하는 소리로 여겨 정신없이 산을 내려왔다. 다음 날 보니, 어미 호랑이가
　　　　나물이 그대로 담긴 바구니를 집에 제각각 가져다 놓았다.

(조사자 : 젊은 여자들이요?)

나물을 뜯으러 갔는디, 나물을 뜯으러 갔는디. 큰- 바위가 익고, 밑에
막 굴겉에. 그랬는디. 아유 가만히 쳐다보, 이 물이 곁에 있는데 봉깨, 호
랭이덜이 거서 새끼를 낳아 각고 막 논다꼬 야단이더래. [잠시 다른 이야
기로 잡담이 이어지고 난 뒤 다시 이어졌다.]

그래 노믄서 그냥 좋아서, 저거꺼정 그래쌌는데, 이 너물(나물) 뜯으러
가는 사람들이 바구니 놓고, 그 호랭이를 예쁘다고,

"아이구, 저거 어디서 이렁 게 있냐고?"
그람서 입을 맞차고, 좋아서 하두 좋아서리, 이 만치고, 우에서 "허허허
허!" 이라거든?

(청중 : 좋아서.)

응. 이라거든? 그래서 그냥 똥나발[웃으며] 빠지게 바구니 다 집어 내
뻘고, 낫낫이(낱낱이) 다 집어 내뻘고 집으로 왔어. 집으로 옹깨, 아침 자
고 나옹깨, 죄다 바구니를 물어다가 나물 항 개도 안 흘리구 물어다가 삽
짝 삽짝 갖다 났더라고. [웃음] 즈그 새끼 좋아했다꼬.

(청중 : 새끼 그거 저, 좋아한다고.)

노적가리와 금덩어리

자료코드 : 08_02_FOT_20090216_HID_JOC_0001
조사장소 : 충청남도 금산군 부리면 도파리 경로당
조사일시 : 2009.2.16

조 사 자 : 황인덕, 김기옥, 오세란, 서은경
제 보 자 : 조옥춘, 여, 78세
구연상황 : 앞의 이야기와 같은 상황에서 구연하였다.
줄 거 리 : 아들이 탑을 쌓으라는 말을 듣고 열심히 탑을 쌓았다. 천둥이 치는데도 탑 위
꼭대기에 마지막 돌을 올려 놓았다. 이웃 사람이 보니 그것이 금이었다. 이웃
사람은 자신의 노적가리와 탑을 서로 바꾸자고 하고는 노적가리 제일 위의
것을 떼어놓고 주는 것이었다. 아들이 있는 집에서도 제일 위의 것을 떼어 놓
고 주었다. 나중에 보니, 그것이 금이었다.

한, 아들 하나를 뒀는데, 그냥 계속 비가 오나 눈이 오나 마당에다 탑을
싸라고 하더래요, 일도 안 하고. 탑을 쌓으라고 하는디, 그거 얼매나 거식
할 거여? 아들이래두. 그래 냥 고상을 고상을 함서 마당에다 탑을 쌌대요.

탑을 쌌는디 마지막에 인제 탑날망에다가 하나 올리는 거 있잖야? 그
눔을 올릴라고 항께 그냥 쏘내기가 그냥 무슨 뇌성벽력을 하고 어트게 퍼
붓던지, 기여 갖다 올려 노라더랴. 그래서 그걸 캉캄한디 가서 비를 막고
그 거시기를 타구 독작을 큰 놈을 갖다 얹었었는디,

이웃 사람이 큰 노적가리가 있드래요. 있는디, 그 사람들이 보닝깨 날
망이 그게 금이더랴. 금이닝깨루,

"이 탑하고 노적가리하고 바꾸자."

바꾸자 했는디, 노적가리 맨 우 얹은 놈을 뽈꼰 드러내 놓고 밑이 꺼를
다 가져가라고 주더라네요.

(청중 : 아아, 알아들었네배.)

그래서 이 사람이 뭐라, 그래서 이 사람이 나도 대가리 것 떼고 준다고
대가리째 뽈꼰 드러내고루는 밑잇 치를 가져 가라고 줬드래요. 그라고 봉
깨 금이더랴. 그게. 그래서 잘 살더래요. 거짓말 많이 하네. 오늘.

줄라믄 다 주든지 하지 날망치를 드러내구 줬냐고. 노적가리를. 그렁깨
그 사람은 그 놈을 우치를 드러내구, 밑이 걸 줬응깨, 독작만 줬지, 뭐 줬
어? 얘기는 죄다 그짓말 뿐이지. 그짓말 몇 마디 했네.

지렁이로 시어머니 봉양한 며느리

자료코드 : 08_02_FOT_20090216_HID_JOC_0002
조사장소 : 충청남도 금산군 부리면 도파리 경로당
조사일시 : 2009.2.16
조 사 자 : 황인덕, 김기옥, 오세란, 서은경
제 보 자 : 조옥춘, 여, 78세
구연상황 : 다른 화자들의 이야기가 이어지고 난 뒤 갑자기 구연을 시작하였다.
줄 거 리 : 며느리가 눈 먼 시어머니에게 매일 지렁이를 요리해서 먹였다. 그 덕에 시어
　　　　머니는 살이 올랐는데 무슨 고기를 주나 싶어 자리 밑에 하나씩 감추어 두었
　　　　다. 어느 날 딸이 오자 시어머니는 딸에게 그것을 보여 주었다. 딸이 지렁이
　　　　라고 하자 놀란 시어머니는 눈을 번쩍 떴다.

옛날에 봉사 할머니가 하나가 있는디, 메느리가 데리꾸 사는디 날마다, 꺼깽이(지렁이) 얘기를 하니께 얘기가 나와. 날마둥 메느리가 꺼깽이를 해서 시어머니를 해주더래요. 해줘서 그냥 살이 부연허니 쪘더랴.

(청중 : 그 놈 먹어서.)

그 놈 먹어서. 쪘는디, 그 눔을 먹음서 한 마리썩 내 눈이 안 빙깨 자리 밑이다 넣었더래요. 그 눔을. 때마두. 딸이 왔는디,

"야, 나는 뼈, 까시도 없는 고기를 때마덩 해줘서 내가 이릏게 잘 먹고 살이 쪘다."

그람서, 이것 좀 봐라 하고 비니께 꺼깽이더라능 거여.

"아이구, 어머니, 꺼깽이네!"

거기서 깜짝 놀라서 눈을 펀쩍 떴대요. 그래각구는, 이놈을 눈이 안 비니께나 자리 밑이다 하나씩 몰르게 그냥 계속 넣어서 자리 밑이 느면 말를 거 아녀. 그래 각고 딸이 왔는데, 나는 이릏게 때마둥 가시 읎는 고기를 이릏게 해 줘서 내가 잘 먹는다고 허닝깨, 뵈니께 이게 지랭이라고. 그랑깨 깜짝 놀래 각고 눈을 펀쩍 떴댜.

그짓말 두 마디 했네.

(청중 : 옛날 왜 없는 시대에는 고기를, 고기가 없으니까, 인저, 고기 대신에 한참 해 중 것이 그기 소고기니, 그 거시기지.)

(청중 : 그랑깨는 잉, 하고 눈을 펀쩍 뜽깨, 메느리는 눈을 감드랴. 메느리는 눈을 감고.)

(청중 : 미안해서 감았능가 보지.)

효자가 된 불효자

자료코드 : 08_02_FOT_20090216_HID_JOC_0003
조사장소 : 충청남도 금산군 부리면 도파리 경로당
조사일시 : 2009.2.16
조 사 자 : 황인덕, 김기옥, 오세란, 서은경
제 보 자 : 조옥춘, 여, 78세
구연상황 : 조사자들이 찾아온 목적을 이야기하자, 불쑥 이야기를 꺼내었다. 이야기는 노래와 달리 거짓말이 섞일 수 있다는 점을 강조하였다.
줄 거 리 : 옛날에 아래 윗동네에 효자와 불효자가 살았다. 불효자 집의 부모는 늘그막에 낳은 아들이 귀여워서 나갔다가 들어오면 부모를 때리라고 시켰다. 어른이 되어서도 그러하였다. 어느 날 불효자가 효자의 집에 머물게 되었다. 효자가 그의 부모에게 하는 모습을 보고 효자도 집에 돌아와 그대로 해서 효자가 되었다.

옛날에 아래 웃동네 사람이 살더래요. 사는디, 저 수통리 동네는 효자가 살고, 여기는 불효자가 살아. 근디 뭐냐하믄 노인네들이 아들 하나를 낳는디, 응, 아들 하나를 낳는디, 하두 귀여워서 내우간이 어디 나갔다 들어오믄,

"느 어머니 때려라, 느 아버지 때려라."

때리라고 시켰어. 시켰는디 이눔이 장남하드락꺼정 때리능 거여. 장남하드락꺼정 때려서, 저, 이제, 나중이는 이제 커 각구 때리믄 나 대간하잖여?

그른디 저기 효자하구 여기 불효자하구 장사를 갔어. 먼 디루. 장사를

갔는디, 갔다 오다 효자 집이루 먼이 들어가 각구, 효자 집이서 둘이 장사 갔다가 와 각구 불효자가 효자 집을 따라가 각구 인제 하룻밤을 자는디,

밥을 해서 어머니 아버지를 차려 줘놓구 무릎을 꿇고 엎드려 있더랴.

그러잖아. 그라구 여기 불효자가 인자 보니께, 그래 각고, 에, 나도 가서 집이 가서 그렇게 할 거라고 집이 와서, 불효자가 집이로 와 각고 발발 떨구 있는디,

부부간이는 분맹히 나옴서 오믄 또 때릴 건디, 하구서루 떨구 있는디, 밥을 해다 줘 놓구 무릎 꿇구 엎드려 있더랴. 밥 다 먹더락. 분명히 우리를 죽일라구, 그래 안 때리고 저렇게 무릎 꿇구 있다고 밥을 못 먹더래요.

했더니 모냐 하믄 그 효자한티 가서 보고서루 그렇게 하는 거라구 그케 하더래요. 옛날 얘기, 그짓말만 했지?

(청중 : 자슥을 키움선 부모한테 잘 해야 그 자슥도 그 뽄을 보고 하지, 얼름도 없어.)

욕심을 버리고 목숨 건진 형제

자료코드 : 08_02_FOT_20090216_HID_JOC_0004
조사장소 : 충청남도 금산군 부리면 도파리 경로당
조사일시 : 2009.2.16
조 사 자 : 황인덕, 김기옥, 오세란, 서은경
제 보 자 : 조옥춘, 여, 78세
구연상황 : 다른 사람의 노래 한두 마디를 듣고 난 뒤, 이어서 구연하였다.
줄 거 리 : 가난한 형제가 돈을 벌려고 고향을 떠났다. 돈을 짊어지고 고향으로 오는 길에 고개를 넘게 되었다. 돈 욕심 때문에 형제는 서로를 죽이고 싶은 마음이 들었다. 결국 그 돈을 모두 태워버리기로 하였다. 잠시 후 강도를 만났다. 지니고 있는 돈이 없어서 목숨을 건질 수 있었다.

한 사람이 있는디, 못 살아서 형제간이 다 타관이루 돈을 벌러 갔더래

요. 돈을 벌러 갔는디, 한 십오 년쯤 돈을 벌어서 한 짐을 짊어지고 오는
디, 옛날에는 엽전잉깨 한 짐 짊어지고 오지.

한 짐을 짊어지고 오는디, 고향 오는 디가 큰 재가 있드랴. 재가 있어
서루 그 재를 넘어오야 하는디, 성이 짊어지고 오면, 동생이 뒤 옴선, 저
걸 찔러 죽이구 싶구, 그 돈 차지할라구. 또 인저 동상이 지고 오면 성이
죽이구 싶구. 그렇더래요.

그래서루 날망에 와서 그 놈을 그냥 바싹 태우구서루 몇 십 년 벌응 것
을 바싹 태우구서루 빈 몸땡이루 나스닝깨 강도가 달라들더랴, 강도가.
그래서루 그 돈을 태워서 형제간이 무사히 살았대요.

(청중 : 돈 있었으면 죽일 뻔했네.)

돈 있으믄 죽었지. 그래 형제간이 서로 죽이고 싶어 각구, 그냥 산날망
이 잿날망이 와 가지구서는 그냥, 그 눔을 바싹 태우구서루 나싱깨 강도
가 달라들더라잖야? 없응깨 살았지. 돈이 없응깨. 옛날에 그랬대요.

오래 기른 개

자료코드 : 08_02_MPN_20090223_HID_KBS_0001
조사장소 : 충청남도 금산군 부리면 어재리 느재마을 경로당
조사일시 : 2009.2.23
조 사 자 : 황인덕, 김기옥, 오세란, 서은경
제 보 자 : 김분심, 여, 69세
구연상황 : 앞의 이야기와 같은 상황에서 구연하였다.
줄 거 리 : 짐승을 너무 오래 기르면 안 된다. 이웃집에 물건을 빌러 갔더니 개가 송아지
를 지키고 있었다. 달려들까 무서워서 '물건을 빌러 왔다'고 말하고 일을 보
니 덤벼들지 않고 가만히 있었다.

오래 멕이면은 못 쓰댜, 닭두. 닭두 둔갑하구, 개두 둔갑을 하구.

(청중 : 둔갑은 안 하는디, 아퍼서 죽더라구.)

성관네 개, 응 성관네 개는 너무 오래 멕이는디, 사람 똑 같아. 사람하
구. 아주 말구래미 바라보고, 아주 양 귀신 같아. 영락없이 귀신 같아. 송
아치 누가 해코지하면 안 된다고 여그서 송아치 꼭 지키고 있으라믄 꼭
있어. 안 와, 죽었다 깨나도. 이르카고, 인제 하우스서,

"누가 뭐 훔쳐강게 여기서 꼭 지키고 있어."

그라믄 그 자리에 꼭 있어. 그믄 내가 돌캐를 각구루 가는디 맬그래미 바
라보고 있어.

"저, 나, 뭐 안 훔치러 왔어. 돌캐 갖다 쓰고 갖다 노깨. 나 물지마."

그래두 가만히 있더라구.

(청중 : 허, 우짠 일이여.)

그케,

(청중 : 순관네 집이서 잉.)

응. 그 개 읎는 줄 알고 돌캐를 각구루 가서 돌캐가 없, 돌캐를, 뚜들랑
개 없어서 각구루 강게, 저기 있더라고. 돌캐가. 들어가다 봉깨 개가 바러
보구 앉았어. 이케 말끄러미. 물깨미 냥 가슴 덩어리여. 가 인제 나 뭐 아
는 척허구,

"돌캐 각구루 왔어. 물지마 잉."
그라니께, 허허, 가만 있더라구.

그래 내 그 개 무서운 줄 알어.

(청중 : 그 개두 그냥 진짜 때리 죽일려다 말았어.)

참 사람 영락없어. 아주 귀신 겉애 그냥. 그렇게 내가 했어. 개도 너무
오래 멕이면 못 써. 큰일 나. 둔갑하능 거여. 그래 성관네한테 그랬능가,
누구한테 그랬는디, 개가 없드라고 요새 팔았능가.

(청중 : 요새가 아녀. 훨씬 됐지.)

족제비 업이 죽어 망한 집안

자료코드 : 08_02_MPN_20090223_HID_KSJ_0001
조사장소 : 충청남도 금산군 부리면 어재리 압수마을 경로당
조사일시 : 2009.2.23
조 사 자 : 황인덕, 김기옥, 오세란, 서은경
제 보 자 : 김수자, 여, 43세
구연상황 : 지킴이에도 종류가 많다는 청중들의 이야기가 있고 난 후, 족제비 업에 대한
　　　　　이야기가 이어졌다.
줄 거 리 : 잘 살았던 한 집안의 아내가 많이 아파서 고생을 하였다. 어느 날 그 집에서
　　　　　족제비가 나오더니 부엌 앞에서 그냥 죽어버렸다. 이후 아내가 죽자 남편도
　　　　　이사를 갔고, 집안이 거의 망해 버렸다. 그 동안 아내의 복으로 살았다.

(청중 : 가막골 아줌마네도 그랬다잖아요?)

(청중 : 가막골 아줌네도 그랬다지.)

양씨네 집안이었었는데, 우리 집안 아저씬디, 그 아주머니 복이루 먹고 살았어, 말하자면. 그린디 아주머니가 많이 아퍼서 고생을 하셨어, 여름 내.

그렀는디, 한 날은 쪽지비, 쪽지비 아세요? 응, 쪽지비가 나오더니만 그냥 그 부엌 앞에서 동글동글동글동글 둥굴더니 그냥 죽어버리더라. 그래서 인자 갖다 인자, 죽었응게 버리야지. 버리는디 스스로, 스스로 인자 그 아줌니는 돌아가시고, 고상하시다가,

돌아가시다가 그것두 아저씨는 인자 또 저 금산이루 나가 각구서는 인자 그 이사가서 각구, 그 아저씨는 또 인자 그 아저씨두 돌아가시구 그르카구서는. 뭐, 그 집두 뭐 그냥 그릏게 해 각구 그냥 망하다시피 했지 뭐.

부잣집 뭐 일꾼들 뭐 두고 사석거든. 옛날에는 일꾼이 있잖아? 응 그랬는디, 그릏게 각구 그냥 그래서 그냥 살림이 쪽 빠져 각구, 그래 인자 말하자믄 집두 팔구 나가 각구, 뭐 자식, 자제, 자제들도 그릏게 크게 된 집 없어.

그릏게 나가 각구. 그래 그 아주머니 복이루 먹고 살았다는 거야. 그 아주머니 죽구 낭깨 살림이 파산이 되능 거야. 그릏게 되더라고요.

이장 잘못해서 화를 입은 후손

자료코드 : 08_02_MPN_20090223_HID_KSJ_0002
조사장소 : 충청남도 금산군 부리면 어재리 압수마을 경로당
조사일시 : 2009.2.23
조 사 자 : 황인덕, 김기옥, 오세란, 서은경
제 보 자 : 김수자, 여, 43세
구연상황 : 앞에서 해골 이야기가 나오고, 같은 상황에서 이어서 구연하였다
줄 거 리 : 아는 사람과 같이 여인숙을 하고 있을 때 팔 하나가 없는 사람이 찾아왔다. 유심히 쳐다보고 있으니, 그 여자가 떡가래를 자루에 넣으면서 말하였다. 자

신의 친정에서 할아버지 묘를 이장할 때 한쪽 팔을 남겨 놓고 옮겼는데, 그 즈음 자신이 태어났다. 어디 가서 물어보니, 이장을 잘못해서 자신이 그러하다고 하였다. 이장은 잘해야 한다.

그 여인숙할 때, 어떤 때는 이 양반이 술을 이망큼 먹고 찾아와 가지구, 뭐라구 뭐라구 항게로, 아 그래, 그, 이 냥반 보내고 낭깨 요만치, [자신의 팔을 가리키며] 없는 사람이 떡을 하러 왔드라구. 그래 내가 인제 그이를 자시 자시 이렇게 바라보고

(청중 : 금산서?)

금산서. 그전이 연식이네 아줌마하고 여인숙할 때. 바라봉깨 떡, 떡을, 가래떡을 뺐는데, 가래떡을 늘라고, 저 아줌마가 어떻게 해 넣는가 하고 바라봉깨, 그이가 그랴.

"아주머니!, 아니, 새댁, 이상해요?"
그랴. 날 보고 그라걸래,
"아니요."
그라니께 나보고 웃지 말랴. 그이가 그라는데, 비료 푸대를 떡 담으믄서 벌리더니 착 담는디 기차게 담어. 떡가래를 담는디. 그라믄선 나가 얘기를 해준다구 그랴. 나 저기 저, 우리 친정 어머, 아버지가 우리 할아버지 묘를 밀례(면례)를 했디야. 그이가 얘기를 햐. 밀례를 했는데, 이거를, [자신의 팔을 가리키며]

이걸 안 찾어 담아줬다네 요거, 요만치를. 요고 요만치를 안 찾아다가 밀례를 했대요. 그랬는디 자기가 인자 고때 태어났댜. 태어났는데 이게 없더라능 거여. 날 때부터.

(청중 : 날 때부터?)

잉. 요만치가 없더라능 거여. 그래 인저 뭐 낳았으니 키워야 할 거 아녀. 커서 인자 키우는데 워디 가 물으니까, 할아버지가 나타나 각구,

"왜 내 팔을 안 묻, 안 찾아다 묻었냐. 요거를. 그래 요걸 안 찾아다 묻

어서 내 니 딸을 병신을 만들었다.”

이렇게 애기를 하더라능 거여. 그래, 밀리를 할 때 요걸 안 찾아다 묻어서, 저기, 요고 요만치를, 요만치가 옳어. 고 아줌니가.

그래서 그래 밀리를 할라면은 좌, 위를 잘 찾아서 이걸 이케 그 밀례를 하야지, 요고 안 찾아다 묻응께, 묻어서, 그러니까 어머니 아버지 계시면은 역력히 가려서 이게 다 밀례를 해야 된다구. 그 새댁두 그 알아둘 소리라구 하믄서 나더러 애기를 해 주더라구, 또 그 아줌마가.

(청중 : 파 가는 데는 그릏디야.)

(청중 : 잉 유골 잘 찾아야 된디야.)

게 요만치 그거 못 갖다 묻어 각고 그 할아버지가 너두 내 팔을 안 찾아다 묻었응깨, 느 자식두 요것이 없어봐라. 요만치가 없능 거여. 몰랑몰랑하고 뺑이걸이 생겼어. 여가.

(조사자 : 아예 태어날 때부터 그렇더라는 거죠?)

잉, 태어날 때부터 그런 걸 나, 그렇게 낳디야. 자기가. 게, 그거 밀리하는 것두 조심해서 잘 하야 되는갑드라구.

두꺼비 업으로 태어난 아이

자료코드 : 08_02_MPN_20090223_HID_KSJ_0003
조사장소 : 충청남도 금산군 부리면 어재리 압수마을 경로당
조사일시 : 2009.2.23
조 사 자 : 황인덕, 김기옥, 오세란, 서은경
제 보 자 : 김수자, 여, 43세
구연상황 : 앞의 이야기와 같은 상황에서, 다른 제보자의 구연에 이어서 구연하였다.
줄 거 리 : 도파리에서 시집간 여자가 딸만 계속 낳았다. 하루는 두꺼비가 나타났다. 매일
　　　　　두꺼비에게 밥을 챙겨 주었다. 그 즈음 여자는 임신을 해서 아이를 낳았다. 아
　　　　　들이었다. 얼마 후 두꺼비가 나타나지 않아 찾아보니, 변소에 빠져 죽어 있었

다. 삼일 뒤 아이도 심하게 앓더니, 죽어버렸다. 두꺼비는 아이의 업이었다.

그렇게 살았는디, 저기 그 사람이 도패에서 시집을 갔거든. 그랬는데 그 저, 뭣이여, 거시기네 엄마랑 동세찌리. 성호네 딸이 그리 시집갔잖아? 기물리루. 그랬는디 이 사람이 저기 딸을, 딸만 계속 낭 거야. 느잉가 다섯 났지?

그랬는디, 한 번은 두꺼비가, 그 옛날에는 꺼먹솥을 걸어 놓고 밥을 해 먹었잖아요. 그러믄은 아침이면 꼭 두꺼비가 부뚜막이로 올라오더랴. 그래서 인제 두꺼비를 밥풀이다, 그전이 밥 푸믄 많이 흘려. 옛날이. 그러믄고 밥풀을 흘리믄은 줏어 먹고, 밥 먹고 방에, 밥 먹고 나오믄은 두꺼비가 없더라능 거여.

그라다 보니까 인자 두꺼비가 크니께 흘린 밥을 못 먹으니까 아침마당 나오드래, 이 두꺼비가. 그래서 인자 나중이는 밥을 한 숙갈씩 떠서 인자 거다 났댜. 두꺼비 나오는 장소에다. 그라믄은, 한 숙깔 떠서 놓고 밥 먹고 나오믄 두꺼비가 먹고 없고.

그라다 인자 애기가, 그 사람이 임신을 했댜. 임신을 했는디 그라다 봉께 두꺼비가 이렇게 크더랴. 그래서 이르다 봉께 막 밥도 많이 줬댜. 두꺼비가 크니까 많이 줘야지. 그래 각구서는 인자 낭 게 아들이드라능 거야.

그래서 인자 이 밥을 줬는디, 한 날은 두꺼비가 안 나오더랴. 이건 실제 이야기인데. 인제 그 사람이 얘기를 하더라고. 나한테. 그래서 두꺼비가 안 나와 가지구,

'이눔의 두꺼비가 워째 안 나오나, 밥을, 밥할 때 되면 나오는데 이놈의 두꺼비가 안 나와서 이상하다.'

그래서 두꺼비 밥을 떠 놓고 밥을 먹고 나와도 두꺼비가 밥을 안 먹고 없더라능 거여. 그래.

'이상하다. 두꺼비가 어째 이릏게 오늘은 안 나왔나'

보니까 두꺼비가 그 변소에 빠져서 죽었더랴. 두꺼비가. 그래더니 애기가 삼일 뒹깨 죽게 앓더랴. 애기가, 아들이. 그래 각구서 으째 이릏게 아나구 안꾸 가서 병원이를 데꾸가각구서는 거시기하니까, 애기가 시원치 않다고 그르더랴. 그릉깨 그릏게서 삼일만이 기냥 애기를 잃구 말았댜. 그래 가가 말하자믄 두꺼비가 살았으야 그 애기가 사는디, 두꺼비가 죽억기 땜에 애기가 죽었다능 거여. 긍개 두꺼비 그 업이루 태어낭 거지.

집안으로 들어온 꿩

자료코드 : 08_02_MPN_20090223_HID_KSJ_0004
조사장소 : 충청남도 금산군 부리면 어재리 압수마을 경로당
조사일시 : 2009.2.23
조 사 자 : 황인덕, 김기옥, 오세란, 서은경
제 보 자 : 김수자, 여, 43세
구연상황 : 동물에 대한 이야기가 이어지고, 앞의 이야기와 같은 상황에서 구연하였다.
줄 거 리 : 옛날에는 매에다 방울을 달아 꿩 사냥을 하였다. 매에게 쫓기던 꿩이 큰집 방
           안으로 날아 들어왔다. 쫓아온 매도 마루로 날아들어 날아가지를 않았다. 매
           주인이 나타나서 꿩을 내놓으라고 했으나 꿩을 숨겨 놓고 끝내 주지 않았다.
           집에 들어온 짐승은 잡지 않는다고 한다.

옛날에 실제 내가 본 일인데, 여그 큰집이 여기 있었잖아.

(청중 : 매 사냥.)

매 사냥 그렁깨. 긍깨 매 사냥이 꿩이거든. 그린디 지금은 나무가 이릏게 컸지, 그전이는 산 들마다 꿩 저기하믄은 매가 쫓아가서 잡았다잖아. 그랬는디, 나 쪼깐해선데, 그전에 매에다가 방울을 달아. 쪼깐한 딸랑이 방울을 달믄 그라믄 인제, 그 매가 꿩을 보믄은 그놈을 막 인제 떨렁거리고 쫓아가믄 질려각구 꿩이 못 도망간댜. 겁이 질려 각구.

(청중 : 아, 소리 때문에요.)

잉. 그래 각구서는 인자 꿩 사냥을 그 조기 앞산에 여기서 하는데, 꿩이 급하닝깨 큰집 방이루 들어옹 거야. 큰집 움방이로. 현철네 움방이루. 그랬는디 매가 마리 와서 안 가. 마리 와서 안, 안 나가. 벌, 저 주인이 쭈-쭈-, 그 이 주- 주- 이케 불르거든. 응. 주- 주- 불르믄 나가거든. 그란디 꿩이 그리 들어갔다는 걸로 꿩이 안 나가는 거야. 참, 매가 앙 가는 거야. 그라니께 그 매 주인이,

"꿩 내놔라, 응? 꿩 내놔라."

인자 그러니, 그 큰집, 큰 어매가 꿩을 인자 옷 속이다 감춰 놓고, 방, 급항깨 막 방이루 들어와, 꿩이. 감춰 놓고서는, 이 애가 놀래서 꿩 소리도 안 햐. 그 놈한티 쬑겨 각구 지가 죽게가 되니께, 꿩두 소리를 안 햐. 농이다 어따 감췄어. 그래 놓구선 꿩이 안 들어왔다고 하니깨, 애가 이리 들어와서 여기 안 나온다는 거여. 마리 앉아서 안 가. 그래 각구 결국은 인자 꿩을 안 주구 싸우는 소리 나서 기냥 매를 데꾸 가버렸어. 그래서 나중이 날려 보냈지. 꿩을.

(청중 : 그래 날려 보내야 되야.)

잉. 날려 보냈어, 꿩을. 그래 인제 집 안이 들어오는 꿩은 짐승이나 꿩이나는 안 잡아먹는 거라고 해서, 간 뒤 날려 보냈지. 응, 안 먹고. 그건 내가 실제 봥 거여, 응, 실제 봤어.

세 마리의 지킴이 뱀

자료코드 : 08_02_MPN_20090223_HID_PSE_0001
조사장소 : 충청남도 금산군 부리면 어재리 느재마을 경로당
조사일시 : 2009.2.23
조 사 자 : 황인덕, 김기옥, 오세란, 서은경
제 보 자 : 박순이, 여, 70세

구연상황 : 지킴이에 대한 청중들의 다양한 이야기가 이어지자, 또 다른 화자가 박순이
　　　　　　화자의 경험담을 청하였다. 아래의 내용은 이미 동네에서는 거의 다 아는 이
　　　　　　야기인 듯하다.
줄 거 리 : 시집을 오니 시아버지가 집에 구렁이가 세 마리 있으니 항상 밥을 해서 올리
　　　　　라고 하였다. 시아버지가 죽기 전 분가를 했는데, 각 형제들의 집으로 구렁이
　　　　　가 갔으니 잘 위하라고 하였다. 이후 어른들이 시키는 대로 하였다. 그 구렁
　　　　　이를 직접 보기도 하였다.

시집옹깨 그래요. 근디 그전부텀 우리 아버지 그라는디, 그전부텀 거기
구렁이가 세 마리 있다. 두지에. 세 마리 있다 그라믄서, 그라심서, 저 도
신할 때, 도신할 때, 거기 밥 시 그럭 한 상 해다 놔. 그라구 우리 아버지
가 일을 열심히 하고 두지다 나락 퍼뜩 퍼붓어. 그랬는디, 인제 우리 옹깨
그런 얘기 하더라고요.

인제 나 새 사람이라고 인제 알구 거기다 밥 떠다 놓으라고 그라니께,
그래 사뭇 떠다 놓고, 연년이 농사 지믄 떠다 놓고, 아버지가 이롱수하고
그케 했는디, 인제 아버님두 돌아가시고,

(청중 : 어머님두 돌아가시구.)

어머님두 돌아가시구, 또 동세도 돌아가고, 시숙도 돌아가시고. 인저 우
리는 그 먼예, 그 으른들 살아계실 때 우는 이 악담으루 제금을 내놓고.
예, 그라믄선 아버지가,

"이제 느 집이두 한 마리 간다."

저 우도 한 마리 갔다는 겨. 영근이 집이도. 아버지가 그르카셔.

(청중 : 가능 거 봤댜?)

봤디야. 있다고 그라믄서 그걸랑 당체 무시하지 말구, 그케 하라고, 그
케 시키더라구요.

(청중 : 두꺼비는?)

두께비는 안 봤어. 그것만 봤지.

(청중 : 근디 집집마다 두꺼비 있어.)

두께비는 나는 안 봤어.

(청중 : 아, 두께비 집집마다 다 있당게. 여름이서 저 자다가 마당에 나와 봐.)

깨깟이 음식 한 대로여. 도신 해 먹응깨.

(청중 : 가을 일 하믄 떡 해서 이웃집이 노나 먹고 그러잖아요, 시월달이.)

(조사자 : 그럴 때는 인제 분가하시고 난 뒤에도 이렇게 올리고 하셨어요?)

나 분가하구서두 자꾸 떠노래요, 우리 아버님이. 그래 으런이 시킹깨 하야지. 했었어요. 두재 있는 디다.

(조사자 : 그러면요, 분가하시구서, 분가하신 뒤에 그 지킴이를 보셨어요, 혹시?)

예, 봤어요.

(조사자 : 아, 그래요?)

말도 못하게 커요. 이만햐. 이만햐. 아버님이 장금 그라드라구요. 너두 나가걸랑 밥 떠놓고 저 저 우, 저 우는 갔다능 거여. 인제 작은 아들네 집이. 난 시채 아들잉깨 인제 막내, 막낸디. 그케, 그케 시키드래요. 으른이 그케 시켜요. 그랑깨 안 할 수가 없잖아? 그라구 지금은 안 해요.

(조사자 : 그러니까 세 마리 중에 한 마리가 온 걸로 인제 보시는 거네요?)

그랬지요.

(조사자 : 그럼 작은댁에도 간 거구요.)

우리 아버님이 그랴.

(청중 : 큰 집이 익구, 여기 삼 형제, 사 형제가 살어.)

뱀과 개구리를 달아놓고 간 도깨비

자료코드 : 08_02_MPN_20090216_HID_PSJ_0001
조사장소 : 충청남도 금산군 부리면 도파리 경로당
조사일시 : 2009.2.16
조 사 자 : 황인덕, 김기옥, 오세란, 서은경
제 보 자 : 박순자, 여, 65세
구연상황 : 여러 사람이 짧은 노래 몇 마디를 부르고 난 뒤에 나온 것으로, 도파리 경로
　　　　　당에서는 제일 마지막으로 들은 이야기이다.
줄 거 리 : 오촌 아저씨가 밤늦도록 논에 물을 대고 돌아오는 길이었다. 도깨비가 "이 고
　　　　　기 가져가라, 이 고기 가져가라."며 따라왔다. 무서워서 그대로 집으로 돌아
　　　　　왔다. 아침에 나와 보니 도깨비가 뱀하고 개구리를 문에 달아 놓았다.

　오춘 아저씨가, 나 골짝이 농사를 짓는디, 인제는 가물으니까 또랑물잉
께 서로가 다 댈라 하잖에? 그래 이케 물을 대러 갔는디, 인저 밤 늦게까
지 물을 대고 온댜.

　그란디 옛날 도깨비가 많았었다더라고. 도깨비가 따라오먼서라,

　"이 고기 가져가라, 이 고기 가져가라."

　자꾸 따라오더래, 들구. 그래 하두 무서워서 도망와 가지구, 집이 와 막
사립문을 걸고 드가 자고, 식전이 나와 봉께, 비암하고 개구리하고 달아
매났더랴. 그렇게, 진짜 그런 저기가 있더라고 얘길 하더라고. 모르지 뭐.
어른들이 얘기한 말이지.

구렁이 죽이고 생긴 우환

자료코드 : 08_02_MPN_20090223_HID_LYR_0001
조사장소 : 충청남도 금산군 부리면 어재리 느재마을 경로당
조사일시 : 2009.2.23
조 사 자 : 황인덕, 김기옥, 오세란, 서은경
제 보 자 : 이영례, 여, 74세

구연상황 : 업에 대한 다양한 이야기가 오가고 난 뒤 자신이 직접 겪은 일이라고 하면서
　　　　　 꺼냈다. 구렁이를 죽이면 안 좋은 일이 분명히 생긴다는 확신을 가지고 구연
　　　　　 하였다.
줄 거 리 : 토끼집에 구렁이가 들어와 토끼 새끼를 건드리는 것을 보고, 구렁이를 잡아
　　　　　 죽였다. 그 일이 있고 난 뒤 그해 안 좋은 일이 생겨 집안이 거의 망할 지경
　　　　　 에 이르렀다. 그래도 남편이 죽는 상황보다는 낫다고 생각하고 위기를 넘겨서
　　　　　 지금까지 살고 있다.

내가 한 번 그랬어. 토깽이 새끼를 이케 쪽 멕이는디, 비암이 들어와서
토끼집이 들어가서 인제 새끼를 자꾸 건들걸래, 내가 막 작대기로 끄셔
냈지. 끄셔 내서 죽였단 말이여, 그 비암을. 죽여서 저기 그때 장마가 져
서 저기다 갖다 내비렸어. 그랬더니 그 해 그냥 집이 그냥 홀딱 뒤집혀.
우리 집이. 그때 금산이루 이사갈 때, 우리 이사갈 때, 그 무렵에 그랬는
데 홀딱 뒤집어져서 논이구 뭐구 다 팔구 막 그랬잖아? 그래 내가 인제
그릏게 잊어버리구, 그릏게 생각하구 내 그랬어.

그리두 신랑 죽응 거 보다 낫응깨, 망하는 건 돈 벌면 또 이릏게 살 테
닝깨, 그릏게 생각하고 참 살아본 적이 있네요. 이 얘기 여기서 또 첨 하
네. 그게 인제 지큼이 나왔던 개빈디, 좋게 보낼 걸. 막 때리 각구 냥,

　(청자 : 아 또 무섭잖아?)

그라니께 때려 각구 여기 또랑, 또랑이다 갖다 내비렸더니 그릏게 집이
안 좋더라구. 그때 그냥 홀딱 망했어, 우리가 아무 것도 없이.

　(청중 : 안 좋을라 그라믄 그렁 게 나와.)

그래 각구 냥, 비암을 안 죽였으믄 괜찮을랑가 모르는디, 죽여서 그링
가. 그래 각구 냥 아무것도 없고 냥, 돈두 없구 아무 것도 없어서, 우리
밭이다가 흙 벽돌을 박어 가지구, 흙 벽돌, 박아 가지고 그냥, 방 한 칸
져 각고는 아들하고 살다가, 그냥 살야 된다, 살야 된다, 그런 맘을 먹고
살으니께 이릏게 살았네요. 오늘날까지.

시집살이

자료코드 : 08_02_MPN_20090223_HID_YPY_0001
조사장소 : 충청남도 금산군 부리면 어재리 압수마을 경로당
조사일시 : 2009.2.23
조 사 자 : 황인덕, 김기옥, 오세란, 서은경
제 보 자 : 이판임, 여, 76세
구연상황 : 경로당 안으로 들어서니, 3~4명이 앉아 텔레비전을 보고 있었다. 조사자들이
　　　　　온 목적을 말하자, 옛날 이야기라는 말에 자연스럽게 시집살이에 대한 이야기
　　　　　가 먼저 나왔다. 남들은 시집살이를 심하게 하였다고 하지만, 자신은 그렇지
　　　　　않았다고 하면서 아래의 이야기를 들려주었다. 이야기를 하는 중, 제보자는
　　　　　다른 사람에게 텔레비전을 끄라고 말하면서, 조금씩 이야기판에 몰두하는 자
　　　　　세를 보였다.
줄 거 리 : 오빠가 사주를 보내는 바람에 식구 많은 집으로 시집을 왔으나, 시부모들이
　　　　　잘 대해 주어서, 시집살이를 힘들게 하지는 않았다. 당시 시누이와 시동생들
　　　　　과 잘 지내었더니, 지금도 서로 왕래하며 잘 지낸다.

　사주가 왔다리 갔다리 했는디, 이제 고모가 이 동네에 살았거덩? 고모
네가 중신을 했어. 그래서 시집을 안 올라구 고모네 집으로 오닝깨, 사주
가 여 목고리짝이 올라 앉았댜. 사주, 옛날에 사주 있잖여. 목고리짝이 있
다고 그 소리 득끼드라구.

　그래서 그냥 가버렸어. 그냥 갔어. 여거까지 쫓아왔다가 안 갈라고 쫓
아왔다가 갔는디. 인저 막 오라버니가 그냥 사주를 여기다 갖다가, 저, 저,
강 건너 물루 막 건너와서 갖다 주고 막 인제 그랬는디. 오라버니는 그
때 군인 가고. 그랬는데 곰곰이 생각을 하니께, 내 마음 생각을 하니께 혼
자 커서 식구 많은 데가 좋더라고. 그래서 그냥 식구 많은 데다 그냥 내
가 얼마나 거시기하면 사주가 왔다 갔다 하겄나 싶어서 그냥 허락을 하고
서 옹 거야.

　그랬는디 살음선 으런들 말씀이 다 그렇게 착하드라구. 왜냐하므는 너
뭐 나쁜 일 거시기해두 그런 얘기가 하나두 없구. 그걸 다 죽는 날까지

숭겨. 해오는 기, 그렇게 착햐.

그래서 나 사는 것은 참 옛날이래도 시집살이라고는, 오닝깨, 할머니 계시지 노한 할머니 계시지. 시아버지 병든 시아버지 계시지, 시어머니 있지 팔 남매여, 팔 남매. 우리 집이. 시누덜이 다섯, 저기 하나는 시집가고 닛이나 되고. 시아주바이 익고 모두 그냥 곰방 곰방 곰방 곰방. 우리 나, 저기 우리 집 양반이 인자 아들로는 인자 팔 남매서 첫째고, 누나 하나 시집가고 그랬는디.

곰방 곰방 곰방 곰방 하는디, 인제 명일 때가 돌아오면은 시누들을 그때는 단발이라고 했잖여. 이 단발이라고. 단발이라고 한 것을 내가 다아 인자 이발을 시켜. 인저 저 끝이 시누는 다섯, 저 다섯 살 먹고, 고 댐이 는 여덟 살 먹고, 그 후는 열시 살 먹고. 또 고 우 시아주버이는 열다섯 살 먹고 또 고 우 시누는 열여덟 살 먹고 나는 스무 살 먹고 그랬어. 우리 집 양반도 스무 살 동갑네고. 그렇게 해서 네려왔어요.

그려두 이케 이발을 다 시키고 이렇게 해서 명일 때는 인저 옷도 읎잖아? 내가 옷을 많이 해 와서, 그눔을 짤라서 그냥 시어머니, 저 시누들 다 해 입혔어. 옷을. 그케 고만고만한 사람을, 시어머니도 같이 입구.

그래 각구서는 지금꺼정 시누들이 나한테 그릏게 잘 햐. 금산 사는디. 부모걸이 햐. 나헌티다 용돈도 주구. 그저 그냥 친정이 와두 어머니 불르고 오능 게 아니라 나 부르고 들어와. 우리 집에 올 때 어머니 살았을 때도. 언니부터 불르지 어머니부터 안 불러.

그렇게 시누들이 착하드라구. 그래 가만히 생각을 하믄 내가 저한티 함부로 했으믄은 대우를 못 받는디. 내가 느끼는 것이, 아 그리두 내가 그리두 아무케 해도 저한테 잘했응깨 이케 시누들이 대우를 준다 싶어서 참 그케 잘 햐, 지금꺼정. 시누들이 아이 곰방 곰방하니 뭐 그냥 코다재 눈다재 그랬었지 뭐.

하나는 또 와서 시아주매 하나 낳고 막내, 나 시집와서 저 시집오는 해

났어. 저 시월달에 시집 왔는디, 슫달에 셔머니가 막냉이 낳더라고. 그래서 그 시아주바이도 지금 지금 오십 일곱인디 잘 햐, 잘 햐. 우리 아들은 지금 오십, 저 다섯이고. 우리 맏아들은 그리두 숙질 간이 살음선두 하나 싸움을 안 햐. 왜 안 하냐믄 하나가 이해를 하니께 싸움을 안 하드라고. 우리 아덜이 이해를 많이 하더라고. 옷 걸응 것두 있으믄은,

"삼춘 입어."

그때는 옷두 귀하잖여?

"삼춘 입어, 삼춘 입어 하구."

옷두 삼춘은 맞춰 입어도 삼춘 맞춰서 입다가 망가지머넌 우리 아들 입고. 그라닝깨 싸움을 이날 평생에 안 하고 살았어. 그래 시장에 가믄 뭐 살 게 있어? 그땐 사과 같응 거 있지, 사과를 사두 두 개 사서나, 시아주버이 하나 주고, 우리 아들 하나 주고. 떡 두 개쓱 사믄은 둘이 하나씩 갖다 멕이고. 그렇게 해서도 싸워본 적은 없어요. 우리, 참, 시엄, 참, 시엄, 내 말이 아니라, 내 자랑이 아니라, 시어머니하고 이렇게 같이 살았어도 싸움이라고는 한 번 안 하고 죽는 날까지 입다툼 안 하구 돌아가셨어.

(조사자 : 어르신이 잘 하셨나 봐요?)

[고개를 좌우로 흔들며]

아유, 내가 잘해, 으른들이 착하니께 다 되는 거여. 으른들이 착하니께. 내가 안 그랴, 시집을 왔어, 그렇게 시집을 왔어도, 너, 저 거시기 하면 저 맏아들한테 왔다고, 그 소리 하나 하는 사람이 항 개도 없더라니께. 그 많은 사람 중에서 하나도 읎어. 세상에 그래, 으른덜이 착해서 살은 거야. 그라구 시집살이라능 것은 으른 시키는 대로만 하믄 시집살이 할 게 없어.

밥 하라믄 밥 하구, 죽 끓이라믄 죽 끓이구. 시키는 대로만 하면 시집살이 할 필요가 없능 거여. 어기니께 거기서 시집살이가 되능 거지. 빨래 하라믄 빨래 하구, 시키라는 시키는 대로만 하면 시집살이 할 게 없어요.

지금으로 말해서는.

(조사자 : 아 근데 빨래도 너무 많이 시키면 힘드시잖아요.)

빨래도 시누들 있으니깨 같이 하고 그랬지. 그전에는 또 그냥 푸세하고 빨아서 바느질하고 죄다 꼬매 입힐 때잖야? 그두 빨래하능 건,

(청중 : 지금 사람은 그렇게 하면 살겠어요?)

에, 그두 빨래하는 것은 수월한디.

(청중 : 살것냐고…)

또랑이서 빨래하능 것은 수월한디, 풀하능 게 더 대간햐. 그 눔을 해갖고 죄다 기양 두드려야 되고. 기양 방맹이질 해야 되고, 이케 해야 되고.

[양손으로 방망이질 하는 시늉을 하면서]

그 눔을 기양 다 해다 놓으믄은, 줄이 떨어지면 왜 이케 속상햐!

[속상한 듯 인상을 찌푸리며]

줄이 똑 떨어지면 빨래가 다 버려.

(조사자 : 그렇죠.)

에, 그러면 그 눔 다시 가서, 가서 또 다시 헹궈다가 널어야 돼야. 혼자만 하는 게 아니지, 시누도 하고 인자, 마치 같이 하지. 밥도 어울려서 하구 그래. 시상에 시집와서 밥할 줄을 몰라 각구. 외동이루 커각고 밥할 줄을 몰라 각구. 보리쌀 어떤 쌀이면 시누가 익고 시어메가 있어도 믿들 못해 각구, 그 책임이 돼각구, 잠을 못 자. 시계가 있어? 달이 환하면 자다가 들락날락 하믄 귀뚜래미, 뷕이, 귀뚜래미 우능 걸로 저 김녁(짐작)을 했어, 날 새능 거. 그래서 어떡하다 밥을 해다 노면은 기양, 너무 일찍 해각구서 밥을 해 놓으면, 기양 찬밥이 되야. 그래두 아무 소리, 시어머니, 시아버이가 소리도 안 하구, 독두 일도 못해서 독밥을 해두 시아버지가 뭐라 그러는지 알아?

"느 독 익걸랑 물에다 말아서 일어 먹어라."

그렇게 시키지. 그렇게 시키지, 꾸지럼을 안 줘. 그렇게 해서 살았어.

진짜로.

　(조사자 : 시집 잘 가셨네요.)

　그래서 잉, 독 겉응 것도 인제 함박에다 그대로 일어야 햐. 이케.

　[한 손을 무엇인가를 푸는 시늉을 하면서]

　암만 잘 인대도 독이 들어가. 그라믄 인제, 시아버지는 이가 없응깨 좀 못 깨무는데, 이 있는 사람은 딱딱 깨물지 않어? 돌 깨물었다고 하믄,

　"아야, 느 독 깨물었으믄 물 말아서 이케 일어 먹어라. 그라믄 돌이 안 들었다고"

그드라구. 그렇게 살았어두 꾸지람을 안 달구, 다 으른네가 착한 탓이여. 으른네가 뭐라 그르면 같이 뭐라 그르는디, 으른네가 착해서 살았어.

세 번의 죽을 고비

자료코드 : 08_02_MPN_20090223_HID_YPY_0002
조사장소 : 충청남도 금산군 부리면 어재리 압수마을 경로당
조사일시 : 2009.2.23
조 사 자 : 황인덕, 김기옥, 오세란, 서은경
제 보 자 : 이판임, 여, 76세
구연상황 : 이수자 화자와 번갈아 가면서 구연하던 중, 먼저 이야기한 '가짜 무당' 이야기에서 죽은 사람에 대한 언급이 있었다. 이어, 죽었다가 살아났다는 사람 이야기는 없느냐고 조사자가 묻자, 자신이 경험한 것이라며 들려주었다.
줄 거 리 : 17살 때 나물 뜯으러 갔다가, 집에 와서 잠이 들었다. 꿈에 누군가가 "이별하세"라는 노래를 부르며 자신을 메고 가는 꿈을 꾸었다. 놀라서 깨어나 어머니에게 꿈 이야기를 하니 어머니는 웃기만 하였다. 4~5살 때 울면서 집을 나가는 바람에, 그리고 결혼하고 나서 아이 낳을 때 또 한 번 죽을 고비를 넘겼다.

　하나로 외동딸로 키웠는디, 열일곱 살 먹어서. 저, 봄이면은 저 논이 가서 나물 뜯으믄 벌금자리라고 있거든. 그걸 이케 뜯어. 뜯는디 막 아프대.

　[인상을 찌푸리며]

그걸 뜯다가, 뜯다가 이케 막 아파 각구서는, 그걸 못 뜯구서는 인제 집이 와서 자는디. 자는디, 이르카구 자는디, 기양 마악 그기 죽으믄 그런 가봐. 이렇게 자는디,

"이별하세~."

[노래를 하듯이 음을 늘이며]

내가 죽었어, 인제, 잉. 나를 떼미고서는,

"이별하세~, 이별하세~."

하며, 이케, 이케, [어깨에 무엇인가를 메는 시늉을 하며] 나를 이케 떼미는디, 어머니는 이르카구서 깔짱을 찌구서 울어.

(청중 : 열일곱 살 먹었는데?)

응, 열일곱 살 먹었는데, 진짜로. 이르카구서 인자, 이렇게 울어. 나는 인제, 죽었어. 그라믄서 나를,

(청중 : 죽은 줄 모르고 자능 거지. 인자, 본인은.)

자는디, 이별, 죽으먼은 이별하자고 하믄선 가능 건께매. 그건 열일곱 살 먹었는데도 지금꺼정 안 잊히고 있능 거 보믄,

"이별하세~, 이별하세~."

[구성지게]

그라는디 기냥, 어떠카다 컥 하니, 기냥 눈이 막 그냥 홀떡 내 눈이 뒤집히는 거 같으네. 눈이 막 뒤집혀. 그라더니 어머니가 우능 거 보고 막 뒤집히는디. 눈을 썩썩 비비고 나서 인자, 어머니는 이웃집이 마실을 갔는디,

"어머니, 나 죽을라구 했어. 죽을라."

하니게, 막 웃기만 햐.

"어머니, 나 이별하자고 해서 가는디, 어머니는 막 나 죽었다구 울구 그라는디."

곧이를 안 듣능 거여. 그릏게 해 각구서는, 그르카구서는냥, 한 달두 더

아파서 열일곱 살 먹은 사람이, 걸어 댕기도 못 햐. 게 열일곱 살 먹은 사람을 어머니가 업고 댕겼어, 잉. 업고 댕기고, 다리는 지댄하니(길다는 뜻) 업고 가서, 마실 가서 업고 갔다 놓구. 우리 딸 죽는다구 하구 그랬어. 그러카다가 살았는디, 진짜 이별하, 죽을 사람은 이별한다구 하믄선 가는 거잉개벼.

(조사자 : 아, 그런 소리가 들렸어요?)

응, 이케 나를 떼미더라니께. 이케 떼밀며,

"이별하세, 이별하세."

하는데, 어머니는 졑이서(곁에서) 깔짱을 찌구서, 딸 죽었다구 막 울어, 울어. 그라다가 그양(그냥) 눈이 그냥 홀딱 뒤집히는 바람에 눈이 홀딱 까지는디, 막, 뒤집히는 바람이, 눈을 비비구 깨니깨 그냥 꿈이여. 꿈이지 그게, 게서 어머니한티 쫓아가서,

(조사자 : 그 뒤로 아팠어요?)

어, 그 질루 가서 인자 어머니헌티 가서,

"어머니, 나, 저 이별하자고 하믄서 나 데꾸 가는데, 나, 인제 나왔어."

그란께, 니가 무슨 놈의 이별이냐고 하믄서 곧이를 안 듣고, 막 웃어 쌌는디. 웃어 싸서 약 올라서 막 울었어. 그냥. 사람은 죽게 생겼는디 웃더라고. 그게 겁나게 좋은개벼. 그짓말 한다구 그랬나봐.

왜 곧이를 안 듣대.

(청중 : 안 봤으니까.)

응, 안 보고,

(조사자 : 그러면 얼마나 아프셨던 거예요?)

그래 각구 한 달을 고생을 해서 살았당께. 한 달을 고생했어.

(조사자 : 어디가 아프셨던 거예요?)

그냥, 막, 죽기 짜다라 아퍼. 그래 각고, 아픔서 그냥, 화장실두 가믄은 정신이 없어서 화장실에서도 드러누억구 그랬어. 그래서 기양, 열일곱 살

먹은 사람을 세상에 업고 댕기는디, 다리는 지댄하잖야? 업구서 치렁치렁 댕기구, 엉. 다리가 질어서 그케 그때, 그런 꼴도 봤어. 그래서 죽을 고팽이 넹기구, 한 번은 잊어비려서 죽을 고팽이 넹기구. 또 여기 시집와서 또 죽을 고팽이 넹기구, 시 번 넹겼어.

(조사자 : 두 번째는요?)

응?

(조사자 : 두 번째는 또 어떻게?)

두 번째는 어려서 애기 때. 잊이비려각고.

(조사자 : 아, 잃어버려서.)

잊어비려서. 저 시 살잉가, 니 살잉가 먹었는디 이케 재워 놨댜. 재워 놓고 어머니가 나가는 김이. 팍 그냥 저, 울구 나갔어. 애기가 인저 말하자믄 울구 나갔는디. 옛날에는 이 소를 멕일라믄 이 농장 같은 디 소가 있어. 그래 그, 농장 지는 사람이 소 먹이러 가니게 애기가 있어 각구, 애 때미 가들 못했댜. 그래각구서는 막, 찾으러 막, 그때는 그냥 전깃불도 나가고 들어가고 꺼지고 나가고 할 때거등, 그캐서 그 찾아왔어.

그래서 그때두. 죽을 고패기는 뭐 여기 시집와서는 또 애기 낳구 죽을 뻔하구, 아아(아이) 하나 낳고 죽을 뻔한 적 있억구. 게서 말하자믄 시 번 죽었었네. 게 명이 질다고 봐야지. 살았응깨.

불을 밝혀주는 호랑이

자료코드 : 08_02_MPN_20090223_HID_YPY_0003
조사장소 : 충청남도 금산군 부리면 어재리 압수마을 경로당
조사일시 : 2009.2.23
조 사 자 : 황인덕, 김기옥, 오세란, 서인경
제 보 자 : 이판임, 여, 76세

구연상황 : 산 이야기를 하다가 호랑이를 본 이야기가 나왔다.
줄 거 리 : 산에 갔는데, 호랑이가 불을 밝히고 뒤쫓아 왔다. 무당이 동네에 빌러 오면
둥구나무 앞까지 길을 밝혀 주고 돌아갔다.

방우리라고 하는 디루 고딩이를 잡으러 갔는디, 이룽기 기냥 잡다 보닝
깨 저물잖야? 그 양각산 너머로 오닝깨 기냥 첨 불을 써 각구 뒤쫓아 오
드래요. 그 인저 말하자먼 호랭이가. 그릏게 쫓아와 각구 어머니는, 우리
저 시누가 쪼깐해서 시누는 내 딸, 넘의 딸도 내 딸 해각구 다 오니께, 요
나무 있는 디 저 워디만짝 오닝깨 싹 피하더랴. 가더랴. 그릏게 해각구 안
오구, 옛날이는 그게 불 써 각구 댕기는갑데.

(청중 : 불 밝혀 준다구.)

예, 불 밝혀 준다구. 뭐, 옛날에 저, 어재리서 저 무당이 있는디, 우리
동네로 이케 빌러 오믄은, 그 여기, 어재리 오다 보믄 둥구나무 큰 눔 있
지 왜? 요, 요기, 길 있는 디. 고 재를 넘어 오믄은 그 호랭이가 불을 써
각구 여기꺼정 밝혀 주구서 돌아간댜. 그래서 또 집이 갈 때는 와각고 또
밝혀 준댜. 그릏게 했다구 으런덜 말은 있드라구. 우리는 보던 안 했어두.

저승에 갔다온 여자

자료코드 : 08_02_MPN_20090210_HID_JSY_0001
조사장소 : 충청남도 금산군 부리면 예미리 승재경로당
조사일시 : 2009.2.10
조 사 자 : 황인덕, 김기옥, 오세란, 서은경
제 보 자 : 장선예, 여, 78세
구연상황 : 앞의 이야기와 같은 상황에서 이어서 구연하였다.
줄 거 리 : 한 여자가 죽어서 저승에 갔다. 저승에 가니 죽은 남편과 남편의 전처가 같이
있었다. 남편은 여자와 같이 있으려고 하였으나, 전처가 이를 반대하였다. 남
편이 강아지 한 마리를 주면서 몇 년 후에 찾아오라는 말을 하였다. 여자는
강아지를 안고 돌아오는 길에 깨어났다. 염을 했던 여자의 몸 여기저기가 새

파랗게 변색되어 있었다. 이것을 보려고 멀리에서도 사람들이 찾아왔다.

영감을 얻어서, 본 각시는 죽고, 영감을 얻어 왔는데, 살다가, 아도 많이 놓고 인제 살다가 죽었어. 죽었는데. 죽어서 찾아강깨는 염, 인자 염 다 해각고, 다 해놓고 내일이면 인저 묻을 긴데 곽 속에 여났는데, 찾아갔던 모녕이여, 인저 귀신이닝깨.

영감을 찾아갔는데. 하이구, 이, 저어 물어서 물어서 갔는데. 질이 인자 또랑이 요래 돼가 있는데, 요리, 요 또랑, 뭐야, 요리 질이 나가 있는데. 앞이 가서루 저 그 집 거 가서 물어보먼 안다커드라구. 거 가서 물어봉깨는, 영감이 마당을 씰어 쌓거든? 게 가 할머니가 강깨 깜짝 놀래더래, 놀램선,

"당신이 왜 벌써 왔느냐고. 더 있다가 오지, 왜 왔느냐꼬?"
이라거든? 그래 인자 큰 각시는 정지서 밥을 하고, 새까만 치마다가 저그, 명지 저고리를 입고 자짓빛 고름을 달아서 저고리를 입고 밥을 하다, 펄쩍 뛰나오믄서 방갑다믄서,

"요 가만히 서가 있으라꼬. 오지 말고 여 가만히 서가 있으라꼬."
허드래. 게 이 각시는 참 델꾸 들어갈랑가 싶어 가만히 서가 있었어. 서가 있응깨 큰 각시 보고 가서루,

"당신 죽구 나서 못 살아서 내가 각시를 하나 얻었더마는, 데려 찾아왔는디 어뜨케 하느냐?"
닝깨, 절대루 못 데꾸 들어오구루 하거든. 게 말죽이나 끓여주고, 우리집 델꼬 소죽이나 끓여 주고, 당신은 깨끗하니 해 각고 들어앉아가 있고 식모살이 겉이 부려먹자꾸 그랑깨, 아무 껏도 마다커고선 소죽두 내가 끓여 주구, 청소도 내가 하구 뭐 말죽도 내가 끓여 주구, 몬 하구로 하더랴.

그래 남자가 바깥에서 저어게 ○○○ 가서 뭐 얄궂은 똑 강아지 새끼도 똑 조막댕이만한 걸 하나 갖다 줌서는,

"이거 잘 키와 각고 멫 년 후에 찾아오라꼬."

그라더래. 그래 인저 그걸 가지고 갔어. 가다가 가다가 담뱃대를 지댄하니 물고, 각고 대님서 인제 그라다, 논두렁 밭두렁을 타고 오는데 어던 큰 농두렁에 오더만 그 그냥 벌떡 뛰내리삐리더래. 뛰내렸는데, 이 여, 그냥 깜빡 깨서 그냥. 하아 그 송장 막 뭉쳐논 기 터지는 소리가 막 깡 하니 막 야단낙거덩.

(청중 : 송장이.)

응. 그래 야단낙거덩. 그, 그래 사람들이 다 놀래 일랑깨 깼났더래요.

(청중 : 저승에 갔다 왔네.)

음. 저 세상 갔어. 그래 그라대. 이거 이거 다 치와라꼬. 저녁을 아무리 그거해도, 재처는, 재처 줄 거 아니고, 저, 넘의 첩 줄 거 아니구 아무 것도 안 줘야 된다 카믄서, 그리 울어쌌던데. 긇는디 이 저 삼베를 각고 뭉치잖아(묶잖아)? 그 삼베를 갖고 뭉치는 기 마디 마디, 마디 마디 새파란해 각고 그냥 볼 수가 엄드래. 그 자살 뭉치는 그때두 매 뭉치졌드라네.

그래 가지고 그거를 보러 온다꼬 서울 사람이고 뭐 안 오는 사람이 없어. 새앳 파랗고. 시방 인제 그 사람은 죽었을래 돼서. 우리 쪼ㄲ만할 땐디. 그냥 암 뭉킨, 뭉킨 데마다 새파랗고.

(청중 : 염 한 자리가 응?)

응. 염 한 자리. 하도 처박아 놓고, 그기 뛰내리야 인자 그 깨나는 강아지야. 그래서 그 강아질 주드라고.

한쪽 다리 불끈 들어

자료코드 : 08_02_FOS_20090211_HID_PBL_0001
조사장소 : 충청남도 금산군 부리면 신촌2구 춘호 경로당
조사일시 : 2009.2.11
조 사 자 : 황인덕, 김기옥, 오세란, 서은경
제 보 자 : 박복림, 여, 78세
구연상황 : 앞의 노래와 같은 상황에서 이어서 불렀다.

한쪽 다리 불끈 들어 연락에(연락선에) 얹고~

고향 산천 바라보니 눈물만 나네~

눈물은 흘러서 대동강 되고~

한숨은 쉬어서 동남풍 됐다~

댕기 노래

자료코드 : 08_02_FOS_20090211_HID_PBL_0002
조사장소 : 충청남도 금산군 부리면 신촌2구 춘호 경로당
조사일시 : 2009.2.11
조 사 자 : 황인덕, 김기옥, 오세란, 서은경
제 보 자 : 박복림, 여, 78세
구연상황 : 앞의 노래와 같은 상황에서 이어서 불렀다.

팔라당 팔라당 남갑사 댕기~

한번을 뛰어도 담 넘어가네~

눈짓을 받아도 내 댕기를 주랴~

팔라당 팔라당 남갑사 댕기
이웃집 총각이 날 바라네~

일본 대판에 가신 님은

자료코드 : 08_02_MFS_20090211_HID_KSY_0001
조사장소 : 충청남도 금산군 부리면 신촌2구 춘호 경로당
조사일시 : 2009.2.11
조 사 자 : 황인덕, 김기옥, 오세란, 서은경
제 보 자 : 고순영, 여, 73세
구연상황 : 앞의 이야기와 같은 상황에서 이어서 불렀다.

일본 대판에 가신 님은~

어느 때나 오실랑가~

죽은 나무 꽃이나 피면~

그때나 오실랑가~

컹컹 짖는 거먹 개가~

가매솥이 들어가서 짓(짖)을 때나 오실랑가.

소 팔러 갈 때의 주술 민속

자료코드 : 08_02_ETC_20090223_HID_LYR_0001
조사장소 : 충청남도 금산군 부리면 어재리 느재마을 경로당
조사일시 : 2009.2.23
조 사 자 : 황인덕, 김기옥, 오세란, 서은경
제 보 자 : 이영례, 여, 74세
구연상황 : 업에 대한 이야기가 이어지고 난 뒤, 마을 풍속에 대한 이야기가 나왔다. 앞의 이야기와 같은 상황에서 이어서 구연하였다.
줄 거 리 : 장날에 소 팔러 갈 때 아침에 여자가 집에 들어오면 장에 가지 않는다. 아침에 여자가 집에 들어오면 소가 팔리지 않기 때문이다. 그래서 장날에는 서로 이웃집에 가지 않는다. 또 소를 팔러 갈 때면 여자들이 부지깽이로 소의 엉덩이를 때리는 풍속이 있다. 그렇게 하면 돈을 많이 받아올 수 있다고 한다.

옛날에 소 팔러 갈 때도, 여자가 아침이 들어오면 소 팔러 안 가. 여자가 아침이 들어오면, 장날 소를 팔러 가잖아? 여자가 들어오면 소 팔러 안 가. 이 동네 옹깨 그러드라구.

(청중 : 소가 안 팔려서 그케 각고 오더라고.)

그런데 또 소 팔러 나가면 여자들이 정지 가서 부지깽이를 각구 나와서, 소 궁둥이를 이렇게 때리더라고. 팍팍 시 번을 때리더라고.

(청중 : 돈 많이 받아 오라고.)

(조사자 : 돈 많이 받아 온대요?)

재수 있시 잘 팔, 얼른 가서 팔리라구.

(조사자 : 그래서 아예 남의 집도 안 가는가 봐요?)

넘의 집이구 내 집이구 암두 안 와. 내 오늘 장날이믄 이 어른 집들도 안 가고, 이 어른들이 내 집도 안 오구 아무도 안 와.

(청중 : 일찌감치 해 뜨기 전이믄 재수읎다구.)

(청중 : 또 가리는 사람 있어.)

(청중 : 지금도?)

(청중 : 그럼.)

가지 많이 열리게 하기 민속

자료코드 : 08_02_ETC_20090223_HID_LYR_0002
조사장소 : 충청남도 금산군 부리면 어재리 느재마을 경로당
조사일시 : 2009.2.23
조 사 자 : 황인덕, 김기옥, 오세란, 서은경
제 보 자 : 이영례, 여, 74세
구연상황 : 장날에 대한 이야기에 이어서 구연하였다.
줄 거 리 : 가지의 잎을 따서 길에 버려 두고 사람들이 밟고 다니면, 밟은 만큼 가지가
          열린다. 더 많은 가지를 얻으려고 이러한 일을 장날에 하기도 하였다.

(가지의) 잎새기, 잎새기를 따서 길바닥에 이케 이케 버리잖아? 사람이
밟어 댕기면, 사람이 밟어 댕긴 만치 연댜.

(청중 : 그라닝깬 그건 따 내빌어.)

(청중 : 별 것 다 물어보네.)

아, 물어 보야지. 그런 거 알러 왔는디.

(청중 : 장날 아침마다 따 가지구 길바닥에 뿌리지.)

(청중 : 장날 하믄 더 많이 연다구 장날 땄대, 옛날에는.)

고려장 터

자료코드 : 08_02_ETC_20090223_HID_LYR_0003

조사장소 : 충청남도 금산군 부리면 어재리 느재마을 경로당
조사일시 : 2009.2.23
조 사 자 : 황인덕, 김기옥, 오세란, 서은경
제 보 자 : 이영례, 여, 74세
구연상황 : 조사자가 고려장에 대한 것은 들어본 것이 없느냐고 물으니, 아래의 내용을
구연하였다.
줄 거 리 : 고려장 터가 있다. 구덩이를 파서 그릇과 음식을 넣어 두고서 그것이 다 떨어
지면 그 곳에서 죽는 것이다. 어린 아이가 죽으면 독에다 넣어서 매장하였다.

구덩이를 네모지게 파 가지고, 가상을 뺑 돌아가게 독이루 쌓았대. 독
이로. 가장자리를. 독이로 쌓아 가지고. 그럭, 인제 메느리 은으면 저기
제금 내놓잖아? 그룽디끼 기양 그릇 겉응 거 별거별거 다 놓고, 거기서
뭐 얼매 먹을 밥두 막 이케 해다가 거기다 놓고, 굴을 팠응깨 밥도 못 하
잖아? 그릏게 갖다 놓구, 그거, 그 놈 다 먹고 떨어지믄 그냥, 그냥 거기
서 죽는댜. 그래 각구 고리장 하나 만내믄 별거별거 다 있댜.

(조사자 : 보셨어요, 그 고려장 터를?)

예.

(조사자 : 어디서 보셨어요?)

어디라고 하먼 알겠소? 강깨, 응깨, 다 응깨 각구 밭이루 돼 있는디.

(조사자 : 이 동네에요?)

에.

(청중 : 거럭도 많이 나와.)

숙가락도 이상한 거, 어트게 삐쪽한 숙가락도 있구. 고려 때두 있어요.
시방 고리장, 못 찾아서 그렇지.

(청중 : 전엔 매릅댕이다 많이 했다지요?)

(청중 : 매릅댕이는 아들만 죽으면 동이다 넣어 가지구 맞엎어 가지구
갖다 묻었댜. 하두 파 먹어 싸서.)

(청중 : 여수가 파 먹어서.)

(청중 : 그래서 아들, 아들들, 아들 아장살이여. 거기는.)
으른은 다 묻었지.
(조사자 : 그건 어디에 많대요?)
(청중 : 그전이는 자갈방이믄 다 했어.)
산 이름이 매릅댕이여.

▍엮은이 소개

황인덕 충남대학교 국어국문학과를 졸업하고 동 대학원에서 문학박사 학위를 받았
다. 현재 충남대학교 국어국문학과 교수로 재직 중이다. 어문연구학회 회장
을 맡고 있다.

김기옥 부산대학교 국어국문학과를 졸업하고 충남대학교 대학원에서 문학박사 학위
를 받았다. 현재 홍익대학교 강사로 재직 중이다.

오세란 충남대학교 국어국문학과를 졸업하고 동 대학원에서 문학박사 학위를 받았
다. 현재 충남대학교 강사로 재직 중이다.

서은경 한국방송통신대학교 일본학과를 졸업하고 충남대학교 대학원에서 일문학 석
사학위를, 이어 동대학원에서 국문학 석사학위를 받은 후 박사과정을 수료
하였다.

증편 한국구비문학대계 4-7
충청남도 금산군

초판 인쇄 2013년 10월 21일
초판 발행 2013년 10월 28일

엮 은 이 황인덕 김기옥 오세란 서은경
엮 은 곳 한국학중앙연구원 어문생활사연구소
출판기획 장노현

펴 낸 이 이대현
펴 낸 곳 도서출판 역락
편　　집 권분옥
디 자 인 이홍주

주　　소 서울시 서초구 반포4동 577-25 문창빌딩 2층
전　　화 02-3409-2058, 2060
팩　　스 02-3409-2059
이 메 일 youkrack@hanmail.net

값 34,000원

ISBN 978-89-5556-088-6 94810
　　　978-89-5556-084-8(세트)